玩古

韩勇 著

中国青年出版社

全国百佳出版单位

图书在版编目（CIP）数据

玩古 / 韩勇著 . -- 北京：中国青年出版社，2025.

5. -- ISBN 978-7-5153-7708-7

Ⅰ . I247.5

中国国家版本馆 CIP 数据核字第 2025L9P823 号

玩古

韩勇　著

责任编辑：曾玉立

出版发行：中国青年出版社

社　　址：北京市东城区东四十二条 21 号

网　　址：www.cyp.com.cn

编辑中心：010-57350401

营销中心：010-57350370

经　　销：新华书店

印　　刷：三河市君旺印务有限公司

规　　格：650mm×910mm　1/16

印　　张：26

字　　数：362 千字

版　　次：2025 年 5 月北京第 1 版

印　　次：2025 年 5 月河北第 1 次印刷

定　　价：79.80 元

如有印装质量问题，请凭购书发票与质检部联系调换

联系电话：010-57350337

目　录

入
行

一

战国，磬形青铜钱币，长 11 厘米。

多见于春秋战国时期的墓葬中，因与乐器磬的形状仿佛，
故被后人命名为磬币。是流通货币，还是冥币，目前尚
无定论。无纹饰者，常见；纹饰精美者，难得。

北方的深冬，满目颓败。

门口的那棵老槐树，形单影只地立在那里，枝条上更无一片残留的树叶。凛冽的西北风正使劲地吹打着它，一阵阵嗖嗖作响。一个黑绒绒的鸟窝，孤零零地卡在树杈上，突兀扎眼。

费本中躺在床上，迷糊一阵，清醒一阵。四天了，他的感冒一天比一天厉害，体温也与日俱增，第一天还是三十八度，第三天就蹿到了四十一。

炉火早已熄灭，墙角的水缸里结了一层厚厚的冰。屋里屋外，已没有多大温差。下午，费本中从卫生室摇摇晃晃地回来，就一头扎进冰冷的被窝，随即什么也不知道了……

骄阳似火，烤得大地发烫，空气干燥得似乎要燃烧起来。此刻，费本中正跋涉在河滩上。几十米宽的河滩，现在变成了无际的沙漠。滩上的鹅卵石，也换成了细细的流沙，前脚刚拔出来，后脚立刻陷下去，让他有劲使不上。

眨眼之间，太阳变成了一个火球，急速从天上飘落下坠，不偏不倚，悬停在费本中的头顶上。他喉咙像要冒烟，身上像要着火，燥热、干渴、恐惧，交织在了一起。

忽然刮起了大风，火球被吹到了天上，又渐渐变回原来的太阳。大风吹出了一条小路，路的尽头闪现出一湾明亮。是一汪水吧？近了，近了，原来是一堆黄金白银，闪烁出五彩缤纷的光芒。他浑身的血沸腾起来，不顾一切地扑上去，将它们揽入怀抱中。

但愿这不再是一场梦！抬头看看太阳，太阳是热的；拿起两个元宝互相碰撞，发出叮叮当当的金属声。费本中确信，这次终于不是梦了……

太阳透过窗棂，阳光洒到了床上。风在吹，门上的铁环在叮当作响。费本中醒来，发财又成空梦，照例是几分沮丧。捋一捋思路，明白过来，这已是第二天了。再回味刚才的梦，有太阳，有路，有黄金，觉得是个好兆头。

虽然病情没有好转，但至少没有加重。生的欲望，会赋予人强大的力量。费本中穿好衣服，活动了几下筋骨，感觉还能控制住身子。他去院中抱了一抱玉米秸秆，在三根腿的土灶上升起火来，用清水加盐煮了一锅挂面。费本中想在面条锅里加些姜末，以利于驱寒，但实在想不起家中哪里有姜，哪怕是残存的干姜也行。

费本中强忍着呕吐的感觉，趁热把一锅无滋无味的挂面喝下。肚子里有了热汤热水，身上就不再那么寒冷，精神也抖擞了一些。他想到村外河滩上去转转，思忖这也是和疾病斗争的一种方式。有口号说，"疾病像弹簧，你弱它就强。"这会儿，他突然想实践实践。

费本中的家，坐落在村子南北大街的东侧，大门朝西。从大门到大街，由一条二十米的胡同连接，也算深宅。

阴历十一月，夜长天短，转眼已是中午了。费本中来到大街上，街上尚有零星摆摊卖货的人。噢，原来今天是大集。至此，他的思维才算恢复了正常。

胡同口上有个尚未收摊的人，见了费本中，主动地打招呼说："喂，大哥，家里有铜钱没有？"

费本中这才弯腰看了看对方的摊位。地上铺一块半米宽、一米长的白布，脏兮兮的，估计从未洗过。上边放着一些铜钱、铜元、锡壶、玉石烟嘴、木雕小人等等。不用介绍，费本中知道这叫古玩。

古玩能卖钱，听说旧社会里有这行当，那叫古玩行。亲眼看见卖古玩的摊子，生来这还是第一次。费本中好奇地蹲下身子，伸出手来，掂掂这件，摸摸那件，感觉很有意思。问问价格，每件都比一斤猪肉贵得多。

　　费本中突然想起，家里上辈留下的箱柜抽屉上镶有几个铜钱。就有意无意地问："我家箱柜抽屉上有几个铜钱，你收不收？"

　　卖古玩的抬头看看，感觉对方不是在耍笑自己，这才回答说："那得去看看，有的值钱，有的不值钱。"

　　费本中也没犹豫，一口答应下来。卖古玩的赶紧收了摊子，跟费本中一起回家。待费本中拿出钥匙开大门的瞬间，客人对这家的经济状况已做出评判。

　　费本中的大门，实在算不上是大门。它只有两个门垛子，没有门楼。几十年前，这种门在农村常见，大概起源于远古时代的阙。如今，经济条件好了，家家都建起了大门门楼，这种大门已不多见。费本中用土坯门垛也不算惨，惨的是门垛被雨水淋得只剩了半截，这半截似乎也不能坚持多久了。两个门垛内侧的地上，分别埋着疙疙瘩瘩的木柱当门框，框内是一扇木条编织的门。过去把这种木条编的门叫作"shao"门。是因为替换下来的木条能烧火而读作"烧"门？还是因为用树梢枝条编织而读作"梢"门呢？或许二者兼有？皆无从考证。但都明白，凡是这种大门的人家，要么是新建住宅的暂时用门，要么就是穷得装不起门。显然，这家属于后者。

　　进了大门看看，那更是寒碜：原来的南屋和西屋只剩了残垣断壁，东屋还勉强站立着，屋顶已坍塌三分之二，门窗也被抠去做了它用。卖古玩的问："门窗做啥了？"

　　费本中尴尬地笑笑，答道："呵，呵呵，当柴火烧了。"

　　院子中唯一健存的房子，就是三间土坯北屋了。进得门去，映入眼帘的还是凄凉：正间除了有一张小矮桌，上面摆着锅碗瓢盆，再就是墙角那座没有烟火的炉子了。西间屋里，是费本中睡觉的一张床，床头有张破旧的箱柜。东间屋里有几个瓦缸，不用问，里面盛着他的口粮。

费本中把卖古玩的领到箱柜前，指着镶嵌在抽屉上的铜钱说："看看，行不行，就这些。"

卖古玩的上前看了看，四枚小平铜钱已锈蚀得没了铜，几乎全成了锈，上面的字隐隐约约还能看清楚，是嘉庆通宝。他失望地叹了口气，刚要说不行，可看看费本中那充满期待的目光和表情，随即又把话打住。他故作满意地说："行，你卸下来吧。一个给你五毛钱，可以吗？"

费本中连忙点头说："行，行，我马上给你卸。"

费本中知道，这四个铜钱，锈成这样，废品收购站都不一定收，就是收，也最多能卖一两毛钱。如今人家给两元钱，真有些喜出望外了。他们一手交货，一手交钱，买卖就算完了。卖古玩的要走，费本中说不急，有事请教。卖古玩的也不推辞，拿个马扎坐了。费本中找来木柴，开始点火生炉子，边干活边与他叙话。

费本中问："兄弟，你贵姓？"

卖古玩的回答说："大哥，我免贵姓郑，叫郑贵农。家住南边羊集乡马家庄，有空去找我玩。顺便问问，大哥你咋称呼？"

"我姓费，叫费本中。兄弟，你这古玩收上来再卖给谁？"费本中好奇地问。

郑桂农坦率地回答说："大哥，既然干这一行，自然有这一行的门道。邑城、双龙、江渚城里都有人来收货，济南有人来，外省也有人来。"

郑贵农不怕费本中知道自己的底细，倒觉得费本中穷成这样，最适合发展成为下线。俗话说得好，穷则思变。

"古玩咋收？能说么？"

"这个容易，到村里去，寻人群聚集的地方，过去套近乎，问问谁家有老东西，买他的就是。祖上是地主、商人、官员、先生、中医的人家，有货的可能性最大。"

"我跟你学着干,行吗?"费本中试探着说出了自己的想法。

郑贵农一拍手说:"行啊!只是不要声张。玩儿几个制钱无所谓,买卖别的古物,文物部门和公安部门不允许。去年,有些收藏买卖古玩的人被抄了家,所以要注意。你们大桥村,是大村又是集市,自古富户多,一定沉下很多好东西,足够你挖一段时间。"

送走了郑贵农,炉火也生着了,屋里有了点热乎气,感觉自己的病好了一半,也有了饥饿的感觉。他拿着刚刚换得的两元钱,出去割了半斤猪肉,买了一瓶酱油,又出去用麦子换了几斤馒头。晚上用猪肉炖了一锅白菜,美美地吃了一顿。这么好的一顿饭,对于他来说,已是久违了。

第二天醒来,天刚蒙蒙亮,比平时早起了至少两三个小时。平时吃了早饭就接近晌午了,午饭就免了。下午太阳不落山,就吃晚饭。一天两顿饭,那样可节省些粮食。如果没本事开源,节流也是持家之道。

今天费本中的身体好多了,走路不再打颤。早饭后,揣上五十元钱出发了。这些钱,已是他全部积蓄的四分之一。

费本中选中的第一个串乡点,是西南二里地的西台村。他之所以选中西台为从事古玩事业的第一站,有两方面的原因。第一,他姥娘家是这里,除了亲戚,还有很多人都和他熟悉,一旦发生什么纠纷或不测,会得到亲戚熟人的照应。第二,西台历来是方圆几里公认的富庶村庄,能沉淀下古物。

乡亲们弄清了费本中的来意后,都说来晚了,云泽市文物店已来过几次,东西已被搜寻得差不多了。人家都是拿着介绍信先找村长沟通,由村长动用高音喇叭宣传发动。村长号召大家,踊跃拿出家里的古物,支持国家文物事业,同时也变废为宝,卖些钱花。

费本中在西台的工作,进行得还算顺利,凭感觉判断,自己的收获还是很大。

初出茅庐的第一笔交易,费本中花了两元钱。从一户人家收得十枚康熙通宝,个个都金光灿烂,比自己卖给郑贵农的那四枚好了不知多少倍。反过来看看背面,每个上面都有一个字,分别是宣、东、宁、浙、陕、广、江、福、桂、原。卖主说,这是爷爷当年串起来把玩的东西,老人生前很喜爱这串铜钱;爷爷几个月前去世了,自己这才能拿出来换钱;若爷爷在世,绝不会卖。

费本中又花五元钱,从另一户人家收得银钱一枚,直径有两厘米。一面是四个似篆似隶的字,他只认得"五十"俩字,其余两个不认识。另一面铸有图案,分别是宝剑、七星北斗和蛇缠乌龟,也不知是啥意思,只是感觉这东西应该身价不凡。

不觉已是下午三点,费本中有些饿了。以往起得晚吃得晚,啥也不干,没有消耗,这个点不会饿。这次正好相反,他只好收工。可看看今天的收获,又被激动得无法自持。于是咬咬牙,忍着饥饿上路,去马家庄找郑贵农鉴定评判。

从西台去马家庄,足有八里路。当费本中步行来到马家庄、又找到郑贵农的时候,已是下午四点多,家家户户正准备晚饭。

郑贵农的妻子正在和面,屋里弥漫着饺子馅的香味,那是葱、姜、花椒及酱油的混合味道。迎门的八仙桌上已摆好酒菜,好像家中要来客人。费本中开门见山,说自己今天串乡收货去了,来请他看看。郑贵农有些喜出望外,想不到费本中的行动会如此迅速。

费本中把十枚康熙通宝拿出来,郑贵农一个个仔细端详了一番,有些漫不经心地说:"都是普通版别,没有稀罕玩意儿。"

费本中立时感觉被浇了盆凉水。他有些不甘,又有些好奇,于是问道:"啥样的才稀罕?"

郑贵农仔细给他解释:"这是小平钱,直径只有二厘米半,如果是四厘米以上就值钱了。同样是康熙小平钱,如果背上是老写的'台'字或'巩'字,那就值些钱了。"

"噢。这个你收么?"费本中诚惶诚恐地问。

"收，五毛钱一个。"

费本中心里一块石头落了地，只要收，就不会砸在自己手里。随后不无委屈地说："我家那四个，锈得那么厉害，字都看不清楚，还五毛一个。这些这么好，我就六毛一个买了，原以为一个能值一块钱。"

郑贵农深深地吸了一口烟，嘶拉着嘴说："费大哥，昨天那是看你家里太窘，故意照顾你。按说那样的铜钱一分钱也不值，当时我无法对你说明白，怕你伤心失望。"

"我就按你那个标准买了，以为六毛买肯定有利润。"

郑贵农无可奈何地说："那就每个给你八毛。不是值这些钱，是为了鼓励你继续努力。"

费本中收了八元钱，起身要走，郑贵农拉着不让，说菜都摆上桌了，饺子也包好了，吃了再走。费本中一是饿了，二是自大年初一吃了饺子，至今未曾尝过饺子的味道。因此，他嘴上虽然说走，但腿却挪不动。主人一挽留，干脆顺水推舟地坐下，不再推辞。这时，就听门外有人嚷嚷："郑大哥，我来了！"

郑贵农把客人迎进屋里，向费本中介绍说："这是我的朋友小纪，也喜欢收藏古玩。他父亲是邑城区法院的院长。"

只见这小纪白胖健壮，大约二十七八岁的样子。费本中没见过大官，更没见过大官的儿子，站起来不知说什么好。小纪朝费本中点点头，嘴里"哦、哦"了两声，算是打了招呼。也没让，就坐了上座。

费本中看看郑家有客人来了，又起身假装要走，说家远需要赶路。郑贵农冲里屋喊："费大哥路远，先下饺子，让大哥吃了赶路。"

饺子端上来，郑贵农推到费本中面前说："费大哥，你趁热吃，就不劝你喝酒了。"

费本中端了饺子，到边上的小餐桌开吃。郑贵农坐了八仙桌的次座，和小纪饮酒聊天。费本中听了，净是打官司的事。

送走费本中，郑贵农刚回屋坐下，妻子开了腔："小纪你看看，老郑是啥人也往家里领。这个姓费的长成那样，我看后都不想吃饭了。"

郑贵农故作神秘地笑一笑，说："俗话说，人不可貌相。我看这人够聪明，跑古玩说不定能跑出些名堂，就是要指望他们出去跑，我这里才能有货。认识他不到两天，就管他吃饺子，你以为我傻？"

小纪装出一副如梦初醒的样子，出来打圆场说："嫂子说的也是，这位老费，满脸疤痕，头发稀疏，看了着实让人不舒服。不过体面人下乡收货，还未必能放下架子。我郑大哥，是想靠这样一帮徒弟，将买卖逐步做大。"

郑贵农妻子听了，换上一脸的微笑说："大兄弟说得对。我是怕老费扫了你这贵客的兴，只要你不在意就好。我家他小姨父和人打架的那官司，可多上心呀。"

小纪呷一口酒，摆摆手说："嫂子哪里话？你家的事，就是我的事。这个案子，不管它谁是谁非，咱家赢定了。"

"哎，倒忘了，快拿出你说好的那个杯子来，让他纪叔叔看看。"

妻子发了话，并向郑贵农使眼色。

郑贵农到东间里屋拿来一个白色的瓷杯，递到小纪的手里。小纪端详了一会，嘴里不停地啧啧称奇。

郑贵农问："这件东西，你能说说它的来龙去脉么？"

小纪说："郑大哥，你又考我。我看这是隋唐的白瓷，实饼足说明至少在唐中期以前。好就好在这喇叭口的造型上，曲线柔美。釉面干净，没有一点脱落，少见，难得。不知想卖多少钱？"

郑贵农有些为难地说："我想这东西应该值一百块钱。我花了三十块钱买的，要是喜欢，就给本钱算了，权当我给兄弟跑腿。"

郑贵农妻子把脸一沉说："这东西我做主了。本钱也不能要，就送给他纪叔叔玩儿了。"

小纪略带矜持地说:"无功不受禄,不敢,不敢。"

这小纪的话里有话:托我办事,送给我东西,我拿了,这叫有功受禄,天经地义。

酒足饭饱之后,小纪起身告辞。郑贵农用报纸把白瓷杯子包了,放进小纪的提包中。小纪乐呵呵地说:"恭敬不如从命了。先记着账,再有好东西时,一块结算。"

送出门来,郑贵农夫妇看着小纪上了小汽车,目送汽车远去。回到屋里,郑贵农不高兴地冲妻子说:"三十元钱卖给他,也是好大的人情面子。你这一大方,三十元钱没了。"

他妻子反驳说:"三块钱买的东西,赚了一百块钱的人情,算咱赚了。再说,托人家处理官司,买三十块钱的礼物答谢人家,能拿出手?"

"你说的也倒是。"郑贵农悻悻地说。

费本中回到家里,把炉火烧旺,坐在炉子边烤火。他奢侈地把煤油灯头挑到最大,惬意地掏出那枚银钱,在明亮的灯光下把玩。玩够了,又拿出今天挣得的六块钱来,点了几遍。

躺在被窝里的费本中,辗转反侧,折腾到下半夜了,还是无法入睡。他实在不敢相信,倒腾古玩来钱竟如此容易。难道时来运转,生活真的要得到改变?

细说费本中五十年的人生之路,可谓九死一生、曲折坎坷。

一九四二年的冬天,费本中当时只有两岁。一天,邻家夫妻又打架了。邻居家里吵架,左邻右舍必须去拉架劝和,这是民俗。情急之下,父母把费本中撂在家里,跑去劝架,全然忘了灶上还煮着一锅小米粥。等到传来孩子的哭嚎,父母才猛然记起孩子和炉灶上的锅。孩子大概是出于好奇,踮起脚尖,扳着锅沿,想看看锅里的粥是啥样子。锅翻了,滚烫的一锅粥,糊到了孩子的脸上。就这样,他落下一脸的疤痕。

漏屋偏逢连阴雨。在费本中二十岁的时候，父母撇下他和三个弟弟先后去世。面部残疾的他，拉扯着三个弟弟，既要操父亲的心，又要受母亲的累，更要遭受别人的白眼和歧视。在农村，费本中的头脑算是灵活，吃苦耐劳更是没得说。但那时生产收益低下，头脑灵活和吃苦耐劳并不能带来财富。一年到头，不仅油盐酱醋没有配齐的时候，就是吃饱穿暖，也是天大的问题。

穷则思变。为了有个进钱的门路，费本中硬是偷偷学会了阉骟牲畜这门被人瞧不起的手艺。说起拜师的曲折，说起学艺中吃的那些苦和受的累，费本中能给人讲上半天故事。

掌握这门手艺，虽说发不了大财，但称盐打油还是足够。正是凭着费本中的勤劳，才让兄弟四人的命运，没有进一步的悲惨。

一晃十七八年过去，三个弟弟在费本中的操持下相继结婚成家，先后撑出去单独过日子，后又陆续住进了新建的宅子。家里有点用的家什，也都被兄弟们"分"走了。只是剩下他孤身一人，本就贫困的家，更加贫困。乡亲们都说，费本中心中只有弟兄，唯独没有自己，不然的话，不至于找不上媳妇，落得个光棍的结局。这话不假，尽管他一脸疤痕，若论综合条件，在他兄弟四人中还是最好的。个人条件再好，三十七八了，往哪里去找媳妇？

又一晃到了八十年代后期，农村种地已彻底实现机械化，农家肥也被化肥完全取代，猪牛驴马也就没人养了。没了牲畜，阉骟这门手艺就失去了用场。因为脸上的残疾，费本中既无法进工厂打工，也无法去给商家当伙计，用人单位都说怕他影响了企业形象。费本中也不愿去领受别人的歧视与奚落。年复一年，日子终究不见起色。

费本中现在种着一亩多地，一年收获八九百斤小麦和八九百斤玉米。送上公粮，留出口粮，卖掉余粮，总收入三百来块钱。扣除化肥、农药、浇地电费等费用，最多剩余二百块钱。一年下来，平均每日五毛钱的可花销资金，让人不得不把一块钱看得如球场那么大。费本中患有几种慢性疾病，都拖着不治。

他不是不想治疗,而是舍不得花钱。这次生病能活过来,已是万幸。穷,真是太可怕了。

今天一桩生意,就挣了六块钱,还有一枚银钱,故意没拿出来亮相,估计利润一定会更加可观。结论有了:收古玩,卖古玩!发家致富的门路找到了。

费本中转天醒来时,已是日上三竿。他起来抡了抡胳膊,又踢了几下腿,感觉身体彻底恢复了。

拜师

二

清代，郭廷翕款，"菠云"赏石，高 11 厘米。

赏石分为两类。带有名人、文人痕迹的赏石，不以石质
为重，现归为古玩；以石质和造型取胜的石头，归为通
常意义上的赏石。郭廷翕，字虞受，乾隆年间举人，工
诗书，精篆刻，官县令，有官声。

夏月川从医专毕业，到大桥镇卫生院工作如今已整整十年。与他同时期参加工作的同志，早就调到双龙城里去了。就是比他晚来几年的同事，也没留下几个。他粗略算了一下，比自己晚来而又调走的同志，先后已有二十多人。夏月川之所以没有调走，不是因为热爱农村医疗事业，而是找不到为自己办理调动的熟人。家里世代农民，所认识的人中，连个股级干部也没有，调动工作的事，连想都不敢想。

在乡镇也有在乡镇的好处。乡镇卫生院一年到头很是清闲，如果在业务和政治上没有多高的追求，这里便是理想的养老之地。乡亲们有个头疼感冒，村里的卫生室就治得绰绰有余。从这里到双龙城，不过十几里路。得了大病，大都直接去了城里的医院。乡镇医院的大夫们，不是不想钻研业务，是没有业务可以钻研。他们也进修了很多专业课程，到头来统统用不上。在这种环境下，夏月川对文史知识逐渐产生了兴趣并为之投入了大量精力。在医院里，没有人夸他业务有多好，但大家公认他是才子一个。尽管他的业务在全院也是顶尖水平。

三月份，双龙区卫生局下了一个文件，任命夏月川为大桥镇卫生院副院长。对于这个任命，他无所谓高兴与不高兴，因为大家都知道他是单位的"元老，"轮也该轮到了。院内的人都喊他夏院长，镇上认识他的人很多，见了仍叫他夏大夫。由此可见，这副院长的影响力，还仅仅限于院内。

夏月川的父母在农村，家里还有三亩多地。他的小家在城里，离老家只有十几里地。如无特殊情况，他周末都赶回老家，帮父母干点农活。

四月初，又是一个周日，夏月川正在老家浇小麦。水渠里的水清澈见底，沟底的小鹅卵石、小碎瓷片历历可见。突然，他看见渠底有个东西，在粼粼波光中闪着金色的光芒。捞起来看，是一个制钱，已被冲刷得锃亮。制钱自幼见得多了，可这种钱文从未见过。问村里的老人，说是五铢钱，是王莽时期的。再问，大家就说不出子丑寅卯了。

夏月川捏着那枚五铢钱端详了几天，越看越爱不释手。他不仅爱上了这枚五铢钱，似乎对所有方孔圆钱都产生了兴趣。夏月川回到村里，东家找几个，西家找几个，好在不是稀罕东西，很快就收集了几十个。仔细研究，才发现铜钱品种繁多，不仅面文、背文不同，大小、尺寸、重量、铜质也有巨大差别。他就像发现了新大陆一样兴奋，开始了新的人生寻觅。

这天，正逢大集，夏月川的一位远方表哥带着费本中来了。

表哥和费本中是小学同学，两人在集上相遇。表哥是个热心人，他一见到费本中，就想起了夏月川。他想，费本中的家离卫生院不远，又专门经营古代铜钱，夏月川也收集铜钱，介绍他们认识，对双方都有益处。

送走了表哥，夏月川和费本中聊起了古钱。用行话说，这叫切磋。

费本中不知夏月川的底细，以为遇到了行家，不敢轻易说话，夏月川问一句，他才回复一句。对于费本中的这种态度，夏月川也不介意，认为这是真人不露相，怕人学了技艺去，于是更加诚恳地向他请教。看看实在没多少话题了，夏月川干脆问："费大哥，你现在带着铜钱吗？如带着，拿出来看看。"

费本中从口袋中掏出一把铜钱，将它们平铺在桌子上，小心翼翼地说："这是些北宋铜钱，看看有没有瞧上眼的。"

北宋铜钱，夏月川从来没听说过，更没见过，今天见了，感觉眼界大开。他拿在手上，翻来覆去地观看，如获至宝。每拿起一枚，费本中就在一边介绍。宋元通宝，淳化元宝，治平元宝，天禧通宝，大概有十几个品种。夏月川看看这个，瞧瞧那个，一时眼花缭乱，他有些激动地问："你卖多少钱一个？"

费本中一看夏月川的神情，这才确认今天遇到了生手。他故意压低声音说："第一次打交道，一块钱一个。"

夏月川有些吃惊，宋代的制钱竟如此便宜，便不还价，总共挑了二十个。费本中临走，从口袋中掏出了去年冬天收购的那枚银钱，递给夏月川。接着，又掏出一枚黝黑锃亮的铜钱，捏在手中搓摩，这枚铜钱的直径，看上去比普通制钱要大一厘米。夏月川分别看了一会儿，摇摇头，表示不识得它们是何朝何代的东西。

费本中解释说："银钱是汉代贵重货币，叫做大泉五十，背上的图案叫作七星宝剑龟蛇图。铜钱是北宋的大观通宝，钱文传说是由米芾书写，叫作米书大观，很稀少。"

夏月川问龟蛇图是啥意思，费本中说不知道，看样子不是故作不懂。问他分别卖多少钱，说银钱卖二百，大观卖一百。夏月川每月工资才七八十元，没敢还价。

去年冬天，费本中第一次给郑贵农送货，当时没把银钱拿出来，是他多长了个心眼，留了一手。以免不明白价格，被郑贵农蒙骗。

费本中买卖制钱古玩的名声一天比一天大，城里前来拜访他的人也越来越多。接触的城里人多了，他逐渐明白，这些人的水平比郑贵农高了若干个档次。费本中认为，城里来的人中，水平最高的当属孟祥宾。那枚银钱，孟祥宾出到了一百元，他不卖，怕卖亏了，他还要比较。费本中心里有了底，就拿着那枚银钱去找郑贵农晃价，郑贵农只给二十元。他暗自庆幸，自己当初的决策是多么的英明，否则可被郑贵农坑苦了。费本中之所以向夏月川开价二百元，就是运用不断提价的方式，来探索这枚银钱的价格。

随着制钱数量品种的不断增加，夏月川觉得自己未知的东西真是太多了。他决定前去拜访靳先生，那是方圆几十里的一位名人。靳先生是一位书法大家，也是个大学问家，其学问到底有多深，没有人能说得清楚。尽管夏月川不认识靳先生，但在他的认知范围内，也只有他，才能为自己释疑解惑。

靳先生是中国人民银行云泽支行的一位员工，生于一九一九年。爷爷是前清同治进士，官做到泰州知府；父亲是光绪举人，曾任山东学政，同僚都称他为靳学台。

张勋复辟时，靳学台曾追随他入朝觐见宣统皇帝。那时的小朝廷，已多年无人将其放在眼中了。忽然来了这么一大批效忠皇室的贞亮死节之臣，宣统皇帝被感动得一塌糊涂，不知怎样才能酬谢奖赏他们才是。事实上，宣统皇帝手中既无金银珠宝用于赏赐，也无职位用于安排。他的权限，仅限于紫禁城里的一帮太监使女。

张勋知道皇帝的难处，遂给皇帝出了个主意。让皇帝广封爵位，以此笼络一批人才。得了爵位的人，自然会感恩戴德，从而成为复兴大清的股肱之臣；为了保住爵位，他们必然会披肝沥胆，万死不辞。后来的几天里，前来太和殿讨要爵位的人，排成了一里长的队伍。每当有人进来跪下，值班宦官就主动发话，问下跪者想要何等爵位。待下跪者把愿望报出，皇帝也不加思索，就说"恩准"俩字。皇帝随口一说，也没有任何凭证和记录。谁都明白这不合体统，可谁都表现得煞有介事。张勋复辟是一出十二天的闹剧，过后一切都成笑谈。可靳学台不这么认为，反而把自己的爵位当作终身的身价和荣耀。

传说靳学台讨要爵位时，皇帝因这两天被圈得难受，正想着北海的山水，不等他开口，就突然发问："爱卿，你的老家可有著名山水？"

靳学台叩完三个响头后答："回皇上，臣的老家无山，有条赐水河。"

宣统皇帝朗声道："好，朕就赐你为'赐水侯'。"

靳学台感动得哭了三天。他认为，自己的侯爵和别人的不一样。别人的爵位名称是皇帝恩准的,只有自己的爵位是皇帝赐封的。复辟烟消云散,靳学台回到济南,依然靠出租房产和收取书法润格为生。他的书法名气大,两枚闲章名气更大。一枚白文曰:"落第举人",一枚朱文曰:"赐水侯"。世间只有"落第秀才"之说,没有"落第举人"的说法。大家猜测,靳学台称自己落第举人,表明没有考取进士是他心中永远的痛,借印文以自嘲。"赐水侯"则是他一生的荣耀,借印文以自我安慰。济南被共产党的军队攻占前夕,靳学台病逝。

靳先生毕业于燕京大学,学的是财务金融专业。建国后,他在中国人民银行山东省分行工作。他生性豁达,待人热情,诙谐幽默。一次,靳先生请几位同事下馆子,吃了顿羊肉灌汤蒸包,一位同事平生第一次吃这么好的包子,就有些感动和激动,于是和靳先生开玩笑说:"老靳,从今以后,我不仅要喊主席万岁,还要喊靳先生万岁。"

靳先生忘了禁忌,随口说:"你这是骂我。"

同事不解,追问道:"此话怎解?"

"俗话说,'千年乌龟万年鳖',喊我万岁,这不是在骂我?"

一九五七年"反右",有人说靳先生辱骂领袖,他因此被打成了"右"派。一九六二年被下放到老家云泽市支行工作,同时被监督改造。

一九七八年底,靳先生的"右"派帽子终于被摘掉,可他已五十九岁。才气早已随年华逝去,但金子总会闪光。一九七九年初,山东省银行系统组织职工书画展览,靳先生的书法作品获得第一名。再代表银行系统参加山东省总工会组织的展览,又获第一名,从而轰动泉城。后被山东文联选中,参加文化部组织的建国三十周年书画展览,又获得一等奖。从此,靳先生成了著名书法家,在云泽文化界几乎是无人不知、无人不晓了。

求靳先生书法的人越来越多。来求字的人,大都不会空手而归,但也有人求不到。来人只要说喜欢靳先生的字,不多言语,一般都会求到。怕就怕来人是个书法方面的半瓶子醋。来求字吧，还要和靳先生就书法问题切磋切磋，还要发表些关于书法的"高见"。凡遇到这种求字的人，靳先生也不会因言废人，而是先和他聊。不仅聊书法，更多的是聊唐诗宋词、魏晋文章。如果是他认为对方有些学问或正在努力钻研学问，也会愉快地满足对方的要求。如果他认为对方是不懂装懂或不学无术之辈，就以得了肩周炎抬不起胳膊为由而加以拒绝。靳先生不排斥达官贵人，但来人若端着官派或架子，他定会站起来微笑着送客。这几年，书法值钱了，靳先生开出的润格是每平尺五十元。可脾气与程序没改，话不投机，给再多钱还是不写。

靳知府当年做官，想法和别人不一样。他让老大在家种地守业，让老二靳学台读书博取功名，说这叫永远有根。靳学台也是俩儿子，他也秉承父亲的治家理念，只让大儿靳先生到城里读书。靳学台虽在济南，但老家也有两栋宅子，每栋都是三进三出的院落，靳先生和弟弟名下各有一栋。解放后土改划定成分，弟弟一家被划成了地主，靳先生虽不在家，也跟着成了地主。每座宅子被无偿分出去两个院落，给靳家留了两个。弟弟早已过世，一个院落归了弟弟的后人，另一个落到了靳先生名下，由侄子们在家住着管着。

一九七九年底，靳先生退休，一九八二年老伴去世。两年后，靳先生娶了一位国民党中将的女儿为伴侣。该女子姓宋，生于一九四六年，两岁时父亲死于战场，母亲亦早亡，由舅舅拉扯成人。当婚的年龄，正值十年动乱高峰时期，谁也不敢娶她。而她自己，也许继承了某种基因，身上有一种与生俱来的凛然气质，一般的男人根本不放在眼里，所以一直未嫁。靳先生老伴去世后，好心人就张罗着给他介绍宋女士。靳先生有些忐忑不安，毕竟自己大人家二十七岁，怕女方讥讽嘲弄，成为社会笑话。谁知，两人一见面，竟相见恨晚。宋女士对介绍人说，靳先生才是她想象中的夫君。介绍人听了，说牙根有些发酸。

宋女士本在一家街道小厂工作，厂子效益不好，已是奄奄一息，关门只是迟早的事了。她干脆辞了职,在家专心照顾靳先生。

一九八五年,靳先生雇人对老家的房子院落进行了全面改造。改造后的宅子,功能设施一应俱全,已不是原来意义上的农村住宅。半年后,靳先生携宋女士回老家长期住了下来,说这是落叶归根。靳先生有一儿一女,他们都住在双龙城里。靳先生希望儿女都搬来乡下居住,他们说这不可能,老家虽好,但不利于后代的成长与发展。若无特殊事情,只是到了节假日,儿女才赶回来探望父亲。

靳先生的老家叫作冉庄,其实村里没有一户人家姓冉,之所以叫冉庄,看来另有说处。村子坐落在赐水河西岸的一块高地上,南北长,东西窄,村民沿河而居。河岸高地,自古为风水宝地。靠河,旱时汲水灌溉方便,涝时又便于排水泄洪。考古的人都知道,只要在河边高台地挖掘,几乎一挖一个准,地下必定有远古人类的文化遗存。

河的东岸是一片平原,地势与西岸比较,有三四米的落差。黎明,站在西岸,定能看到太阳冉冉升起的壮丽景观。这大概就是冉村村名的由来吧!

改革开放后,人们越来越重视文化生活了,城里的书画热潮一浪高过一浪。靳先生搬到冉村,城里来找靳先生指点书法或求字的人依然络绎不绝。周日,靳先生门前总有些自行车停在那里,有时还有小汽车。

冉村很美,只是有些偏僻。从冉村去双龙城没有直通的桥梁,去城里办事,需要绕很多路。前年,一位四十来岁的要员来拜访靳先生,可能是谈得不愉快,靳先生没有动笔。去年,这位要员一声令下,有关部门决定在冉村建桥。今年元旦,大桥正式剪彩通行。靳先生也是肉心,甚是感动,给这位要员精心写了一幅五米长的手卷,内容是范仲淹的《岳阳楼记》。他对这位要员说:“我不是写给你的职位,是代表河西的老百姓向你致谢。你还年轻,望不忙时读一读。”

要员被感动得热泪盈眶,称一定谨记前辈教诲,勤勉从政。

夏月川来到靳先生家门口的时候大概九点来钟。这是一座标准的农家四合院,大门朝东。出门几十米就是赐水河,河与小院之间再无人家。清明后的日子,风和日丽。站在这里,抬眼望去,河床之上,莺飞草长,顿觉风物无限。

在农村,大门一般是敞开或虚掩的,夏月川站在大门外,谦恭地问:"靳先生在家吗?"

里边回答:"在家。"

夏月川再问:"我可以进去吗?"

里边朗声说:"可以进来!"

夏月川来到院里,立刻被小院的格调与气度吸引住了。正房是三间高台大北屋,东西南屋各有三间,没有起台。

院里转圈是树桩盆景,北屋月台两边各有一颗石榴树,苍枝虬根,少说也有百年树龄。西屋窗前,有一长方形石盆,里面养有十几条红色的鲤鱼。

院子中央,摆有一张小矮桌,桌上有一卷书,有一把紫砂壶,一个茶盏,桌边椅子上坐着的是靳先生。见客人来了,先生摘下老花镜站起来,示意客人在左边坐下。当他站起来时,夏月川暗吃了一惊,没想到靳先生如此高大,足有一米八几,在老一代人中,是少见的高个。

宋女士见客人来了,再添个茶盏。夏月川慌忙自己斟上茶水,端在手中。

靳先生问:"也爱好书法?"

夏月川脸涨得通红,嗫嗫地说:"不是。不懂书法。来向您求教学问。"

"有名片吗?"

"没有。不够有名片的级别。我叫夏月川,在大桥卫生院工作。"

"平时钻研啥学问?"

"说起来惭愧,过去未曾钻研。前几年开始对文史哲有些接触,只是皮毛。近来对古钱产生了兴趣,想学一学。"

靳先生听到这里，一扬眉说："看你也就三十来岁，学啥也不晚。手里都有啥制钱？"

夏月川把所藏铜钱诚惶诚恐地拿出来，轻轻放到矮桌上。靳先生逐一看了，但并不点评。随后开始把铜钱收藏的来龙去脉说给夏月川听。夏月川只是静静地听着，及时给靳先生斟茶。先生不紧不慢，说了大约半个小时。听了靳先生的解说，夏月川方知古钱自清代就是个大的收藏项目。还知道古钱在钱币界又叫古泉，因为远古时期，泉钱通义。

最后，靳先生指着夏月川带来的铜钱说："虽都是普品，但入门必须经过这一步。等普品研究通了，再考虑珍品不迟。"

说完铜钱的基本知识，靳先生问夏月川："你为啥喜欢古钱呢？你想过吗？"

夏月川还真没想过，他略加思索后回答说："喜欢它们的书法和造型，欣赏铸造它们的精湛工艺。最主要的原因，是被它们身上所承载的历史文化气息所吸引。"

"你喜欢古钱固然很好。如果碰见古代陶瓷什么的，也不要错过。它们的古代文化气息，也很浓厚。"靳先生建议说。

末了，靳先生去屋里拿出来两本书，让夏月川带回去看看。一本是光绪年间木版印刷的《钱录》，一本是丁福保编的《古钱大辞典》。夏月川拿了书，随即告辞。

送走了夏月川，宋女士对靳先生说："别的人来，转弯抹角就是求字。不求字的人，这还是第一个。是不是有些奇怪？"

靳先生说："正宗的读书人，自尊！来求学问，怎可求字？"

拜见了靳先生，夏月川感觉进入了一个崭新的精神世界。他去了趟济南新华书店，买来了《中国陶瓷简明辞典》《中国陶瓷史》《钱币漫话》《古泉汇考》等书籍，天天泡在里边。

过了几天，费本中又来送新收的制钱，夏月川半开玩笑地说："老费，你不实在。上次带来的那些北宋钱，闹了半天在钱谱上属最末一级，只值几分钱，怎么跟我要了一块呢？"

老费眨巴眨巴眼睛，有些尴尬地说："初始都要经历这么个阶段。拿在手中玩儿的东西，又不买卖，就无所谓贵了贱了。再说，钱谱上标的是银币价格，那几分不是现在的几分钱。"

夏月川听后，忍不住笑了起来。笑完了才说："你放心，我不退货。只是以后别再欺我不知行市，别再漫天要价。"

费本中故作歉疚地说："把那枚大泉五十银币卖给你吧，换作别人，我不给他。"

夏月川说："先让我研究三天，弄明白了，咱再讨论价格，行不行？"

费本中稍做沉吟，故做下了决心的样子说："行。"

夏月川好像想起了什么，提醒他说："前几天，当着我的面，卖给老余的那个残陶鬲，四十五元实在太贵了。东沟村一次出土了一百多个，要价才十块一个。小心人家来找你。"

费本中从夏月川的办公室出来，自言自语说："都越来越明白，钱就不好挣了。"

夏月川带着那枚银钱去拜访靳先生。靳先生反反复复看了几遍，说是枚出谱钱。啥叫出谱钱？靳先生解释说："是指过去钱谱上从未出现过的钱。过去没有报刊，没有电话，没有广播电视，发现了新奇品种，只能通过拓片慢慢交流传播。待大家一致认定它不是臆造或做假的东西，几年后有人编写钱谱，再把它收录进去。在进入钱谱之前，就暂且称它为出谱钱"

靳先生掂着这枚银钱继续说："这种大泉五十钱的材料，不是白银，和其他钱一样，也是铜锡合金，只是锡的含量更高。它当年就不是流通货币，是压胜钱，也就是用来避邪的钱。看年代，最多到宋，是宋人的仿造品。"

夏月川摇摇头，说有些说法，书上也提到了，太专业了，自己不明白。靳先生又一一给他做了解释。至于那枚米书大观，靳先生听了夏月川的描述以后，说不符合米书大观的特征，可能是后世仿铸，也属老钱币，可以收藏把玩。

蛀友

三

唐代，彩绘侍女陶俑，高 42 厘米。

唐代国强民富，贵族及整个上层社会生活豪华奢靡。古
人视死如生，唐代的墓葬中，多陪葬大量的侍女、卫士、
骆驼、马匹等各种用途的陶俑。陶俑分为白陶玻璃釉的
唐三彩和不挂釉的普通彩绘红陶两种。此侍女陶俑，姿
态雍容富贵，面部表情恬淡随和，喜庆可爱。

费本中声名远播,郑贵农自不必说,邑城区的纪远方、振华药厂的孟祥宾、赐源区的秦春、云泽市邮电局移动公司的卓文鸣,这些文玩界的知名人士,还有更多名气低一级的人物,都成了费本中家的常客。在费本中家里,夏月川也常常遇到他们,有的很快成了熟人。

　　半年下来,夏月川就摸透了其中的道道。古钱币只是文玩经营收藏活动中的一小项,收藏研究它的人相对较少。老的玉器、瓷器、字画以及铜器,它们才是藏界的主流。除此之外,还有老紫砂壶、砚台、书籍、竹木牙雕等等,不下几十个品种。总之,凡是老的艺术品,总有人收藏。大家都说是喜欢古玩,收藏古玩,其实大多数人不过是古玩的经营者。有的人,以收藏为主,也搞买卖,但买卖是为了更好的收藏;有的人呢,以买卖为主,也搞收藏,但藏是为了更好的买卖;还有人呢,就是纯粹靠这个吃饭,快进快出,干脆一件也不收藏,郑贵农、费本中他们,就属这一类。这类人处在古玩经营活动的第一线,由他们收到东西,再卖给城里的同道朋友。他们既走村串户,收集传世古玩,也出入于砖厂、建筑工地,收购出土的地下文物。因此,他们自我调侃是“地上地下通吃,死的活的全收。”

　　最近几年,无论城市还是农村,都迎来了建设的高潮。建设需要砖块,烧砖就成了农村致富的捷径。几年的时间,在整个鲁中平原上,形成了“村村点火，庄庄冒烟"的壮观景象。砖厂就地取土，挖到五六米深，埋在地下的古墓、古遗址，都被翻腾出来。最初，出土的古物大都被砸烂抛弃，人们认为死人用过的东西，活人拿回家会招来鬼祟。如今，负责刨土的人始终瞪着眼睛，不管是陶器、瓷器、铜器、玉器，甚至是砖瓦石块，都整理出来存着，等着收购古玩的人来，待价而沽。这个前脚走了，另一个后脚来了，买古玩的人是一拨接着一拨。

古玩，没有买卖的价值标准，卖方买方，均无法判断这些东西的真实价值，一切都属暗箱操作。郑贵农、费本中现在只要收到东西，都会带着来找夏月川请教，他也总能把器物的名称、年代说得明明白白。夏月川就是这方面的权威，费本中他们对此深信不疑，但对夏月川给出的价格，却不予认可，认为在此基础上，至少再翻上几番才算合理。其实，夏月川给出的价格，只是反映了他个人的购买能力或心理价位，到底值多少，他也没有任何参照标准。

不管什么商品，通过市场自由买卖，是最合理、科学、公平的交易方式。进了市场，商品的真实价值才能得到体现。渐渐地，也是迅速地，在双龙城云泽市邮电局门前，自发形成了一个周日古玩交易市场。市场日渐兴隆，不仅济南、潍坊等地的古玩商人蜂拥而至，更有青岛、天津、北京等地的客商远道而来。到了古玩市场，才知道有多少人在第一线收购古玩，有多少人喜欢古玩，有多少人经营古玩，这都超出了人们最初的想象。

古玩交易热潮的蓬勃兴起，让一个人很不舒服，他就是云泽市文物商店的高经理。邮电局门前的古玩市场，就在文物商店的斜对过，必然会影响文物商店的风头和生意。它就像一根鱼刺，卡在了高经理的喉咙里。

自一九七六年成立文物商店以来，高经理和他的员工们，过得可谓滋润无比。事业单位编制，工资由财政划拨，旱涝保收。本来是搞经营的企业，独家垄断不说，还担负着部分政府职能。

高经理他们拿着证明信，到哪个村庄去收购文物，村里的书记村长都会高接远送。老百姓拿出来的东西，文物店的同志说值三十就是三十，说值三百就是三百；说是石块就是石块，说是金子就是金子。主家有卖与不卖的选择，但没有价格的选择。不卖给文物店可以，若卖给私人就是犯法。

有时，文物店的一个业务人员就可以单独出去收购文物，没机会出去收购的非专业人员就有情绪。他们私下里发牢骚说："一件文物，是件宝贝，如果花钱很少，业务人员就自己装起来了。买贵了，买走了眼，自有公家兜着底。"

按有关规定，高经理他们把文物收上来，够级别的要移交给博物馆，这是他们的首要职能，剩下的才可销售。至于够不够级别，全由高经理说了算，移交不移交也由他一人说了算。

一件文物到底该卖多少钱？这全在高经理嘴里。他说卖一千，它就值一千，他说卖一百，它就只能值一百。同样一件东西，高经理的亲朋好友花五百元买去了，转天私下里卖出去，就可能是一万。

这样的单位，除了开印钞厂印钱能与之媲美，再也找不出第二个行当了。

在一次文化工作座谈会上，市政府负责协调文化工作的副秘书长问高经理："你们如何杜绝一百块钱买来的东西，三百块钱报账？如何避免实际价值三千块钱的东西，将它三百块钱卖给熟人？"

高经理稍一紧张，然后装疯卖傻地说："我们要努力提高员工的文物鉴赏估价水平，最大限度地避免类似情况的发生。当然，文物经营，自古靠的是经验，仁者见仁，智者见智，误差总是会有的。"

副秘书长不依不饶地继续说："我说的不是这个，不是业务不精的问题，是说如何防止有人故意那样做，从中获取利益。"

高经理支吾了半天，说："这个，这个，就要靠良心，靠觉悟，靠职业道德来约束。"

"我相信高经理肯定有这个觉悟和道德。但纯靠道德约束，靠自觉，总有靠不住的时候。万一手下有人觉悟不高，那如何预防？"

分管文化工作的副市长不高兴了："我们共产党的所有国营、集体企业的管理，无不建立在广大党员干部具有高度政治觉悟的基础之上，如果对管理者总不放心，那国营、集体单位就无法继续办了。"

谁都听得出来，副市长说的是套话官话，可场面就得这么个圆法。他也认为副秘书长说到点子上了，可作为更大的领导，他只能唱红脸，白脸由下属来当。副秘书长听了，伸伸脖子，不再说话。他明白，现实的官场，容不得凡事都刨根问底。

如今，这些文物贩子、古玩商人，他们自由买卖文物，就是抢了货源抢市场，抢了高经理他们的财路。

高经理做事，一向按程序来。他拿着云泽市人民政府《关于加强文物保护管理的布告》，找到了市公安局文化管理科，要求取缔邮电局古玩市场。周末，高经理牵头，公安人员压阵，把古玩市场上的所有经营者，全部"请"进了公安局会议室，对他们进行普法教育，身上所带的古玩，自然是全部没收缴公。第二天，在高经理的带领下，公安局将双龙、江渚、赐源三区的知名收藏者，全部予以抄家，凡是古玩文物全部没收。

如果按国家规定，文物商店为唯一的文物收购经营部门，其他人收购经营皆为违法，高经理这么做也无不妥。问题是那些摆摊的人，卖的是古玩。按世俗的理解，文物属于古玩，但古玩未必全是文物。即便其中有文物，也应当就事论事，不能一概而论。高经理作为文物工作者，对于两者的联系与区别，应该十分清楚。其次，抄家行为是否合法？到底他们犯了何罪，以至于被抄家？后来连个说法都没有。从此，高经理与古玩收藏界的朋友就有了过节，而且是解不开的过节。

古玩市场在双龙被取缔，过了段时间，又在邑城大桥下复活。邑城南去双龙四十里，高经理的手再长，也无法伸到这里。

国庆节这一天，恰逢星期日。来自双龙、江渚、邑城、赐源四个区的古玩界人士，齐聚邑城大桥古玩市场。中午市场散了，大家到邑城大酒店开会。

会议的召集人是小纪，夏月川今天才知道，他的名字叫纪远方。大家七嘴八舌，畅谈了古玩交流的美好前景，也谈了交流中遇到的困难。最后，纪远方做了总结发言。

他说："藏友们过去是偷偷摸摸寻找和买卖古玩。大家相互保守，互相提防，导致信息闭塞，结果是想卖的卖不出去，想买的买不进来。咱从今天开始，要多交流信息，多串门，尽量在家里买卖。再高级的东西，只要在家里交流，不就等于进了保险柜？古玩市场，仅仅是个见面交流信息的场合。你买不起的东西，不喜欢的东西，可以领朋友去买，他有了信息，再领你去买。这样就活了。

"等会儿大家一起吃饭喝酒，相互认识认识。手里有什么东西，也互相通通气。大家都知道，我父亲在法院工作，收藏过程中，包括家里遇到什么麻烦，大家尽管说，我一定会出面帮忙协调。

"我在邑城炼钢厂负责，大家来到邑城，管顿酒饭不成问题，欢迎大家常来。我家自六十年代开始收藏，我叔叔也喜欢收藏，算得上收藏世家，大家有什么东西想出手，我家一定给个好价钱。"

听了纪远方最后一段话，让来自双龙的卓文鸣听了极不舒服：在云泽市，若论收藏，只有我家才能称得上世家。别人号称收藏世家，就是信口雌黄，欺世盗名。

午饭开了三桌，大家推杯换盏，觥筹交错，气氛热烈。不一会儿，卓文鸣就有些醉了，对纪远方的不服，也开始往外流露。他故作神秘地说："今天，我要告诉大家一个秘密，我家，也是收藏世家！"

卓文鸣故意把"也"字的字音发得很重，那是冲着纪远方说的。他停了停，以示这句话的重要性。看看大家的眼神有了回应，他接着说："我父亲解放前就开始收藏，到我这里，已经是第二代。欢迎大家有空去找我，一块切磋切磋。看看我收藏的东西，大家也许会受些启发。"

众人早就听说，卓文鸣从父亲那里继承了好多东西，但不便直接询问，没想到今天他轻易宣布了。纪远方把卓文鸣的话记在了心里，来敬酒的时候，故意表现得格外恭敬，两人交换了单位电话和家庭住址。

三天后的一个晚上，纪远方如约从邑城赶来双龙拜访卓文鸣。

卓文鸣家的橱柜中，摆的全是些瓷碟瓷碗之类的东西，制作不精且多有伤残，纪远方看了，表情由兴奋换成了失望。卓文鸣视而不见，只是抽烟喝茶聊天。待一壶铁观音喝了五泡，纪远方沉不住气了，还要赶三四十里路回家呢。他说："卓大哥，真人也得露露相，拿件好东西出来，开开眼界。"

卓文鸣这才不慌不忙地站起身来，又不慌不忙地进了另一个房间，看样子那是卧室。过了足有十分钟，卓文鸣才拿来一件玉器，轻轻放在桌子上。纪远方看了，是一块白玉牌，高足有八九厘米，宽有五六厘米，厚有七八毫米，在玉牌中，属于大个头。玉牌两面浅浮雕，正面图案是一牧童骑在牛上，吹着笛子，右上角有几丝柳条，左下角有几棵小草；另一面，竖排草书两句诗，"多少长安名利客，机关算尽不如君。"落款阴刻"子冈"俩字。将玉牌握在手里，越看越觉得雕工传神：牛在走，柳条也在晚风的吹拂下摇曳飘动，笛声仿佛就萦绕在耳边。

纪远方拿起来端详了一会，虽不是很懂，但知道这是好东西。他不动声色地说："这牌子的润度、白度都够了。我虽然不知道是老还是新，但我相信你的眼力。能否割爱转让给我玩儿几天？我玩儿够了，再给你送回来。"

卓文鸣严肃地说："纪老弟，这是我家老爷子传给我的东西，不存在真假新旧的问题。你可以不相信我，但不能不相信历史。

"我从来不卖东西，暂时还没穷到那个程度。老弟如实在喜欢，我可以友情转让。价格吗，给我三万好了。"

真能装！卖不叫卖，叫友情转让，还不是一回事？纪远方心里这么想，但没吱声。

尺寸小点的玉牌,一两千块钱。但这块特殊,没有东西参照,卓文鸣要这个价,也是懵着要。纪远方伸出两个指头,那意思就是出两万。卓文鸣不说话,伸出两个指头,点了两下,那意思是两万二。纪远方一拍桌子说:"第一次打交道,交个朋友,成交!"

纪远方早有准备,来时特意带了五万块钱。他们办了交割手续,纪远方带上玉牌告辞了。

卓文鸣送走了纪远方,拿着两万二千块钱的手就开始颤抖,甚至是有些不听使唤,他感觉自己的心跳也在加速。虽说卓文鸣的工资和奖金合起来,每月有一千元冒头,是一般企事业单位职工收入的四五倍,但不吃不喝,积攒两万块钱也得两年的时间。而多数工人职员,要攒够这些钱,按目前的收入水平,可能需要十年的时间。两万二千块,就是个天文数字啊!

卓文鸣自记事以来,从未一次见过两万多块钱,甚至未曾想过一次性拥有这么多钱。本来想卖个七八千,可怕卖亏了,就喊了个三万。纪远方出两万时,他本来已是喜出望外,但轻易松口,对方反而会反悔,就咬咬牙,伸出指头要了两万二。未曾想纪远方又答应了。卓文鸣怕机会失去,没敢继续争执。至今他依然认为,这块玉牌未必值二万二千块钱。过去给很多客人看过,出的价格,从未超过六千元。可能是纪远方家太有钱,所以才出手不凡。

整个前半夜,卓文鸣都在不停地点钱。点着点着,钞票"哗啦"一声全掉在地上。然后他蹲下身子,一张张捡起来码好。再点,又"哗啦"撒在地上,再捡起来。如此循环往复,总也点不到一万。直到点累了,才歇息下来。

卓文鸣一边点钱,嘴里一边喃喃地絮叨:"感谢老父亲,给我留下这么贵重的东西。感谢纪远方,给了我个好价钱。"

过一会儿,卓文鸣又有些沮丧。老父亲当年嘱咐自己,这是好东西,自己经不住钱的诱惑,就这么卖了;纪远方出价如此生猛,我是不是卖亏了?别是值五万十万的东西吧?

一直折腾到夜里两点，卓文鸣才感觉有了睡意。

第二天晚上，纪远方来到父母这边，拿玉牌来让父亲过目。纪院长仔细看了，问花了多少钱。纪远方加了六千，说花了两万八。纪院长打开床头柜，随便取出来三万块钱，递给儿子说："都拿着吧，这是块宝物，民间很难见到了。"

当初，纪远方特意和卓文鸣约定，两人之间的买卖要绝对保密。纪远方不愿意让人知道自己家中有钱，露富总是不好。但卓文鸣沉不住气，没过几天，卓文鸣一块玉牌卖了二万二的消息，就传遍了云泽市古玩界，只是买主变成了北京客户。说北京人买去了，一可以为纪远方保密，二可以提高身价。从北京来的客户，那还了得，卓文鸣的身价，自然要随之飙升。

郑贵农自从听了卓文鸣卖玉的消息，心里就有些不平静。自己干古玩生意几年了，一次从未挣到过两千块钱。虽说五块钱买来能卖到三十四十，利润率高达百分之六百八百。利润率虽然很高，可基数太小，总收入还是不多。与过去比，与农村种地的人比，是收入不低，可要发家致富，还是遥遥无期。更要命的是，出土的东西总是有限，而走乡串户收古玩的人却越来越多。后果很快显现出来：货源趋于枯竭，东西被轮番抬价，收购价大大提高，利润越来越薄。即使是小钱，也越来越难挣了。

腊月初三，纪远方来找郑贵农喝酒并切磋古玩。几杯酒下肚，郑贵农对着纪远方倒苦水说："都说干古玩能挣大钱，可大买卖我总也碰不上。到底是收的东西不行，还是好东西没卖出好价钱？近来心里一直在打鼓。孩子大了，需要花钱的地方多，这以后的路可咋着走？"

纪远方帮他分析说："老郑，好东西你肯定遇到过，只是你缺乏本钱买不下来，失去了机会。想想有没有这回事？"

郑贵农点点头，连声说："是有。不单这样，就是买了好东西来，因为占着资金无法流转，又怕砸在自己手里，就急着卖了，价格总也扛不上去。"

纪远方启发他说："你为何扛不动大东西？是没有原始积累。俗话说'马无夜草不肥，'只经营真货不挣钱。过几天，给你介绍个大款来，你设法给他弄两件东西，挣几个钱。怎么操作，那就是你的事了。"

郑贵农还在那里发怔，他妻子说话了："你个死脑筋，这事还不容易？怔啥？"

郑贵农这才缓过神来，说："好，好！喝酒。"

腊月初八，有人开着高级轿车来找郑贵农，说要看看他的古玩。经过寒暄，方知对方是纪远方的朋友，名片上印着"邑城区粮油公司总经理林常法"的字样。说刚刚学着搞收藏，听纪厂长介绍，这里有很多好东西，便按图索骥找上门来。

初始，郑贵农拿出几样低档的小东西，林常法看了，动也不动。稍后他皱了皱眉，有些不高兴地说："郑老师，是不是看我不像个有钱人，就不给我好东西看？"

郑贵农也不言语，往东厢房去了。不一会儿，左手提着一个青花缸，右手握着一块砚台，回到了正房。

砚台有一个红砖那么大，紫黑色。背面中间，竖刻有"唐诗晋字汉文章"七个字，落款是"魏万义"。

林常法问："魏万义是谁？"

郑贵农干笑了几声，略显尴尬地说："我也不是很清楚，据说是魏村人，明代的大官。"

"卖多少钱？"

"卖一万六。"

"我也不知真假，包退吗？"

"一周内包退。"

"好，给你一万。"

"还能再加加么？"

"不加了。"

"好，小纪介绍来的朋友，不是外人，给你吧。"

又几经交涉，"大清乾隆年制"款青花缸，也以一万六千元成交。

林常法从汽车后备厢中，取来二万六千元交给郑贵农，他数也不数，随便往桌子上一放。林常法取了砚台和大缸，兴冲冲开车走了。

第二天一大早，郑贵农把大门锁上，领着一家人，走亲戚去了。

林常法买了东西回来，爱不释手，妻子有意无意地提醒说："防人之心不可无。你得找个明白人看看，到底值不值那么多钱。别光闷着头买。"

林常法想想也是，瞒着纪远方，托人牵线，在云泽宾馆宴请云泽文物店的高经理。酒过三两，就算是成了朋友。饭后，林常法从汽车上搬下东西来请高经理过目。高经理拿起砚台看了看，又瞅了青花缸两眼。望着林常法那急切的眼神，高经理轻描淡写地说："砚台看老，但不是魏万义刻的字，是现代刻工，这叫老砚新铭。青花缸看新，釉面稍微做了点旧，双龙艺美堂专门经营这类东西。"

林常法问："咋看出做了旧？"

"回家后，用放大镜看看表面，全是一团团的丝纹。正常磨损出现的纹丝，不会是一团乱麻。"

林常法再问，高经理不再答话。高经理心里说：就一顿饭，还想换多少知识？

林常法改天去了艺美堂，高经理的话果真不虚，里边摆的商品就有自己那种青花缸。仔细看看，一模一样，不差分毫。他开车径直去了羊集乡马家庄，找郑贵农退货。不料，郑贵农家的大门上了锁，没人。他只好在瑟瑟寒风中等待，过了半天，不见人影。问问邻居，说这家人好像几天没见了。再来，还是铁将军把门。

一晃七天过去了，出了包退的期限。林常法也是场面上的人，知道这事也只能这样了。跑去找纪远方诉苦，纪远方开导他说："买古玩不同于买粮食。粮食只有好坏，没有真假。玩儿古玩，买假了并不稀奇，永远买不假，那才叫稀奇。这次就权当是交了学费，说起这学费，我可比你交得多了。"

林常法搞经营，免不了有官司上的事，到时还得请纪远方帮忙。不能翻脸，只好伸伸脖子咽了。

过了几天，纪远方来找郑贵农玩儿。郑家正在忙年，一派红红火火的景象。

两人喝着酒，开始东拉西扯。纪远方看看郑贵农没有反应，谈话总也切不到正题上，就主动开了腔："要不是林常法这家伙信任我，你们不可能成交。要不是在官司上还得求我，他能善罢甘休？是真是假，咱可都是明白人。"

郑贵农的妻子笑盈盈拿来一万块钱，亲自放到纪远方的包里，柔声细语地说："你大哥啥都明白，他正准备去给你汇报呢。"

两人从上午开始，一直喝到下午三点。纪远方临走时说："老郑，本钱有了，要买点好东西。我会在生意上照顾你。"

郑贵农连忙说："那是，那是。"

晚上临睡觉，郑贵农对妻子说："这样做套卖假货，这心里还真不踏实。过去咱可没糊弄过人！"

妻子说："这怪不得咱们，这一行里都这样。入乡随俗，入行也得随俗。"

夏月川在古董贩子们那里，多次见到过玉器，因为不感兴趣，就没放在心上，更谈不上研究。卓文鸣一块玉牌卖了两万二，夏月川听说了，很是震惊。抽个下午，来向靳先生请教，探究这块玉牌到底值不值这么多钱，并借此了解些玉器的知识。

靳先生谈了他对玉器的理解，夏月川听起来感觉很吃力。靳先生觉察到了夏月川的困惑，便坦率地安慰他说："古玩界有句话，叫作神仙不看玉。一百个看玉的人，就有一百个标准。你若不是特别喜欢，就别在玉上下功夫了。对于玉器，我也不是很明白，也教不了你什么。切忌，不要听说什么东西值钱，就对什么动心。"

夏月川有所感悟地说："知难而退，也是修为。"

靳先生点点头，表示赞许，然后谈了自己对这块玉牌的看法。他说："从你的描述来看，这个玉牌的身世非同一般。实际价值，要比这个价格高得多。"

交谈临近结束，靳先生托夏月川买几个铜钱并列出了清单，分别是：大观通宝大钱、崇宁通宝折十、永通万国、货布等四个品种。他解释说："这些钱虽然不是很稀缺，但名声很大。几十年不见这些钱了，想看看它们。"

夏月川起身告辞，刚走到院门口，靳先生不经意地问："你如何评价宋徽宗？"

夏月川略做沉吟，随后用试探的口气说："算有成就的艺术家。只是兴趣不在治理国家上，但不是昏君。"

说完这话，他们已走出大门外，夏月川说："靳老，你留步吧，过几天我再来看你。"

靳先生说："先慢走。亡国之君怎么不是昏君？说说你的理由。"

夏月川站住，望着门外的赐水河，若有所思地说："如宋徽宗，一个极有艺术天赋的人，能昏到哪里去？如崇祯皇帝，一个勤勉和励精图治的人，能昏到哪里去？盛世也有昏君，亡国之君也有明君。国之兴亡，有时赖人，有时是势。"

"宋徽宗对治国不感兴趣，丢了江山，你说怪谁？"

"让他当皇帝，那是人才错位。要怪就怪封建制度，为何不让个热心从政或有从政天赋的人去当皇帝，偏要选他？"

靳先生拉住夏月川说："回去，我给你写幅字再走。"

夏月川拜靳先生为师这么久了，从未张口索字，两人似乎都忘记了还有写字这回事。夏月川有些兴奋地跟靳先生回到屋里，靳先生在书案上铺了宣

纸,拿起大笔,饱蘸了墨汁,一气呵成,写了张开三:

高山操梧桐,流水遇知音。靳云舒赠月川兄补壁。

夏月川慌忙说:"靳老,靳老,晚辈不敢当,怕会折寿。"

败家

四

汉代，"长乐未央"瓦当，直径 16 厘米。

"长乐"和"未央"，是汉代吉语中使用频率最高名
词，未央宫、长乐宫、未央门等，被不同的皇帝重复使用。
如今，西安还有条未央路。长乐未央，意指快乐没有尽头。

若论买文物出手阔绰,在整个云泽市,卓文鸣算是数一数二的人物。他的工资收入,在古玩界没人能比。前几年,收藏界的一干人马,月工资大多在一百元左右,他的工资已是六百出头,年底奖金更是个大数目。这几年,大家的工资涨到了二百元左右,他的工资早涨到了一千元以上。

　　卓文鸣买文物有个特点,就是好的贵的不要,喜欢三百二百买一件,千儿八百收一堆。单价虽然不高,但几乎每周都买,这支出可就大了。自从一块玉牌卖了二万二,卓文鸣的腰杆更硬了,买东西的热情也更加高涨。朋友们看了痛心,有人劝他说:“文鸣,老父亲给你留下的几件东西,要珍惜才是。卖了也不要紧,添上几个钱,买件更加稀有、档次更高的收藏,那才叫发扬光大。”

　　卓文鸣反驳说:“老父亲当年花二十块钱买一件文物,我现在卖了二万多块,是一千倍。我把两万多块钱换成一百件,等我儿子长大了再卖,你说是多少? 这是不是发扬光大?”

　　朋友说:“你这叫拿着五匹马,换了六只羊。”

　　他红下脸来反驳说:“怎么不是一只羊换成了一群马? 你买不起不要紧,不要嫉妒别人的收获,好不好?”

　　朋友无可奈何地摇摇头说:“好,好! 怪我多管闲事。”

　　卓文鸣有一个不大的人际圈子,主要有孟祥宾及他的两个徒弟。孟祥宾的这俩徒弟都姓旦，一大一小，被古玩界的人唤作大旦、小旦。孟祥宾手上存着些东西，古玩生意早已做出了山东，走向了北京、广东等地，至于这俩徒弟，说得直白一点，做的就是左手进右手出的买卖，以爱好古玩为名，混壶酒钱而已。

孟祥宾在云泽，无论是商界还是古玩界，算得上个体面人物，他身边不缺上流社会的人，可偏偏喜欢大旦小旦这路角色。妻子不解，他说从这种反差中，能获得一份独特的快乐。

阴历十月初一是鬼节。下午，小旦约上孟祥宾、卓文鸣、大旦三人，到孟祥宾家旁边的"沂蒙山庄酒店"喝酒，说是鬼节需要活人过，借机请请师傅。整个晚上，众兄弟推杯换盏、切磋古玩心得，甚是融洽。

宴席临近结束，小旦当着大家的面对卓文鸣说："文鸣，今晚我请师傅，你能来作陪，我很高兴。可我们单位效益不好，这月的工资至今没发，先借我二百块钱，我去结了账。"

卓文鸣扫一眼桌上的杯盘，估计今晚的花销顶多一百五十块钱。他心中暗想，好个小旦，口口声声请客，你不仅要我买了今晚的单，还要从中赚五十。与其你借了不还，还不如我直接买单算了，于是一拍胸脯说："今天过节，我的工资最高，这顿饭由我买单。"

别人都不言语，孟祥宾对卓文鸣拱拱手说："谢谢，谢谢了！"

卓文鸣到吧台结账回来，小旦说："卓大哥，大家有个想法，想到你家去看看这一周的收获，方便吗？"

卓文鸣最喜欢别人去看自己收藏的东西，喜欢看别人羡慕自己的那种眼神，那是一种享受。没等小旦说完，一挥手说："这有啥不方便的？走！"

孟祥宾说："文鸣，大旦去厕所了，我和小旦等他一会儿。我今天买了几袋子块煤，还在楼洞放着，不能过夜，让他们去帮我抬上去。你先回家烧水沏茶，我们随后就到。"

卓文鸣骑上自行车走了。大旦上厕所回来，手里就多了个提兜。小旦问他："手里提的啥东西？"

大旦笑着说："刚才在酒店的窗台上，看见了一个青花盖缸，前几年酒店用来盛煲汤，现在都换成了仿古的黄釉粗瓷缸，这种就被淘汰下来，不用了。我们是这里的常客，向老板要了一个。提回家去，说不定还能有点用。"

小旦拿出来，瞅了瞅，开玩笑说："可不可以给卓文鸣送去，换几个酒钱？"

大旦说："我看行！"

孟祥宾想了想说："也行，就算是闹着玩儿吧。"

从沂蒙山庄酒店到卓文鸣的家，大约有二里路。卓文鸣走出去不到三百米，小旦骑自行车风驰电掣般撵来。见了卓文鸣，一个急刹，从车上跳下来，卓文鸣急忙下车问出了啥事。小旦张口气喘地说："老卓，孟祥宾让你先回家沏茶，那是为了把你支走。大旦今天出去淘回来一个青花大盖缸，他们要拿去卖给夏月川。今晚你请的客，他们却瞒着不告诉你，我觉得这不公平。来给你说一声，我是不跟他们去了。"

卓文鸣听了，不再言语，跳上自行车，往回飞驰。卓文鸣老远就看见了孟祥宾师徒二人，可不，大旦右手攥着车把，左手提了件东西。卓文鸣跳下车来，孟祥宾和大旦也从车上下来，略显尴尬地站在那里。卓文鸣厉声呵斥道："喝了我的酒，吃了我的肉，竟如此对待我。给夏月川留着不要紧，让我看看难道不行？夏月川的钱是钱，我的钱就不能花？什么玩意儿！"

丢下这几句话后，卓文鸣骑上车，头也不回地走了，小旦也随卓文鸣一同去了。今天恰是周末，卓文鸣的妻子和儿子回了娘家。他们进门坐下不久，就听外边有人敲门。小旦也不征得主人的同意，前去把门打开。

是孟祥宾和大旦满脸羞愧地站在门外。卓文鸣出来迎接，但不说话。孟祥宾满脸挂笑，和蔼地说："卓兄，是我考虑不周。夏月川早就嘱咐大家，留意给他淘件青花的东西玩儿。大旦遇见了这个，已在电话里告诉了他，约好今晚见面看货。这东西我看年份不会太早，你也不一定喜欢，怕伤了你的眼，就没让他拿出来,这事完全怪我。大旦说了,只要你喜欢,先给你。那边,由我去解释。"

孟祥宾是有地位的人,卓文鸣也不想真的和他弄僵,见话说到这份上,也换了笑脸,请大家进屋喝茶。

大旦慌忙右手提了盖缸身子,递到卓文鸣的手中,左手拿着盖子,等着随时递上。卓文鸣接了罐子,提在手中,并不仔细观看,随便一掂量,放在一边。漫不经心地说:"清晚期的东西,多少钱?"

大旦连忙说:"七百买的。你要喜欢,给七百就行。不加一毛钱,白忙活一次,算我给你赔罪。"

卓文鸣故意不说话,过了一会儿才说:"这东西,要不要都无所谓。既然拿来了,就留下吧。

说完这话,从口袋里掏出一叠百元大钞,点了七张,给了大旦。

买卖谈完了,大家继续喝茶,品评卓文鸣的藏品。大家专拣好听的说,不长时间,卓文鸣脸上所有的不快,消失得一干二净。

不觉已是晚上十点,孟祥宾起身提议大家告辞。临出门时,孟祥宾郑重地说:"给我记住了,谁再弄到东西,先找卓兄。卓兄不要了,再去找别人。"

俩徒弟听了,都点头称是。卓文鸣目送大家下楼,回身把门关了。

三个人下到楼洞口灯光下,大旦把钱掏出来递给孟祥宾。孟祥宾抽出四张百元大钞,给了大旦小旦各两张。然后小声说:"咱三个每人二百,剩下的一百,转天我们一块喝酒。只是今晚这事,可千万别让外人知道。"

大旦表态说:"师傅咋说,我们就咋办。走,去给你把块煤抬到楼上。"

卓文鸣一觉醒来,已是日上三竿。多亏今天值夜班,没有误事。他坐在床上,努力回想昨晚的事情,只能记起一些片段。下床去厕所,还有些晕。昨晚感觉喝得不是很多,睡了一夜醉意反而更浓了。卓文鸣来到会客的房间,忽然看见写字台上有一个青花盖缸,这才把昨晚的事情串连起来。他赶紧拿起盖缸,到窗前明亮处仔细观看,觉得这东西有些眼熟,就是想不起在哪里见过。

盖缸的白色釉面上绘了一个寿星,寿星牵了一只鹿,正抬头仰望着天上飞舞的蝙蝠,寓意有福有寿有禄。卓文鸣越看,越觉得寿星的面目有些狰狞,青花颜色也无浓淡变化,就和印上去的一样,心里开始发毛。

好歹熬到周日,卓文鸣带上盖缸去找文物店高经理,让他帮着看看真假。高经理此时在哪呢?在邮电局门前的古玩市场。

一九九一年六月,全国人大对一九八二年制定的文物保护法进行了修订,重新予以颁布,从而唤起了收藏爱好者学习研究文物保护法的热潮。通过学习,大家才明白,个人家传继承的文物,所有权归个人,在法律允许的范围内,国家允许个人收藏,允许交换或合法交流。原来的文物法中就有相关规定,只是多数人不知道有这么一部法律,更不熟悉其中的内容,才被有关人员故意曲解而加以利用。很快,北京成立了中国收藏家协会,济南也成立了山东省收藏家协会。民间收藏热潮已是风起云涌,大家再也不用提心吊胆搞收藏了。邮电局门前的古玩交流市场自发恢复起来,规模比以前更大了。文物商店的高经理感叹:落花流水春去也。大家都懂法了,自己再也不能运用国家机器予以打击了。时间一久,高经理顺应时代,周末也到这市场上转悠,只是比较孤单。

高经理与卓文鸣很熟,但没什么特别的关系。好东西不卖给当地熟人,是卓文鸣一贯坚持的基本原则。高经理自认为是云泽古玩界的头面人物和正宗文物专家,向来对卓文鸣不屑。当然,天下收藏是一家,互相掌掌眼,看看东西,自然是彼此乐意。

卓文鸣忐忑不安地把盖缸放在高经理面前,高经理拿也没拿,仅仅瞅了一眼,就成竹在胸地说:"图案是印花,青花料是化工合成颜料,现在很多饭店都用它来盛食品。我看得也不一定准,再找别人看看吧。"

高经理说完,转身到别处去了。

老的青花瓷器画面,一定是手工绘画,着墨极具浓淡变化,富有晕染效果。凡是印花,那一定是五十年代后流水线上下来的产品,这充分说明它不是件老瓷器。青花料本是一种矿物颜料,既然是化工合成的颜料,自然与明清青花瓷器毫不搭界,高经理只是把话说得稍微含蓄了点。这东西就是新的瓷器,连新仿的都不算,因为它根本就不是一件青花瓷器。

从高经理那里得了结论回家,卓文鸣顺路到沂蒙山庄酒店去察看核实。

他拿出盖缸来问大堂经理:"经理,这样的盖缸,这里是不是曾经用过?"

大堂经理一脸困惑地回答说:"大堂用过,现在厨房里还在用。先生,发生了什么事?"

卓文鸣不再说话,扭头走了。

周一上班后,卓文鸣给孟祥宾打电话,对他们做局欺骗的行径,表示了极大的愤慨。孟祥宾在电话里慢悠悠地说:"卓兄呀,古玩行谁敢说没被打过眼?你有钱,买的假货孬货多了,还在乎这一件?我劝你不要去找大旦了,他是小贩子,你是大收藏家,与他计较,坏了名声,不值得。"

卓文鸣想想也是,说出去,反倒让大旦这小子沾了自己的光。

有句俗话说,"不怕贼偷就怕贼惦记。"过了几天,孟祥宾给卓文鸣打电话,说自己新进了几样东西,几天前做的那件事情,在场面上不太美观,为了表达歉意,先让卓文鸣看看,以供挑选。

卓文鸣晚上来到孟祥宾家,先东扯葫芦西扯瓢地侃了一会儿,孟祥宾才开始往外拿东西。一个光绪年间的粉彩水盂,一个翡翠烟袋嘴,一块小挂牌。在卓文鸣看的过程中,孟祥宾特意说明:"这牌子的用料是沉香木,还没玩儿够,也没研究清楚,暂时不想转让。"

鬼使神差,卓文鸣还单就喜欢上了这块挂牌。沉香木长得啥样,他俩没见过,估计云泽市所有玩儿古玩的也没见过,甚至连照片也没见过。资料上说,乾隆皇帝有一颗沉香木大御玺,估计看过这篇资料的人也是少数。

卓文鸣有个特点,你向他推荐的东西他偏偏不要。他总以为,好东西你不会卖掉,一定会自己留着。因此,你若不卖的东西,他则执意要买。这次好说歹说,可孟祥宾就是不松口。

第二天晚上,孟祥宾刚吃罢晚饭,卓文鸣又来了。两人喝茶抽烟,很快就聊到了九点。卓文鸣看看时间已晚,他开口了:"祥宾,我着实喜欢那块小牌子,喜欢上边雕刻的兰花和蝴蝶,拿出来再瞧瞧。"

孟祥宾进了卧室,里边传来翻箱倒柜的声音。忙活了一阵,孟祥宾来到厅里,对着在厨房干活的妻子喊:"那块牌子你是不是收起来了? 放在哪里?"

妻子的声音从厨房里飘出来:"不是说好了不卖? 在我脖子上戴着呢!"

"卓兄要看看,没说要。"

里边没有动静,卓文鸣对着里边说:"弟妹,怎么这么小气? 我只是看看,学习学习,如有机会碰见了,心里好有个参照。"

弟妹这才从里边出来,有些不太情愿地摘下来,递到卓文鸣的手里。她忽然咳嗽了几声说:"你俩抽烟抽得屋里太呛了,我下楼去走走。"

弟妹说完这话,领着儿子出门了。

卓文鸣把牌子放在手中掂了几掂,仔细看了一会儿说:"趁着弟妹不在,开个价。我先拿去玩儿几天。"

孟祥宾看看火候到了,伸出来两个指头,意思是两千。两人讨价还价,最后一千六成交。卓文鸣怕弟妹回来横生枝节,赶紧掏了钱,拿上牌子跑了。

卓文鸣把孟祥宾的那块牌子买回后,每天到家的第一件事,就是拿起来把玩摩挲。第四天,八岁的儿子趁爸爸歇息的空档,也拿起来有样学样地摩挲。一不小心,牌子掉在地上,摔下来一个角。卓文鸣感觉有些奇怪,拿起来在放大镜下察看。他越看越不对劲,断茬处一丝木质纤维也看不到。随即用小刀从摔下的那块上切下一点点,放到炉灶上烧,"噗"的一声,火焰蹿得老高,随即屋里充满了橡胶燃烧的味道。

卓文鸣拿了牌子,去找孟祥宾退货,说话不免有些火气。孟祥宾不急不躁,微笑着给卓文鸣点上烟,接着再斟上茶。先把卓文鸣安抚下了,这才慢条斯理地说："文鸣，假如我这牌子在你那里，卖了六千六百元，你挣了五千，是不是拿出一半来分给我？"

卓文鸣不知怎样回答。孟祥宾接着说："古玩又叫古董。古董原意'鼓董'，就是蒙在鼓里买卖的东西，靠的就是个眼力、运气。捡了漏，挣了钱，偷着乐；打了眼，赔了钱，打碎了牙咽到肚子里，省得让人耻笑。如果挣了钱就在家偷着数钱，买错了就来退货，我孟祥宾岂不成了'冤'大头？"

卓文鸣傻愣愣地看着孟祥宾，脸涨得紫红，想反驳，却不知从哪里说起。孟祥宾继续给他上课说："你花的冤枉钱多了，都退货了？没有吧？不能因为我们是朋友、是熟人，就不按规矩办事。和生人打交道，可以不按规矩，因为那有可能是一次性的交往；而朋友熟人则不然，要经常打交道，都不按规矩，那天下岂不大乱了？好了，下次我弄了好货，先给你，弥补弥补。"

其实道理卓文鸣都懂，可就是咽不下这口气，本来找孟祥宾理论理论，不想又被孟祥宾好一顿教训。听听孟祥宾说话的口气，好像受了很大委屈，反倒是自己做错了。

如此这般，卓文鸣的两万多块钱不超几个月就花光了，屋里的坛坛罐罐、碟碗瓢盆也随之迅猛增加。

元宵节前两天的晚上，卓文鸣自己在家喝了点酒，觉得无聊，就拿起手中的"大哥大，"拨打纪远方的"大哥大。"那边说："卓老师，有'大哥大'了，混得不错啊！"

卓文鸣这边说："啥不错，单位发的福利，每个人都有。咱是邮电局职工，近水楼台吧。"

"普通工人三五年也挣不来这么块电话，真羡慕啊。给我打电话，有啥指示？"

"指示没有，就是觉得老长时间不见你了。另外，今年双龙的元宵灯会特别好，你应该来看看。到时来找我，请你喝酒。"

挂了电话,纪远方思忖:这是又想卖给我东西了吧?

正月十六,纪远方和林常法一道,前来拜访卓文鸣。林常法虽然被郑贵农"蜇"了一次,但并没有胆怯。他更加不服:这古玩,别人玩儿得,我就玩儿不得?拆字的说了,常法就是常"发,"发财是必然,破财则是偶然。都说"门里出身,三分匠人。"这不会有错,纪远方的父亲搞收藏,纪远方就是收藏的第二代,是古玩大家。跟着纪远方学收藏,一定不会错。林常法这样勉励自己。

来到卓文鸣家,双方说完了过年的话,就开始扯到古玩上。不待客人要求,卓文鸣从卧室拿来一块砚台,请他俩过目。这是一块"长乐未央"瓦当砚,瓦当的正面做了砚的底面,背面剔出圆形砚池,砚池边留有一厘米宽的墨池墙。瓦砚不稀奇,长乐未央瓦当砚亦不算稀奇。但此砚在砚池的边墙上,刻有一圈草书文字,这就堪称稀奇了。

他们能认出瓦当原有的"长乐未央"四个字,刻字中能读出"林森""于右任"等字,但不能连续识读全文。

纪远方虽然不懂此砚的出身和文字含义,但凭直觉,断定这是件好东西。让卓文鸣说说对这块砚的认识,他只说于右任是大书法家,至于其他,就支支吾吾,说不出个一二三四了。

问他卖多少钱,他说这是老爷子留下的三件东西之一,前边已经卖了一块玉牌,这砚就不能卖了。不卖,就无法谈下去了。纪远方和林常法用眼睛交流,意思是要告辞。不想,卓文鸣突然想起了一件事。他说:"纪厂长,我有个兄弟在邑城区邮电局工作,叫国彪。因为家里人做买卖追讨货款的事,年前和一位叫王德河的打起了官司。想请你设法托人关照一下,不知是否方便?"

纪远方用眼睛示意他,意思是说当着林常法的面不好表态。看卓文鸣领会了他的意思,才一本正经地说:"老父亲不让我参与官司的事。我回去找个朋友,从侧面向具体办案的人员了解一下情况。先了解清楚了,别的再说。"

说罢,纪远方就要告辞。看看留有活口,卓文鸣赶忙改口说:"如果你喜欢这块砚台，我就忍痛割爱转让给你吧。"

纪远方说当然喜欢，双方开始讨价还价。在古玩界，讨价还价是必需的程序，否则没有意思。

卓文鸣要一万元，几经交涉八千元成交。从卓文鸣家出来，俩人决定找个宾馆住下，第二天再在双龙找几个明白人，看看这块砚台的真伪和文字内容。

第二天，他们去找高经理品评。高经理反复看了半天，认为瓦当真，砚台老，但同样认不出砚身的铭文，只好云里雾里地猜着说。看来是不懂。

纪远方决定去找夏月川，听说在古玩界，他的综合文化水平最高，解读文字图案是他的专长。

赶到大桥镇卫生院的时候，已是上午十一点。夏月川问了瓦当砚的来历，他们如实说了。在古玩界有个忌讳，从来不问东西的来历，就是问，往往也得不到实话。这次不说不行，找人鉴定解读，再不说实话，就有些说不过去。

夏月川把文字用白纸铅笔摩下来，仔细琢磨了一会。然后开始给他俩讲解："从瓦当本身带有的'长乐未央'来看，汉代气息浓厚，是开门的汉代瓦当。至于砚台上刻的文字，我不能断定是老刻还是新刻，这一点，我不是内行。

"但我们可以做一个推断，如果这的确是卓老先生留下的东西，那它就绝真无疑。上边一圈的文字是：'历唐风宋雨，虽为瓦全，亦可贵无上。呈林森主席，于右任。'三十年代，林森开始担任国民政府主席，抗日战争中就已去世。

"卓老先生留下的宝物，都是解放前的东西。那时，林森的东西、于右任的字算不了什么，一块文字瓦当却无比珍贵。现在倒过来了，于右任、林森的东西文化意义厚了，瓦当却算不得高贵了。因为那时建设很少，就是建设，也不像现在建筑这样高大，地槽无须挖得很深，出土的东西自然就少。当时的古玩造假者，不可能在一块珍贵的瓦当上雕刻林森和于右任的文字信息，那样反而破坏了瓦当，卖不出好价，不划算。只有于右任馈赠林森先生，才舍得在上面刻字纪念。

"从文字刻工来看,笔法老辣,古风粲然。我个人觉得,是件好东西。如果不是卓老先生留下的东西,那就另当别论了,但依然是件高档文化产品。"

纪远方没听过这种讲解,林常法就更不可能听过了。纪远方能听明白,林常法听着却像"天书"。林常法怕夏月川瞧不起他,听的过程中,就不住地点头,表示明白和佩服。

纪远方不太明白文字的含义,本不想问。一是怕夏月川说他无知,二是怕林常法拿他与夏月川对比,并在比较中发现他两人之间的差距,从而小瞧了他。的确也是,在林常法眼中,纪远方就是收藏界的圣人了。但纪远方又怕错过了机会,若有人问他,他说不出个二和三来,那买东西岂不成了误打误撞?踟蹰了一会儿,纪远方终于想明白了:我们不就是来请教夏月川的吗?只要我们来找人家,就已经是默认不如人家了。于是抛却私心杂念,开口向夏月川请教:"听说过'宁为玉碎,不为瓦全',于右任说它可贵无上,那好像有些矛盾吧?当然这不可能。"

夏月川嘴角流露出一丝无奈,说:"这篇文字,内容含义是一语双关。赞扬的是瓦当,实际赞扬的是林森。林森和于右任两人,与蒋介石政见多有不合。林森虽说是国民政府主席,实际上只是个挂名主席,军国大事都是蒋一人独断专权。于右任在此是说,林森在风风雨雨的政治挫折中,依然保持气节,其品德高贵无上。瓦全,是说林森为了国家,为了顾全大局,而受了很多委屈。于右任在此既表示理解林森,也是为他不平。"

听了夏月川的解释,纪远方、林常法俩人,也不知是真明白还是假明白,都做出一副恍然大悟的样子。看看早过了十二点,纪远方约夏月川到镇上小餐馆吃饭。夏月川推辞不去,纪远方说还有事请教,就只好去了。

三人边吃边聊。纪远方问夏月川:"我有一件事不明白,为何卓文鸣父亲的东西,就一定假不了呢?"

夏月川说:"这事说来话长。"

卓文鸣的父亲，人都称他卓老先生，原籍云泽市双龙。解放前在安徽安庆的一个银行谋生。一九四八年底，解放军向南推进，势如破竹。那些国民党军政要员及有反革命前科的商贾富户，无不望风而逃。金银财宝带走了，可古玩字画没法带走，再说战乱时期，古玩连个馒头也不如，带也无用。共产党的军队将这些古玩查抄后，转交给地方党组织，地方党组织再交给条件较好的银行代为保管保护。再由银行人员在地方党组织的参与下，对古玩进行分类登记造册。那时人们对古玩的贵重程度缺乏认识，对小件的玉器、瓷器、印章、牙雕等看管并不严格。再说东西太多，杂乱无章，看也看不过来。作为在银行工作已久的卓老先生，知道这些东西的价值，就悄悄夹带了一些出来，据为己有。即便是那时的一般艺术品，如今也成了历史文物，因为那毕竟是另一个历史时代的产物。离开了当时的历史环境，便无法再生和复制。

全国解放后，卓老先生回到云泽双龙工作，就成了云泽第一代文物爱好者，当然是秘密爱好。

五六十年代，云泽市没有文物商店和文物收购经营部门，如果个人家中有老东西要卖，则必须拿到国营委托部去卖掉。老东西太多，委托部只有一个。因此，只有特别好的东西，委托部才收，价格也十分低廉。在别人对收藏一无所知的情况下，卓老先生悄悄出入当时的委托部，几乎是用买白菜的价格买了一些古玩文物。那时的文物，认识到它们价值的人很少，知道委托部的人更少，大多都当破烂扔掉了。在那种背景下，没有人去制造假文物，因为没有市场需求。

卓老先生去世前，把半辈子收藏的东西，全部转交给了身边的儿子卓文鸣。卓文鸣手中的好东西，都不是他购买所得。所以说，只要卓老先生留下来的东西，都确真无疑。

纪远方听了夏月川的讲述，有些疑惑地问："卓老先生的故事，是卓文鸣讲的，还是别人讲的？"

"卓文鸣未必知道,他若知道,也许就不这么糟蹋了。无论他是否知道,都不可能对外讲,他父亲最初的古玩来得总是不太光彩。我是听赐源区一位收藏前辈讲的,他当年和卓老先生经常在委托部见面,就成了同道朋友。卓老先生解释说,那些小东西,根本就不够登记的等级,当时就被当破烂处理了,是他买了一部分。不管是私拿还是购买,文物的真实性不会有异议。"

纪远方又问:"夏院长,你本来学医,是咋学到的这些文物文化知识,能说说吗?咱也不妨试试。"

三杯酒下肚,纪远方就有些失控,虽然一口一个夏院长叫着,但动作表情却没了最初的谦恭,开始流露纨绔子弟的某些做派。

夏月川十分干脆地回答说:"一是看书,二是请名人指教。"

一听名人,纪远方来了精神,好奇地问:"谁是指教你的名人?"

"你觉得在古玩界,谁能教得了我?"夏月川故意卖关子。

纪远方想了好一会儿,摇摇头说:"好像没有。"

夏月川继续卖关子说:"我的知识与人家相比,只算是牛身上的一根毛。那是一位名门之后,一位真正的精神贵族,真正的公子。不像现在某些人,是假贵族,伪贵族。"

"是县级官员的后代?"

夏月川轻轻一笑,摇摇头。

"是市级领导的后代?"

夏月川脸上飘过一丝轻蔑的笑,再摇摇头。那一丝笑,纪远方可能没有觉察到。他急不可待地说:"我不猜了,你就告诉我是谁吧"

"冉村的靳先生。听说过吗?"

"什么来头?"

"王侯的后代!"

纪远方听了,愣了好一会儿,才长长地呼出一口气。

五

公
子

清代，仿宋官窑笔洗，直径13厘米，高4厘米。

宋代官窑及哥窑瓷器，以釉面开片而独步天下。除部分
哥窑呈现独有的釉色外，二者如何区分，乃仁者见仁。
有人说，官窑开片是长纹套短纹、粗线套细线、大片套
小片；哥窑，虽有"金丝铁线"之笼统的说法，但大多
开片均匀而略显零碎。此说虽不全面，但通俗易懂，特
点也基本如此。明清无论官窑民窑，皆竞相研制，与宋
代真品相比，虽有质的差距，但依然难得。

回邑城的路上，纪远方拿起砚台把玩了一会儿后，对开车的林常法说："林经理，上次给你介绍了郑贵农，结果让你花了冤枉钱，我一直很自责。这块砚台你就买了吧，这个级别的砚台，恐怕再也碰不见了。"

林常法两手紧握着方向盘，一副聚精会神的样子，脑子却在迅速翻转。他不断地提醒自己，上次吃了一次哑巴亏，这次可要小心。如果真是那么好的东西，他能让给我？尽管找了高经理和夏月川鉴定把关，但谁能保证里边没有玄机？想到这里，林常法故作诚恳地说："纪厂长，我知道这是件好东西，也很喜欢，但我不能要。卓文鸣因为有官司上的事求你，才答应出手，而且价格也留有余地。从高经理和夏月川的眼光中，也能判断出他们对这款砚台的欣赏程度。你就自己留着吧，待下次一起出来，遇到好东西，我再要不迟。"

林常法的一番推辞，可谓入情入理。纪远方听了，不再说什么，本来也就是客气客气。他也看出了这款砚台的身价，但一块出来，总要谦让一番，这也是买卖场上的套路。这样一来，前边欠林常法的人情，就算还清了。

回到邑城，天已黑了。纪远方自己带着砚台，去父母那边。父亲晚上出去吃请，母亲和妹妹在家，正做晚饭。

纪远方拿出砚台欣赏了一会儿，饭也上桌了。边吃边聊，纪远方多少有些伤感地说："远雨还有半月就要出嫁了，出嫁之后，一起吃饭的次数就没现在这么多了。嫁妆准备好了吗？"

母亲说:"全都准备好了。只是你爸爸还没表态,收藏的那些东西中,不知选哪件送给远雨做嫁妆。"

纪远方心头微微一震,随即故作平静地说:"就看妹妹喜欢哪一件,当然不一定一件,都带走也行。"

纪远雨撇撇嘴,笑着说:"哥哥你放心,我多了不要。郑板桥的《秋柿图》或子冈玉牌,只选一件。还没对爸爸说呢。"

纪远方听了,心中暗暗叫苦,《秋柿图》那可是传家之宝,闹不好真要传到外姓人家了。但他向来以大户人家子弟自矜,不能流露出小气或吝啬,于是故作豪爽地说:"家里好东西有的是,今天又给父亲弄回来一块好砚台。只要喜欢,画和玉牌都带走。"

吃晚饭,妹妹独自在看电视,纪远方和母亲在一边的沙发上说话。大约过了一个小时,纪院长回来了。

这纪院长五十多岁,部队转业干部,六十年代在云泽市公安局担任科长。改革开放后,为给法院充实懂法律的干部,组织部门将其调入云泽市中级人民法院任庭长,九十年代初成为邑城区法院院长。

纪院长虽是行伍出身,但身上有一种儒雅之气,不知底细的人,会以为他从事文化或文秘工作。纪远方自记事起,家里就有些字画、瓷器、竹木牙雕之类的东西。平时锁在柜子里,每到节假日,父亲就拿出来摩挲把玩。最近几年,古玩市场放开,国家允许民间合法收藏,纪院长的收藏雅好就慢慢传播开了。现在整个邑城乃至云泽市司法界,都知道纪院长喜爱收藏,有人甚至说,纪院长的收藏名声,已远远超过了他的官声。

每当有人赞誉纪院长的收藏和鉴定水平,他既不否定,也不承认,只是谦虚地说:"哪里哪里,只是皮毛而已。"

纪院长向来只喝二两酒,谈不上醉与不醉。进门一看儿子在这里,就高兴地问:"又带来啥东西了?"

纪远方把砚台递给父亲，随即把买的经过及找人鉴定识别的过程，前前后后说了一遍。看了一会儿，纪院长神情专注地说："砚台真假实在难看。这需要砚石的知识、文字知识、制砚知识、历史知识，谁也不敢说能百分之百确定，但那个夏月川分析得确有道理。我也看真，是个好东西，了不起的东西，可以和咱家的画相提并论了。"

纪院长收了砚台，按惯例把购买砚台的现金如数给了儿子。看起来，他爷俩在钱上还是分得清清楚楚，但说到底，纪院长是用留给儿子的钱，提前给儿子买成了古玩。

纪远方说："听说有位姓靳的高人，退休前在市人民银行工作，对古物有很深的研究。夏月川拜他为师后，鉴定水平和学问，才有了大的长进。转天去拜访拜访，顺便拿去请他看看。"

纪院长点头允诺，随后便洗漱去了。

纪远雨问哥哥说："哥，你当厂长不缺钱，为何总是让父亲掏钱？干吗不自己掏钱买下，放在你的小家里，那样也好时时拿出来欣赏。"

纪远方一本正经地说："父亲喜欢，我怎能留下？再说，有些事情你还不懂。"

妹妹反驳一句："我不懂。反正早晚都是你的，钱也没破费，还赚了个孝敬。"

"你不懂。"哥哥坚持说。

妹妹"哼"一声，不再多嘴。

纪院长洗漱完了，从卫生间出来，纪远方对父亲谈了卓文鸣说的官司。纪院长听了，咂巴咂巴嘴说："国彪是原告，王德河是被告。可区里的王书记已经替被告那边过问了，我不仅吃了人家的请，而且还拿了人家一张沈鹏的字，四尺整张的，这也不是个小人情。这案子我已交代下去，如何改口？改了，如何向王书记交差？不好处理了！"

父亲说的王书记，是区里分管司法工作的副书记，说白了，是父亲的顶头上司。纪远方想了一会儿说："一张沈鹏的字，不过一两千块钱，这砚台人家忍痛卖给我们不说，这价钱也就等于象征性地收了点。还是想想办法吧。"

纪院长不置可否地说："哼，说得容易。看看吧。"

纪远方知道，只要父亲说出"看看吧"这仨字，就算是答应办了。

回到自己的小家，纪远方就把这两天的行程及收获，详细地向妻子汇报了一遍。对于如何维护夫妻和睦，他颇有心得。每个丈夫出发或外出回来晚了，妻子总有弄明白的强烈愿望，但主动发问就有些伤自尊。纪远方无论在外边待到多晚，只要一回家，就主动汇报。当然，哪些能说哪些不能说，他都有预案。

妻子正在给女儿讲看图说话，头也不抬地问他："那么好的砚台，又很便宜，你为啥不自己出钱留下，给他爷爷做啥？"

纪远方说："这你就不懂了。他爷爷的钱来得总是容易，存在银行里不合适，放在家中又不安全。买成古玩多好，既能把玩，还会有巨大的升值潜力。这些东西，最终得归咱。啥时想看，过去看就是，和放在这边没啥区别。"

"还有远雨呢？爸爸给了她，你也管不了。"

"不可能。有啥东西我都有数，偷着给不了。明着，远雨不会要，谅她也不敢。"

"我对这些不感兴趣，不过是随便说说而已。"妻子说完，便不再言语。

林常法自从和纪远方去双龙买了砚台回来，心里就未曾歇息安宁。他越想越明白，那块砚台是好东西，纪远方当时让自己买下，那不过是一种礼貌和客气。如果自己识货，肯定收了，纪远方也会心安理得，因为前边自己买了他朋友的假货，他欠自己一个很大的人情。

喜爱古玩而又不精通，必然寸步难行。古玩虽然也是商品，但它是特殊商品，有其独特的认知规律和交易方式。若是买家电产品，按着品牌去商店购买就可以，无所谓真假，出了质量问题，自有商场或生产厂家负责。这买古玩就不行了，若不能辨别真假，遇见好东西，怕买假了，再便宜也不敢要。有时咬咬牙买了，找明白人看看还是假货。找个替自己掌眼的吧，又怕他们合伙做局，真是难啊！可林常法从来没服过人，他不信攻不克这个难关。在他眼里，古玩买卖，就是生意的一个种类，别人能做，自己也一定能做，而且会做得更好。他决定拜夏月川为师，开始扎扎实实地学习。

吃罢早饭，林常法到公司给手下安排完了一天的工作，就一个人开车前往大桥镇拜访夏月川。林常法对夏月川讲了自己的困惑和遭遇，表达了拜他为师的愿望。谁知这看似简单的事情，却被夏月川一口拒绝。他说："购买古玩，不走眼不交学费不可能。要想少走弯路，要多看书、多看实物、多请教、多琢磨，至于是否能够精通，最终还取决于个人的悟性。你买了东西，我们可以一块研究。拜我为师，聘我为顾问，给你掌眼，我是万万不会接受，我担不起这个责任。"

从夏月川那里出来，林常法直接去了双龙城高经理那里。寒暄过后，高经理问了："这次拿来了啥好东西？"

林常法摇摇头说："唉，不是买假了，就是遇见好货不敢要。平时自己也出去跑了些东西，找人看看，东西对了，就一定是低档货；稍微高档点的吧，不是残了、修了，就是假了。我想拜你为师，不知你能不能看得上我。"

高经理不说行，也不说不行，半开玩笑地问他："你打算怎么个学法？"

"我在下面贩子手里遇见了东西，请你去掌眼可不可以？"

"行倒是行，但有两个条件。第一，既然你相信我的眼力，我若在下边遇见了东西，向你推荐，你必须要。没有实物做教材，空嘴说空话，没法教。第二，在我没有说你出徒之前，你不能自己乱买东西，以免总买假货，坏了我的名声。"

"好！我接受。"林常法干净脆快地表了态，这协议就算生效了。

中午，林常法请高经理吃了顿饭，算是喝了拜师酒。

半月不到，林常法在莱芜的一个小古玩贩子那里，寻下了一个青花釉里红海水龙纹天球瓶。货主说是乾隆年间的东西，要一万元。林常法搬起来看了半天，真假好孬没有任何感觉，只好去搬师傅。

上午九点，师徒俩就上了路。师徒两个约定：师傅看完了，趁货主不注意，点点头就是真货好货，表示可以打价购买；如果师傅看完后没什么表情，就是假货或没什么价值的东西。

师徒俩到了那里，高经理看见东西，心中不禁一阵颤栗。搬起来，看了口，看了底，看了釉面，轻轻放下后没了动静。师傅不置可否，徒弟也只能顾左右而言他。

回来的路上，林常法问："高经理，请你给我讲讲，那东西哪些地方不对，让我长长见识。"

高经理慢条斯理地开始讲课："这东西，是不是乾隆的不要紧，是嘉庆、道光的就好，若是民国的也可以要，但它压根就是件新货。

"为啥说是新的呢？圈足过于笨拙，肚子和脖子不成比例，釉面过于鲜亮，所以不对。如果是真东西，我说的这三个地方，都看着舒服。"

林常法开着车，眼睛直视着远方，不住地点头，可他脑子里仍是茫然一片。

回到双龙城，已近中午，林常法说请师傅吃饭。高经理说："中午家中有点事，你还要赶回邑城，就各忙各的吧。"

高经理回家匆匆吃了点东西，让朋友找了辆汽车，拉着自己返回了莱芜货主的家。货主见了高经理，有些奇怪地问："今天上午，你们没说要不要就走了，怎么又返回来了？"

高经理赔着笑脸说："我们眼力有限，不敢当场表态，回去合计合计，感觉东西还行，才再回来看看。"

"老林怎么没回来？"

"老林单位上有个急事需要处理，我就自己来了。"

"噢！东西你们也研究透了，啥看法？"

"是老东西。但不到乾隆，是嘉庆道光时期的东西。"

"啥时候的咱不管了,你给多少钱吧?"

高经理跺跺脚说:"我还要回去开会,给你六千块钱,卖就卖,不卖我就走了。"

货主窃喜,因为林常法当初和自己有约在先,如果成交,价格就是五千元。他做出一副无奈的表情说:"给你吧!一分钱不挣,交个朋友,拉个客户。"

双方办了交割,高经理带着东西直接回了自己的家。

高经理回到家中,立刻与外地文物店的经理通话,告知对方,朋友有个家传的天球瓶要出手,并把尺寸、造型、品级一一做了描述。都是同道上的人,互相信得过。两天后,对方过来,以两万六千元成交。彼此心里有数,东西至少价值三万六千元。高经理之所以不把价格要到顶,是要给对方留下利润,这是行规。

自从夏月川在纪远方面前提到靳先生后,纪远方就添了一桩心事。既然能让夏月川佩服得五体投地,这靳先生到底是什么样子?有何德何能?五体投地这还不算,关键是夏月川认为那才是贵族,那才是公子。从夏月川的神态和口气中,纪远方能隐隐约约读出一种对自己的无视甚至是轻蔑。他仔细回味认识夏月川后的种种情景,恍然觉得,夏月川在自己面前从来都有一种居高临下的气势,只是自己当时没有觉察。拿着院长儿子不当公子,这让纪远方难以舒怀。

自从记事起,纪远方就生活在一种被人夸奖和恭维的社会氛围中。跟着父母出去,无论是参加宴会或什么活动,这个叔叔夸他长得出息,那个伯伯夸他聪明;这个阿姨夹菜,那个阿姨递水果。而他呢,也认为自己配得上这些殷勤和赞美,再说他们这也是为了与父亲套近乎,该当如此。从小学到高中,他的学习成绩算不上一塌糊涂,可也总攀不到中游,但班长照当,三好学生的奖状照拿。纪院长无论是在公安局,还是在法院系统,都是身居要职,握有实权。纪远方虽小小年纪,但历经社会的浸染,已深谙其中的奥妙。及至今天,他已习惯享受这种廉价的热情,突然享受不到,反倒极不适应。

纪远方高中毕业,高考落榜自在预料之中。纪院长给他联系好了大学,可纪远方死活不上。他给父母讲道理听:"我不是读书的料,读也读不出啥名堂。毕业后,到机关找个工作,挣几个死钱,一辈子就那样了。我也不是干机关的料,被人奉承惯了,不能奉承别人。不如靠着爸爸的影响力,干点实事,顺风顺水挣点钱。无论啥学历,没钱,都只是经历。"

　　父母听听孩子说得有理有据,就不再坚持。送孩子进了效益最好的邑城钢厂,结果没用几年,就成了厂长。

　　这几年,官场上、社会上关于人的称呼发生了革命性变化。谁再称呼别人同志,会被人认为是"老土"。机关上,本来都是白丁职员,见面打招呼互称"领导。"凡副县级领导及以上官员的儿子,被称作"公子。"人无论出身贵贱,凡在场面上自觉混出点儿人样来,对外人提起自己的父亲时,不说我父亲怎样或我爹怎样,而是老爷子怎样,同理,母亲就是老娘子怎样。

　　纪院长的老家就是邑城区城郊的五里庄,他唯一的弟弟在村里当书记已有十几年,没有任何迹象表明纪书记有下台的可能,看样子还要永远当下去。纪书记唯一的儿子实际上总揽村里的大权,纪书记只是在大事上拍个板。纪书记的儿子所到之处,没有人叫他的名字,而是被称作"庄主。"

　　每逢纪院长的父母做寿,村里,村外,城里的,乡下的,凡多少有点头面的人,都来参与。整个场面上,老爷子、老娘子、纪院长、纪书记、纪公子、纪庄主的称呼声是轮番作响,此起彼伏,仿佛回到了遥远的封建时代。

　　官员的儿子大多有个毛病,当着他的面,不仅只能说他能,而且还要说别人不能。如果说了他能,同时也说了别人能,他还是不高兴。如果不说他能,反而说了别人能,他就会十分不高兴,甚至十分痛苦。

　　纪远方的痛苦正来源于此。古玩鉴定,他去请教夏月川,这已经是甘拜下风,可夏月川非但没受宠若惊,甚至连不卑不亢都不是,而是表现出对靳先生的崇拜和对自己的不屑。纪远方决定要去拜会靳先生,如果与靳先生成了好朋友,或者靳先生也恭敬地对待自己,那时痛苦的就是他夏月川了。

纪远方绕开夏月川,另外托人打听到了靳先生的详细地址。是自己去还是叫上林常法一块去,让他颇费了一番思量。叫林常法去吧,假如靳先生不接洽自己或对自己冷搭慢理,那样就丢了大人。不叫林常法去让别人陪着,效果同样如此,还不如林常法懂得为自己保密。如果自己去吧,不好介绍自己的身份,也不好介绍自己是谁的儿子,靳先生会低看了自己。踟蹰再三,纪远方还是决定和林常法一块去。

惊蛰已过,万物复苏,赐水河边的柳条上已嫩芽初放。上午十点左右,靳先生和宋女士从河边散步回来,望见邻居正和两位陌生人一道,站在自己的大门前吸烟。他们快到家门时,邻居离去,林常法上前两步,对着靳老恭恭敬敬地说:"请问,你就是靳老先生吧?"

靳先生打量打量两位不速之客,冷冷地说:"整个冉村,靳先生很多,不知二位要找哪个靳先生?我叫靳云舒。"

纪远方连忙说:"靳先生,我们找的就是你。"

靳先生不冷不热地说:"那就回家吧。请!"

进得正屋门庭,分宾主坐了。纪远方和林常法犹如进入了全新的世界,好奇地打量着,揣测着。两个里间的门关着,看不见里边的摆设。单看门庭,他俩就感觉有股"慑"人的味道。八仙桌,官帽椅,都是老物件。两边靠墙分别是两条宽木凳,也是老物件。正门墙上挂一幅山水中堂,谁的作品,他俩看不出来。中堂两边的对联他俩尚能认得,上联是"得共清言相见恨晚",下联是"不贵人爵其品自高",落款是左宗棠。布置陈设简洁明了,但有股浓浓的书卷气。

估计他俩看够了,靳先生问:"不知二位从哪里来,有何贵干呀?"

口气虽算不上热情,却算得上友好。

林常法连忙指着纪远方介绍说:"这位是邑城钢厂的纪厂长,他父亲是邑城法院的纪院长,如有亲朋好友遇到官司上的事,找他就是。我在邑城粮油公司工作,姓林。"

靳先生平静地问纪远方:"这位林先生的父亲当什么官呀,你也介绍介绍。"

纪远方听出靳先生话里有些挖苦的味道,慌忙说:"他父亲是普通工人,他本人是公司的经理。"

林常法连忙掏出张名片,递给靳先生。靳先生接了名片,礼貌地扫了一眼,放到桌子上。纪远方也掏一张名片,直接放到了林常法名片的上边。

纪远方面对靳先生的态度,有些不太舒服,但也得忍着。他微笑着说:"早就听说靳先生是位大书法家、学问家、文物鉴赏家,我们俩也爱好收藏,但懂得不多,想来学习学习,请教请教。"

靳先生摆摆手说:"不敢。不知二位主要研究收藏哪个门类?"

既然靳先生是书法家,家里挂着老字画,纪远方觉得应该从字画入手。他说:"瓷器玉器都喜欢,但主要是喜欢字画。"

靳先生问:"家里都藏有谁的字画?能不能说说?"

纪远方如数家珍地说:"沈鹏、启功、欧阳中石、刘炳森、魏启后、刘海粟、唐云、李苦禅的作品都有。还有一些,名头就不是很大了。"

靳先生有些失望地说:"这些都是当代的书画名家,只要有钱,都能买到。明"四家"的有没有?清"四王"的有没有?"

纪远方说:"有张郑板桥的。"

话刚出口,他忽然想起父亲说过,不能对人提及家里有郑板桥字画这回事儿。于是接着说:"不过,不过,都说是张假画,那就没意思了。"

靳先生说:"真正收藏字画的人,一般不收藏当代人的东西,特别是还健在的书画家作品,因为他们还没有经过历史的检验,同时代的人还'消化'不了。"

纪远方只好顺着说:"我觉得也是。我想把兴趣放在明清字画上。"

靳先生指着墙上挂的中堂说:"这张中堂是王翚的画,可知道他是啥时候的人?"

二人怔怔地对看一眼，摇摇头。靳先生接着问："写这副对联的左宗棠你们该清楚？"

二人再摇摇头。靳先生接着问："有关瓷器、字画收藏方面的书，你们读了哪几本？"

二人还是摇头。靳先生再问："不读书，看见一件古代瓷器，你们咋知道它叫啥，是啥年代流行的器型？"

靳先生问到这里，不等他们摇头，继续问："唐诗宋词方面的书，你们该读过一些？"

这时二人连头也不摇了。眼看交流无法继续，纪远方说："靳先生，我们买你几幅字吧？带回去欣赏欣赏。"

靳先生摆摆手："我的字没啥价值。再说我这几天胳膊抬不起来，无法写了。"

这时宋女士进来对靳先生说："外边有几个人来找你，让他们进来吗？"

靳先生对宋女士说："你替我送送这两位客人吧。"

既然这样，纪远方俩人只好起身告辞，其实他们也不愿意待下去了。

出了门，二人坐上汽车出了村。在车上谁也不说话，半晌，纪远方才长出了一口气，骂了一句："老穷酸！"

林常法说："今天算是白来了，下次还来吗？"

纪远方没好气地说："还来？去他妈的吧。回去后，就当没有今天这回事儿。先生，什么玩意儿，狗屁。"

过了几天，纪远方到父亲那边去，他问父亲王鼍、左宗棠是什么时候的人？干啥的？纪院长也一概不知。他又问父亲林森和于右任的来龙去脉，关于于右任，纪院长还能说上几句，对于林森，他也是一无所知。纪远方原以为父亲就是收藏的行家，经这一问，他才觉得，父亲只是对文物古玩的经济价值有比较深刻的认识，其他方面，也和自己差不多。

巧遇

六

商—周，青铜鼎，高 28 厘米。

鼎，最初为祭祀天地祖先的祭器，后成为食器，再后来
成为权力威严的的象征。东汉以后，渐次消失。

周六，正逢大桥大集。冉村卫生室的医生给夏月川捎来口信，说靳先生想见他，周日如果方便，请他去一趟。夏月川屈指算算，自上次拜访靳先生至今，已足足三个月了。

　　自从靳先生主动给夏月川写了一幅字，他去拜访靳先生的次数就明显减少了。他怕靳先生的家人甚至还有外人产生误会，以为自己如此谦恭和殷勤，不过是为了无偿获取先生的书法作品。如果那样，就等于玷污了自己，也玷污了自己和先生的友谊。

　　吃罢早饭，夏月川骑上自行车，前去看望靳先生。从双龙城到冉村，大约有十五里路。天气炎热，不能骑得太快，到达时已是九点多钟。

　　老远就能看见，靳先生门前停了一辆油黑锃亮的轿车，司机坐在一边的空地上吸烟，显然，坐车的人已在靳先生家中。这几年，拜访靳先生的人不仅越来越多，冉村村头的轿车也越来越多，但停在靳先生门前的轿车却不多见。因为靳先生见了轿车就皱眉头，好像先天和轿车不对路数。熟悉靳先生脾气的人如果开轿车来，都会自觉把轿车停在村外，免得让老人家不愉快。能把轿车停在靳先生的门口，除了第一次来的人，就是和靳先生有特别情分的人。夏月川和靳先生情分是够格了，可惜他没有轿车乘坐。

　　宋女士把夏月川领到东屋里，靳先生正在书案前和一位客人谈论书法。靳先生向夏月川介绍说："这位是我的朋友，也是我的侄子小武，是你们的区长。叫他小武惯了，叫区长别扭，改不过来。他对书法感兴趣，我们爷俩常在一起交流心得。"

小武微笑着冲夏月川点点头，算是打了招呼。靳先生对小武的态度似乎不太满意，便冲着小武介绍夏月川说："这是我的朋友夏月川，也喜欢古玩。依我看，他的鉴赏水平，在全双龙区没人能比得过。要论汉学修养，我是甘拜下风。在你们大桥镇医院做郎中，还是副院长。治下有这等人物，是你的荣幸啊！"

小武这才换了笑脸，主动和夏月川握手。略做寒暄，小武掏出名片递给夏月川，自我介绍说："我叫武耀文。以后还得多向你请教。"

夏月川郑重地接了名片，见上边印有两行字：双龙区人民政府，武耀文，区长。武耀文三个字最大，后缀区长两个小字。夏月川听人说过，年初区里开了人代会，新上任的区长叫武耀文。至今也不知道新来的区长啥模样，今天竟不期而遇了。夏月川没有表现出过多的热情和主动，那不符合他的性格。夏月川自然地微笑着说："武区长你好。靳老过奖了，我只是业余爱好文玩收藏，常来向靳老学习请教。不敢自称是靳老的朋友。"

靳先生对门外的宋女士说："给月川倒上茶。"

又对夏月川说："月川，自己喝茶，我再看看小武写的字。"

靳先生继续对武区长的书法进行点评指导，夏月川则坐在一旁，边喝茶边打量武区长。这武区长看上去四十五六岁，一米七多一点的个头，背头梳得板板整整，一看就是打了定型摩丝。眼上的一副黑边眼镜，为他添了几份文气。举手投足之间，热情而不失矜持。夏月川暗想，自一九九〇年开始，官员无论大小，对自己的形象都变得十分在意，无不带有一种故意拿捏出的神气和文气。只是与从前的领导相比，缺了几份坦然和大度。

天近中午，靳先生和武区长聊完了书法。武区长要请靳先生夫妇出去吃饭，靳先生没有推辞。他说："小武，你去北屋喝茶。很长时间不见月川了，我们俩在这屋啦啦。"

武区长去了北屋，靳先生问："月川，最近收到好东西没有？"

夏月川摊一下双手说："近来家里花钱的头项多。钱不凑手，也就没出去找东西。倒是给别人看了几样东西，其中有块砚台很好。"

靳先生问是块什么样的砚台。夏月川就把纪远方那块砚台的状貌及特征详细地说了一遍，并向靳先生请教，自己关于那块砚台的推理判断是否符合逻辑。靳先生对此予以充分肯定，又问他最近读了什么书籍。

夏月川讨教说："近来读文天祥《指南录后序》，有句话叫'死生，昼夜事也'，我不明白。有资料讲，是说死与生，不过是昼夜之间的事。觉得不太贴切，想听听你的意思。"

靳先生沉吟片刻后说："应该是说，人的死与生，如昼夜交替，平平常常。因为后边就是'死而死矣'，死也就死了吧。这样才能前后贯通。"

夏月川信服地点了点头。两人又交谈了一会儿，靳先生到里间屋里，拿出来两张四尺三开的书法作品，递给夏月川说："月川，拿这两幅字去，遇到喜欢的人，就用它换古玩。算是我对你的帮助吧。"

夏月川不知说什么好："靳先生，这，这……"

靳先生出了东屋，朝北屋说："小武，我们走吧。"

夏月川把靳先生给的字叠了，装到包里。他来到院中，推了自行车说："靳老，武区长，我走了。"

靳先生并不征求武区长的意见，对着夏月川说："月川，武区长请我吃饭，咱一块去。"

夏月川还想推辞，靳先生摆摆手，示意没有商量的余地。他只好把自行车放下，跟靳先生夫妇一道上了武区长的车。

午饭是到江渚城吃的。通过吃饭交谈，夏月川基本明白了靳先生和武区长的关系，对武区长也算有了初步的了解。

武区长的父亲，也是人民银行云泽支行的员工，比靳先生小几岁，十几岁就参加了革命。在单位里虽是普通职工，但工龄最长，党龄最长，工资最高，大家都称他武老。在整个行里，他的年龄算不上最大，称他为老，多半是因为他资格最老，且有长者之风。在靳先生遭受压抑、批判和冷落的岁月中，武老始终对他充满尊重和友爱。别人都直呼靳先生的名字，可他一如既往地称靳先生为先生。有人批评武老阶级立场有问题，他则反问说："你知道立场是啥东西？"

武老说自己最羡慕读书人，自己没读几天书，那是因为家里穷，没有办法。他认为人光有武不行，要文武双全，所以给儿子取名"耀文"，就是"要文"的意思。

靳先生总想请武老到家吃顿饭，喝场酒，表达一下感激之情。武老婉拒说："你是君子，与你交往，我也成了君子。'君子之交淡如水'，喝酒就免了。"

一九七八年底，靳先生摘了"右派"帽子，工资也恢复了正常，靳老的生活不再窘迫，他和武老成了酒友。今日你去我家，明日我去你家，三日两头凑在一起小酌。

靳先生看着武耀文一年年长大，又看着他一步步当了区长，可靳先生改不了嘴，一直叫他小武。武区长年轻时，就知道靳先生喜欢古玩，那时他懵懵懂懂，不知古玩是啥。

后来武耀文从双龙去邑城，先当副区长，后当区委副书记，闲暇之余，培养出了两大爱好，一是书法，二是收藏。学书法自然是拜了靳先生为师，学收藏则拜了邑城法院纪院长为师。

武区长练了几年书法，在邑城，人人都说他写得好，可自己看看，始终和靳先生不在一个层次上。不比倒好，一比就没法看了。他问靳先生："靳叔，您说我练书法到底有没有前途？和我交个实底。"

靳先生说："那要看啥叫前途。要达到何绍基、于右任那个高度，恐怕是难。字要写给自己看，用来抒发性情，不要考虑成不成这回事。"

过段时间，武区长再问靳先生，听到的还是这套理论。武老憋不住了，来问靳先生："你实话实说，耀文的书法还有没有提升的可能。不行，和他直说，免得他空费力气，瞎折腾。"

靳先生说："你当过兵，扛过枪。你说，靠刻苦训练，能不能人人都成神枪手？"

武老顿时明白，儿子没有书法天赋，不是成大书法家的料。他不禁长叹了口气，为儿子惋惜。靳先生接着说："字还得练。他的官如今越做越大，免不了心气浮腾。练练字，气就能沉下去，凡事就做得实在。字有道，官也有道。练字对他有大益处。"

靳先生的这番话，按说武老不会完全听懂，但这次他却出奇地明白。他深知，自己担心的事，靳先生也在担心。

武老从靳先生那里回来没几天，得脑溢血去世了。武区长就把靳先生当作父亲看待，来得更多了，书法也练得更加刻苦了。

好在武区长是个有恒心的人，经年练字不辍，现在已是中国书法家协会会员。好多自觉比武区长书法成就大的人，常常私下里打听，武区长成为会员，走的是哪个渠道。

武区长的书法水平虽然长进不大，但收藏水平却突飞猛进。

武区长在邑城区工作了几年，最大的收获是爱上了收藏。先是作为分管司法口的副区长，后是分管司法口的副书记，免不了常去邑城法院视导，看完了问完了讲完了工作，就到院长办公室里聊天。成了朋友后，就只来聊天，不再装模作样地谈工作。

这几年，官员的办公室出现了新时尚，不管主人爱不爱读书，办公室里都有一排大书柜。书柜里放满了书，什么《史记》《资治通鉴》《二十四史》等等，不用说读，看看那部头都吓人。纪院长办公室的书柜里，不仅有书，还有些小瓷器、陶器、玉器、石器等文玩,看了别有一番风味。武副书记过去在靳先生家里见过几件,那时觉得喜欢,只是没往心里去。在纪院长这里看得多了,逐渐有了感觉,更经不住纪院长拿着实物讲解"蛊惑",很快就迷上了收藏。节假日,有时和纪院长,有时和纪远方,一起到古玩商贩那里淘东西。有了纪院长父子做帮手,武副书记少走了很多弯路,鉴定识别能力也有所提高。发现了好东西,纪院长父子也总是让武副书记先买。不仅如此,有人要求武副书记办个事,找到了纪院长,纪院长如果实在推不出去,也硬着头皮找武副书记帮忙。事情办完了,纪院长就拿一件心仪的古玩,送给武副书记作酬谢。古玩,成了武副书记和纪院长友谊的桥梁和纽带,更成了他们两个齿轮咬合的润滑剂,这在邑城官场,已不是秘密。

新年伊始,武副书记到双龙担任区长,既是提拔也是重用,因为双龙区是云泽市的"首都"。为表示祝贺,纪院长忍痛割爱,把一件崇祯年间的青花大盘送上,说祝他圆圆满满。

中午吃饭时,靳先生无意中和夏月川谈起了纪远方,口气中流露出些许不屑。武区长听了,暗暗吃惊,感叹这世界真是太小。更惊诧纪远方不知天高地厚,竟然会来请教靳先生。来请教也不要紧,可能又露出了一些公子哥的习气。

饭吃完了,武区长再把靳先生夫妇和夏月川送回冉村。分手时,武区长有意无意地对夏月川说:"有机会到你家去参观参观。"

夏月川下意识地说:"欢迎,恭候。"

半月后,武区长到大桥镇视察工作,中午要和镇上的主要领导一起吃饭。武区长漫不经心地告诉镇领导,说镇卫生院有位朋友夏月川,很长时间不见了。镇领导心领神会,派人把夏月川接来,参加了中午的接待宴会。

送走了武区长,大家都说夏月川有位区长朋友,前程将十分美好。弄得夏月川哭笑不得,说只是偶然认识而已,算不上朋友。

国庆节的前一天下午，临近下班了，武区长的司机打电话给夏月川说："区长晚上要和朋友一起吃饭，请你一块参加，我马上开车去接你。另外，晚饭后区长要到你家里看看，不知是否方便。"

夏月川说："区长要去我家，没啥不方便。在哪里吃饭你告诉我地点就行，到时我打个的从家里去，不用开车来接。"

"为啥？"

"我坐你的车，自行车就骑不回去了。过节期间和节后上班，没自行车不行，不能总是打的。"

晚上和区长一起吃饭的人，只有夏月川是布衣百姓。夏月川乡镇卫生院副院长的职位，在此可以忽略不计。因为是区长请来的客人，大家对夏月川都十分热情，只是这热情背后，藏着不冷不热，他对此也是心知肚明。夏月川不太适应这种场合，席间只是被动地应付别人劝酒，除此之外，只是自顾自地吃菜喝水。

临近结束时，武区长问大家："你们是否注意到，夏院长有一双诗人的眼睛，忧郁而浪漫。"

大家看看，纷纷附和。宴会在欢乐的气氛中结束。

武区长和司机跟夏月川回到家时，已是九点钟左右。稍做寒暄，武区长就走到夏月川的书橱前，拿起里边的古玩来仔细欣赏。每看一件，就让夏月川讲说东西的年代和来历。在夏月川讲解的过程中，武区长禁不住频频点头。

司机问："武区长，你对哪件看法最好？咱拿回去研究研究。"

听起来，司机是问武区长，其实是说给夏月川听。夏月川明白司机的意思，但他没经历过这种场面，不知怎样应对，只是朝他们干笑。

武区长坚决地摆摆手说："我都喜欢，还能都拿回去研究研究？不行。夏院长再遇到好东西，向我推荐推荐。我若遇到，请你帮我掌眼把关。可不可以？"

夏月川点头称诺。

回去的车上，武区长对司机说："小田，你以为这是在那些厂长经理的办公室里？他们橱柜中的东西，都是些廉价的工艺品，用它们来糊弄朋友。夏月川的东西，那都是他的心血，咱不能夺人所爱。"

司机说："换了别人，早就说送咱一件了。可他就没任何表示，是不是吝啬啊？"

过了一会儿，武区长才说："夏月川这样单纯的人，现在很少了。"

大约一个月后的周六，武区长让司机联系夏月川，说有件东西，请他帮助鉴定。如果夏月川方便，下午临下班时用车去接他。区长来请，还有不方便？只是说不用来接。

十一月的天气已有些寒冷，外边又下起了小雨，武区长和夏月川握手时，感觉到他的手冰冷湿凉。他突然想到，是不是该把夏月川调到城里来。

晚上，武区长带着夏月川和司机，找了个偏僻的小店，随便吃了些东西，就回了自己的家。武区长的儿子已有十三四岁，和司机就像亲兄弟一般，亲热地嬉笑打闹。区长夫人要去泡茶洗水果，都被司机抢去做了。

武区长拿出来一块玉牌子，请夏月川过目。夏月川很快得出结论，说是和田玉不假，白度润度都够了，雕工也可以，只是年份不老，是新做的。至于价值，夏月川说，一千两千三千都有可能。武区长要的不仅是结果，他还要夏月川讲出理论根据。

看完了玉器，武区长又拿出一件带有文字的高柄陶豆，请夏月川过目。夏月川看了很长时间，说是春秋战国时期的东西，上边的印文可能是"城南坊"三个字。前两个字可以确定，后一个字不能完全确定。武区长问能值多少钱，夏月川想了想说："能值五十块钱吧。"

武区长有些失望地问："年代那么久远的东西，为何这么便宜？"

夏月川说："文物的价值，由历史、艺术、经济三个层次的价值构成。历史价值高，艺术价值高，如果存世量很小，就会物以稀为贵；如果存世量很大，经济价值也不会很高。

"文物的经济价值与年代是否久远关系不大。同样造型的一件陶器，原始社会的肯定比秦汉时期的价值高。但拿一件隋唐时期的瓷器，与一件清代同样造型的瓷器比，前者未必比高于后者。

"就拿这件陶豆来说，历史悠久，造型修长优美，而且有前秦文字，有一定的历史和艺术价值。但这类东西出土得太多，说明古代是很大众化的东西，现在很容易见到，所以经济价值不高。"

两人一问一答，一直谈到九点多钟。

送走了夏月川，武区长对妻子说："纪院长和纪远方，爷俩都吹呼自己是收藏鉴定大家，其实没有夏月川的皮毛。"

妻子说："夏月川不仅文物知识水平高，待人接物也很得体。没说求你给他调动工作吧？"

妻子的担心不是没有道理。自从武区长当官以来，最怕和在乡镇工作的人员打交道。农村教师要进城，农村医院的大夫要进城，粮所、供销社、乡镇机关的人员，都想进城。每年托人找武耀文办理调动的人，加起来得有几十个。尽管理解他们的困难，感觉他们的要求也不过分，可现实是乡下还要有人工作，城里也消化不了。在区长夫妇眼里，这已成了不能承受之重。所以，他们在和乡镇的工作人员交往时，就多有顾虑。

"这夏月川，把自己看得很重，自尊心也很强。求我给他调动工作，估计永远不会。"

武区长说完，开心地笑了起来。

不觉已是年底，双龙区卫生局办公室的一位副主任退休。卫生局内想递补的人很多，最终是夏月川走上了这个岗位。虽然有些意外，但没人对夏月川不服。

束脩

明代，和田白玉章，高5厘米，宽3厘米。
印文："玉壶买春"。

从玉器收藏家的角度看，只有新疆的和田玉才是通常所说的"玉"，其余的只能叫玉石。用玉作章料，数千年绵延不断，至今仍有使用。此玉章，玉质好、年份好、印文好，可作为玉章的断代参照件。

林常法做事一向高调,有钱,又出手阔绰,这很快成了古玩收藏界对他的共识。"人怕出名猪怕壮,"许多人都惦记着他。而最惦念他的人,是师傅高经理。高经理心里合计:林常法的眼力,必定会随着经验的积累而不断提高,即便他永远不会彻底精通,但大路上的东西也会明白个十之八九。必须赶在林常法混沌未开以前,和他做成几笔买卖,以后可能就没有机会了。

　　大年初六,高经理的表弟从赐源来给高经理拜年。公共汽车每站必停,四十公里路走了两个多小时,表弟进门时已是十一点钟。高经理开玩笑说:"表弟,赶快买辆汽车吧,出来方便,也能提高身份。"

　　表弟大大咧咧地说:"你帮我卖几件古董,钱就够了。把你弟妹调到双龙来工作,在这边安了家,我买辆汽车,你们到时用着也方便。"

　　听了表弟的话,高经理心里就开始琢磨合计。

　　高经理的表弟姓秦名春,只因为说话漫无边际,见了牛不说骆驼大,人送外号"秦吹。"因为秦、勤同音,勤吹更能体现他善吹的特点,于是就成了"勤吹"。对于外号的褒贬含义,秦春也不太计较。喊一声勤吹,他会痛快地答应,偶尔有人叫他本名,他反而要迟疑一会儿。

　　秦春原是赐源重型机器厂的工人,八十年代后期厂子发不出工资,他第一个放弃铁饭碗,辞职下海,在繁华地段开起了酒店。开酒店需要起早贪黑,操心受累还挣不了大钱,不是个养人的行当。与他的人生目标相去甚远,开了半年关门了。

在家游荡了半年,跟表哥高经理学起了贩卖古玩的营生。这古玩生意需要能说会道,恰好,胡吹海喷是他的强项。初始干得顺风顺水,但时间已久,又开始走下坡路。

嫌经营真货耗时费力,他就开始真货赝品掺着卖,生意自然是一天不如一天。想到这里,高经理试探着问:"表弟,家里又进了什么好东西? 我可以帮你卖,但货必须真。"

秦春说:"若肯定是真货,还用得着你帮忙?有件康熙五彩大罐子,想卖一万五千元。做成了,有你的五千。至于说真假么,东西自己不会说话,各人有各人的看法,谁掏钱谁说了算。"

下午四点,高经理刚送走了表弟,又迎来了徒弟林常法。说今日初六,六六大顺,来给师傅拜个晚年。师徒二人聊了一会儿过年的话,师母早已在厅里摆上了酒菜。几杯酒下去,林常法把话扯到正题上:"高经理,最近有没有寻下好东西? 年前分了几万块钱的年终奖,想买件好点的玩意儿。"

高经理想了好半天,故作突然想起的样子说:"嘿,对了! 赐源有件东西,我还没见上,听说很好。"

林常法急嚷嚷地说:"明天我们就去。"

高经理沉思了一会儿说:"我明天有重要客人要来,就定下后天。"

林常法心里窃喜,想初八是个"发"的日子,和着自己的名字"发",是个好兆头。他说:"好。后天八点,我准时来接你。"

说完,一口把酒杯的酒喝净了。

林常法拿起酒瓶,还要倒酒,被师傅制止了:"还要开车,酒不能喝了,就早点回去吧。"

第二天,高经理带上一件道光年间的豆青釉双狮耳瓷瓶去了赐源,和表弟秦春合计买卖事宜。

双龙在北,赐源在南,邑城处在两城的中点上。初八早晨八点,林常法开车从邑城来双龙接上高经理,再返回赶到赐源。来来回回,路程差不多有一百公里,赶到赐源时已是十点左右。这天,正是商铺开门营业的日子,户户开大门,家家放鞭炮,整个赐源城喜气洋洋。高经理老家是赐源,地熟人熟。他故意领着林常法先去了两个古玩商贩的家,说是今天买货肯定便宜,因为卖家要讨个吉庆,其实他是为了消磨时间。本来林常法也看中了几样东西,都被高经理摇摇头否了。磨磨蹭蹭,来到秦春家时已是十一点半。也巧,秦春家来了客人,酒菜都已上桌了。

秦春见了高经理,表现得并不十分热情,以示两人并非很熟。互相拜了年,做了介绍,题归正传。高经理堆着笑脸说:"听说你这里近来进了几样东西,今天是个好日子,如有合适的,给你开开张。"

秦春不慌不忙地说:"哪有什么好东西,都是常见的大路货。好东西年前都被北京、广东的朋友拿走了。在我们云泽,好东西没人认,也没人敢花大钱。今天家里来了客人,我还要陪客,咱转天再说吧。来来来,坐下喝酒。"

说坐下喝酒,那就是送客的话了。

高经理看事不妙,赶忙说:"我倒无所谓,这位朋友从双龙接上我再赶过来,跑了两个多小时的路,如果见不上东西,我过意不去。亲戚们不是外人,让大家自己先喝着吃着,拿几样东西看看不就是了。"

一位客人通情达理地对秦春说:"对,做买卖要紧。表弟,你去忙,我们自己喝。"

秦春只好丢下客人,带两人来到里间屋中。

他从床底下拿出一件小号竹雕老笔筒,林常法动也不动,表示不入自己法眼。林常法做事风格大烟大火、粗粗拉拉,对小东西不感兴趣,凡事他就喜欢个"大",购买古玩自然是冲着个大的用力。秦春又拿出一个扇面,是文嘉的作品,说文嘉是明代大书画家文徵明的儿子,名头够大。高经理不置可否,显然东西不真。秦春此刻来了耐心。他又拿出一件豆青釉双狮耳瓷瓶,有一尺半高,用豆青加白工艺绘《三国演义》人物故事。林常法一看这件就来了精神,两眼盯着高经理看。高经理似乎心领神会,搬了大瓶仔细观看,足足有十几分钟。秦春抽身出去张罗客人喝酒的功夫,高经理伸出五个指头,意思是可以出五千元买下来。待秦春回来,林常法问他瓶子的价格,要了七千元。林常法是生意场上的人,自然懂买卖行的套路。他砍价说:"豆青釉瓶就是大路货,这个就占着个完整,不少给你钱,就给你个四千。"

秦春一拍胸脯说:"兄弟,你说是大路货不要紧,咱不抬杠。只要是这种人物故事的瓶子,完好程度和它一样,四千一只,用车往这里拉,你有多少,我要多少。这话永远有效。"

林常法也拍拍胸脯说:"五千。多一个不加了。"

秦春又拍拍胸脯说:"大年初八,我也开张,五千给你。错了今天,这价不可能卖。"

双方办了交割手续。林常法没有忘记,今天要看的东西是康熙五彩大罐,前面的买卖不过是为了铺路。他若有所指地问:"还有什么好东西没拿出来?"

高经理接着林常法的话茬说:"哎?不是说有个五彩大罐吗?"

秦春无可奈何地说:"东西还没玩儿够,不想让别人见。"

高经理说:"你做的是买卖,吃的就是这碗饭,咋能说不卖?林经理来趟不容易,再说他是大户,多来照顾照顾你的生意,啥都有了。"

秦春这才搬出了康熙五彩大罐。林常法一看,果然是光彩夺目,气度非凡。经过一番讨价还价,以一万五千元成交。为表达对大罐的恋恋不舍,秦春抱着罐子,一直送到林常法的汽车上。看着林常法的车走远了,他才回到家里。客人纷纷站起,说祝贺做成了一桩大买卖。秦春郑重地端起盛有三两酒的酒杯说:"今天兄弟们的表现可以打满分,我谢谢大家。来,先喝为敬了。"

说完，一口饮了个满杯。

回家的路上，高经理对林常法说："买了这两件东西，回家放起来，暂且不要让别人知道。听说，市公安局文化科，最近要对爱好收藏的人员进行一次调查摸底，对私人收藏的文物进行登记造册，以便于管理掌控。近一段时间内，就不要到处寻找东西了，先避避风头再说。我说的这些话，不要告诉任何人，免得带来麻烦。"

熬出了正月，算是彻底过完了年。按风俗，就可以无拘无束地活动了。林常法憋不住，去问纪远方，有没有听说公安局要"调查摸底"和"登记造册"这回事。他最后提醒纪远方说："别人无所谓，都只有一件两件的东西，你家可是大户，我看得引起注意。"

纪远方听了，轻蔑地一笑，说："摸上三遍底，也摸不到我家去。"

本着宁可信其有，不可信其无的态度，纪远方还是打电话给父亲，把林常法听到的消息说了一遍。

纪院长电话打过去，公安局那边都说不知道。既然都不知道，就是说没有这事。

纪远方不放心，又打电话给武区长，请他帮助了解情况。武区长的回话和纪院长了解的情况一样。那边还说，不知是公安局的哪个同志，为了混场酒喝，编造故事，吓唬收藏界的朋友。

林常法觉得这里边可能有故事，就请纪远方来看五彩大罐和豆青釉瓶。其实，纪远方的鉴定水平比林常法高不了多少，但父子两代从事收藏，如果说看不出真假和好歹，会十分掉价。纪远方搬起大罐瞧瞧，再搬起大瓶瞧瞧，研究了一大段时间，迟迟不肯表态。林常法急了："纪厂长，你啥看法？怎么不说话呢？"

纪远方说："你先说说他们的来历。"

林常法就把拜师学艺的前前后后和这两件东西的来历，详细地说了一遍。纪远方毕竟是法院院长的儿子，也是一厂之长，见识自然比林常法多多了。说不对吧，高经理当的参谋，说对吧，里边的故事有些曲折复杂。于是，他含含糊糊地说："再找高手看看吧，我看这事有些玄乎。"

第二天，林常法给高经理打电话，说自己已从市公安局那边得了实底，没有要摸底登记之类的工作安排，请师傅放心。高经理情知有变，连忙找了孟祥宾，再让孟祥宾约请夏月川，晚上一块吃饭。

自高经理抄了部分收藏者的家后，他在云泽市收藏界的威望就每况愈下了。被查抄的人，对他恨之入骨。没被查抄的人，表面上见了客客气气，实际上对他是敬而远之。他和孟祥宾比较熟悉，但和夏月川未曾有过接触，只是听说夏月川眼力很好，人气指数较高。夏月川前几年远在乡下，江湖上的事他没有掺和，方方面面的人对他都比较友好。高经理要请夏月川，自己不好唐突打电话，所以让孟祥宾联系。早着几年，夏月川就和孟祥宾熟悉，常说从他那里学了很多东西。接到孟祥宾的电话，夏月川一口应承下来。高经理是正宗专业的文物部门经理，夏月川正想认识一下，以便于请教学习。

晚饭安排在云泽宾馆，不管饭菜如何，级别摆在那里，被请的人心里舒坦。从事古玩的人聚到一块，永远缺不了话题。古玩鉴定心得，行内故事，边吃边喝边聊，不觉已是两个小时。看看夜色已晚，夏月川试探着说："我到城里来工作时间不长，人生面不熟。城里古玩界的朋友虽然认识几位，但一直没和高经理在一起坐坐，这是我的不对。今天高经理约我，感觉很荣幸，吃得喝得都很痛快。天不早了，也该结束了，不知高经理还有什么事情要吩咐？"

高经理这才说："既然夏主任说到这里了，我就直说吧。前段时间管了点闲事儿，帮人掌眼买了两件东西，听说他正在找人鉴定真假。其中有个康熙五彩大罐，那档次的东西，在整个云泽，除了你们俩，估计没人能辨别出真假。看不了真假不要紧，可古玩界的人往往不谦虚，不说自己断不了真假，干脆就说东西不对，免得承担责任。还有，这买卖行里，恨行啊！"

孟祥宾说:"明白了,如找到我,你放心就是。"

高经理说:"我估计十有八准会找你们俩看。你们实话实说就行,不要有任何顾虑。"

夏月川没大经历过这种事,含含糊糊地说:"高经理掌的眼,这还有错?若找我鉴定,正好学习学习。"

吃完饭,高经理出去结账。孟祥宾问夏月川:"这事你怎么看?"夏月川打着哈哈说:"当年孔子也收弟子的束脩。徒弟养师傅,天经地义,只是不能这么个养法。"

高经理请客的第二天,林常法找朋友联系了江渚城的古玩高手柳絮飞。

柳絮飞二十三四岁,个头高爽,身段丰腴,鼻尖眉挑,皮肤白皙,说话一字一句、柔声慢语,有几分热情又有几分矜持,很有些小资女人的风韵。这些,是柳絮飞给人的第一印象。接触一段时间,就会发现,她的性格与最初的印象截然相反。柳絮飞敢闯敢干,五六年前就步入了古玩行当,成为云泽市古玩界第一批"吃螃蟹"的人。头几年,买卖好做,那时假货赝品很少,吃这碗饭的也少。一个古玩贩子后面,有七八个收藏爱好者等着。东西不好买,但不愁卖。不像现在,一个收藏爱好者后面,有十几个古玩贩子等着供货。

女性从事古玩,在云泽市就只有她一个,本来就具有得天独厚的优势,她更是将这种优势发挥到了极致。哪个跑古玩的得了件好东西,本来少了三千元不卖,若让她听说了,一旦被缠上,给两千不卖不行。否则软缠硬泡,嗲声嗲气,动手动脚。好男人,怕老婆反感,赶紧卖了,从此不再招惹她。也有不知好歹的,顺水推舟,得了她的便宜。正好,东西拿走,钱就别想要了。

说来也邪门,还偏有那么多人信她。不仅买她的东西,还要请她当参谋把关。买了别人的东西,如果找柳絮飞鉴定,她会含蓄地说:"以后不要再买这类东西了。"

只要不是她卖出去的东西,一概判假。这是她一成不变的鉴定结论。

林常法不知走的什么路子，竟然认识上了柳絮飞。他特意开车去江渚，把她接到家中，查验那两样东西。

柳絮飞这次表现得异常内敛和自尊。她看林常法是个有钱的主户，还想从长计议。她一本正经地看了一番，思考了片刻，说："康熙五彩看假，豆青釉瓶子看真，但不值钱。如果想要这样的瓶子，两天之内，能弄个三五只。"

林常法赶紧问："多少钱一只？"

柳絮飞不慌不忙地说："古玩的价格没个准，得三五百块钱吧。"

"哪些地方，能说明五彩大罐是假东西？"林常法也想探个究竟。

"口太蠢，釉面太亮，颜色太扎眼，画面太板，修足太不规整，分量太轻。"她早有准备，有条有理地连续说出了六个"太"字。

林常法听得云里雾里，对柳絮飞更加佩服。中午，好吃好喝好伺候。下午两点，带上纪念品，把她送回了江渚。

当天下午，林常法打电话给高经理，说东西找人看了，五彩大罐都说不对，想退货。高经理在电话那边说："林经理，你也是场面上的人，既然拜我为师，就应当相信我，至于东西对不对，在我看来是没有一点争议。别人说不对，那是别人的意见。以后你信谁，就让谁给你掌眼好了。东西是我掌的眼，我如何找人家退货？那不是自己抽自己的嘴巴？你公司卖出去的花生油，对方说是水，是否可以退货？"

林常法又说："豆青釉大瓶都说就值三五百块钱。我花了五千，也太坑人了。"

高经理不快不慢地回应道："古玩这东西，无物价局定价，无专业协会指导价，无行业参考价，无所谓贵了贱了。同样一件东西，在喜欢它的人眼里，可能是件宝贝，在不喜欢它的人眼里，可能不如个馒头。一个愿卖，一个愿买，就是行情。"

林常法无言以对，只是对着话筒喘粗气。高经理又说了："不知道你找的哪路高人，我建议你还是找双龙的高手们看看。"

不等林常法再说什么，高经理挂了电话。

林常法拉上东西，到赐源城直接去找秦春退货。秦春何许人也？什么样的大风大浪没见过？他语重心长地说："林经理，文物买卖凭的是眼力。这人眼它不是机器，这眼力必定有高有低。再说师傅不同，路数不同，一个人一个看法。我买的很多东西，当时看对，花了大钱，可前来买东西的人都说不对，也卖不出去了。有人说不对，你就来退货，那我这些东西找谁退去？我也找人退过货，卖家说了，就是国家文物局的鉴定报告说不对，也概不承认，因为自己的鉴定水平，要远远高于文物局的专家。如果允许随意退货，层层上推退货，这买卖行里还有诚信可言？世界上的古玩生意就没法做了！"

秦春说完这些，去里屋搬出来一些罐子瓶子，摆在林常法的面前。他指着东西说："这都是我买的假货。玩古玩，买假货是必不可少的步骤。学生学习没有课本不行，假古玩就是课本。谁家孩子读完了书，考上了大学，再去书店退课本？没有。我卖给你的古玩，我认为绝真无疑。若不信，找双龙的高手看看，我只相信他们。"

林常法虽然听着秦春的理论别扭，但也滴水不漏，只好悻悻地拉着东西回来。

林常法抱着一线希望，通过卓文鸣找到了孟祥宾，请他过目。孟祥宾斩钉截铁地说："东西没有问题。"

林常法说："柳絮飞说康熙大罐不对呢？"

孟祥宾说："柳絮飞是谁？在云泽市古玩界，没听说有这么个人。看瓷器，高手是高经理和夏月川，别人都是信口开河。你还是找他们看看吧。"

等到星期天，林常法去找夏月川。夏月川草草看了一眼东西说："豆青釉没有问题。我水平有限，康熙大罐是真是假，还真看不明白。"

林常法问："豆青釉瓶能值多少钱？"

夏月川说："我只看真假，不估价格。因为古玩无价，这也是它的魅力所在。如果像彩电冰箱那样，明码标价，全国统一，还有玩儿的吗？"

"夏主任，这康熙大罐你说看不明白，就等于将它判了死刑。你帮我出出主意，如何才能退货。"

"我首先声明，我没说大罐是假货。我劝你不要找人退货了，也不要找人看了，这事就到这里。吃一堑，长一智，三百六十行，要学手艺，必须先交学费。"

林常法恳求说："我要拜你为师，你又不接受。以后请你给我掌眼，总可以了吧？"

夏月川有些不悦地说："我给你掌眼？高经理的今天就是我的明天。我给你掌眼买了东西，你也会不放心，也会到处找人看。别人说不对，你又该骂我了。疑人不用，用人不疑。你还是要让高经理给你掌眼，以后就不会出差错了。"

从夏月川处出来，林常法就窝了一肚子火。听孟祥宾和夏月川的口气，倒像自己人品上出了问题，活该如此。林常法不恨他俩，但更恨高经理了。

林常法突然想到，自己又没说是谁掌的眼，夏月川为何提到了高经理？夏月川是预先知道这事，无意中说漏了嘴，还是故意暗示自己？

林常法又想起了青花釉里红海水龙纹天球瓶，猜测高经理当时没说实话。他开车径直去了莱芜货主的家。货主见了林常法，一眼就认出来了，热情地打招呼说："是不是捡了便宜怕我找你反悔，就不敢上门了？"

弄得林常合法一头雾水，忙问："我捡了你的啥便宜？"

货主以为他故意装傻，说："捡了个天球瓶，还能有啥？"

林常法说："慢着！天球瓶我师傅暗示我不对，所以没有要。我啥时候来捡的？"

货主看看他不像是装糊涂，就解释说："你上午走了，与你一同来的那人下午又返回来,说你单位有事出不来,委托他来把天球瓶买走了。"

林常法听了,彻底明白是怎么一回事了。自己这是拜师不慎,被师傅坑了。回去后,他找纪远方,说问问纪院长,能不能作为受害人,到法院告秦春诈骗,为自己挽回损失。

过了两天,纪远方告诉他说:"关于文物的真假,目前还没有法律认可的鉴定机构。这也就意味着,你无法举证东西是假的。现在私下交易文物,得不到法律保护,如何立案?算了,还是忍了吧。搞收藏,靠谁也不行,还得靠自己。"

林常法听了,点点头说:"这个哑巴亏,我吃了。但不把他姓高的吆喝臭,我不姓林了。"

纪远方看到林常法愤恨的表情,想起了自己与郑贵农向他推销假货的那件事,蓦然觉得有些内疚。原以为林常法一生受一次骗,就长了记性,或者远离这个行当,谁知他竟再一次被套。想到这里,暗示他说:"老林,实在不行,就不玩古玩了吧?也许,你和古玩没有缘分。"

他后边的意思是说,你不适合玩古玩,玩就上当。但话不能这么直白。

"纪厂长,我不服。我刚学会一句话,叫作'愈挫愈勇'。我从骨子里往外喜欢古玩。我就不信这个邪!"

如
玉

八

商—周，青铜甗，高 58 厘米。

甗，由上下两部分构成。下边一个鬲，相当于锅；上边
一个甑，相当于笼。用于蒸馏食物，战国后逐渐消失。

跑古玩是个由着自己性子来的活路,跑远跑近,勤跑慢跑,就看自己高兴不高兴。能否遇到东西,好像与自己的勤奋与否没有太大的关系。有时骑着自行车出去,找古玩界的朋友喝茶抽烟喝酒,一玩儿就是一天。回来的路上顺便得了一条消息,随便去问问,就能买到件可心的东西;有时出去,不吃不喝,骑车转上一天,走过十村八庄,连个铜钱也见不到。

　　东西买来了,也未必能很快卖出去,有时半年一年也卖不出去,可一旦卖出去,就会获得意想不到的利润。古玩界自古流传一句话,叫作"三年不开张,开张吃三年"。能否发财,关键要看自己的运气如何,搞古玩的都默认这一论断。所谓运气,即为命也。因为命是无法参透的,所以人人都有发财的可能。

　　正因为有个虚幻的未来,所以不断有人怀揣着梦想,义无反顾地跨入这个行当。究竟国宝级的东西哪天撞见,哪天能一夜致富,自己也都没有底。但都愿为此忍受经济的窘迫,忍受亲戚朋友的挖苦和奚落,任人把"游手好闲"的帽子戴在自己头上。他们坚定地认为,这一切都是暂时的,这只是黎明前的黑夜。这个行业的特殊性还在于,无法以单位时间内的成就,来评判从业者的工作效益。因此,他们可以自由裁量自己的劳动时间和强度。总之,他们无论挣钱与否,其生活方式至少是自由而舒适的。

　　郑贵农这几年的经营状况,可以说是每况愈下。成器的买卖没做成多少,正处于饿不死撑不着的状态。可他毕竟是云泽市古玩经营界的先驱,名气和架子始终不倒,前来送货买货的人,虽呈下降趋势,但还是不少。

　　只有麦收秋收,郑贵农才到地里待上一天两天,给妻子添个帮手。平时的农活,一概不沾,任由妻子领着儿女操劳。他当过兵,身体条件本来就好,又从事着悠闲养人的古玩营生,这让他越发显得神满气足。四十五六的人了,看上去也就三十八九岁。妻子虽然比他小几岁,但经不住田野的风吹日晒,看上去已五十有余。夫妻俩在一起,让人觉得很不匹配,多亏妻子精明练达,才把这种差距进行了一定程度地弥补。郑贵农有时看着妻子不太顺眼,也想接触个年轻而有姿色的女人,不想这样白白耗费掉自己的长相和健壮。但这只是瞬间的闪念,立即就被自己强行压了回去,他甚至为此抽过自己耳光。

　　今天,郑贵农骑着自行车,走在前往余阳村的路上,接触个年轻美貌女子的念头又开始闪现出来,而且挥之不去。

　　农历的三月底,正是百花盛开的时节。和煦的春风吹在脸上,更让他觉得自己青春犹在。沉浸在这种愉快的思绪中,感觉自行车也格外轻灵,目的地很快到了。

　　余阳村是江渚区的一个村庄,坐落在余河北岸的一块高台地上。这里地处邑城、江渚、双龙三区的交界处。虽然分属两个区,郑贵农从马家村到此至多二十来里路。

　　余阳村在同治年间出过一位进士,姓岳。光绪年间,先后做过湖北襄阳、宜昌知府,后积劳成疾,卒于任上。历经百年,岳知府家的房屋建筑,在村里依然呈鹤立鸡群之势,一望便知,这家祖坟上冒过"青烟。"岳家的后代,自然也是古玩贩子重点关照的对象。如今,这座宅院的主人是岳知府的六世孙,已五十多岁。多年了,前来淘宝的文物贩子一拨接一拨,都被六世孙拒之门外。原因很简单,看着他们一个个生得獐头鼠目,不像有钱人的样子。郑贵农来过几次,但大门上都落着锁。

这次郑贵农来得正巧，六世孙恰好又要出门，正往大门环上上锁。郑贵农上前搭话说明了来意，他正要拒绝，回头一看，见郑贵农一副气宇不凡的样子，就有了几份好感。也是郑贵农走运，前两天，六世孙开拖拉机跑运输的儿子撞了人，需要大额赔偿，家里正是用钱之时，他就有了变卖东西的想法。

六世孙把郑贵农让到正屋，聊了几句，从偏房里拿来一块和合二仙白玉牌，搬来一个红木炕几。几经讨价还价，最终成交，玉牌花了两千，炕几花了一千。郑贵农把玉牌装到贴身衣服的口袋里，把炕几捆到自行车的货架上。刚出院门，碰见了骑着摩托的柳絮飞。

柳絮飞来过这里几次了，都吃了闭门羹。六世孙觉得女孩子抛头露面倒卖古玩，不是正经门路，连家门也不让进。她不死心，今天又来了。六世孙一见是她，不打招呼，径直锁门走了。

六世孙走了，柳絮飞却把郑贵农缠住了。两人过去认识，她到过郑贵农家几次，也成过些小买卖。她央求郑贵农把炕几转让给自己，郑贵农不允，骑上自行车就走。柳絮飞不依不饶，就跟在郑贵农后边。郑贵农也想摆脱掉她，可自己是自行车，柳絮飞骑的是摩托车，这断无可能。就这样，两人一起回了郑贵农的家。赶到郑贵农家中时，已是下午一点多，早过了吃午饭的时间。妻子忙去把饭菜热了，端到饭桌上。柳絮飞也不用郑贵农邀请，就主动坐下来陪着一块吃饭。边吃，边直勾勾地盯着郑贵农看。郑贵农明白其中的含义，当着妻子儿女的面，只管低头吃饭，装作没有看见。

郑贵农说自己还没研究透，暂时不想出手。柳絮飞说，她今天不把炕几买走，就不回去了。这样一直缠磨到天黑，郑贵农架不住了。他不是架不住柳絮飞的乞求，是架不住她那一双火辣辣的眼睛，更架不住她的动手动脚。看看无法摆脱，郑贵农无计奈何地说："卖是卖，少了一万不行。"

柳絮飞说："就出五千，多一个不出。"

其实，柳絮飞也不知道郑贵农花了多少钱，只是判断五千买回去，肯定有钱挣。

郑贵农说："六千搬走。"

未等柳絮飞说话，郑贵农的妻子过来，搬起炕几就往东屋走。柳絮飞忙把炕几摁下，开始点钱。买卖做成了，柳絮飞又恢复了矜持。临出大门，她回头对着郑贵农的妻子有几分羞赧地说："嫂子留步。转天我再来看你。"

嫂子说："不用来了。今辈子我不想再见到你！"

柳絮飞还未上摩托车，就听郑贵农妻子在院子里开了骂。她骂郑贵农被骚狐狸迷住了，把好东西当作白菜送了人。

郑贵农对妻子说："别骂了，挣了很多呢。"

妻子说："我傻还是你傻？人家弄回去一定能卖大钱。不然的话，人家会缠磨你？"

郑贵农不敢再接话茬。

柳絮飞回到家，用半干不湿的抹布把炕几擦了几遍，一股淡淡的香味从桌面飘出来。她心中一阵狂喜，莫非是黄花梨？

第二天，柳絮飞把江渚城的高手们请来"会诊"，大家通过研究分析，确认炕几用料是黄花梨无疑。几天后，被一企业家三万块钱买走。

古玩行里讲究个闷声发大财，可柳絮飞有自己的想法。她要设法让人知道，自己做成了大买卖；要让大家明白，自己是能人，是高人，以引起大家的注意，从而招来更多的客户。也就是说，此时的柳絮飞，已深谙炒作之道。

不消一日，口口相传，柳絮飞卖了一件黄花梨炕几的消息，就传遍了云泽市古玩界，而且三万说成了五万。

不出柳絮飞所料，第三天，郑贵农骑着新买的摩托车来了。一是要核实有关炕几的消息是否确凿；二是他忘不下柳絮飞的那双眼睛。虽然知道柳絮飞送来的目光和动手动脚，都是为了在生意上赚自己的便宜。在他看来，这倒无可厚非，因为世界上没有无缘无故的爱。爱以何种目的开始并不重要，关键是过程和结果。即便她只有经济目的，为何不将计就计？各人算各人的账。对于风险和后果，郑贵农在心里已做了无数次地分析和评估。经过几天的琢磨，他终于开窍了，今天主动来进行试探。

做古玩生意，接触的人多，和父母在一起总是不方便，柳絮飞在城郊接合部租了一座民宅，就她一个人住着。

郑贵农在门外一喊柳絮飞的名字，她就迎了出来。还没等郑贵农开口，柳絮飞平静而轻柔地说："郑大哥你好！欢迎光临。"

郑贵农看她一副一本正经样子，也不敢造次，就顺势半开玩笑地说："听说你从我那里抢来的炕几卖了五万块钱，前来祝贺。"

柳絮飞微笑着，却是一板一眼地说："来祝贺？是后悔了吧？来分成？先讲清楚，我不是抢来的，是花六千块钱买的。再说东西要看谁卖，炕几在你那里，一万未必卖得上。人家在我这里花五万块钱，这里边的猫腻你可明白？"

说完，柳絮飞朝郑贵农投去狡黠地一笑。

郑贵农明白，她说的猫腻，是说她可能把自己也搭上了。这样一来，郑贵农就无话可说了。他连忙说："绝不是后悔，更不是来分成。你卖得越多，我越高兴，买了卖了都是行情。只是来看看有啥货，顺便核实一下炕几的消息。"

柳絮飞随后沏上茶水，与郑贵农聊起了古玩。虽然他们打过交道，真正坐下来仔细交谈，这还是第一次。

中午，两人找家餐馆吃了午饭，本是柳絮飞待客，郑贵农却早早去吧台结了账。

郑贵农这人不是等闲之辈。他当过兵见过世面，又在社会上混了这么多年，逢场作戏、随机应变那一套，早已娴熟自如了。和村里的农民打交道，他就是一个活脱脱的农民；和纪远方打交道，他就是个场面上的人物；在柳絮飞面前，就变成了一个有修养的大哥。一顿饭下来，柳絮飞对郑贵农有了全新的认识。

即将分手时，柳絮飞略带几份凄凉地说："我一个女孩子做古玩生意，没有个帮手，其实很难。我的眼力和路子还差得远，我想把你当作个依靠，让你带带我，不知是否方便？只是你家里我不能去了，嫂子已不容我。"

郑贵农略带几份惊喜地说："有啥不方便的？后天我要去济南，到朋友们那里走一圈，你若愿意，就跟我去。"

柳絮飞想也没想，脱口而出："好！"

自双龙坐长途汽车到济南得三个小时，汽车在路上又出了点故障，到达时已近中午。郑贵农说先到英雄山下边看看，那里有一个自发形成的古玩市场。坐市内公共汽车赶到那里时，摆摊的人多已散去，剩下的几个地摊上，也没有什么像样的东西。他们找个面馆，匆匆吃了午饭，然后去拜访买卖道上的朋友。

说是朋友，其实就是生意场上的客户而已。济南是省会城市，获得信息的时间自然比云泽早几拍。八十年代末，就是因为济南人到云泽来收购古玩，让云泽人从中看出了毛窍，才比葫芦画瓢，干起了古玩生意。最初，云泽人的古玩大都卖给了济南人。两年后，才陆续有天津、北京、上海的商贩到云泽来扫货。那时，什么东西值钱，什么价位，全由外地人说了算。再后来，云泽的商贩主动到大城市里去考察，存在多年的价格差才基本被消除。这几年，云泽本土的收藏爱好者如雨后春笋，出了一茬又一茬，古玩市场呈供不应求之势，外地人就来得少了。相反，云泽市脑子开窍的古玩贩子，开始东去青岛，西去济南，北上京城，南下上海，倒腾些小玩意来销售。郑贵农和济南的古玩商贩，就这么一来一往混成了朋友。只是济南人来找他的次数多，他去济南的次数少。

郑贵农带柳絮飞先去找城东的一位朋友，结果扑了空。再坐公共汽车去城西找一位朋友。还好，城西的朋友在家。在城西的朋友家里，看中了一件唐代青釉长颈翻口瓶，无论造型还是釉色，都恰到好处。郑贵农告诉朋友，这位女士是新结识的合作伙伴，也是自己的徒弟，初次成交，望多加优惠。朋友心神领会，心想，要给就把面子给足。本来打算卖四千的东西，三千卖给了柳絮飞，而两人最初的心理价格，都是三千六百元。朋友和郑贵农彼此明白，这明着优惠的部分，下次会在买郑贵农东西时，得到适当补偿。面子欠下的人情，得由里子兜着还上，这叫羊毛出在狗身上。

济南城大，这来来回回折腾下来，就到了晚上六点。郑贵农说："这个点，长途汽车是没有了，火车最早有晚上八点的一趟。咱是今晚走，还是明天早晨走？"

柳絮飞似乎对此早已思考过，毫不迟疑地说："到双龙得十一点，再从双龙赶回家，就过半夜了，何苦呢？就在这里住下吧。我只是小时看病跟父亲来过一次，哪里也没逛过。明天，我还想去大明湖、趵突泉看看。"

在济南住下，这恰是郑贵农的意愿，他一直在为此精心谋划。大半天了，都在故意磨蹭时间，拖到晚上，为住下创造条件。一看柳絮飞如此愿意住下，郑贵农就明白了七八分，心口禁不住一阵狂跳。

郑贵农不能主动提议在外边住下，那会让柳絮飞觉得自己是没安好心。这只能征求柳絮飞的意见，让她自己表态，无论何种结果，自己都不失尊严。郑贵农明白，只要柳絮飞说早晚赶回家，这事就没戏了，自己无论如何失望，也要陪她回去。没想到事情竟如此简单，如此顺利。

郑贵农见过世面，到了关键时刻，绝不会在女人面前跌价。他领着柳絮飞，特意找了家四星级宾馆。办理住宿手续前，柳絮飞悄悄对他说："郑大哥，我们做买卖挣几个钱不容易，开一个房间就行。你若觉得不方便，我们就坐着聊天。"

安顿好了，两人找个餐馆吃饭。要了一瓶高度白酒，郑贵农被柳絮飞的酒量吓了一跳：半斤酒下去，柳絮飞看上去没有任何反应，自己倒觉得舌头有点发硬。

回到房间，俩人坐着喝茶。没想到柳絮飞如此信任和看重自己，这让郑贵农十分感动。他从贴身衬衣口袋里，拿出了和合二仙玉牌，递给柳絮飞把玩观赏，并充满深情地说："这块玉牌最少得卖二万元。本来我想卖给这里的朋友，但咱买了人家的瓶子，人家又故意便宜那么多。若此时卖给他玉牌，价格就没法咬住了，干脆就没让他看。"

柳絮飞拿到手里看看，就有些吃惊。她从未见过这么好的玉器：白如雪，润如凝脂，和合二仙憨态可爱，呼之欲出。

柳絮飞脸上忽然涌上一片红晕，喃喃地对郑贵农说："哥，你看，他俩像不像我们两个？"

柳絮飞说着，把牌子递回到郑贵农面前。郑贵农此时已无法自制，一把捉了柳絮飞的手，把她从沙发里拽起来，拉到了自己怀里。柳絮飞轻轻挣脱了两下，归于温顺。

两个人一直亲热到半夜，郑贵农确实累了，这才歇息。他一翻身，就轻轻打起了呼噜。

郑贵农睡了，柳絮飞却一点睡意都没有。她既沉浸在这半个夜晚的甜蜜与幸福之中，又为自己的行为感到不安，甚至是内疚和自责。

柳絮飞曾经有个男朋友，共同生活了两年，但那是冲着婚姻去的。至于没有走向婚姻，那是她主动的选择，因为对方好吃懒做的天性，已慢慢地暴露出来。若把终生寄托在这人的身上，就如同把自己挂在了悬崖上，每时每刻，都有坠落万丈深渊的危险。对于那次感情经历及结果，非草率，也不轻浮，分手时，她没有犹豫。

和郑贵农这次就不同了。明知道对方已是儿大女大，自己还投怀送抱，与其做了露水夫妻。对方既没有欺骗自己，也没有威胁利诱自己，事前事后也没有信誓旦旦地说给自己婚姻。郑贵农的所作所为，不过是一般男人在特定情境下都会自然流露的本色，而自己却是主动地推波助澜，心底甚至渴望出现这样一个结果。自己贪图他什么呢？是他粗犷帅气的身体，还是他经营古玩的能力？似乎都不是，又似乎都是。

如果自己与郑贵农只有今晚这一次媾和，生活的一切，都会一如过去，不留<u>丝毫</u>的痕迹，自己能放得下吗？如果不能在经营古玩方面借助他的力量，让他给予自己帮助，与他来济南这趟还有什么意义？如果与他合作做生意，先不说他的态度如何，自己肯定会被他吸引，从而与他在感情上纠缠厮守。如此久了，两人的关系，就不再是秘密，自己就要承担更大的社会舆论风险。自己的未来，将如何安排？

郑贵农一觉醒来，发现柳絮飞还没有睡意。就搂了她的脖颈，关切地问："怎么还不睡呢？"

柳絮飞左手轻轻地拍了拍他的后背说："得到了你这样一个优秀的男人，激动得睡不着。你睡吧，我很快就睡了。"

从济南回来后，柳絮飞就成了郑贵农的跟班徒弟。很快，柳絮飞在邑城城里开了个古玩店，吃住都在店里。郑贵农的部分货物，也瞒着老婆转移到了这里，卖多卖少，全由柳絮飞说了算。

商机

九

北宋，宋徽宗御书瘦金体"宣和通宝"
背"陕"铁母钱，直径 2.2 厘米。

铁母，指用来翻铸铁钱的母钱，也是铜钱，当时不用于
流通，十分稀缺。

高经理、纪远方、孟祥宾、夏月川、卓文鸣、柳絮飞、秦春等文物界的知名人士十余人，他们接到邀请，去江渚参加一个私人博物馆筹建座谈会。这是古玩界的大事，也是好事，他们都欣然应允。

　　江渚纺织厂有个分管经营的副厂长，姓贾。

　　厂长还是副的，人们多半会以为其与"官"和"富"不搭边界。若依此来判断贾厂长，则为大谬。

　　改革开放以前，一听是厂长，不管正副，人们会肃然起敬。改革开放之后，私营企业蓬勃发展，人们对厂长就不那么盲目崇拜了。

　　私营企业给人的刻板印象往往是：生产规模小，产品科技含量低，资产体量小，且随时都有关门倒闭的危险。也有私营大型企业，但那是厂长自己的资产，慷慨要看对象和目标，讲究的是回报率，一般的百姓朋友不会受益，当然人家也不会把平头百姓当作朋友。私营企业里的副厂长们，说到底是打工仔，没有慷慨施舍他人的资源，也就和普通百姓无异。国有企业的厂长和副厂长则不然。企业虽说是全民所有，但说到底谁的也不是，可以从中挖出一些资源，将其慷慨地输送于亲戚朋友。

　　江渚纺织厂是国有大型企业。"江渚毛巾，擦亮整个世界"的广告语，曾响彻齐鲁大地。这几年虽说正走下坡路，但作为资深副厂长，每年仍至少有十几万的工资奖金收入,自然毫无争议地立于富人之列。这几年,贾厂长也醉心于古玩收藏,自觉规模可观了,想建个私人博物馆,为江渚区的文化事业做些贡献。

贾厂长很想知道,整个云泽市,哪些人收藏鉴别水平较高,而且又有一定的社会威望。很快,有人为他罗列了一份名单,几天后,他向这些收藏精英发出了邀请,请大家前来谋划博物馆筹建事宜。

周末,贾厂长派车把大家接到江渚,直接送进了最高档的饭店。外边骄阳似火,酷暑难耐。饭店的会议室里,空调早已开放,室内空气清凉,茶几上摆着冰镇西瓜和汽水。工作人员出出进进,一口一个贾厂长贾厂长地叫着,一看就是训练有素的团队。显然,这会议室的工作人员,全由贾厂长从厂里带来。待大家吃了西瓜,喝了汽水,凉快透了,贾厂长开始向来宾陈述自己的一揽子打算。

贾厂长说自己有比较雄厚的物质基础,现藏有文物几百件;自己一向积极参与公益事业,在边远的山区捐资建设了三所希望小学,同时资助着三十多个贫困家庭的子女上学。收藏品多了,想在江渚区建立第一家私人博物馆,为江渚的两个文明建设增砖添瓦。贾厂长说自己所做的一切,和即将要做的一切,没有任何私欲,这是一个成熟而有社会责任感的企业家所必须担当的社会责任。为了更好地实现个人的愿望,把大家请来,帮着出谋划策。

面对突然冒出来的这个收藏大家,来宾们一个个除了吃惊,还有些怀疑。孟祥宾率先发言了:"听了贾厂长的一番介绍,感觉很有高度,很吃惊,也很钦佩。今天来的这些朋友,彼此都非常熟悉,谁手里有啥好东西,都彼此清楚,甚至东西的来龙去脉,也都基本掌握。贾厂长是真人不露相,能否说说,自己是通过什么渠道,得到了这么多藏品。免得大家好奇,也让大家心中有数。"

贾厂长略作谦虚,然后顾盼自雄地说:"大家之所以不认识我,是我的收藏路数和一般人大不相同。别人买古玩,都是找资深收藏爱好者替自己掌眼,或者接受行家的推荐,或者直接从行家手里挖货,这些办法我一概不用。如果是好东西,顶尖的东西,行家就买了,还能向别人推荐?即便是好东西,价格也早被层层加码,还有便宜可赚? 请行家掌眼,更不可靠,如果卖主与参谋联合起来作局,自己岂不是只有被骗?"

显然,贾厂长把生意场上的经验教训,全部移植到收藏活动中来了。大家你看看我,我看看你,都觉得有些尴尬。因为在贾厂长眼里,在座的都是行家,自然都在不可信之列。在夏月川看来,贾厂长就是《三国演义》中蒋干式的人物,自作聪明的笨蛋。他不动声色地问:"你能自己辨别古玩的真假吗?"

"不能。正在学习。"贾厂长坦率地回答。

"你那几百件古玩,是从哪个渠道进的货?如何保证质量?"夏月川咄咄逼人地追问。

"派出几个手下到乡下打探,打探好了,我再亲自出面购买,以避免价格环节出现问题。直接从老百姓手中购买东西,也避免了东西真假的问题。"

"如果手下人和乡下人联合作局,岂不还是被骗?"

贾厂长对此似乎早有准备,神秘地一笑,说:"关于这一点,我早就想到前头去了。下去打探的人,会定期更换,不会让他们参出其中的道道。等他们刚要明白,已换上新人。正因为骗不了我,古玩贩子们给我取了个外号,叫作'泥鳅,'意思是捉不住。"

说到这里,贾厂长开心地笑了一阵。看得出,他很喜欢这个外号。

夏月川轻蔑地笑笑,不再说话。大家也不再提什么问题,似乎都忘了贾厂长建设博物馆这档子事。柳絮飞毕竟是江渚街上的人,看看场面尴尬,连忙出来圆场:"贾厂长,我们吃午饭吧? 边吃边谈。"

贾厂长装作恍然大悟的样子,用长者的口吻说:"对,对!边吃边谈。老了,不知饥饱了!"

中午饭吃得极不热烈,也不是很友好。各说各的话,对贾厂长的博物馆,始终没有给出什么建议。大家都不馋酒,饭局很快结束。下一个议程,是参观贾厂长收藏的古玩。

步行几分钟,来到一条繁华的东西路上,路北是贾厂长选中的馆址。原来只是一爿上下两层的沿街店面,每层有一百多平方米。下层正在卖杂货,上层是古玩陈列室。

陈列室的墙壁上,悬挂着很多镜框,里边镶着贾厂长和一些文艺名人的合影。

贾厂长指着自己与女电视主持人的照片说:"她来我这里做客,一把黄花梨椅子被她相中了,我二话没说,送给了她。过后她送给我一幅李可染的画,少说也值几十万。"

大家听了,不置可否,然后匆匆对里边的古玩扫了一眼,就咋呼着告辞,其中夹杂着故意夸张的赞誉声和啧啧声。

贾厂长招呼面包车过来,司机悄悄地说:"送给客人的纪念品都准备好了。"

贾厂长摆摆手,示意不用了。司机明白,贾厂长不太高兴。这种场面司机见得多了。领导本来给客人准备了纪念品,但只要谈得不很愉快,就会临时决定不再送了,以示对客人的不满和惩罚。

汽车开出不远,贾厂长转身进了店铺,车内爆出一阵哄笑。

纪远方和柳絮飞先陪大家回双龙,然后开着自己的小车,与柳絮飞一道回邑城。

纪远方和郑贵农是朋友,柳絮飞是郑贵农的徒弟,这样,纪远方和柳絮飞也就成了朋友。郑贵农与柳絮飞在邑城操办开店,就得益于纪远方的鼎力相助。走在路上,纪远方试探着说:"小柳,今天你有没有发现一个商机?"

坐在副驾驶位上柳絮飞,冲纪远方笑了笑,又点点头,算是做了回答。

纪远方接着说:"一进贾厂长的店铺,迎门就供奉着一尊瓷佛像,依我看,可以围绕佛像做点文章。"

柳絮飞左手轻轻掐了掐纪远方的脖子说:"纪哥,你就把打算说说吧。计划好了,我去落实。"

又是一个周末,贾厂长这里一大早就来了客人,是街上的范四。与以往不同,范四这次是有备而来。

说起范四,还需费些文字。范四本名范健,因为范健与"犯贱"同音,不是很好听,就让大家叫自己范四。久之,倒没人叫范健真名了。不知道的,都以为范健家里至少弟兄四人,排行在四。其实范四是独生子,只是按风俗叔伯兄弟排行,排在了第四,前边虽有三个哥哥,但都是他大伯的儿子。范健的父亲早几年去世了,只有母亲和他相依为命。

范四属于想干啥也能干好,可就是不能吃苦的那种人。他本是街道机修厂的电气焊工,这几年厂子效益不好,需要裁人,他就先下了岗。下岗,对别人来说是痛苦的事情,对他,则是一种解脱,省得按点上下班。据说,范四的技术不仅是全厂最好的,在全江渚区也能排在第一第二。当年江渚区劳动局组织全区职工大比武,他获得了电气焊组的一等奖。颁奖时,区委书记看范四年龄最小,夸奖他前途无量,他腼腆地傻笑,那时他只有十八岁。若好好干,就是厂子垮了,到哪里都能混得光鲜。后来,范四偏偏看上了贩卖古玩这个营生,此后吊儿郎当,技术也就荒废了。他之所以走上贩卖古玩的路子,完全因为一次意外的收获。

江渚,是胶济铁路沿线著名的商埠,历史上曾经繁华辉煌。许多市民的前辈,都是商贾出身,家里或多或少都有些古玩。近几年,政府开始旧城改造,许多破烂不堪的民居平房被拆除。拆除之前,有用的东西被主家带走,撇下的东西则被建筑工人当垃圾处理掉了。

初夏的一天下午,范四骑自行车下班回家,虽然已是六点,但太阳还是高高地挂着。他无意中看到远处的建筑垃圾堆上面,有件东西发光晃眼,就好奇地停下来过去查看。原来是一只八棱青花瓷罐，在夕阳的照射下，泛出蓝幽幽的光芒。范四虽不知是啥年代的器物，但知道是古玩，看看完整，把它提回了家。此事传开，江渚的古玩商贩和收藏爱好者纷纷找上门来买这罐子。范四不知其价值，不敢贸然报价，就让买的人自己出价。这个三千，那个五千，抬到一万两千没人往上顶了。范四心里有了底，最后以一万三千元卖给了北京来的客人。等罐子卖了，大家才告诉范四，那是明朝宣德年间的东西。

范四自幼从未见过这么多钱，他满怀喜悦，一遍遍地点个不停。数着数着，脑子突然开了窍：自己一年到头，被熏得油头污脸，也不过挣两三千块钱，这一个破罐子就能卖出我五六年的工资，这个电气焊工还有啥恋头？莫非我创造的剩余价值全被剥削了？从此，范四一门心思在建筑垃圾和建筑工地上，一如宋国守株待兔的农夫。

说机遇能改变一个人的命运，这话不假，在范四身上算是应验了。只是没向好的方面改变。

范四的古玩事业，进行得并不顺利。他没有本钱，难以做成大生意。好不容易买到件像样的东西，又摸不透它的价值，总怕卖亏了，于是漫天要价，把本地的人都得罪遍了，再没人和他说实话。等到外地收货的一来，就像遇到恩人一样，人家一出价就卖了。本来吆喝少了五万不卖的东西，一千两千就卖了。当地人知道了，去指着鼻子问他："你说少了五万不卖，为啥又一两千卖了？"

他做出一副受了委屈的样子说："谁让你们不还价？"

"你要得不着边际，如何还价？"

"要价无多，还价无少；天上要价，井底还钱。自古生意场上如此。"

下次买到件好东西，该接受教训改了吧？不，还是如此。几年过去了，本地人都不和范四打交道。做买卖只靠外地客户，这哪是正道？很快就把自己做死了。本钱越来越小，路子越来越窄。再遇到东西，无资金购买，俩眼干瞪着。

只好去给别人牵线搭桥，从买卖双方那里各收百分之十的酬谢费。遇到守规矩的买家和卖家还好，遇到不按规矩的人，撇开他就悄悄成交了。人家省了酬谢费，他却一无所获。更惨的是，买卖双方直接接上了头，以后他这个线人就靠边站了。在行里，这叫自己把自己的路卖了。如此这般，路子渐渐没了，只好与些贩卖假货的人一起混。如今，正处于吃了上顿无下顿的生活状态。三十七八的人了，姻缘还没有着落。每当谈个对象，就吹嘘自己是古玩商人，曾经买卖过什么国宝级的东西。女方信以为真，进展顺利。"丑媳妇总要见公婆"，等到女方到范四家走一趟，婚事立马告吹。因为他家境的贫困程度，与他所从事的行业反差太大，与他自己吹呼的身价反差就更大了。

早年，造假的人少，造假水平也低，范四也曾买到过几件像样的东西。那不是他眼力好，那是瞎猫撞上了死老鼠。但世界上没有那么多死老鼠，范四这只瞎猫就只好忍受贫困。因为长期见不到真货，外边的造假水平又日新月异，以范四的眼力，根本无法分辨出真假高低。但范四不去虚心学习，而总是沉醉于弄到宣德青花瓷罐的辉煌历史。范四对外地的人吹呼说，自己外号"青花大王"，只要从济南火车站下了火车，问搞古玩的范四，没人不知道。

如此作派，范四在江渚已很难发展，于是把精力放到了双龙，隔三岔五地骑着自行车往双龙跑，往返六七十里路，乐此不疲。孟祥宾喜欢发展下线，而且摸不透他的底细，一来二去，他俩就成了熟人。

贩卖假古玩的人找到范四说："这里有一件官窑嘉靖年间的大缸，你去找个下家，我们卖了，有你的一半。"

范四心里就开始合计，能卖二十万，自己可得十万。他兴冲冲地去找孟祥宾，进门就喊："孟哥，我们发财的机会来了！"

孟祥宾信以为真，第二天跟范四去看货。神神秘秘，转上半天，最后看到的却是低仿的地摊货。三次下来，孟祥宾明白了范四的底细，就不再招惹他。

范四第四次再来，孟祥宾说："兄弟，我没有发财的命，你自己去发吧。"

一句话，把范四打发出去了。过不了几天，范四又来了。

翻来覆去，孟祥宾五六岁的儿子都记住了。外边敲门，儿子就去开门。一看来的是范四，儿子就冲屋里喊："爸爸，让咱家发大财的那个人来了！"

再往后，儿子一开门，看看是范四，干脆伸出头去说："我爸爸不在家，他出去发大财了。"

说完，"砰"的一声，把门关了。

贾厂长虽然也是江渚城里人，因为坚持不和行里人打交道，也就不了解范四的底细。每到周日，贾厂长就到自己的古玩陈列室来待上半天，在此把玩古董陶冶情操。范四常来贾厂长这里坐坐，无非为了蹭杯茶喝，蹭根烟抽。贾厂长对他不冷也不热，范四说啥，贾厂长也不太愿意接茬。总之，俩人只是认识而已。

此刻，贾厂长正在古玩陈列室陶冶情操，范四来了。喝了几杯茶，抽了一根烟，没说几句话，站起来就走。他这次没有故意磨蹭半天，贾厂长有些奇怪，就问："今天怎么急着要走？"

范四漫不经心地说："刘家村有户从前的大户人家，家里有尊清朝镏金佛像，去了多趟，就是不卖。今天去看看，若还不卖，不再去了。"

范四说完，头也不回地走了。

说者无心，听者有意。贾厂长立即采取行动，派人去"有枣无枣打一竿子。"

江渚城离刘家村二十来里路，不超三个小时，手下人回来，有些激动地汇报说："刘家村确有户人家，祖上是乾隆嘉庆年间的'阁老'，后人手中确有一尊镏金佛像，高一尺半，如今依然金光灿烂，一看就是好东西。"

贾厂长眼睛直愣愣地盯着手下问："卖不卖？要多少钱？"

手下说："他们说我不像有钱人，不谈。这事还得您亲自出山。我出来时，又有两个人去了，看来也是冲着这尊佛像去的。还得抓紧，恐怕夜长梦多。"

贾厂长听了，感觉事情重大，午饭也顾不上吃饭，让司机开了奥迪轿车，拉着他和手下向刘家村疾驰而去。赶到刘家时，前头去的那两个人还没走，还在与刘家人交涉，听口气，来人已出到了六万。刘家人一口咬定，佛像死活不卖。贾厂长是个生意场上的明白人，别人谈着买卖，自己不能横空插一杠子，就和手下先到院门外抽烟。好等歹等，过了半个小时，终于把那俩人熬走了。

　　手下向刘家主人做了介绍，对方一听是毛巾厂的副厂长也客气了许多。贾厂长掏出中华烟抽一支递给主人，又亲自用打火机点上。待主人狠狠吸了一口，再把烟吐出来，这才和蔼地问主人："刘大哥，听口气，佛像是死活不卖，能说说原因么？"

　　主人说："这一，自己祖上留下的东西，卖着心里不踏实，怕祖宗怪罪。但家里缺钱，也想卖了渡过难关。这二呢，卖也不卖给他们俩。"

　　客人说："家里有啥难处，方便和我说说不？如有需要，我先借给你点钱用。"

　　听了贾厂长的话，主人十分感动，眼圈都有些红了。他叹了口气，声泪俱下地把遭遇说了一遍。

　　佛像主人的大儿子，去年冬天，与人合伙从胶东海边往豫州贩鱼。前两趟每车八吨，拉去顺利卖给了当地一位海货批发商。不仅买卖做得顺利，也挣了大钱。第三趟又拉去一拖一挂十六吨。把鱼卸下，晚上喝酒，俩人和车主都一醉不起，直到第二天下午才醒过酒来。鱼不见了，海货商人也不见了。问问院子的主人，房主说那些人是租房子的，租期俩月，还有五天才到期。怎么一夜的功夫，就走得没人影了？

　　故事说到这里，主人拿毛巾擦了擦眼泪，抽了几口烟，继续叙述。

　　知道是被骗了，赶忙报了案。公安局的人问房主，租房时有没有让对方提供身份证。房主拿出个本子，上边记着租房人的姓名和身份证号码。按图索骥，把租房人押来，让房主和贩鱼的辨认。明明买鱼的是一中年男子，结果这是位七十岁的老大爷。显然,老大爷的身份证被骗子冒用了。

被骗的人说:"既然房主没认真查验租房人的身份证,就应该承担责任。"

办案人员呵斥说:"一个出租房屋的老百姓,咋能辨别身份证的真假,再说你们不也是都喝醉了?如不喝酒,骗子还能跑得了?这怪不得别人。你们先回山东,等破了案就通知你们。"

再去找房主理论,却遭到当地人的抢白和起哄:"酒里可能下了什么药,不然也不会醉这么长的时间,这也是跟你们山东人学的,《水浒》中宋江那班人就常常用蒙汗药酒迷糊人。"

一个外地人,还能有什么办法?只好含悲忍泪,回到了山东。

故事讲完了,佛像的主人过了好久,才从巨大的悲伤之中回过神来。

客人安慰了几句,试探着问:"案子有进展吗?"

佛像主人说:"至今杳无音信。本钱全是东一户西一户借的,要债的天天来催,这才想把佛像卖了。要是不卖,断不会让外人知道。"

客人露出不解的神情,问:"既然用钱,为啥又说死活不卖呢?"

主人压低声音说:"那两人已来过好几趟,最初是由俺村书记领着来的。其中的一个说自己是公安局的领导,我怕烧香引出鬼来,所以我对他们说坚决不卖。"

贾厂长和刘大哥越聊越投机,不觉已是下午两点。贾厂长把刘大哥拉上,十几分钟到了城里,好酒喝了,好东西吃了,又到贾厂长的古玩陈列室继续喝茶谈心。

谈来谈去,终于达成协议:下周日上午,在贾厂长的古玩陈列室见面。刘大哥把佛像送来,贾厂长把六万元准备好,一手交钱,一手交货。贾厂长坐车把刘大哥送回家中,刘大哥拿出佛像让贾厂长过目。贾厂长把佛像捧在手中,掂了又掂,看了又看,闻了又闻,俨然就是位行家。最后果断表态,就这么定了。

周日早晨九点，刘大哥和儿子一道，带着佛像如期而至。双方见了面，开始办交接手续。刘大哥正在点钱，范四嘴里不干不净地骂着进了门，冲刘大哥屁股就是一脚。还想踹第二脚，被刘大哥的儿子拦腰抱住。范四边挣脱边骂："姓刘的，你算个什么玩艺儿？我去了多少趟，你都说不卖。我在这里说漏了嘴，姓贾的去了，你怎么就卖了？说说，给我个说法！"

姓刘的自知理亏，陪着笑脸说："有话好说，有话好说。"

范四又冲着贾厂长吼叫："贾厂长，你也是有身份的人，应该懂得买卖行里的规矩。你去买，我不反对，至少你应当让我领你去。我就是混不上顿饭吃，至少落个人情。你这样偷偷摸摸行事，不像个厂长的做派。我呸！"

贾厂长怕外人听见，慌忙把门关了，连连向范四赔不是。

贾厂长毕竟是买卖场里的人，点了一千元，递给范四说："兄弟，拿着，我就不请你喝酒了。"

范四待搭不理地接了钱，又愤愤地看着刘大哥。刘大哥心领神会，也点了一千元，塞到范四手中。范四接了钱，气嘟嘟、骂咧咧地走了。

为了朝夕欣赏佛像，贾厂长不把佛像放在陈列室里，而是拿回家，放在卧室供奉起来，早晚一炷香，恭敬虔诚。过了一周，范四领了两个人来找贾厂长，说是北京来的客人。客人操着京腔，说要看看佛像。贾厂长也想验验佛像的成色，就把客人领到了家中。客人随便看了看造像，斩钉截铁地断定是明末清初官造佛像，愿出拾万购买。贾厂长说自己还没喜欢够，过几年再说。送走了客人，贾厂长把佛像安放回卧室，朝佛像深深地鞠了一躬，口中默念道："功夫不负有心人啊！佛祖保佑，阿弥陀佛！"

大约过了三个月，贾厂长忽然发现，佛像身上生出了一层黑色的斑疹，心里就开始犯嘀咕。想请江渚古玩界的人来悄悄看个究竟，于是先派人去叫柳絮飞。派去的人回来告诉他，柳絮飞说自己对佛像没有研究，来也没用。贾厂长蓦然想到，自从领北京的客人来过后，范四就未曾朝面。贾厂长意识到，这里边可能有什么蹊跷，赶紧去双龙请人。请夏月川，夏月川说自己不懂佛像，就凭贾厂长的购买途径和方式，能买到真的那才是活人见了鬼。孟祥宾来了，看了一会儿，说自己没有把握。不得已，贾厂长带上佛像，去了北京，托人找故宫博物院的专家鉴定，专家让他到杨家庄古玩市场看看。

杨家庄，是坐落于北京城西南城郊接合部的一个村子。八十年代末、九十年代初还只是一个自发形成的旧货市场。后来，全国各地的人都来淘货，竟逐渐演变发展成了一个古玩交易早市。因为大家担心好东西被别人淘走，都争先恐后地早来。还因为此时的古玩交易，上不了国家政策的台面，于是早市就渐渐提到了凌晨天明之前。因为摸黑交易，增加了古玩交易的神秘和不确定性，这更容易激发起人的买卖兴趣。

过去传说，阴间鬼界也有集市，只在夜里进行，阳间人界把它叫做鬼市。若住宅恰好建在鬼市上边的地上，夜深人静的时候，还能听见集上熙熙攘攘、讨价还价的声音，一如人间集市那般热闹。这杨家庄市场如同鬼市，见不了太阳，一俟天明，人就散了。所以，业界也把这里的早市称为鬼市。天明之后，也有买卖交易，但大多是假货和赝品了。久而久之，这里就演变成了全国古玩赝品集散市场。现在人们一提杨家庄地摊货，那意思就是假货。

第二天一早，贾厂长去了杨家庄古玩市场，发现有两三个摊位批发镏金佛像，和他那尊一模一样的多不胜数，水平更高的还有。问问价，每尊要价一千元，打打价八百就卖。

贾厂长终于深信不疑，他被人骗了。好在跑了和尚跑不了寺，他心里还有一线希望。他带上几个手下去找刘大哥，几句话就说明了来意："刘大哥，这铜像在你家几世几代都没毛病，可到我家不出百日就开始生锈生斑，怕是水土不服。所以，我想把它退还给你家。"

刘大哥思考了一会儿说："贾厂长，不要怪我说话不好听，佛像走时是金光锃亮，如今已是少皮无毛，谁能证明这是俺家卖的那一尊？我若从你厂买上一打毛巾,不慎给你烧上几个洞,你们能退货吗?"

刘大哥一席话,把贾厂长呛得脸红脖子粗,一时竟找不出应对的话来。贾厂长带来的人一看主子受了窝囊,就开始骂骂咧咧,有的还开始撸袖子,那样子就是要动粗。刘大哥一看这架势,把脸一沉说:"谁再嘴里不干不净,快从我家滚出去。别看你们人多,村里有的是人。她娘,快出去一趟。"

刘大嫂这时露面了。她从里屋出来,头也不抬,出了大门。不一会男女老少来了十几个,都站在院子里,给刘大哥撑腰。贾厂长看看场面,不敢再有脾气,慌忙赔了笑脸说:"刘大哥,不要误会了。铜像算我没保存好,咱过后再说。"

贾厂长说完,带着手下撤了。

贾厂长终究不是平常人物,找了厂子所在地的公安派出所,让所长帮着想想办法,他和所长无论于公于私,都有交情。派出所所长带上人去找刘大哥,刘大哥一口咬定,这佛像就是祖上传下来。问问家里还有无其他古玩,回答说没了。再把范四找来讯问,问刘家有尊佛像的信息,他是从哪里得到的。回答是柳絮飞亲口告诉自己的;问收了多少好处,说从刘家得了一千元的跑腿费;问知道不知道那是尊新佛像,说不知道。派出所又把柳絮飞请来。柳絮飞说自己无意中听邑城纪远方提起过这尊佛像,告诉范四的目的,就是让范四领贾厂长去买,好让范四挣点跑腿钱,也算为贾厂长做点贡献。派出所还未去请纪远方,他的电话就主动打了过来。

纪远方首先自报了家门,然后用轻松的语气说:"佛像的信息来自于乡下的一个朋友,我又告诉了柳絮飞。不想事情变得如此复杂,我应该承担什么责任,就承担什么责任,决不推脱。"

随后,江渚法院院长也打来电话说:"没什么要求,就是了解了解事情的经过,朋友问时,以便应对。"

过了几天,贾厂长来询问案子的进展情况。派出所所长一脸为难地说:

"贾厂长,事情到此为止吧。刘家那边一口咬定是祖传佛像,变卖自己家传的东西不算犯法。再说佛像到了你手里,确实是起了斑、褪了皮,如何证明这就是那一件?假如硬要说他倒卖文物,你这边就成了非法收购文物,也得牵扯到其中,说出去也不大好听。范四和柳絮飞不过是传信人,他俩都说你的手下正在四处寻找古玩线索,他俩只是向你提供了个信息,没想到好心办了坏事。为这也不能处理他们。你就吃一堑长一智吧,看来买古玩还得通过正规渠道啊!"

贾厂长有些激动地说:"我明明是被他们做局骗了,把姓刘的抓来严加审问,事情不就清楚了?好歹你得给我出出这口气。"

所长换下笑脸,严肃地说:"你这案子办不成诈骗案。我要硬办,那不成了公器私用?你我都是国家干部,那样会犯错误!我亲爱的贾厂长!"

从派出所出来,贾厂长直接去了医院,说是头晕,住院打了一周吊针。

贾厂长决定与古玩断绝关系。他把信息撒了出去,说是清仓处理古玩,欢迎大家前来购买。客人来了一批又一批,看看东西,都说不错,就是没人开口问价。又过了几天,从双龙来了个小古玩商人,从贾厂长所有藏品中,挑了一件,花三千元买了,说满屋子就这一件是真品。过去投入的几十万元,就这样打了水漂。至此,贾厂长方才顿悟,夏月川他们为何对自己的收藏策略冷讽热刺。

人脉

十

清末民国，四方桥顶紫砂壶，
长17厘米，高11厘米。
盖内钤阴文"淦成"，底钤阳文"潭溪名砂"。

紫砂壶，自明代产于江苏宜兴，至今长盛不衰。历史上
名家辈出，把紫砂艺术推向极致。许多紫砂壶，已脱离
其使用功能，成为收藏品。时大彬、陈鸣远、杨彭年、
陈曼生、顾景舟等艺人的作品，在拍卖会上，动辄已上
千万。

春节过后,钢材的价格一路上扬,每隔几天就上涨一次。纪远方任厂长的邑城钢厂是个区办企业,规模并不大。前几年钢材价格低迷,厂子效益不是很好,也就没有扩大规模。如今钢材价格飞涨,但限于生产能力,厂子并不能从中获得大益。纪远方脑子灵光,迅速在双龙南郊的城南村租赁了三十亩地,成立了"邑城钢材贸易公司",与邑城钢厂组成邑城钢材总公司。他协调上边,任命自己的一个本族兄弟担任钢厂厂长,他自己担任总公司董事长和钢材贸易公司经理。

　　从钢材价格飞涨,到钢材贸易公司开业,前后不到三个月,这种办事效率,一般人连想也不敢想。纪远方的思维与办事方式和一般人不一样,那是因为他有和一般人不一样的人脉资源。从钢材涨价到决定成立公司,他用了半月的时间。换了别人,得先考察各地市场,予以论证。论证得差不多了,得先向区经委汇报,经委同意了,才再向分管区长汇报。这个过程按最快的速度,没有半月二十天不行。分管区长同意了,再向区政府汇报,区政府研究同意了,再提交党委研究批准。这个程序没有一月俩月,也走不下来。党委同意了,还得返回计划委员会审查立项,没有半个月也下不来。一切办完了,还得由组织部对钢厂及公司领导予以补充调整,按常规也得半月二十天。上边这些还算容易,那毕竟是在邑城区内就能办的事。难办的事还在双龙这边。

钢材贸易公司,需用土地,城里没有。即便是有,也不利于汽车进出。选在很远的农村不行,信息不灵,交通不便,公司的地址很难向客户说清楚,不利于经营。要选,就必须选在城市边上,还必须靠近交通要道。选址就□嗦了,因为你选中了一块土地,这块土地的主人还不一定看得上你。纪远方的公司选在了双龙城南国道的路南边,似在城外,又在城中,交通方便,是办建材公司的绝佳位置。

虽是租用土地,村长书记同意了,还要跑街道办事处跑区里。这一圈走下来,没有大半年,连门楣也看不到。建个临时办公室,要找办事处,开门要找公路局,用电要找电业局,用水要找自来水公司,注册要找工商局,还有税务局、银行等数不清的门槛需要你迈过去。每道门,都有极为负责任的人把守着。你申报的各种材料,究竟怎样才算合乎要求,恐怕前去办事的永远不会明白,甚至部门具体负责办的人也未必明白。行与不行,全在把关者的嘴里,个中奥妙,办事的人自己领悟去吧。等领悟透彻了,打通了关节,这一圈再走下来,没有几个月同样办不了。

无关系的跑断腿,不如有权的动动嘴。在邑城,有纪院长负责协调,事情一路顺风。在双龙,纪远方不等拦路的露头,就请武区长预先打了招呼,把门者只好识趣地开门让路。不属于双龙区管理的部门,武区长就请他们的主要负责人吃顿饭,事情也就顺利办了。如果是职级比较低的使绊子,武区长的秘书出面,也就协调得绰绰有余。单就办公司这么一件事,就让熟悉纪远方的人,佩服得五体投地。

纪远方工作的重点,从邑城转到了双龙,老婆孩子和家依然在邑城。生意场上酒场多,有时喝多了,就在双龙找个旅馆住下。有时刮风下雨或者忙了累了,也得住下。过了俩月,他干脆在双龙买了套住房,生活用具一应置办全了,周末假日老婆孩子也过来住住。在双龙,也算有了半个家。

等到里里外外的事忙活完了,纪远方就想和双龙收藏界的朋友们会会面,向大家汇报一下自己的工作和生活。过去他和双龙收藏界的主要人物虽然熟悉,但接触不多,关系不是太密切。

如今来到双龙,纪远方就开始考虑,若想在双龙长远立足,就必须融入双龙的收藏队伍中去。同道朋友不仅能让自己的业余生活更丰富,有了事情也相互有个照应。先打开收藏界的局面,再以此为切入点,向其他领域拓展。

纪远方打电话给卓文鸣,让他负责召集收藏界的朋友,周日中午在云泽饭店聚会。他特意嘱咐,别忘了孟祥宾、高经理和夏月川三个人,其他人,由卓文鸣全权定夺。

纪远方特意订了个大房间,房间的东段安放餐桌,西段是转圈的沙发和茶几。吃饭之前,大家可以坐在沙发上喝茶聊天。云泽饭店就在邮电局古玩市场的旁边。因为是休息日,大家逛完了市场,来这里见面十分方便,转身抬脚就到了。十一点刚过,客人陆续来到。客到齐了,纪远方才匆匆赶来。

纪远方一进门,就拱拱手说:"单位上有点事,应该早来等候大家。来迟了,抱歉,抱歉!"

大旦连忙说:"纪总事多,理解理解。"

大家也纷纷附和。

纪远方看了看大旦说:"看你大旦,出来参加场合,挽着裤腿不说,还光着脚丫穿凉鞋,这哪像个国家干部?"

说完了,自己先笑了起来。众人跟着笑笑,算是应答。

这大旦在云泽市政协工作,据说是秘书处的副科级秘书,到底是不是科级干部,无人求证,但在市政协工作确真无疑。因为他分的房子就在市政协宿舍楼区,他的办公地点,好多人也都去过。大旦悠荡着玩儿的时间十分充足,阴差阳错,就与古玩结了缘。说大旦是古玩界的人不假,要说是收藏界的就有些勉强。他爱好古玩,但不收藏,只是用它们"生"钱。骑着自行车到各乡各镇的古玩贩子那里去,选些如意的东西回来,再推销到收藏者的手里,从中获利。在城里，他这样的人很多。城里的收藏者们，大多有份工作，脱不了身，还得依靠大旦这种人提供藏品。古玩从初始供应者手中卖出，最终进入收藏者手中，才能构成一条完整的产业链。大旦式的人物，是这条产业链上最重要的一环。

小旦是工厂的工人，这几年厂子效益不好，常常是三天上班两天休班，工资发了这月没了下月，最近彻底下岗了。因吃不得苦，也不想找个正经营生干，就跟着大旦瞎混。他俩不是兄弟，最初素不相识，是古玩把两个人连到了一起。其实小旦的年龄比大旦大，只是大旦出道早，小旦出道晚，而且是师兄弟，才分别被称作大旦小旦。

旦这个字，在姓氏中，不发旦的本音，而是发"段"音。常常有好事者，调侃姓旦的为姓"蛋。"于是，双龙古玩界出了句笑话，叫作："大蛋不大，小蛋不小"，说的就是他俩的事。

自从纪远方来到双龙发展，虽然正式邀请收藏界朋友是第一次，但和卓文鸣、大旦、小旦他们已经吃过多次饭了。

卓文鸣除了上班，其余时间几乎全部和大旦几个泡在一起。他们都喜欢吃喝，今天你请客，明天我请客，轮着做东。纪远方来到这边后，熟人少，也有些寂寞，很快与他们黏到了一起。大旦他们也算是傍上了大款，吃喝费用全部由纪远方负责。他们抱定"不吃白不吃"的信念，三日两头来给纪远方送些小件古玩。纪远方相中了，就留下，他们能挣点利润，相不中也不要紧，至少能混顿酒喝。

纪远方招呼大家坐回沙发，边喝茶，边向大家介绍他办公司的经过，每说完一句话，总是故意停下，观察一下大家的表情。他的说辞，听来也有了些抑扬顿挫。夏月川心想，这几天没见，纪远方竟有了些大干部说话的口气，不禁下意识地皱了皱眉，纪远方看见了，装作没看见，继续"汇报"。

纪远方的父亲是邑城区法院院长，这在古玩界人所共知。双龙区武区长与纪院长是朋友加兄弟的关系，在座的除了夏月川略知一二外，别人都不清楚。因此，纪远方介绍的时候，邑城那边所费的周折，被三言两语带过，而双龙这边的繁琐与麻烦，则被故意夸大和虚构，而落脚点是他家和武区长的关系，这才是关键。

自觉汇报得差不多了，纪远方有意识地停下来，让客人插话。大旦心领神会，一本正经地赞叹："哦，哦，有武区长出面，就不难了。"

卓文鸣则朝着大家，及时地附和说："就是，就是。有了这层关系，谁还能阻拦？"

小旦也附和说："可不，可不。这年头，离了关系啥也难办。"

说完，歪头看看孟祥宾，欲从师傅那里讨得赞许。

看看曾经的两个徒弟，争先恐后地巴结纪远方，而全然不顾自己的感受，孟祥宾气得看也不看他们一眼。

看看天色不早，纪远方结尾说："总之吧，每当关键的时候，都是武叔叔打电话给予协调，有时是他的秘书出面协调，遇到实在难办的事情，他也亲自出面。以后我在双龙发展，遇到的事肯定很多，总不能大小事都去麻烦大领导。众位是双龙坐地户，还得指望大家帮忙。"

大家心里明白，这后边的一句不过是套话。

酒宴即将开始，客人纷纷落座。纪远方坐了主陪的位子，因为他与夏月川熟悉，夏月川又是区卫生局的办公室副主任，就让他担任副主陪。高经理年龄最长，又是文物店经理，坐了主宾位，孟祥宾坐了副主宾，其他人随便坐了。

每人倒上一高脚杯酒，看样子足有二两半。按云泽近几年兴起来的喝酒路数，主陪带四次，副主陪带三次。一杯酒分七次干掉，取七上八下的说法，意为当干部的还能提拔升迁，做买卖的能蒸蒸日上。

待喝完了一杯，夏月川和孟祥宾就换上了啤酒。他俩不能喝了，斟上啤酒，只为走完过场。其他人皆不推辞，全部满上第二杯白酒。再喝，就是捉对厮杀了,这在酒场上叫作"展开"。

最近十来年,无论大小会议,也无论布置什么工作,传达什么精神,都会在最后安排一个主题讲话,讲话人一般是参加本次会议最高级别的领导。领导如果抛开讲话稿,即兴发挥,这叫"展开"。当然,不展开的时候少,展开的时候多。大家活学活用,把展开移植到了酒场上,贴切而生动。主陪副主陪带酒,大家是必须齐步喝,这叫"规定动作"。展开呢,就是谁与谁喝,喝几次喝多少,由两人协商,这叫"自选动作"。规定动作内涵少,这展开,学问可就大了。

整个一次酒宴上,按礼貌,不管是熟人还是刚刚认识的人,每两个人至少捉对喝一次。如果两个人是老朋友,而又互相理解和关心,为了彼此的身体,可能也就轻轻嘬一口,一切尽在这一嘬了;若是老朋友,恰好都是酒家,也可以喝三次五次,以表达两人的感情实在无法表达彻底;如果两个人初次见面认识,彼此都有好感,都有进一步加深友谊、发展关系的愿望,也可能多喝几次,并抢着多喝,借此给对方留下良好的印象;如果两个人本来很熟悉,但谁也不招呼谁喝,那是两人之间产生了过结或矛盾,故意冷落对方;如果初次相识,两个人连表示也不表示,那就表明,谁也瞧不上对方。总之,喝与不喝,喝多喝少,都有奥妙在其中。

但无论何种情况,在一次宴会上,两个人互不打理,都是极个别的情况。因为大家都清楚,酒场就是一个临时的戏台,每个人,不过是临时客串的角色罢了,犯不上较真。

一阵觥筹交错,饭局就过了中场,半斤酒下肚,不管酒量是半斤的也好,是一斤的也好,说话都有些失了准头。卓文鸣站起来,端着酒杯朝着纪远方说:"纪总经理,纪总,你说你和武区长两家是世交,我还有些怀疑。能为你办事,未必就是好朋友,办事不是朋友的标准。这年头,原来素不相识的人,照样可以彼此帮忙。"

纪远方一听就有些上火:"你的意思是说,武区长给我帮忙,是我花钱雇了他？"

卓文鸣夸张地抽了自己一个耳光说："你看我这嘴。不是这个意思。"

他说完坐下，不再说话了。

瞧瞧他俩的脸色，都已红中带紫，孟祥宾赶忙出来打圆场说："听说武区长对收藏也有兴趣，而且品位很高，抽个时间，纪总请他和我们认识认识，大家也沾个光。"

"好，就这么定了！"纪远方说完，端起酒杯，一仰脖子，把半杯酒干掉，大家也纷纷把杯中酒干了。

看看夏月川迟迟没提议和他单独喝酒，纪远方端了酒杯来到夏月川面前说："夏主任，我是个粗人，说话有不得体的地方，还请你包涵。来，我单独敬你一杯。"

夏月川站起来说："我杯子里是啤酒，你是白酒，不好意思敬你。"

说完，夏月川把杯中啤酒干了。

纪远方没接着干，而是悄悄地说："转天我们一起见见武区长，你工作上的事还得让他多多关照。在他面前，我还是有点儿面子。"

说完了，这才一仰头干了。

夏月川敷衍说："其他的事情，以后再说。"说完这话，放下酒杯，去了卫生间。

高经理不仅年龄最大，酒量也大，怎么喝，看上去都没什么变化。看看再喝下去，场面就会更加混乱，赶忙站起来说："今天大家喝得都很尽兴，现在谁也不能喝了。吃饭，结束。"

大家吃了饭，纷纷起身告辞，各自回家。在电梯中，纪远方说："我的公司，就是收藏界朋友们的大本营。我们要经常聚会切磋，这聚会吃饭我包了。"

第二天醒来，已是早晨八点多，纪远方边洗漱边琢磨：武区长帮了这么大的忙，还真得去谢谢他呢。

洗漱完了，纪远方往武区长办公室打电话，那边不接，可能没在办公室。就发了个文字传呼："武叔叔，方便的时候，请回个电话。纪远方。"

大约到了上午十一点，武区长那边的电话来了："远方，我上午有个会，刚刚结束。有啥事？"

这边说："武叔，没有什么事。你原来说过，抽空和双龙收藏界的朋友一块坐坐，认识认识，我想问问你啥时方便？另外，晚上我想去你家看看明大姐，不知方便不方便？"

"教师节就要到了，这两天要到学校去慰问教师，还要准备庆祝教师节大会，啥都顾不上。聚会的事，过几天再说。你大姐这几天心脏不舒服，一直在住院，你就先别过来了。"

"好——，好吧！"

纪远方一说完，那边说句再见，挂了电话。

下午两点，纪远方提上一篮水果，去医院看望武区长的夫人。至于夫人在哪个医院哪个房间，他早已从武区长司机那里打探清楚。

探视病人，时间不宜太久，探视心脏病人更是如此。寒暄了十几分钟，纪远方从口袋里摸出一个信封，夫人知道里边装的一定是现金，连忙摆摆手说："小纪，啥也别说，免了。我身体一直不好，听说带块玉器能健身，麻烦你给找块吧。啥时碰见啥时买，不着急。"

纪远方不再勉强，把信封重新装进口袋，握着夫人的手说："明大姐，都说老玉器有灵性，能避邪健身，我早就想给你找一块，怕你不喜欢，也就没行心。我回去就打听寻找，一定要让你满意。"

武区长年龄四十五六岁，纪远方的父亲五十五六岁，两人是先同事、后朋友、再后兄弟，无论年龄如何悬殊，纪远方都要称呼武区长叔叔，这是规矩。按约定俗成的称呼套路，纪远方得叫明夫人大姨。可明夫人比武区长小四五岁，只比纪远方大六七岁，每当纪远方叫她大姨，明夫人答应起来就有些难为情。

纪远方情知女人都怕老,就改口称呼她大姐。大姐说这样好,各称呼各的。纪院长说,这叫"一家两制。"可他并不糊涂,私下里对儿子说:"称呼大姐可以,可不要真以为你们是平辈,分不出大小了啊。"

儿子自是心领神会。

这明夫人姓明,名字叫楚,长得犹如其名,楚楚动人。纪院长知道儿子有些不羁,怕他做出失了礼数的事来,引出麻烦。

周末,纪远方回到邑城,去父母那边吃饭,说说家里家外的事。他对父亲说:"明楚要我给她找块玉牌戴。一块像样的坤式玉牌子,即便普通无款,现在也得万把块。弄块三五千的也行,就怕她找明白人掌眼,说我糊弄她,那样就不好了。看来得破破财。"

父亲面带不悦地说:"这次你办公司,武区长帮了大忙,这就不用说了,你都明白。多亏武区长是个清廉的人,换了别人,不知需花费多少才能办下来。年底人大开会换届,我就要到人大去当副主任。没了权,说话就不再灵验,从今往后,就全依仗武区长了,在他们身上花点钱财,总有好处。别人想送还送不上呢,你怎么吝啬了?"

纪院长看看儿子发怔,又补充说:"要不是子冈款牌子太大,不适合女同志佩戴,这次就给她。将来找个机会,送给武区长吧。你就给她找块尺寸小而精的东西,别舍不得花钱。记住了,财散人聚,财聚人散。"

纪远方故作不解地问:"人大副主任不是高于院长吗,怎么就没人买账呢?再说老面子还是要看的吧?"

"老面子?你说的那是前几年的事了。这几年,人都变得实际了、势利了,没有实权,没人拿你当回事。至于说面子,那只是面子,办什么事,还得有里子才行。"

说完,纪院长无奈地笑笑。纪远方看看父亲,感觉那笑声中掺了几分苦涩。

床
殇

十一

远古时期，夹沙红陶鬲，20厘米。

新石器时代晚期至商周，典型而普遍的炊器，相当于后
世的釜和锅的功能。存世量较大。

作为云泽贩卖古玩的先驱,费本中始终没有发家致富,至少看上去是这样。家里用的吃的没有任何改善,依然是四个旮旯四个空。与以往唯一不同的是,家里用上了电灯。因为油灯已被时代淘汰,煤油已没地方打了。去的朋友调侃他说:"老费,混得不错,用上电灯了!"

老费也不生气,自嘲地笑笑说:"是啊,托你的福。"

费本中与郑贵农关系相对密切,郑贵农说老费是真人不露相,银行里存着七八万呢。对于一个农民来说,这的确是一笔巨额存款,但不知是真是假。

地里种完了小麦,老费悠闲下来,中秋节这天,他骑着自行车去找郑贵农。自从柳絮飞在邑城开了古玩店,他见郑贵农的机会就少了。每当去马家村找郑贵农,十次有八次见不上人。问问郑贵农的去处,他老婆就开始叫骂:"谁知道他去哪里晕了?整天的活不见人,死不见尸!"

费本中知道,郑贵农的老婆是怀疑丈夫与柳絮飞有染,心里有气。

今天过节,郑贵农恰好在家,家人团聚的日子,柳絮飞那边必须先放一放。见费本中来找自己,郑贵农慌忙把他迎进屋子里。边张罗着烧水沏茶边说:"费大哥,你不来找我,我就去找你了。遇见个大买卖,我自己做不成,还得你去办。"

费本中心想,原来如此,怪不得今天这么热情。这几年费本中淘到货的数量明显减少了，没有数量做保证，质量也就无从谈起。对郑贵农来说，费本中的重要性自然是越来越低。还有，郑贵农常和纪远方、柳絮飞他们在一起，自觉比费本中高了若干个档次，对费本中就有些不冷不热。费本中不是感觉不到，是装作不懂，因为有些东西还指望郑贵农购买，有些不明白的东西也需要请他指教。想到这里，他故作沉稳地问："啥大买卖？我也不一定能办成。"

郑贵农心里骂一句，你也敢和我端架子，可嘴上说的却是："你听我仔细和你说说，咱哥俩合计合计。"

尽管郑贵农和柳絮飞相处得如胶似漆，但彼此心里明白，这都是暂时的各取所需，两人走不到一起。郑贵农儿大女大了，与妻子离婚另娶柳絮飞，这曾经一闪的念头，现在连偷着闪一闪也不敢了。一则，儿女这关过不了；二则，柳絮飞的志向不是一生只拥有一个男人。她的贪欲郑贵农是领教过了，有时令他不可思议。郑贵农隐隐觉得，她和纪远方甚至也有些瓜葛。

目前柳絮飞之所以依附郑贵农，是她需要他的帮助，同时也被郑贵农深深吸引着。但她的头脑十分清晰：郑贵农虽然身体强壮，长得英武潇洒，但迟早会衰老。再说，他终究没有一份固定收入，等古玩不能跑了，跟着他喝风咽沫？柳絮飞逐渐明白，自己目前这种生活状态，是在享受和透支青春，是权宜之策，绝非长久之计。

柳絮飞租赁门面房是自己出的钱，而她和郑贵农的爱巢，也就是柳絮飞住的房子，则是郑贵农出的租金。郑贵农的部分货物，也放在店里卖，明明卖了一万，柳絮飞就给他八千，其中的猫腻，郑贵农也是一清二楚。无奈，吃了人家的嘴短，拿了人家的手短，他只能装作不知，况且他们之间，也不能说没有感情的成分。

郑贵农和柳絮飞合作，本是强强联手，这效益却大不如从前了。

儿子建房需要钱，结婚需要钱，女儿出嫁也需要钱。这几年，做古玩生意的人不仅越来越多，而且越来越年轻。他们后来居上，严重挤压了老一代古玩商人的生存空间。郑贵农对柳絮飞说:"不能一条道走到黑,得开辟新的进钱门路。"

郑贵农经过权衡分析,觉得算卦这一行最适合自己。耍嘴,这是他的强项。他买了几本算卦的书籍,关起门来读了半个月,就操弄起了算卦、看风水、看手相的营生。郑贵农脑子灵活,又能说会道,很快就混出了名堂。马家村周围三里五村,都成了他的地盘。因为收藏贩卖古玩的生力军主要集中在城里,郑贵农在邑城和双龙城里都有许多熟人,在朋友的引荐宣传下,他的算卦业务,正逐步向城里渗透和拓展。

本村一户姓马的人家,要把低矮的老土坯房子拆掉,翻建砖瓦大屋。怕贸然动工拆房,动着什么太岁,或坏了什么风水。前几天把郑贵农请到家来,给查看查看,顺便确定个动工的良辰吉日。

郑贵农看风水,自然和别的风水先生不一样,他还兼顾着侦查、打探古玩这一任务。所以每到一户人家,他都要到每个房间及旮旮旯旯瞅瞅瞧瞧,连厨房厕所也不放过。主家不知内情,还称赞他敬业,夸他责任心强。

功夫不负有心人,这次他终于有了收获。马家东屋里,放着一张大罗汉床。郑贵农一上眼,就为之一振:三边有床围,中间床围上雕刻梅兰,两端床围上分别雕刻竹菊;四条如意腿,线条流畅,凸凹有度。通体不施油漆,但依然紫红油亮。

郑贵农虽然对木器不太精通,但有了上次黄花梨炕几的经历,在木器上也变得格外留意。凭直觉,这床一定不是俗物。

床上放着坛坛罐罐等乱七八糟的生活器物。看得出,主人家并没把它当作什么贵重玩意。郑贵农不动声色,说了拆房建房的注意事项,掐算了拆房的日子时辰。他故意把日子往后拖了几天,留出充足的时间,便于自己从中做"法"。

郑贵农回到家中,仔细想来,这马家的祖上,是魏村魏江帆的姥姥家,或许这床有些大来历。郑贵农作为本村乡亲,不能出面购买,一怕引起主家警觉,二怕将来惹出麻烦不好收拾。于是就想到了费本中,由外人出面,事情就简单多了。费本中没见过大世面,等买下后,给他稍微加点钱,也就成了。事情不能久拖,必须赶在马家拆房前办完。主意拿定了,正准备去找费本中,这费本中就适时上门了。

在郑贵农家吃了午饭,费本中就去了马家。马家因为要拆正房,就把偏房中暂时没用的东西搬到了院子中,腾出空间,好供人居住。费本中说话也很讲策略:"听说你们要拆房子,翻建新宅,看看有无要处理的陈旧家具。不用了,换点钱花,总比下雨淋坏了好。"

主人说:"你相中了啥?"

费本中不敢单说木床,就将两把破柴木椅子也捎上:"两把椅子和大床有点意思,其他的盆盆罐罐,没有相中。"

主家建房正好缺钱,也有卖的意向,就问:"你能出多少钱?"

"千把块吧。"

"我们合计合计,你明天再来吧。"

晚上,马家主人来找郑贵农,把卖旧家具的事说了,让他帮着估估价:"你也是收古玩的,我家那大床和两把椅子,你要不要?"

郑贵农摇摇头说:"我收瓷器玉器字画,家具不要。谁家没有几把破椅子桌子?那不属于古玩,不要。"

"你说,我要是卖,得卖多少钱?咱不要懵着头卖亏了。"

"我真的不摸老家具的价格,再说,这些东西没有个正价。要我说,千儿八百就卖!"

主人走了,郑贵农骑上摩托车就去了大桥村,与费本中通了气。第二天临近黑天,费本中直接拉着地排车来了,车上早放上了两把破椅子,以示从别处收了家具顺便过来看看。主人家心里有了底,害怕过了这个村,没了这个店,很快以一千二百元卖给了费本中。

第二天一早，郑贵农来到费本中家，两人研究了一番断定，这床料必是红木无疑。其实，他俩对木器材质不懂，就是云泽整个古玩界，真懂木头的也不多。郑贵农说："老费，不管这东西值不值钱，我给你加五百块钱要了。要是赔了，算我的，赚了咱兄弟俩再对半分。"

把大床买回来，费本中的心里就一直忐忑不安，怕郑贵农变卦不要了，那就砸在了自己手里。现在一看郑贵农要接，心里却又开始犯嘀咕：莫非是值大钱的好东西？

郑贵农看他犹豫，就来了气，于是冷冷地说："你若没想好，转天再说，我也回去考虑考虑。"

郑贵农说完，拉起要走的架势。可怜费本中，终究没有发大财的命，见郑贵农要走，又没了主意，赶忙说："好，就按你说的办。只是卖了大钱，别欺瞒我。"

郑贵农一边点钞票，一边责备他说："是我指点你去办的业务，再让你挣钱，天底下再无这等好事了。关键时候，还想和我动心眼。真是的。"

郑贵农让费本中从村里雇了个跑运输的车，把床直接拉到了邑城柳絮飞的古玩店里。

郑贵农嘱咐柳絮飞，把门关上锁了。他一遍又一遍地用湿抹布擦拭大床，足足花了两天的功夫，这大床就显出了他的本色：宝光灿然，气度非凡。更奇的是，有高浮雕的梅兰竹菊图案不说，在每株花卉边上，还阴刻有一首诗。因为书体是繁体行草，郑贵农能认出来的字不多。郑贵农告诉柳絮飞，自己出去找买家，让她关门歇业，直到大床卖了为止。

古玩行的人，大多有个不服别人的毛病。每当淘到一件自认为档次不低的东西，总是神神秘秘，不与当地人交流，更不愿掉价请教当地的高手。如此一来，一件古玩到底有多高的历史价值、艺术价值和经济价值，就全凭他们自己的判断。是买赚了，还是买亏了，对于郑贵农这个层级的来说，基本就是误打误撞。

郑贵农骑了摩托车，到双龙城里去找他信赖的孟祥宾。他认为，只有孟祥宾和北京上海的买家有联系，他这大床，也只有外边的客户能看得懂、买得起。

郑贵农找孟祥宾帮忙，可算是找对了人。

孟祥宾是国有大型企业振华制药公司的中层干部。他虽三十岁刚刚出头，如今已是供销处分管供应的副处长。别看处长前边还有个副字，一般小厂的厂长也未必赶上他的权力大。这么大的企业，上到机器设备，下到生产原料，一年的采购资金动辄上亿。求他办事的人，不仅多而且涉及面广，一般政府官员见了他也会气短三分。他经常出差，京上广等地都有朋友，所以见多识广。他是云泽市收藏古玩的先驱，更是做古玩生意的先驱。当一件古玩在本地只能卖二百的时候，他就能卖一千；本地能卖二千的时候，他已卖到了一万。

孟祥宾具有独特的处世方式。和社会上层的人相处时，他能娴熟地运用场面上的规矩和法则；在古玩界，在业余生活中，和大旦小旦等草根阶层相处时，他没有一点架子，诙谐滑稽，如同一位邻家小弟。

郑贵农见到孟祥宾，向他作了关于大床的详细说明。孟祥宾听了，脸上流露出不是很感兴趣的样子，最后才说："你先回去，明天单位若有车去邑城，我顺便去看看。"

第二天，郑贵农和柳絮飞望眼欲穿，一直到了中午，才把孟祥宾盼来。孟祥宾看了大床，心头一阵紧缩，知道是条"大鱼"，但他不露声色。尽管孟祥宾也不清楚它的真正价值，但他明白：这是张紫檀大床。紫檀的价值是红木的十倍二十倍不止。他漫不经心地对郑贵农说："东西我看还是不错，我回去联系客户，明天你给我打传呼。在我那边有结果之前，就暂时不要联系别人了。古玩，卖的就是个神秘。"

北京那边的客人和孟祥宾商量说，他们不能直接到郑贵农那里看货，那样反而惊动了他，不好成交。由孟祥宾全权代理，只要是紫檀，就出五万块钱，至于孟祥宾花多少钱拿下，那边不管。

第二天下午，郑贵农在附近找了个公用电话，呼叫孟祥宾。过了十几分钟，孟祥宾的电话才过来。电话那端说："北京的朋友说，床是大件，运输不能藏着掖着，万一路上被公安部门查住，不仅被没收了，还要罚款。若是价格不高，倒可以买下，大不了算是丢了。你想卖多少钱？"

郑贵农本来心气很高，一听孟祥宾的话，气就短了三分。说的也是啊，这么大的东西，运输确实有些困难。他怕夜长梦多，狠狠心说要卖三万。那边对郑贵农说："你先卖卖再说吧。"

郑贵农还要解释什么，孟祥宾那边挂了电话。

隔了一天，郑贵农沉不住气，再给孟祥宾打传呼，可无论如何呼叫，那边就是不回话，他只好亲自去找孟祥宾。孟祥宾有些为难地说："老郑，很抱歉，事情没给你办好。那边就出两万，知道你一定嫌少，就没好意思回你的传呼。"

郑贵农没有办法，只好答应两万成交。当晚，孟祥宾点了两万块钱，带了个箱车，拉着大床直接去了北京。北京的朋友，验了大床，是紫檀无疑，品级远远超出了他的预想，可谓望陇得蜀。朋友也算有良心，在五万的基础上，又多给了孟祥宾一万。

北京的高人毕竟是多。床围上阴刻的文字很快被释读出来，与梅兰竹菊对应的是四首古诗，分别是：北宋王安石的《梅花》，明代张羽的《咏兰》，唐代王维的《竹里馆》，晋代陶渊明的《和郭主簿》。最可贵的是，最后一首诗的后边有"济南豫孙"四字落款。古玩商推测，这可能是王渔洋用过的床。他悄悄请来文博部门的木器专家，对此进行研究。专家考证确认，这的确是新城王渔洋用过的大床。

专家的鉴定结论，把古玩商惊得目瞪口呆。他不敢相信这是真的，另请专家,结论还是如此。这么大的东西,保不了密。除非是王渔洋的后人拿到拍卖会上拍卖,否则无人敢接手。现在海关对文物把关甚严,想卖给外商,风险极大。北京人毕竟讲政治,通过专家,干脆把它捐给了文博部门。文博部门得了捐赠,也不再追究文物的来历,就依了古玩商的说法,记录这是古玩爱好者从北京杨家庄旧货市场买到的旧物。文博部门也无法估计这绝世珍品的价值,奖给了捐献者五十万元。

王渔洋紫檀大床面世的新闻,成了报纸、电视新闻,很快传遍了全国。消息源源不断地从北京传回云泽市,本地人才恍然大悟。

新城王家,自明朝晚期至清朝中期,是科举官宦世家,到王渔洋达到顶峰,后渐次衰落。江渚区魏村的魏家,同是自明末至清的名门望族,兴盛一直延续至清后期的魏江帆。魏江帆生母娘家,就是邑城马家村的马家。魏江帆父亲早亡,小时跟母亲在姥姥家长大。其后,当地人就说魏江帆是邑城马家村人氏,也算是有本有源。

新城与魏村,相距不过三十余里。同为望族,王家魏家,世代多有联姻。人们推测,王渔洋的紫檀大床,应该是先到了魏村魏家,后辗转至邑城马家村。究竟如何,无法推测。

费本中听说了这事,就去找郑贵农理论:既然被北京人相中的东西,就是你郑贵农再不识货,你也不会让北京人花五千块钱买走。因为郑贵农是按五千元和费本中分的利润,显然是郑贵农说了瞎话。郑贵农一口咬定,自己对木器缺乏研究,也看不透,被北京人哄了。为此,两人闹了个拍桌子瞪眼。

费本中骑自行车回来时天已大黑。由于心烦意乱,路过村头大桥时,鬼使神差,竟连车带人跌落桥下。左胳膊右腿都骨折了,右脸也磕出十几厘米的大口子。桥面离河床足有一米半高,没丢了性命,已是万幸。

费本中的三个弟弟,弄清了事情的经过,来到马家庄找郑贵农要个说法,否则就要报官处理。郑贵农理亏,虽然是在自己村里,也不敢在自己的一亩三分地上要横。郑贵农一家一块的兄弟姐妹虽然不少,但听说郑贵农害得那边差点丢了性命,也没人出来帮腔。郑贵农好言好语,让费氏兄弟先回去,明天自有答复。

郑贵农打发走了费氏三兄弟,赶忙联系纪远方,把自己遇到的麻烦及事情经过,简单说了一遍,请他帮着拿个主意。纪远方听了,先夸张地吸了一口长长的气,说事情来得突然,一时也想不出办法,明天赶到马家村,一块商量对策。

郑贵农秘密倒腾大床的事,消息灵通的纪远方早已获悉,这几天他正在生气,还未来得及找郑贵农发作,那边就出了事。放下电话,纪远方高兴了一个下午:弄了好东西,捂得严严实实,生怕老子赚了你的便宜。可惜,人算不如天算,这下明白了吧? 我纪远方还有些用处!

第二天一大早,纪远方赶到马家村,给郑贵农讲明了利害,并指明了方向:"拿钱买平安。"

郑贵农不敢去大桥村,怕被扣下生出事端。当天上午,纪远方作为郑贵农的全权代表,来和费氏三兄弟谈判。好在庄稼人实在,他们胃口不大,拿出三千元就把这事摆平了。纪远方随后跟费本中的小弟一道,去双龙区骨科医院看望了费本中本人。事情至此,算是圆满解决。

此事在云泽文物界闹得沸沸扬扬,郑贵农心里窝囊了很长一段时间。孟祥宾则如同吃了苍蝇,恨自己有眼无珠,白白让云泽古玩界高看了自己。

过了几个月,估计费本中的胳膊痊愈了,古玩界的人陆续来找他,看他有无新的收获,却总也见不上人。即使见了,费本中也很少说话,一副拒人千里的样子。他似乎已铁了心,要退出古玩这个圈子。

索 命

民国，兽腿狮耳铜熏炉，红木盖，珊瑚钮，
高 18 厘米。

至战国、西汉时，已在陶器和青铜器中大量出现。用于
燃烧香料或药用植物，用来净化空气及衣服熏香。后逐
渐演变为兼具实用和把玩功能的艺术品，材质也扩展至玉、
石、瓷等，现在仍有制作。

范四穿针引线,让贾厂长吃了哑巴亏,致使贾厂长血压升高,打了几天吊针。贾厂长的手下放出风来,说要找范四算账,让他看好自己的双腿,小心成了两截。范四有些害怕,此后便"蛰伏"起来。过了半年,看看没有动静,这才又出来活动。很快,就有了惊人的收获。

　　再过几天就进十二月了,范四决定趁建筑工人放假前的几天,抓紧到各处工地转转,看有无出土的东西。只要一进十二月,所有建筑工地都会停止建设,因为二十四节气中的"大雪"一到,大地就要封冻。水泥砂浆怕冻,地上地下、空中作业,也只能全部停工。工人走了,他们手里积攒的古玩也就跟人走了。

　　这天晚饭后,范四来到城南的一处工地宿舍。说是宿舍,就是建筑民工的大工棚,里边中间有条过道,两边是大通铺。民工们正在整理东西,明天就要返乡。范四给大家撒了一圈香烟,向大家询问,手里有没有古物。大家说半年没见他的影子,以为他不再倒腾这个了,东西都给了别人。范四正要离开,有位工人说自己有个瓷瓶,本来不卖,想带回家去。今晚整理东西,感觉要带的生活用品已经不少,坐长途汽车多有不便,既然范四来了,自己临时决定卖掉算了。

　　瓷瓶高二十公分左右,长颈圆腹直口,颇似锥把。通体施白釉,白釉上绘有兰草。兰草的颜色说蓝不是蓝,说黑不是黑。范四拿了瓷瓶观看,自己也认不出是啥东西,只是感觉不错。问问价格,工人说少了五千不卖。对于范四来说,五千块钱是个大数目,感觉太贵,就开始拦腰砍价,工友们都围上来看热闹。当着一大堆人的面没法交涉,两人就到外边说话。因为双方差距太大,谈不成。看看就要陷入僵局,范四说自己只带了一千五百元,就是想买,钱也不够。货主说明天等他到九点,九点后,他就回鲁西南老家了。范四说自己回家考虑考虑,九点不来就是不要了。

范四从工地回来,连夜去拜访自己信任的朋友。根据他的描述,朋友们都说可能是元代青花瓷器。元代青花啥样?云泽市搞古玩的没人见过,大家只是从书籍、报刊、电视上略知一二。对于大家来说,元代青花实物,和传说中的龙一样,只是一个虚幻的概念。没见过,并不影响大家对它的向往和企盼。因为,一旦拥有,就能一夜暴富。

范四一夜没睡。越想,那东西就越像元代青花。临近天明,终于做出决定,把东西买下来。他把决定对母亲说了,母亲不知道啥叫元代青花,只是觉得五千块钱不是个小数目,也有些害怕,怕五千元打了水漂。可她明白,总是小手小脚,孩子永远做不成大买卖,就鼓励他说:"健,我这里还积攒了两千块钱,拿去添上。你放心,就是办砸了,我没有半句怨言!大胆去闯就是。"

五千块钱,这是范四娘俩的所有积蓄,也就是他们的全部家当,范四揣上,出门走了。不消半个时辰,如愿揣着元青花瓶回来了。

范四连忙去请朋友来看。这个看看,心里"咯噔"一下,那个看看,心里也"咯噔"一下,感觉离心目中的元代青花相去甚远,至于是啥窑口的东西,也都看不清楚。但朋友当初都是参谋,把"菜"炒成这样,他们也都添了油加了醋,现在只好顺着范四,一口咬定是元青花无疑:"啥叫元青花,今天算是开了眼。"

范四怕朋友不说实话,尽拣好听的哄着自己高兴,就多了个心眼,去请教柳絮飞。她接触的外边人多，眼界更宽，最初没有征求她的意见，说起话来没有负担。范四带上东西去登门拜访。柳絮飞早得了消息，也顺着说是件元代青花，并恭喜他撞上了财神爷。

有了柳絮飞的表态，范四心中一块石头落了地。中午，母亲给他炒上两个菜，他开心地端着酒杯喝酒。一直喝到晚上，直到人醉得上不了床。这样喝了三四天，范四才冷静下来。他突然回过神来：名气这么大的东西，怎么没人来问价呢？莫非东西太贵重，当地没人敢接？他开始有些惊恐。

他连忙找个公用电话，给侯亭县的古玩大佬打了传呼。他在电话中告诉对方，自己有了收获，请过来看看。侯亭的朋友姓张，道上的人都叫他张大鳄，意思说他是侯亭古玩界最大的"腕儿"。范四有东西不卖给当地人，因为侯亭离江渚、双龙都远，感觉上属于外地，所以大鳄从范四这里拣过便宜。张大鳄迅速过来看了，不说是元代青花，也不说不是，只说自己可以出一万五千元，多了不值。本来希望几十万的东西，客人出一万五，自然没有成交。

送走了张大鳄，范四就觉得心跳加速，脸上也一阵阵冒汗。母亲见了，就试探着问："健，这东西是不是不对？"

"老东西没问题，不然不会出价。他可能认为这不是元青花。"范四有些沮丧，没了当初的风发意气。

"他能出一万五，咱还是能挣钱，你紧张个啥？"母亲安慰他说。

范四强打起精神说："明天去趟双龙，请那边的人看看。我就信不是元青花。"

这天晚上，母亲特意多炒了一个菜，但范四的酒，却比前几天喝得少。睡觉前，母亲端来热水，让范四洗脚。看看母亲如此心疼照顾自己，他越发感觉那瓶子就必须是元青花。若瓶子不是元青花，就辜负了母亲，实在没法交代。

清晨，范四匆匆吃了几口，揣上瓶子，坐上公共汽车去了双龙。他先去找市文物店的高经理，尽管过去没打过交道，但彼此认识。

高经理很谦虚,说完整的元代青花瓷器没见过,但在国家文物鉴定培训中心,见过很多元代青花瓷片,与这瓶子离得十万八千里。问高经理文物店收不收收,高经理说不收。让高经理给估估价,高经理不估。情况明摆着,高经理对这东西根本不屑一顾。

范四又去振华制药公司找孟祥宾,他俩虽然没有做过生意,但打过照面握过手。孟祥宾的鉴定名声本来就不小,王渔洋大床事件非但没影响他的声誉,反让他更加闻名遐迩。孟祥宾不在,办公室的同行说他出去了,估计午饭后才会回来,范四只好到街上逛游。

好歹熬到中午,本来该吃午饭了,他也没心绪吃。见了孟祥宾,从包里拿出小瓶,说请孟哥看看是不是元代青花。范四比孟祥宾大几岁,过去见了都叫小孟,这次因为求贤若渴,就临时改口称呼孟哥。不用范四多说,孟祥宾就明白出了啥事。

孟祥宾拿起小瓶瞧了一会,装作不好意思地说:"这东西到底是什么窑口、什么朝代的东西,我还看不出来。但觉得不像元青花,好像资料中没这造型。要不,去找夏月川看看? 他看了,就基本定了。"

范四说自己与夏月川不熟,孟祥宾只好给夏月川打电话,问他有没有时间,说朋友有件东西请他看看。正是上班时间,夏月川怕单位的人知道了影响不好,就约定在区卫生局门外的一条小巷里会面。三人见了,不用孟祥宾解释,夏月川早已心领神会。

夏月川接过范四递过来的小瓶,看了一眼,心里骂孟祥宾滑头,把问题交给自己。他已无法再推,就实话实说:"元代青花,我没见过,就是见了,我也不能下结论。但这东西我认识,这是磁州窑系的东西,应该是明代的,如果是元代的还好点。老范,说句你不愿意听的话,别在元青花上用劲了,那只是个传说。"

范四咧着嘴,表情如同定格了一般。过了一会儿,他才回过神来,问:"磁州窑的纹饰是黑的或是褐色的,这个是蓝色。不一样吧?"

夏月川知道他心里难以接受,笑笑说:"本来该是褐色,烧完还热着时,见了水蒸气,就被还原成了这个颜色,就是钢笔水的颜色。"

范四又问:"这是不是宋元时期的玉壶春瓶?"

"玉壶春是喇叭形的瓶口,这个是直口,叫长颈瓶或许更合适。宋代有这造型,少见。在明代磁州窑系的瓷器里边,这种造型的东西比比皆是。"

范四仍然不死心:"有没有可能是元代青花,只是青花发色不正?"

夏月川有些不耐烦了,似是自嘲地笑了笑,说:"我没见过元代青花,这件没准就是,另找高人看看吧。"

"不管是啥东西了,你说这东西能值多少钱?"范四终于从虚幻回到了现实。

"只有我想要的东西,我才会判断它的价值。这件东西,我不判断。"

夏月川的言外之意,是说自己对这东西不感兴趣。怕范四再啰嗦,他冲着孟祥宾说:"走,孟处长,到我办公室喝茶,咱也很长时间没见面了。"

孟祥宾对范四说:"就这样吧!"

说完,孟祥宾跟夏月川去了卫生局。范四看看天色还早,叫了辆面的,坐着去了侯亭。

听了夏月川的一番分析,范四的心仿佛凉到了冰点。他终于确信了这东西不是元代青花。是磁州窑系的东西也不要紧,要紧的是年份还不到元代。按古玩行里流行的看法,磁州窑瓷属于高古瓷器,指的是宋金元三个时代的产品,一俟明清,价值就接近为零。从孟祥宾和夏月川的态度上就可判断,这东西确实不够代,否则,他们早就询问价格或流露买的意向了。

在古玩行里,不怕人说东西不好,就怕无人问价。前几天,张大鳄给范四出了一万五,这是唯一一个出价的客户。范四现在想起了张大鳄,要去找他,让他给自己托底。既然没有元青花的命,退而求其次,挣上一万,也好。

见了张大鳄，范四一脸悲伤地说："大鳄，我母亲得了急病，需要花钱。我把元青花瓶拿来了，免得你再跑一趟。"

范四边说边把小瓶拿出来，恭恭敬敬地往张大鳄手里递。

这一带有个说法，叫人无绰号不发家，但绰号必须有好的寓意。张大鳄特别喜欢这个绰号，这听上去不仅充满杀气，而且能反映他在侯亭古玩界的霸主地位。

买卖东西，少不了为价格而争执，相持不下的时候，对方来上一句："老张，你是大鳄，还与我这做小买卖的计较？"

听了这话，他一般会大度地不再砍价。范四为了让他高兴，不叫张大哥了，先给对方戴上了高帽。谁知，这次叫大鳄也不灵了。

张大鳄抬抬胳膊，把范四递过来的小瓶往回轻轻一挡，不冷不热地说："范四，前头我给你一万五，你不卖。如今，你母亲得了急病，可我丈母娘得了更急的病，也需要钱，我无钱买了。"

范四知道对方是在讽刺挖苦自己，但他不能把局面弄僵，就故意装傻卖呆地说："你看，咋会这么不巧，再少给点也行。咱俩的事，好商量。"

张大鳄不依不饶地说："这古玩，卖的就是个神秘。东西懵着买，懵着卖，那才刺激，才能出彩。你懵着买了，想彻底弄明白了再卖，想得倒美。等你明白了，别人也就明白了，全世界的人都明白了，我买来再卖给谁呢？"

范四说："是，你说的是。你出个价，留下吧。"

大鳄说："上次出的价，割个零去，一千五百。"

范四不再说话，提着瓶子，也没和张大鳄打声招呼，转身就走。大鳄望着范四的背影，吐一口唾沫："呸，傻帽！"

范四回到江渚时，已是晚上六点。深冬日短，天已大黑。快到家了，就在附近找了个小餐馆，点了俩菜，独自喝酒。他今天觉得特别馋酒。平时最多能喝半斤酒，可今天一会儿就喝了半瓶。越喝，他心里就越觉得难受：瓶子值钱不值钱都是小事,可自己咋呼着这是元青花,到头来却唱了这么一出戏,古玩界的人也许都在背后讥笑调侃自己呢;张大鳄当初给一万五,卖了不就得了?谁让自己没有数,这,自己送上门去又让张大鳄羞辱了一番;五千元不是个小数目,母亲的积蓄都在里边,怎么向母亲交代呢?想着想着,两行热泪夺眶而出。他也不擦,任由热泪在脸上变得冰凉,再慢慢变干。越难受,酒越好喝,他似乎生来第一次发现酒这东西如此美妙。迷迷糊糊,一斤酒光了,掏出五十元钱,往账台上一放,摆摆手,那意思是不用找。范四和朋友们吃饭常来这里,小餐馆的主人对他有些印象。本来还差几块钱,看他这样,店主人也就没再开口,目送他踉踉跄跄出了店门。

范四的家在城北边上,再往北就是农村的麦地了。喝多了,他常到这麦地里散步醒酒。过去那是似醉非醉,是腿跟着脑子走,知道哪是麦田,哪是小路。这次大醉了,晃晃悠悠,就索性让脑子跟着腿走,走到哪里算哪里。

范四的母亲一直在家等儿子,过了半夜,就和衣睡了。推测儿子可能是在朋友那里喝醉了,或者是和朋友们打牌,这样的事过去常有。待到早晨九点多,儿子还没回来,母亲就有些着急,骑着三轮车到范四的几个朋友那里去寻找,朋友们都说昨天没和范四在一起。亲戚朋友们帮着寻找,一天下来,找遍了江渚城的角角落落,也没有任何消息。第二天,还是没有音讯。第三天母亲去公安局报了案。

范四失踪的消息传遍了云泽市古玩界,高经理、孟祥宾、夏月川也被公安局招去说明了情况。

又过了五六天,小餐馆的老板看到了寻人启事,连忙到公安局提供线索,把范四在自己餐馆喝酒的情景,作了详细描述。公安人员通过范四要好的朋友了解到,他喝了酒,有时会到城外农田里散步,遂组织人员到城北麦地寻找线索。没费多大劲,就在一处未封口的机井里找到了范四。

范四的尸体被公安人员组织专业队伍打捞上来,小瓶还紧紧地揣在怀里的衣服里边。机井直径五六十厘米,范四掉下去被卡在了中间,是冻饿干渴而死。分析推演,情杀、仇杀、谋财害命的案由被一一排除,至此案结。

贾厂长如今反应已十分迟钝,听说范四出了事,愣怔了好长一段时间后,眼里流下两行热泪,随后呜呜地哭了起来。

柳絮飞打电话,把范四的事告诉了纪远方,那边平静地说:"人死,是一种最好的解脱方式。"

柳絮飞不太明白这话的意思,还想多说,那边挂了电话。

观
雪

清代，"多子如意"和田白玉把件，
高5厘米，宽5厘米。

和田玉贵在其白，更在其润。此玉件，白若雪，润若脂，
令人爱不释手。

腊月八日，恰是星期天。早晨，武区长的司机小田给夏月川打传呼，家里刚刚安了电话，夏月川立刻回话。那边说武区长要去看望靳先生，问他有没有时间一块去。夏月川当然不敢说没有时间，愉快地答应下来，并约好了集合的地点。夏月川每隔一段时间，就去靳先生那里请教，陪先生聊天，只是他不能主动去约武区长。前几天刚刚去过，得知靳先生正被意外的"幸福"困扰着。

　　今年国庆节刚过，省委统战部通知云泽市委统战部，说省政府要聘任文史馆馆员，馆长和部分馆员推荐了靳先生，要云泽统战部写一个关于靳先生的考察报告，并为他填写一个考察登记表。这事非同小可。虽说文史馆馆员是一个荣誉性职衔，但凡能进入者，无不是文学、历史、音乐、美术、医学方面的"耆老硕儒"。中央文史馆里都是叶圣陶、柳亚子、齐白石、章士钊、陈半丁、启功这一层阶的人物，有人把它比作是唐朝初年太宗设立的文学馆，一旦进入，犹如登上瀛洲的十八学士，尊崇至极。这省级文史馆虽比中央文史馆次了一等，也依然荣光无比。省政府每隔三五年聘任一次，平均下来，每年至多聘任三五个人的样子。自一九五三年山东省文史馆开馆以来，省政府只从云泽市聘任了一人。靳先生能成为馆员人选，自然是云泽的荣耀。

　　云泽市统战部对靳先生的情况并不了解，赶紧派出两组人马了解考察。一组去了人民银行云泽市支行，察看档案，听取领导介绍，收集材料；一组去找靳先生本人，核实填表内容，采集相关信息。靳先生虽然早已把身外浮云看淡，但感念老友故交对自己的认可与挂念，依然热情地配合统战部的工作。统战部的人怕一旦落选，让七十大多的靳先生遭受打击，就委婉地提醒他：要一颗红心，两种准备。靳先生说这人世间的事情，有即是无，无即是有，总是似有似无。统战部的同志，虽然不能确切地理解这句话的含义，但知道老人的态度平淡而豁达。

统战部的同志一去两三个月没了下文，靳先生也就把这事忘了。刚刚进入腊月，统战部通知靳先生的单位和本人：过两天，由市委统战部的人陪他到济南，去参加省政府的聘任仪式。

从济南回来，靳先生心里就不再安宁。这省级文史馆馆员，虽然没有什么正式级别，但政府明确规定，参照大学教授或地市级干部的标准执行。靳先生目前的工资只是一个银行职员的水平，与同龄教授相比，还有很大的提升空间。按政策，政府要给予补贴，把职员工资和教授工资之间的差距补齐。虽说这几年靳先生的书法润格收入颇丰，并不缺钱，但一码归一码，制度和规矩要得到落实。不如此，无以宣诏政府"敬贤养老"的开馆宗旨。文史馆并不要求馆员每天上班坐满八小时，可文史研究、文化活动还是不少，隔三岔五还得碰碰头，见见面。如果继续住在冉村已不现实，拿了津贴，就得点卯。省长在聘任仪式后的座谈会上已经说了，从外地进济的馆员，住房可随时安排解决。馆长也希望靳先生开春就能搬来。装修新房固然可以拖些时间，但总不能拖得过长。总之，靳先生在老家是住一天少一天了。

宋女士和靳先生有同样的人生情怀，爱这祖上留下的老宅，也爱这河滩的绿荫。但要正视现实，靳先生早已过了古稀之年，如有个病痛，在这乡下总是不方便。到了济南，不仅生活方便，又有山水可依，还可和文史界的朋友研习书道古文，无疑是颐养天年的去处。

靳先生放不下儿女们，他说："我们老两个去了济南，你们去看我就不容易了。你们不想我们可以，但我还想孙女和外孙们呢。"

靳先生有两个孙女一个外孙，大孙女早已出嫁，小孙女十五六岁，外孙也是十五六岁。靳先生见了世上所有的人，似乎都是不怒自威的长者，唯独在三个孙辈面前，就变成了孩子。因之，深受孙辈的热爱。他们几乎每周都来和老人团聚，嬉笑亲和，从无尊幼之隔。

儿子早想好了，十分干脆地说："现在交通这么方便，我们每周去看您就是。我们再有十来年也就退休了，到时去济南买套房子，搬去照顾你们。"

儿子还有没说出来的话：在这里，一幅字只能卖一二百块钱，到了济南，无论是卖的数量和价格，都得大幅上涨。到那时，给买套房子还不是简单不过的事情？

一九七九年靳先生退休时，按规定可以有个子女顶替进入银行工作，可儿女都已超龄，而且都在工厂工作多年。好在靳先生德高望重，行长破例把他年龄较小的女儿调到了银行工作。女儿原来的厂子如今早已破产，而现在她是银行职员和干部身份，收入自是丰厚。面对父亲的牵挂，女儿的话更加感人："大不了，我和行长说说，辞职去照顾你们。孩子他爸爸现在开出租车，到哪里不是开，到济南无非是换几条马路而已。"

女儿也有没说出口的话：依你的社会地位，省分行是你的老根据地，把我调到济南不就得了？

靳先生看看大家说得都有道理，就欣然去济南受了聘任。从济南回来不几天，夏月川来访，他拉着夏月川的手，把这前前后后的事情说了一遍。

夏月川劝慰他说："靳老，赐水虽然好，'王孙'不可留。这里毕竟是偏僻的乡下，各方面都比不得济南。为了自己，为了宋大姨，为了孩子们，您就愉快地去吧。开春就去，越快越好。只有安顿下来，一家人的心才能放下。再说，这河水污染越来越严重，早已不是您刚回来时的样子，为了健康，也该搬离了。"

靳先生犹豫了一会儿，一脸严肃地说："从接到通知的那一刻起，就知道必须接受聘任，必须去济南。若推辞，文史界的人都会说这是故作姿态，不识抬举。全家老小，也会认为我老糊涂了。应当为你宋大姨的晚年着想，让她有个好的环境条件。这些我都明白。之所以不愿意离开，挣扎和徘徊，是有一件心事放不下。我没再对孩子们唠叨，现在告诉你，请你替我留意。"

一九六六年冬天，云泽支行连同公安、文化部门的人，把靳先生这个老"右"派、老封建分子的家翻了个底朝天，查抄带走了两大箱古旧书籍和两大箱古玩字画。"文革"结束后，大家都说那是些红卫兵造反派干的事，可靳先生不这么认为。因为查抄清单上都有支行、公安、文化部门的公章，造反派不过是些乌合之众，他们不会按程序查抄。再说那时夺权还没有开始，造反者手里也没有公章可盖。由此断定，这就是一次有组织、有计划、有针对性地查抄行为。

一九七七年，党的十一次全国代表大会召开，大会明确把"文化大革命"定为动乱，对过去十年中的许多"革命"行为进行了彻底否定，并提出今后一段时期的首要任务是拨乱反正。

既然拨乱反正，"文革"中查抄的东西就得物归原主。清退需要清单，无奈大多被抄的人家早已丢失，也就不了了之。但靳先生一直珍藏着，那是他的命根子。他拿着查抄清单，到盖公章的部门去讨要东西，但每个部门都说领导换了若干茬，现在的人都不知道这回事。去的次数多了，各部门的大小领导都怪他多事，说"文革"中被查抄的人家多了，没有人还记得这事，更没有人来讨要。靳先生来讨要，倒像来碗外找饭似的。后来他写信给中央，中央把信层层批转下来，有关部门的态度才有所转变。态度好了，但效率并无提高，直到一九八八年事情才有了转折。是年底，被抄的东西终于从市博物馆的仓库中领回，可惜只剩了原来的一小部分。两箱古籍全无踪影，推测当时就被烧了。别的东西少了，靳先生不觉得多么心疼，但缺了一幅郑板桥的《秋柿图》，这让他耿耿于怀。靳先生宁可别的多丢失一些，只要保留这幅画就好，但结局却是这样。他们一家，没少和上边交涉，可上边说了，能返还这些已是万幸，就是全部不知下落了，你还能怎的？靳先生想想也是，不再府上县上的跑了。但他知道这里边一定有蹊跷，因为其他小名头的字画还在，大名头的怎会单单丢失？

因为追寻古玩字画的原因，靳先生成了文化部门的熟人。特别是他的书法引起轰动成为名人之后，很多人成了他的朋友。博物馆的朋友告诉靳先生，一九八四年市里成立博物馆时，这批东西，才从文化局的仓库里转交过来。文化局得到这批东西时，已是粉碎"四人帮"之后的事了，以前一直在公安局仓库里放着。博物馆上上下下的人，都以为"文革"中查抄来的东西，就是国家的固有文物，于是化私为公，将这批文物整理分类登记，入了账簿，有的早已陈列多年。所以，大家对退还文物这项工作，持冷漠反感的态度。没想到靳先生如此执着，才逼得公家把"吃"进去的东西又"吐"了出来。

还有人分析说，"文革"中一派混乱，查抄的东西不知倒了多少手，有些确实是丢失了，有些则是被识货的人巧取走了。比云泽高一两级的博物馆，其管理应该是更加科学严密，好东西照样被人"借"走不少，何况是查抄的东西？怕露出真相，也是许多人顶着不退的原因。

这么多年靳先生埋在心里不说，就是心存希望，假如东西一旦出世，就能追查出来。现在要离开云泽市了，靳先生把这幅画的尺寸、内容、特征，都详细地向夏月川作了交代，让他时刻留意。

夏月川听了靳先生的一段心事，如同受了白帝城托孤的孔明一样，感觉神圣而重大，他郑重地点点头。在靳先生看来，这就够了。稍许，夏月川问："《秋柿图》的事，你的两个孩子是否还惦记着？"

靳先生说："他们不是古玩圈子里的人，就是东西出了世，他们咋能得到信息？他们再去委托别人寻找线索，传出去，这幅画在云泽就永远不会面世了。不动声色，或许还有一线希望。孩子们都淡忘了，就不再对他们提了。再提，不仅于事无补，还会让他们白白多了一份心事。"

武区长和夏月川汇合时,天上已开始飘落雪花,来到冉村,就成了漫天大雪。乘轿车到冉村不过二十分钟的路程,来到靳老家门口时,地上的雪已有寸许。司机上前拍拍大门,里边应了,司机进去通报。靳先生从门里迎出来,站在大门外说:"没想到今天的雪下得这么大,我们到河边看看雪景吧。"

　　武区长、夏月川欣然陪靳先生向河边走去,司机小田从车上搬下一箱苹果,进了院子。

　　赐水河自东而西,来到靳先生宅子的东南面,在此急转向北蜿蜒而去。脚下的西岸,因处于转弯河水的外侧,自是被河水旋刮得壁立垂悬。千百年来,河道缓缓地往西南滚动。河的对面,因处于河水转弯的内侧,自然就成了一片河滩。河滩自河底慢慢向东北延伸,足有一里路才是尽头。河滩上尽是密密麻麻的树,树枝上挂了一层洁白的雪。站在高高的西岸上俯瞰远望,视线越过树林,越过河滩,然后是茫茫起伏的雪原。漫天飞雪,正在原上起舞。河面已铺上厚厚的雪,显然,那雪是铺在了厚厚的冰上。河面没有被全部冰封,河心尚有几米宽的水在静静地流淌,雪花落在上面,无声无息地遁于无形。

　　在路上,夏月川把靳老要到济南的消息,简要地向武区长做了说明,以让他心里有底。此刻,虽然理解老人的心情,知道他留恋这岸上的老宅和风物,却无法找到宽慰的语言。他俩只有无声地陪着老人,静静地伫立在雪中,一起接受这风雪的吹拂。

　　十几分钟过后,头发和衣服上的积雪有些厚了,靳老才提议回家。

　　屋里温暖如春。门后有个铁炉,炉盖已被炉火烧红。条案的东端,有一个紫砂洗,里面的水仙已着几朵黄花;西端,放一六棱高筒紫砂花盆,盆里拇指粗的迎春,主干垂悬,枝条已挂满花蕾。武区长盯着看了一会儿,冲着宋女士说:"宋姨,有人说生活的最高境界是艺术,今天我才明白是啥意思。"

　　"只是让屋里有点生机吧,艺术可无从谈起。"宋女士听了,开心地笑着说。

说完，开始忙着开水沏茶。

靳先生喝了口茶，故作好奇地问："今天我们在岸上看雪，都想到了啥？说说听听。"

夏月川抬头看看武区长，那意思是：靳老说的是否真要回答？如需回答，你先来还是我先来？武区长瞅着夏月川那一脸的单纯，心底生出几分感动，故意拿出大哥的口气说："夏主任，你小，你先说。"

夏月川得了指令，便一脸真诚地说："我想起了古诗《江雪》所描绘的那个画面。真的，我不是现编的。"

靳先生不动声色，望着武区长。武区长连忙说："我从小喜欢读《三国演义》，刘备雪中寻访孔明的场景，觉得写得很美，每当下雪的时候，就会想起那个片段，刚才又浮现在脑海中。真的，我也不是现编的。"

因为结束语模仿了夏月川，刚说完，他自己先忍不住笑了。

武区长一笑，气氛顿时活跃起来。靳先生笑着说："说这人啊，干啥的就该干啥，这是命，看来不信不行。武区长就是块从政的料，夏月川就是干文差事的命。"

当着司机和夏月川的面，靳先生有意识地称呼了一次武区长，以示尊重，免得让司机说靳先生倚老卖老。这倒让武区长有些不好意思，司机小田在心里想的却是：老同志，这就对了。

武区长问："靳叔，这咋说着？"

"我随便说说，这……"

这时，宋女士从里间出来，微笑着问："靳先生，中午饭在家里吃，还是出去吃？"

如是别人的妻子，称自己的丈夫为先生，外人听了会酸得掉牙，可宋女士这么称呼，客人都觉得很正常。他们早已习惯了宋女士的这种语言特点，知道她还遵从着传统文人家庭的一些习惯。

"今天中午,让月川出去买点现成的菜,我们在家吃吧?"靳先生岔开了刚才的话题。

武区长对着司机说:"小田,那你就和夏主任出去跑一趟吧。下雪不方便,不出去吃了。"

夏月川和小田走了。靳先生恢复了平静,问:"我要到济南去了,你该是知道了?"

"听夏月川说了。高兴啊,值得庆贺。官员脚踩脚扁的到处都是,这馆员的门槛可就高了。"

"可惜,无法和你一块讨论书法了。"

"现在交通条件好了,去济南也很方便,我会时常去看望您。今天您给我和月川写幅字吧。春节一到,静不下心来。春节后您又要搬家去济南,也静不下来。在老家,可能是最后一次给我们写字了,意义会更加特殊。"

靳先生脸上露出恍然的样子说:"你说的是。拿纸墨来!。"

宋女士听了,赶忙把笔墨纸张从东间的书案上拿来,放到外厅的方桌上,并解释说:"这边暖和,就在这里吧。"

靳先生拿起笔,沉思片刻才开始书写。每写完一句,再沉思一会儿。待写完了全幅,他一字一句地念给武区长听:

> 初八上午,天作大雪。武耀文、夏月川二人来访,三人冒雪在赐水之滨赏景。两岸白雪皑皑,河面雾气苍苍。余问二人,作何感想?武曰:"刘备寻访孔明。"夏曰:"独钓寒江。"感觉有趣,故记之。靳云舒乙亥年腊月书。

靳先生刚刚念完,夏月川正好买菜回来,过来和武区长一道欣赏,二人都不说话。靳先生又照前幅写了一张,分别在落款下面钤了印,印文是朱文"赐水西岸居士。"

靳先生忙完了,这才对武区长和夏月川说:"你们每人一幅。这不算应付之作吧?"

说完,脸上露出惬意的笑。

夏月川有些激动,以至于不知说啥才好。愣怔了一会儿,才嗫嗫地说:"靳老,这可称得上神品了! 我永远忘不了今天的情景。"

今天靳先生给武区长和夏月川写字,的确是倾注了心血。平时别人来买字求字,并不是求字者想要什么内容就写什么内容,一般是把早先写好的拿出来,供客人挑选。四尺三开的,多半写两句古诗,如"明月松间照,清泉石上流";四尺对开的,写一首五言绝句或七言绝句;二尺小幅,一般就写"厚德载物""惠风和畅"类的四个大字。如果是朋友领人来,靳先生可以按客人要求的内容写,但也必须是他认可的诗句;只有到了挚友这一等级,才会用自己的叙事语言,写些令人玩味的文字。今天把他们三人的活动记录下来,写成手札,自是别有意趣和情感。

此刻,武区长和夏月川,都知晓靳老的用心,但感动只是写在脸上。这种情感,他俩只能心领神会,不可用语言来描述。

司机小田和宋女士早已把午饭备好,一一摆在正厅的八仙桌上。靳先生、宋女士、武区长、夏月川每人斟了一杯酒。今天不是为了喝酒,只是借酒说话罢了。靳先生提议,在座的每人敬一次酒,一轮下来,将杯中酒喝光。等敬完了一轮,就开始随便喝。

宋女士端起酒杯,缓缓而温情地说道:"先生与武区长不是亲叔侄,胜似亲叔侄。感谢武区长这么多年对我们的关心;先生老来结识了月川,这让我们多了个知己。谢谢月川对我们的尊重;谢谢小田,有些事为我们跑里跑外。来,敬大家一杯!"

武区长是个有心人,为了不让靳老反感,每次到来,都先把传呼和移动电话放在包里,一有传呼,小田就跑出去打电话,不是要紧的事,就告诉对方,区长不方便联系,有上级领导或要紧的事,再把电话转给区长来接。

整个上午,武区长都很安静,全然不像个主政一方的忙人。看得出,他今天有些伤感。轮到武区长敬酒了,他给靳先生和宋女士端起酒杯,自己再端起酒杯,红着眼圈说:"到了济南,我会常去看望你们。敬靳叔,敬宋姨,敬大家!"

夏月川也学着武区长,给二老端了酒杯说:"两位前辈去了济南,云泽市就再也找不出靳老这样的大文化人了,也找不出宋大姨这样知书达理的女性了。敬二老,敬武区长,敬小田。"

小田开车不能喝酒,年龄最小,不敢说话,先后给每个人端起了酒杯,算是敬了。

最后是靳老带酒:"今天提个要求:我到了济南,你们每个季度至少要去看我一次。我敬大家个满杯! "

靳老说完,一仰脖子,喝了个精光,大家随即跟着干了。

敬完了一轮,大家开始象征性端端杯,点到为止。

靳先生忽然想起了什么,略带怀疑地口气说:"前段时间,江渚城的几个朋友来这里聊天,说古玩经营界,近来闹出了一伤一死的两件事。可是真的?"

武区长看着夏月川,那意思是问他可否知道。夏月川身处基层,收藏界发生的大小事情,自然会首先知道,何况范四的事他还受到牵连。他一五一十,把两件事从头至尾讲说了一遍。夏月川口才颇好,故事曲折离奇,但简洁明了。

大家沉思了一会儿,靳先生对着武区长说:"现在的社会功能还不够完善。民间发生的很多纠纷,因为与政府没有关联,政府一般都不闻不问,名其曰'民不告,官不究'。武区长,你这地方父母官,类似民间收藏与交流这样的事,是不是也得上上心? "

武区长想了想,诚恳地说:"现在社会管理,说实话,还是摸着石头过河。对于新生的民间事务,政府还是处于被动应付的状态。不管吧,就出问题,影响安定。管多了，又怕说是'管了许多不该管也管不了的事'。像企业内部发行股票，股民发了财，偷着高兴；企业垮了，股票成了废纸，股民就到政府门前静坐讨要说法。这样的事，政府没有经验，有时也不知如何应付。靳叔，这民间收藏和私下交流的事，你有啥建议？说来听听。"

靳先生说："民国时期和解放初期，政府衙门很小，这局那局的没现在这么齐全。可卖酒的有酒业协会，卖棉花的有棉花行会，这协会那行会的很多，都是民间自发成立的组织，政府也鼓励扶持，但绝不插手。一般纠纷，只要没人违反法律，协会就处理了。现在是不是也学学，鼓动成立个古玩收藏交流行业协会？有些交易，拿到桌面上，真的假的大家评说，纠纷可能会少些。这只是随便说说，不是建议。"

"那我们就考虑考虑？"武区长对着夏月川说，也算是对靳老的建议表了个态。

吃完午饭，武区长与靳老又谈了一会儿书法，不觉已是下午三点。雪已停了，一行人起身告辞。靳老把大家送到大门口，小田和夏月川走在前边，靳先生拉住武区长，低声对他说："夏月川书生气足，不是官场上的人。我要离开云泽了，你可要多关照他呀！"

武区长点点头，与靳老握别。

瓷
碎

明代，青花瓜楞瓷罐，高 18 厘米。

明晚期，民窑大量烧造的青花实用器。画面多是蔓生植物，
与罐体一起，表达多子多孙、绵延不断的美好愿望。

腊月二十二，一年一次的邑城区人民代表大会闭幕，纪院长不再担任法院院长，被推选为邑城区人民代表大会常务委员会副主任。晚上，纪院长破天荒地回家吃饭。

　　饭后无事可干，觉得空虚，纪院长拿出几件瓷器玉器在一边静静地擦拭，似乎要从它们身上，寻找到某种慰藉。

　　纪院长早就知道自己的任职安排。其实邑城区整个官场都知道，等今年区人代会一开，纪院长的院长任期就会结束。已经干了两届，年龄也已五十六岁。这个年龄不可能再有实质性地提拔，只能到人大或政协去任职。按说，副县级的县法院院长转任副县级的区人大副主任，级别虽然没变，但绝对是高就。区法院院长地位再显赫，权力再大，也不在区五大班子领导之列。外出开会或参加活动，院长也要自觉地走在人大副主任后边。五大班子主要领导开会，人大副主任肯定参会，区法院院长只能列席会议。可官场上的事情多有玄机，当了人大副主任的纪院长虽然早有心理准备，如今那一天来了，应该高兴才是，可他还是觉得从天上落到了地面，心里空荡荡的。

　　还有一件事情让纪院长窝火。今天竟没有一个企业家或部门的人打电话约请吃饭，这让他伤心至极，也让他愤恨至极。他骂人情如纸，骂世态炎凉，骂人们忘恩负义。自开会回来，他的骂声就没有停下。当然只能在家里骂。

纪院长其实是误会了朋友们。即便大家都是势利小人，也不至于势利到吝啬一顿饭的地步。大家只是觉得今天有些敏感，纪院长的心情可能不会很好，就没打扰他，过几天再请不迟。如此一来，大家都想到一处去了，他就落了空。

话从心出，这话一点不假。纪院长嘴上骂，心里也没闲着，不管是有意还是无意，关于请客吃饭的历史演变，从他脑海里缓缓地映现出来，并挥之不去。

当年在市公安局和市法院工作的时候，也有人请客吃饭，但不经常。那时纪院长地位低、权力小，不能给人通融大事，请客的自然也就稀少。再说，那时请客不像现在这么普遍，这么公开，这么光明正大。

那时单位的各科室，没有公费请客的权限，就是想请，也没有钱请。最近这十多年好了，各单位各科室，或多或少都有些敛财的办法，都有个小金库，也就有了请客的能力。有了能力，自然不缺请客的理由。一般下午三点以前，若有人请客，时间地点及参加的人员就已全部落实到位。久而久之，各机关工作的同志，承担政府职能事业单位的同志，晚饭不在家吃是正常，如果在家吃则成了例外。

这几年，是否在外边吃饭，成了一个人事业是否成功的重要标志。如果一个公务人员经常回家吃晚饭，自己会觉得没有尊严，妻子儿女也会瞧不起，认为他混得不好。

纪院长在市公安局的时候，单位里就传着一个笑话，其实是个被艺术加工过的实事。

公安局里有个图书室，图书管理员老洪是个还有几年就退休的老同志。老洪性子急，凡事喜欢较真，人们去借书还书时，服务态度不是很好，大家就不太喜欢他。老同志干了一辈子公安，也没有什么级别，那年头没有级别的人居多，这也不是什么大事。可别人或多或少都有人请，半月二十天总能出去撮一顿,壮壮肚子。图书管理员和外界没有接触,总也没有人请。换了别人,可能被人捎带去蹭顿酒饭,可没人带他,盖因他人缘不好。三百六十五天,天天如此。一天晚上,二十多岁的小女儿跟老洪开玩笑说:"爸爸,我就纳闷,都说大盖帽两头翘,吃了原告吃被告,您这帽子倒是两头翘着,怎么就一顿也吃不上?"

妻子听了,赶紧给女儿使眼色,意思是你伤了爸爸的自尊。

老洪听了女儿的挖苦,脸一下涨得比红铁皮还红。过了一会儿,老洪一脸不屑地说:"哼!我是资深公安,请我的不是没有,是怕犯错误,败坏了党风。既然这么说,以后有人请,我可就不推辞了!"

女儿赶紧弥补说:"爸爸,我是在夸奖你,如果强势部门的人,都像您这样,社会风气还不知道有多清明呢。"

几天后的一个晚上,老洪破例没回家吃晚饭,回来时已呈微醉状态。以后每周都有这么一次,说是有人请客。

因为住在公安局宿舍大院里,邻居家就经常拉家常。大约过了三个月,一位大嫂问老洪的妻子:"洪大嫂,这几个月,你家出了啥事?"

回答说:"没有啊??"

大嫂说:"噢,没有就好。"

老洪的妻子觉得奇怪,赶紧问:"你咋这样问我?你发现我家哪里不对头了?"

话赶到这份上,不说不行了。大嫂只好实话实说:"我家孩子下班,总要路过一个叫'开心一晚'的餐馆,每周都会看到你家洪大哥一个人在那里喝闷酒。还以为大哥遇到了不开心的事呢。"

妻子明白了,但不能说破,连忙若无其事地说:"哦,原来是这回事呀。这么多年了,老洪一直这样,每周他喜欢出去喝一次酒。过去在别处喝,这半年固定在了这家餐馆,说这家的菜好吃,对他的胃口。"

大嫂将信将疑地点点头，不再多嘴。

不知咋回事儿，老洪自己请自己的故事，就在单位里悄悄流传开了。纪院长当时听了就有些心酸，说那个餐馆应该改名叫"伤心一晚"才对。今天，纪院长也想起了这个故事，更觉得心酸。

纪院长自从就任邑城区人民法院院长以来，每天晚上都有人预约吃饭，没人请的空白日子，记忆中还没出现过。作为院长，需要出面请客的时候也有，但很少，比如请请区委区政府、市法院的领导，请请区人大区政协的主要领导，一年下来，也不过几回，剩下的全是被人邀请。初始那几年，只是晚饭有人请，到后来午饭也有人请了。开始是上午预定晚上的饭，早晨预定中午的饭。后来发展到提前一天预订，再后来就提前到了三天五天。如果提前和官职小的预约好了，晚上临时又有大领导约请怎么办？大领导这边不能拒绝，拒绝了小官那边呢，则有些不近人情，甚至是残忍，就只好让那边等着。大官这边结束了，再赶到小官那边去。好在小官那边可能有事求他，也不会介意。等纪院长赶到小官那边的时候，海参、鲍鱼等早已上桌，一样都不少，尽管小官这边知道，他在大官那边早吃过了，或许吃得更好。虽然纪院长只能象征性动动筷子，但他只要到场，在预留的座位上坐一坐，端端酒杯，小官们就感觉面子足了。他有时感觉这是浪费，这是一种虚伪的繁琐，可他知道，如今就这规矩，面上都这么个来头。明知领导不吃，但也要准备一份；领导来不来不一定，但座位要留着。但他似乎又很乐意享用这一套，从中品味别样的人生。

纪远方早就知道父亲的任职安排。怕他老人家失落，晚上八点半，特意赶过来看望。一见儿子进门，母亲就埋怨他："你咋才来呢？你爸今晚没出去吃饭，早就回来了，心情不好。"

纪远方想缓和一下气氛，故作轻松愉快地说："爸爸，八十年代初，就有一句话，叫作'老同志不要怕，还有政协和人大'。年龄大了，退居二线，谁都一样。早就该有精神准备，怎么还闷闷不乐呢？"

沉闷了一会儿，纪院长故作轻松地说："有准备是一回事，真正来了又是一回事。不说这些了。马上过年了，武区长那边，你去了没有？"

"还没有。不急，春节过了，去看望他也行。"

"不能再拖了，明天就去。把那块子冈牌子带去。"纪院长不容置疑地嘱咐儿子。

纪院长打开锁着的柜子，把子冈牌子取出来，看也不看，递给了儿子。纪远方从父亲手里接了玉牌，感激地朝父亲点点头。他忽然发现，父亲真的老了。

第二天十点钟左右，纪远方给武区长打电话，说自己受父亲的委托，想去看看明大姐，给她拜个早年。因为两家已是世交，那边也没客气，让他直接和明楚联系。纪远方又和明楚通电话，说和武叔叔说好了，晚上要去拜个早年。明楚在那边说："远方，过了年再来吧，年前都忙，不要再跑了。"

纪远方赶忙说："明大姐，我一定去。"

"既然你执意要来，就到芙蓉街26号大院来吧，这段时间我们住在那边。"

随后，明楚报了楼号和门牌。

芙蓉街26号大院，那是云泽支行的老宿舍区，是武区长的另一个住处，这是他父亲生前的一套住房。

武区长的父亲虽说不是银行里的头面人物，但老革命、老资格的身份摆在那里。武老不是当不上领导，而是他有自知之明。上级数次要安排他挂个副职，都被他谢绝，说自己没有文化、识字不多，怕给公家误事。但他的级别，银行里无人能比。在银行系统，武老先生虽说是个大老粗，但没有人敢对他流露出丝毫的不敬。话又说回来了，武老也是个低调和善的人，从不倚老卖老，更不用说给哪个领导出个"难题"。

一九七三年，国家恢复大中专院校招生，不是考试录取，是从工农兵中推荐选拔。

武区长此时已在银行就业，就是个普通的柜台职员。那时无论啥事，还是条块分割。云泽市银行系统来了几个推荐上中专的名额，武耀文非常容易地成为其中的一个。他作为第一批工农兵学员，进了山东省财政学校。一九七五年毕业后，被分配到双龙区财贸委员会工作。

明楚的老家，是鲁西北一个偏僻的穷县。一九七六年作为最后一批工农兵学员，也进入山东财政学校学习，一九七八年毕业分配到云泽市人民银行工作。云泽是山东省四个省辖市之一，工业发达，生活条件相对较好。她虽说是离乡背井，但分配的去向在同学们看来，已是十分的理想。明楚的一个本族叔叔，是山东财政学校的教师，恰好也给武耀文上过课。明楚到云泽报到时，叔叔特意告诉侄女，到云泽后去拜访一个叫武耀文的校友，并给武耀文捎来了一封信。信的内容无非是侄女人地两疏，请予以关照帮助。

武耀文那时已是二十六七岁，可能是忙于事业，尚未找到合适的对象。自从见到明楚，就认定这是天上掉下的"林妹妹"，便一心用在了她身上。开始，每周去看望明楚一次，嘘寒问暖，给予她兄长般的关怀。

那时交通还不发达，五一、中秋、元旦这样的节日，明楚回不了老家，已是副科长的武耀文就把明楚接到家中过节。武耀文比明楚大五六岁，对付一个涉世未深的女孩，办法和手段总是绰绰有余。这样过了两年，明楚就做了武耀文的新娘。对于自己的婚姻，明楚说不上满意，也说不上不满意，毕竟那时还小。但外人都在私下里说，武耀文娶了明楚是烧了八辈子高香。在明楚举行婚礼的那天，明楚姨家的表姐半开玩笑地问她："就长相而言，你没觉得武耀文配不上你？"

表姐是第一次见到武耀文，见了不免有些为表妹惋惜，但也没有恶意。明楚不置可否地回答说："相处了两年，我都没注意他的长相，只是感觉两人合得来。"

当然也有人说，明楚嫁给武耀文是看中了他的家庭，还有人说是看中了武耀文的前程。总之，很多男人对武耀文找了明楚，就是羡慕加嫉妒。

客观地说，武耀文长得并不是很差，至少是中等水平。他身高一米七零，作为男人是稍微矮点，但绝不是大毛病。他的皮肤黑了点，也粗糙了点，这可以说是不足，也可说是具有男子汉的粗犷。只是两片嘴唇厚得过于明显，让人看了有些不舒服。但相面的说了，武耀文的福气和官运，都在这两片嘴唇上挂着呢。只是找了明楚，让他长相的不足得到了放大，才引起了人们对这一问题的高度关注。

武老先生老两口对明楚十分满意。满意，不是缘于明楚的长相比儿子好很多，因为所有的父母，都以为自己的儿子，才是天底下最英俊的男人。明楚是那种经常面带微笑的人，即便是有人惹她生气了，也不会勃然变色，只是笑容不再那么灿烂而已。当着公婆和外人的面，她从不会给武耀文下不了台。即便小两口在一起，武耀文惹了明楚，她顶多也是话少了一点点，过一会儿，又会恢复固有的温婉与和蔼。将她的表现，理解为反应迟钝也行，理解为没有脾气也对。他们认定儿子娶了明楚绝不会遭受半点委屈。别的都不重要，单就这一点，她就让公婆一千个满意。

武耀文父母对儿媳满意，不像别的公婆那样，只是用嘴来表达，而是用具体的行动。一九八〇年底，明楚给武先生生了孙子，正赶上银行新楼竣工调整住房。武老先生自然享受行长级待遇，分到了八十多平方米的一套房子。老两口二话没说，让儿子一家搬进去居住，他们则搬进了儿子的房子，那是一套一室一厅的小房。武耀文执意不从，武老先生夫妇说："一切为了儿媳，一切为了孙子。"

银行终归是有钱的单位。一九九一年，银行又建了新的宿舍。因为房子一定是越建越大，也一定是越建越好。伴随着新房的建成，也一定要有一次住房的重新分配和调整，以保证资格老、级别高的同志永远住进最新最好的房子。

武老先生这次分到了一套一百五十平方米的新房,明楚也分了一套八十多平方米的旧房。这时武老先生的妻子已因病故去,他又把大房让给了儿子。两年后,武老先生故去。单位里有人提意见,要明楚夫妇把武老先生的住房交公。可这时武耀文已是双龙区的财政局局长,碍于情面,行里的领导也只有不问不管。武耀文是明白人,主动把明楚分的那套房子交了,这事就算结了。两年后,武耀文就任邑城区副区长进而担任副书记,这事再无人提及。

武区长到邑城任职,家依然在双龙,每天来回赶班。车接车送,三四十里路,没有多少不方便。武区长到双龙任职后,正赶上双龙区政府的宿舍楼竣工,他又在这边分到一套一百一十平米的县级领导住房,一家就住了过来。银行这套大房子,依然完好地保留着,周末假日,一家人偶尔过来住两天。

为了不让人说闲话,武耀文把明楚调到了市图书馆去做图书管理员,这是明楚一直向往的工作。对双龙的人则说,银行那边的住房已经交了。交还是没交,谁还去查查?

武区长来到双龙任职后,中秋和春节,前来家里看望或走访的人如此之多,是他始料未及的。最初在双龙财政局时,春节也有人来走访,但仅限于关系密切的几个部门或朋友之间。在邑城任职的时候,因为自己住在双龙,来的人也不多,当然那时职位也没有现在重要。

到双龙的第一个中秋节,到家里走访的部门单位多达一百多个。区直各部门的一把手,各乡镇的一二把手,各直属事业单位的一把手,各医院的一把手,甚至许多学校的一把手都来了。还有许多人,不是代表单位,而以个人身份前来。胆小的明楚有些害怕,也有些不胜其扰。

武区长还年轻,想做个清官。到了这年春节,一家人就悄悄躲到银行的房子中居住。只有私交甚好的朋友,才知道这个秘密。以后每逢中秋春节,对外就说回聊城岳父那边去了。

纪院长和武耀文交往已有多年。虽然他们两个在邑城时是平级干部,可总是上下级关系。纪院长比他大十几岁，资格也老得多，但对武耀文十分尊重。两人关系很好，经常在一起吃饭闲聊。他们爱好志趣相同，但仅在小件古玩上有些礼让和馈赠，再无其他。纪院长没去过武耀文的家，武耀文也没去过纪院长的家。两家人在一起聚会，倒是有过多次。逢年过节，纪院长都打发纪远方去给他武叔叔拜个年、见个节，这是礼数。一来二去，纪远方和武耀文的儿子倒成了哥们弟兄。他和明楚算是比较熟悉，但一向客客气气，从纪远方来到双龙发展开始，两人才不再那么拘束。

晚上八点，纪远方敲开了武区长的家门。武区长晚上有宴会活动，正在读高中的儿子刚放寒假，去聊城姥姥家了，家里就明楚一个人。因为要接待客人，虽然是在家中，明楚的装束并不随便。纪远方一进门，就被明楚的气质和容貌吸引住了。

她身高一米六七，这本来已是东方女性理想的高度。而她的双腿又十分修长，这让她愈发风姿绰约。

今晚，她穿着深蓝色的长筒裤，配上半高跟黑皮鞋；上身穿一件紧身的浅绿色毛衣。得体的衣服，让她体型的优势完好地凸现出来：双臀充实上翘，胸部丰满高挺。她的发型也修剪得恰到好处：鸭蛋形脸庞，长长的脖颈，配上过耳的短发，看上去不胖不瘦，流畅自然。发梢漫过耳垂寸许，烫得微微前钩和内卷。看上去有几分典雅，有几分内敛，又有几分浪漫与贤淑。她的皮肤，不是白皙的那种，但细腻而有光泽，四十岁的人了，眼角连一条鱼尾纹也没有。

熟悉她的人都说，如果和明楚只见过一两次面，她不会给人留下很深的印象，但相处机会一多，就会发现她是那种具有持久魅力的女性。她的美，不是靠脸蛋，而是靠她独特的形体特征和优雅的气质。

无论是工资收入，还是家庭条件，明楚都要比一般女性富足，但她的穿戴却总是十分普通，从不显山露水。明楚似乎从女性羡慕嫉妒的眼神和赞誉中，确认了自己的优势。可能为了冲淡这种优势，明楚的服装几乎都是暗淡的颜色。所以，她并没有成为耀眼的官太太，也没人对她给予过多的关注和议论。也许正因为如此，纪远方今晚见了，似乎看到了一个全新的明楚。

明楚泡上茶水，洗好苹果，这才坐下来说话。客人坐在正面的三人大沙发上，主人坐在侧面的单人沙发上。

明楚关切地问："你父亲去人大工作了，一下子闲下来，习惯不习惯？"

纪远方怔了一怔，连忙说："习惯，习惯。"

她继续问："你母亲身体好吗？"

"好，很好。"

明楚感觉出了纪远方的心不在焉，就问："远方，你今晚是不是还有别的事？别耽误了啊！"

纪远方这才回过神来，似乎也感觉到了自己的失礼。迟疑了一会儿，他才喏喏地解释说："明大姐，今晚感觉你真的太美了，过去怎么没有意识到。刚才，一直在不断地回想你以前的样子。"

对于赞美，明楚已经习惯。听了纪远方的话，她没有表现出任何的吃惊。她先是淡淡地一笑，然后平淡地应对说："我太普通了，你过去的感觉很准确。只是熟悉了，看顺了眼。没有你说得那么美。"

纪远方直愣愣地看着她说："不。我觉得你身上有一种特殊的东西。"

明楚听得出，纪远方说话的声音已经微微有些颤抖，就赶紧转移话题说："上次生病，问你要了块玉佩戴着，说来也许是巧合，从那以后，我的心脏就再也没有难受过。都说玉有灵性，能养人，看来里边是有些道理。"

明楚说着，就把挂在脖子上的玉牌摘了下来。纪远方伸手接了过去，玉牌还留有明楚的体温。纪远方不能自制，忍不住把玉牌拿到鼻子前边嗅了两下，口中喃喃地说："有一种清香。"

明楚装作什么也不懂的样子，任由他拿着玉牌揉搓。过了一会儿，她伸过手去，那意思是把玉牌接回来。纪远方左手拿了牌子不动，右手一把握住了明楚的手。明楚一震,俄而恢复了平静,不温不火地说:"远方别闹。我是要接牌子。"

纪远方无奈,把牌子递到了明楚的手中,场面顿时有些尴尬。这时,门外传来武区长开门的声音。纪远方赶紧起身,到门口迎接。

武区长一边脱着外套,一边对明楚说:"知道远方要来,我提前结束了活动,好早点回来陪陪他。"

纪远方心里清楚,那话看似对明楚讲,其实是说给自己听。纪远方还没从刚才的情绪中完全解脱出来,不知如何续话,只是有些慌张地笑笑,算是做了应答。

武区长在另一端的沙发上坐了,伸手从明楚手中拿过玉牌来,看了看说:"你明大姐对你上次送的牌子是爱不释手,我一直没仔细看看。今天你给我讲讲,上边的图案是啥寓意。"

纪远方此时冷静下来,把身子从三人沙发的中部,挪到靠近武区长的一端,指着牌子上的雕刻画面解释说:"这面雕的是一个仕女拿一把团扇,在芭蕉下纳凉;另一面是两只蝴蝶在兰花丛中追逐嬉闹。"

武区长接着说:"牌子不大不小,雕刻的内容也富有诗情画意。这是坤牌吧?"

纪远方一怔,随即附和说:"对,对,是坤牌。"

"这牌子很贵吧?"

"不贵,一两千的事儿。"

武区长把牌子重新递于明楚手里,转了话题问:"一年下来,你这邑城钢材公司的经营情况咋样?"

"很好。实际上干了三个季度,纯利润百十万块钱吧。"纪远方喜笑颜开地说。

看得出,他已从刚才的尴尬中摆脱出来,恢复了正常。

明楚看了，心里一块石头落了地。他怕纪远方不自然，让武区长意识到什么。其实明楚也是多虑了，纪远方比她小了六七岁，丈夫一般不会去介意比自己妻子小很多的男人。

武区长若有所指地说："双龙城南部，政府有意向搞成建材交易区域，你应当和邑城的领导们合计合计，最好能把租用的土地买下来，要往长远处看。等到那边成了气候，租金也会涨，地价也会涨。那时再行心，困难恐怕就大了。"

纪远方一阵心跳：可不，从自己的公司西去二里路，双龙区政府搞的建筑装修材料交易城，年初已经落成开业，暂时经营情况一般，时间一长肯定会红火起来。城里边虽有个类似的市场，但太小了，再说车也进不去，废弃拆除是早晚的事。哎呀，自己怎么就没想到建筑装修材料城的带动效应？将来这里成了建材交易区，那地价、房租都会打着跟头往上翻。想到这里，他有些激动地说："谢谢武叔指点，我回去认真考虑考虑。"

武区长连忙说："谈不上指点，我只是这么推断。区里仅仅是有意向，到底搞不搞，也说不定。但这里的地皮，将来肯定是稀缺的资源。现在能看到这一点的人，还不是很多。"

三人又谈了不长一会儿，纪远方站起来，从夹包里拿出子冈玉牌说："天不早了，你们也要早休息。父亲让我给您捎来这块玉牌，说让您劳累的时候把玩把玩，放松放松。"

武区长连忙摆摆手推辞说："肯定是纪院长心爱的东西，我不能要。"

"武叔叔，要与不要，那是你们老兄弟俩之间的事。若不要，您就退给他吧，我只是个中间人。"纪远方说着，把玉牌塞到了武区长的手里。

武区长笑着接了玉牌，看了看说："也好，我把玩两天，瞅机会再还给纪院长。"

既然说留下把玩两天，武区长不好再问牌子上的内容。对方勉强接了，对于牌子的文化内涵,纪远方也不能再去介绍。按常规,就是要迅速离去。这不仅是一种规矩,而且是一种悟性,一种彼此的心理约定。

把纪远方送到门口,武区长有意无意地叮嘱说:"今晚我们说的这些事,八字还没有一撇,就不要对外人讲了。"

纪远方会意地点点头。他好像突然想起什么似的,试探着说:"武叔,你好像说过,方便的时候要和双龙古玩界的主要人物认识认识,大家也都盼着,不知啥时有时间?"

武区长略一沉吟,然后爽朗地说:"下边都忙着过节,工作反而不紧张了,要不定在明天晚上? 不过不能定准,明天下午你等我的传呼吧。定下后,你负责安排。"

说完,握手告别。纪远方冲明楚说一句明大姐再见,但眼睛没有和明楚的眼睛对接。明楚意识到他在躲避,就随意点点头,算是回应。

送走了纪远方,明楚收了三人喝茶的茶具进了厨房,武区长打开电视看新闻。

突然,厨房里传来"啪"的一声响,是瓷器掉到地下摔碎的声音。武区长这边问:"摔碎了啥?"

"一个茶碗。"

武区长连忙来到厨房中,关切地问:"没割破手吧?"

"没有。"

武区长从后边搂了明楚的腰,对着她的耳根说:"如果你割破了手,我会心疼。"

两人洗漱完了,脱衣睡觉。武区长就要和明楚温存,明楚搂着他的脖子,在他脸上亲了一下说:"今天又有点心慌,你暂且忍忍,改天吧?"

武区长慌忙坐起来,一手放在她的心口上。小声问:"你觉得会不会还是心律过速的原因,明天再去医院查查吧?"

明楚说："不是心律过速，可能是陪纪远方喝了几杯热茶的原因，你放心吧。"

一会儿，武区长睡着了，鼻中发出均匀的酣睡声。明楚却怎么也睡不着，一闭眼，就是纪远方那双垂涎的目光和因为激动而略显变形的脸。她不能入睡，不是为纪远方的示爱而激动，而是觉得不可思议：不管是在工作单位，还是在朋友圈子中，向自己表达爱意的男人很多，但大多为同龄人，像纪远方这样，比自己小六七岁的男人，还是第一次遇到。在自己的认知经验里，男人总是喜欢追逐年轻女人，没听说过有哪个三十多的男人，爱上了四十多的女人。因此，纪远方今晚的表现，让她很震惊。

找了武区长做丈夫，在心底深处，明楚始终说不清是满意还是不满意。武耀文的能力、家庭条件都算百里挑一，特别是武区长给予她的爱和珍惜，都令她感动不已。但从认识武耀文的那天起，明楚就断定，他不是自己少时想象中的白马王子。她感觉武耀文的为人稍微实际了一些，书卷气和书生气太淡，缺乏一种特有的勃勃生气和男子汉气。婚后她才发现，丈夫身上的所谓实际其实是一种圆滑。而丈夫的圆滑，在外人面前又从不显山露水，倒让人以为他有几分木讷和厚道。不知何故，明楚对圆滑和世故有一种天然的排斥。她还发现，丈夫自从担任领导后，这种圆滑的处世方法被运用得更加娴熟了。而更可怕的是，伴随职务的每一次升迁，他原有的这种缺陷就会进一步得到强化。武耀文爱练字，在明楚看来，他不是自己想练，而是练给别人看。不仅是写字，好多事情都是如此。明楚依此认定，丈夫这是做作和虚荣。

平时，这些想法只是偶尔从明楚的脑海中闪过，瞬间就被自己驱赶出去。她不断地提醒自己，按社会的主流评价标准，武耀文是个有作为的男人，是个优秀的丈夫，能够给自己和家人带来幸福和荣耀；自己生活在被人羡慕的生活环境之中，还有啥不满足的呢？今晚睡不着，这种念头再次涌现出来。和以往不同的是，这次无论怎样驱赶，总也挥之不去。她气愤地掐自己的胳膊和大腿,她在心里咬牙切齿地骂自己。没用,思绪的主线根本没法改变。

明楚对纪远方的看法很矛盾。武耀文和纪院长关系很好,两家来往相对较多,纪远方是个办事勤快麻利的青年,人长得也干净利索,很讨长辈和女人喜欢。但他不经意间流露出的纨绔气质,又让人觉得他有几分无知和浅薄。在明楚眼里,纪远方不应该这样,他甚至连成为纨绔子弟的资格都没有。一个不具备某种资格的人,非要往这个群体里钻,会让人瞧不起。

明楚激动,不是因为纪远方的欣赏和赞美,而是这里边的另一层含义。过去面对别人的赞美,她在默认的同时,还是有些怀疑:那不过是别人看在武耀文的份上,恭维自己罢了。再说,男人恭维女性是一种廉价的时尚,这既能获得女人的好感,又不用付出任何成本,何乐而不为呢?而今晚,她的魅力再次得到了确认。纪远方眼神中的渴望和手足无措,都告诉她那是真实的赞美,无法伪装。估计已过了半夜,她才迷迷糊糊睡去。

明楚和单位的同事一道来大山里边游玩。黄昏,他们来到一个巨大的天坑边。俯首望去,那又是另一个世界:浮云在缓缓地飘动,地上的山丘、小溪、奇花异草若隐若现。明楚探探身子,想看得更清晰一些。恍惚间,她一脚踩空,身子向天坑下缓缓坠去。她急切地回过头,岸上的伙伴都不见了。她呼救,可无论怎样使劲,喉咙总是发不出声来。明楚知道,自己就要粉身碎骨了。她绝望地闭上眼。突然,一双手托起了她,很快,自己又被放到天坑的岸上。明楚惊恐地睁开眼,救自己的人已经远去,只留下一个背影。她使出全身的力气,对着恩人的背影大喊:"回过头来!"

明楚的那一声没有喊出来,倒把自己急醒了。她的心在咚咚地跳,跳得难受。看看表只有五点,丈夫还在熟睡。不能起床又没有任何睡意,她索性躺着,专心推测起这个梦的含义来。

启迪

清代，道光版光绪影印本《金石索》，
全套 24 卷。

古代印刷的图书谓"古籍"，保存完好、文质兼美者谓
"善本"。清朝人非宋代版本不藏，民国人非明代版本
不藏，三十年前非清初官刻板本不藏。而今，上世纪
七十年代书籍，已悄然出现在拍卖会上。此套《金石索》，
虽为光绪丙午印刷，但原盒原装、完好如新。

纪远方从武区长家回来,也几乎是一夜没睡。

武区长答应纪远方,明天和收藏界的朋友一块坐坐,他就如同得了加官晋爵的圣旨一样:恩宠有加,皇恩浩荡。在古玩圈子里,不,在纪远方的整个朋友圈子里,都知道他家与武区长的交情甚厚,但部分朋友还是将信将疑。因为这只是他的一面之词,不那么令人信服,甚至有人怀疑他是在扯着虎皮作大旗。这年头,扯着虎皮作大旗不丢人,能扯上虎皮也是本事。如果扯的不是虎皮,而是狗皮猫皮,那才叫丢人。明天,只要武区长到朋友们面前一亮相,哪怕是一杯酒不喝,一口菜不吃,他纪远方就不是吹牛了。

今晚,从武区长那里获得了重要的商业信息,这是令他激动的第二件事。这与其说是信息,倒不如说是商业秘密。这一信息,未来就会变成百万千万的经济利益。

这几年自己担任厂长,虽说也发了点财,但都是工资或区里发的奖金,十万八万封了顶,数额有限,靠这永远成不了富翁。况且都是些辛苦钱,不是头脑和智慧的产物。关于公司土地由租变买以及公司未来的前景,不禁让纪远方豪情万丈,激动不已。

高兴完了,不高兴的事又袭上心头。

纪远方开始责问自己:见了明楚,为何会把持不住?为何如此晕头胀脑,被一个比自己大六七岁的女人迷得乱了方寸？他一会儿在心里恨自己、骂自己、瞧不起自己。虽然称她为大姐，实际上那是自己的长辈，他认为自己无德无耻。一会儿他又在心里骂明楚：徐娘半老，还故作矜持清高，这么年轻的男人看得上你，就该受宠若惊才是。呸！可恶，不识抬举。总之，他是被伤了自尊。同时，他又怕明楚把自己的表现转告给武区长，那样的话，后果可就严重了，关于事业的种种描绘，会统统化作泡影。但他又推测，明楚是个有修养的女人，她不会因此惹得武区长烦恼，从而损伤两家多年的关系。纪远方就这样在狂喜和忧虑的循环交替中，度过了整整一夜。

好歹熬到了早晨五点，窗外还是一片漆黑。他慢悠悠地洗漱完毕，再慢悠悠地开车出来，找个馄饨店慢悠悠喝了两碗，最后才慢悠悠去公司。

他对参加今晚聚会的人员，开始进行反复斟酌。把名单列在纸上，大约用了半个小时，然后开始用座机一个个发传呼。孟祥宾有大哥大，立即打了过来："喂，纪总，这么早打传呼，有啥指示？"

纪远方不容置疑地说："今晚就不要安排别的活动了，武区长要和我们古玩界的弟兄们坐坐吃顿饭。这可是为了落实你的指示啊！"

"好啊！安排到啥地方？几点到？"

"武区长估计得五六点，我们四点到。安排在云泽饭店北京大厅。很长时间不见了，弟兄们早去凑凑啦啦。"

不到九点，发出去的传呼，都陆续回了话。

下午四点刚过，纪远方就和郑贵农一起，在饭店里恭候各位朋友。本来郑贵农没在被邀之列，他的社会属性，决定了他达不到出席这种活动的标准。可下午三点，很长时间不露面的郑贵农突然来了，说找纪总聊聊天。一见面就被纪远方好一顿挖苦："老郑啊，自从忙完了费本中的事，怎么不见人影了？是不是又弄了张大床，怕我知道？你弄到东西，必须先给我看，待我说不要了，你才能卖给别人，国家没有这样的规定，我们之间也没有这样的约定！你不用不好意思来见我。"

郑贵农赶忙解释说:"刚把大床拉回来,还没来得及向你汇报,孟祥宾就一步赶到了,结果就出了后面这么多事。多亏你帮我善后,这次我就是来感谢你。"

"今晚武区长宴请双龙古玩界的朋友,等会儿见了孟祥宾,咱们对质一下,看事情是不是这样。邪门了,你刚把大床拉来,他就一步到了,怎么那么巧?"纪远方得理不饶人。

郑贵农赶忙装起了孙子,赔着笑脸说:"纪总,你哥哥错了,你就原谅我这一回吧。就这一回,再也没有下次了。你们还有活动,我喝口水,就先回去。"

郑贵农说是要走,但身子却不动。他右手端了茶杯送到嘴边,先把浮茶吹开,再咝咝溜溜喝茶,根本没有走的意思。纪远方看了,非但不再生气,反而觉得他很可爱。于是换上大度的口吻说:"事情过去了,还是好弟兄。今晚你就住下参加,也是古玩场上的老前辈,够格!"

郑贵农赶忙说:"好,恭敬不如从命了。"

其实,纪远方不给他台阶下,他也没打算走。如今郑贵农以算卦为主业,盯的就是达官贵人。这年头,当上官和发了财的人,最热衷算卦和烧香拜神,因为官无止境,财无止境,愿望也就没有止境。愿望如何才能变成现实?通过算卦相面等途径,获知自己努力的方向;烧香拜神,求得神灵的帮助。

给普通百姓算上十卦,也不如给大款和大官算一卦。只要顺着他们的愿望说,他们定会出手阔绰。至于准不准,谁还会来把算卦的谢银要回去?既然碰上了,说不定能结识上武区长这个大官。

四点二十,大旦到了。纪远方调侃他说:"政协就是宽松啊,五点半下班,四点就出来了,请假了没有?"

大旦咧咧嘴说:"不用请假。有政则协,无政则歇。"

随后来的是孟祥宾和高经理。

孟祥宾的单位是国有大型企业，多人一岗，多个人少个人看不出来。他是供销处的领导，出出进进都是公事，出来总是方便。

　　高经理单位虽小，可需要他参加的会却一点也不少，所以，不管什么时间，也不管是公事还是私事，都可以拿参加会议作幌子。就是不说开会，经理无论去哪里，本单位既无人干涉，也无人敢于过问。

　　六点左右，卓文鸣到了。虽说卓文鸣所在的移动通信公司也是国有企业，但他在里边只是一个普通的维修员工，没有随意外出的资格。他不敢偷着往外跑，设备一旦出现故障，作为维修人员不在岗位上，立即就会被发现。违反了制度事小，影响了设备运行事情可就大了，他必须得等到五点半准时下班。

　　六点二十，来的是夏月川。他的工作岗位决定了他的自由度十分有限。每天他都是第一个到达办公室，而又必须最后一个离开办公室。为迎接检查、准备会议或上报材料，晚上加班加点是常有的事。每天到了下班的时间，只有局长下班走了，办公室主任才敢走；只有办公室主任走了，副主任才敢走。如遇特殊情况需要早点走，必须和主任说明情况，主任点头恩准后，才敢离开。当然，这样的特殊情况夏月川一年来还未曾发生过。这是职业规矩，更是职业修养。没有加班已是万幸。

　　小旦来得最晚，已是六点半了。小旦早已下岗，说白了，现在就是一无业游民。既然没有工作和单位的羁绊，按说应该第一个到，可他有他的想法。今天他来得最晚，是有意而为。最近小旦有了心得：参加古玩界的朋友聚会，一定要最后一个到，只有来晚了，大家才会把注意力暂时集中到自己身上，才好借题发挥，推介自己的"收获"。此刻，他已把故事准备好，单等大家上套路。

　　古玩界的人见面，有一套固定的问候语：最近发现啥好东西了？或者是，最近弄到啥好东西没有？

　　果然，小旦进门尚未坐稳，孟祥宾就训上了："小旦，这里边就数你最自由，可你来得最晚，是不是感觉你的身价比弟兄们都高？"

小旦连忙赔笑说："去了一趟御湖乡下，相中几样东西，就是打不下价来。软缠硬泡了半天，才买回来两件。跑了一天，土头沙眼，赶回家洗了洗脸，换了件衣服，这不就来晚了。按说我该第一个来，恭候大家才对。"

道完这些台词，小旦先开心地笑了。他心里在说：看看，看看，这不，又进了我预设的情景轨道？

听了小旦的解释，大家不再对他的迟到表达不满，而是一下被吸引住了。大旦急切地问："买到了啥东西？快说说。"

话虽然是出自大旦的口，其实也表达了大家的急切心情。小旦不慌不忙地点了支香烟，狠狠地吸了一口再吐出来，然后喝了一口茶水，这才不紧不慢地说："买了一个崇祯青花人物笔筒和一块青玉牌子。笔筒我还不能百分之百看真，牌子也不够白。总之都是一般化的东西。"

大家都明白，最后那一句话是故意卖关子，以用来吊大家的胃口。大家不约而同地把目光投向了纪远方。

今晚是纪远方做东。虽说是在饭店里，但谁做东这房间就是谁的临时地盘。小旦报了货，要看要买，得先由纪远方挑选。如果他不感兴趣，才轮得着别人表达意愿。这是常识，大家都自觉遵守。纪远方扫一眼大家，当仁不让地说："今晚吃完了饭，无论多晚，我都要跟你去看看。买不买不说，学习学习。"

一看纪总表了态，大家就转了话题。这也是行规，有人对某件东西表现出兴趣后，别人就不得再对它表示关注，否则就有哄抬物价的嫌疑。

这时，纪远方的传呼响了，是区长司机小田发来的："纪总，区长有事，要晚一点，大约七点半到。"

纪远方念了武区长司机的传呼，大家都不在意，说武区长事多，这样正好，可以多啦一会儿。大家都是同道朋友，总是不缺话题。

话题慢慢转到过年上来。高经理问纪远方："纪总，你这春节需要走访的多不多？"

这一问，仿佛戳到了纪远方的疼处，他一字一句地说："不是多不多，是太多太多。政府有多少部门，就需要走访多少。有的需要走访单位的第一把手，有的整个班子成员都要走访，还有的一些科长、办事员都需要走访。"

孟祥宾不解地问："我们单位咋没听说有这么多事？只是有业务关系的合作伙伴，才互相走访一下，政府部门我们一般不走。"

纪远方一脸无奈地说："你们供销处，是你们制药公司的二级单位，与政府部门打交道的事，都由总公司办了。还有一点，你们是省里的国有大型企业，地方上没多少人能挟制你们，可以不买他们的账。我们这种小地方企业，再说是邑城的企业来到双龙，那市区两级部门，能制约我们的太多了，都是大爷，都要去拜码头拜门子，否则，年后就给你颜色看。"

大旦是市级机关的工作人员，他见的可能不是很多，但听说的一定不少。他附和纪远方说："纪总说的是，企业太难了。年底需要走访的衙门数都数不过来，有时把名单列在纸上，年后才会发现，还是没走全。因为你去办事时，对方的脸色会莫名其妙地不好看，你要办的事肯定是拖着不办，就是办了也不痛快。过后自己想想，才明白症结出在哪里。"

高经理接着问："按说有些部门与你们一点关系也没有，怎么去制约你们？"

纪远方摆摆手说："你想也想不出来。单说这向你摊派收费的部门，就有七八个。而交多交少，就全凭主管领导的一句话。让你缴时，有红头文件和法规做依据，如让你不缴，依据则是主管的心情。"

孟祥宾故意学着领导打官腔的口气说："这个嘛，还是你们自身有问题，你们搞企业的都遵纪守法，按规定缴钱，不就没有走访求人这些麻烦事了？"

纪远方叹一声气说："哎，话是这么说，别的企业托了人少缴，你不托人就缴得很多，你的企业负担就会加重，你的竞争力就会下降。为了"公平"竞争，大家都只好托人拜门子。久而久之，托人正常，不托人就成了异类，就会寸步难行。即使你单位不缺钱,还有个面子问题,别人少缴了,你缴多了,下属会认为你第一把手无能。"

小旦本不关心这些事情,他希望大家的话题能够紧紧围绕古玩,但他左右不了局势,索性也参与进来。他有些懵懂地问:"电视上不是天天在强调,要治理乱收费、乱集资、乱罚款吗?"

夏月川解释说:"乍一看,哪个部门都没有乱收费。人家收费,起码都有政府的文件做依据,再硬的有地方法规,最硬的是国家法规或法律。在民间看来,这就是乱收费合法化。"

"收了费不是都交了国库?最终都是国家所有,只是在这边那边的问题。"高经理打着哈哈说。

夏月川问:"在座的各位,国库的大门朝南还是朝北?依我看,县财政应该叫县库,市财政应该叫市库。它们与国家没有毫毛的关系。糊弄人!现在是国家利益部门化了,部门利益个人化了。不然,部门单位之间的福利待遇差距咋会这么大呢?有的一月一千,还有的一分没有。钱是咋来的?想想这些,你就明白国库是啥了。"

孟祥宾点点头,表示赞成。然后又诚恳地说:"你学问大,说说这走访是咋来的。"

夏月川继续阐述他的理论。

现在所指的走访,它主要存在于官场商场,起源于一九九一年前后,很快在一定社会范围内得到普遍接受和认可。当然,在普通的亲戚朋友之间,还顽强地保持着年后走动这一习俗。

最初,是在年底的时候,党政部门、单位领导或工会组织,提着年货,去看望军属、烈属、老职工和困难户,表示雪中送炭。以体现党的温暖、政府的关怀,这与今天说的走访完全不是一码事。那种送温暖的走访,现在依然延续着。而大家现在说的走访,是另有所指。就是单位领导之间,利用公款相互送礼。单位之间送礼,不能把礼物送给单位的那间办公室吧?不能送给单位的招牌吧?不能送给单位的那枚公章吧?最终是要送给单位具体的人,说白了就是领导个人。最终,通过走访这种形式,把公共或集体的财物,堂而皇之地转化为私人财物。还有,就是借过年走访的机会,下级给上级送礼,求人的人给被求的人送礼,承恩的人给施恩的人送礼,从而实现权和利的交换兑讹。

对于有些人来说,有人来送礼是天经地义,不送则属大逆不道。

办事送礼,也是讲究诚信的。前几年人实,一般是事办完了,再送礼答谢。可有些人坏了规矩,事办完了,礼不送了。或者是办了个骆驼的事,给人送了个蚂蚱,算是答谢了。其实对于受礼和送礼的人来讲,有时也得斗智斗勇。有权的人接受了教训,来了个不送礼不办事。所以都说,现在人情变得薄皮了。

有些部门的人,你偶尔找他办一件事,事办完了,礼也不送了。一锤子买卖,从此不再麻烦他,算你斗赢了。可你若遇上特别喜欢礼物的人,你的智慧可能就不灵验了。

有人想采取假装糊涂的方式蒙混过关,但大都不会得逞。那边干脆把电话打过来了,"喂,最近忙啥?办完事怎么就见不上你了?是不是忙着过年走访?"

这边一般会反问:"最近你忙啥?"

那边说:"最近来走访的一波接一波,忙着接待!"

说来说去都是走访,你饶都绕不过去。这边没办法,只好说:"转天我就去看你!"

有的好歹躲过了春节,但你总有与对方见面的时候。见了面,对方还是问:"你最近单位上出了啥事?"

你回答说:"没有啊!"

对方会接着问:"没有,怎么一直没见到你?"

显然,那是责怪的意思;你若是说:"单位上确实出了点事,很忙。"

对方则会说："怪不得，一直见不上你。忙完了，去找我！"

话到这份上，你若还装糊涂，你就是真糊涂了。既然真糊涂，诸事不顺，就要心安理得了。

夏月川说完了，场面一片寂静，这样过了几秒钟，孟祥宾喊一声"好！"大家都鼓起掌来。孟祥宾说："这些事情大家都看得明白，但如此系统地总结并讲解透彻，还未听到过。厉害，厉害！"

夏月川问大家："这些是不是文化？"

大旦卖弄说："是！今日之风气，明日之文化。传统文化就这么个来历。"

一晚上没有说话的郑贵农，这时突然说话了："大官来晚了，大家都在讲故事等他，如是小人物来晚了，不仅没人等他，还要接受大家的数落。我看这也是文化。"

大家面面相觑，陷入了尴尬。

正当大家不知说什么才好的时候，纪远方的大哥大响了，是武区长到了。纪远方赶紧到楼下迎接，大家也纷纷到门外恭候。

几分钟后，武区长和另一个人并排着走来，纪远方和司机小田并排着跟在后边。小田腋窝里夹着个包，显然，包里有武区长的大哥大和传呼机。来到房间，武区长慢慢把呢子大氅脱了，孟祥宾接了交给服务员，服务员再挂在衣架上。另一个人也把风衣脱了，递给了司机小田。武区长坐上主陪的椅子，指着酒桌对过的位子，对跟来的人说："槐局长，你当副陪"。

槐局长坐下，武区长对大家介绍说："大家可能不是很熟悉，这是区人事局的槐局长，兼着组织部的副部长，可是个大官！"

大家冲武区长笑笑，那意思是感谢领导用平易近人的说话口气。再冲槐局长笑笑，以表达友好。槐区长站起来，冲大家笑了笑，说："也想学学收藏，就跟区长来了。"

这槐局长身材高大健硕，面孔白皙。他的一双眼睛总是眯着，可一旦睁开，就会有光亮迸射出来。看得出，是个机灵人物。

武区长又对纪远方说："古玩界的朋友如何落座，我不熟悉情况，你们就自己安排吧。"

高经理年龄大级别也高，当了主宾，坐在武区长右边。本来郑贵农的年龄排在第二，若按年龄他应该当副宾。可能因为他不是国家正式职工的缘故，也没人往副宾位上让他，倒是孟祥宾被让了上去。郑贵农和其余的人一道随便坐了，看得出，他脸上有几分不快。

菜上了桌，服务员斟满了酒，纪远方开始向武区长一一介绍今晚来的客人。每介绍到谁，武区长就会冲谁点点头，嘴里"哦哦"两声，热情而不失威严。

大家相互认识了，武区长端起酒杯，按惯例开始致辞，大家也都端起酒杯，拿捏出一副洗耳恭听的神态。区长说："在座的各位，都是双龙区收藏界的骨干人物，当然也就是云泽市收藏界的骨干人物。我和槐局长也爱好收藏，只是不像大家那么专业，只能算业余爱好。像高经理，是专门为收藏者提供帮助和指导的专家。

"这里边我认识的只有纪远方和夏主任。早就想认识认识大家，总是抽不出时间，要过年了，终于和大家坐到了一起，也借此机会给大家拜个早年。来，敬大家一杯！"

大家都站起来，把酒杯伸到武区长面前，相互碰了一下酒杯，轻轻喝口酒，才纷纷坐下。

大家谁也不说话，静静地等待武区长接着讲。大家十分清楚，主宾的致辞还没有收尾，刚才的碰杯喝酒只是一个"逗号"。武区长显然已习惯了酒场的套路，他扫视了大家一圈，接着刚才的话题说："这两年好点了，前几年搞收藏还不敢光明正大的进行，当然这里边有个认识的过程。收藏是个高雅的活动，既能够修身养性、陶冶清操，又能把达不到国家文物部门收藏的东西保护起来，是一项利国利民的文化活动。"

武区长似乎对高经理的业务和职责范围也有些了解，他特意打圆场说："像有些民俗的东西，过去老百姓家用的东西，达不到文博部门的收藏等级，量又太大，国家也没有精力对这些东西进行收藏和整理。如果没人收藏，它们最终会被损毁直至消亡，这种民俗文化也就消失了，实在是可惜。"

说到这里，武区长对着高经理说："高经理，你是文博部门的领导，我说的是不是还有些道理？"

高经理心里想，这哪是征求意见，分明是逼我表态恭维你说得正确，于是连忙堆了一脸的笑容说："武区长讲的这些，既符合文物政策精神，也符合民众对文化需求日益增长的客观实际。文物店面向大众销售古玩文物，也是为了鼓励民间收藏，藏宝于民。几年来，对于收藏活动，我们文物店是全方位的支持。让古玩收藏这一小众活动，逐步成为大众的文化活动，是我们今后的工作重点。领导们需要我做什么，尽管吩咐。"

其实，高经理在心里最恨民间收藏活动，他恨的不是收藏本身，恨的是许多人打着收藏的幌子，搞古玩买卖，抢了他的"地盘。"如果大家都从文物店这一渠道"收"了再"藏"起来，他是一百个支持，一千个赞成。可惜正相反，民间收藏队伍不断壮大，自己的生意却日渐冷清。但现在收藏活动已形成风气，民间交易已从秘密转向公开，谁也无力改变这种现状，他也只好从表面上采取支持与配合的态度。但他的目的，是引导大家爱上收藏，再从他们店里进货，这叫因势利导，化消极因素为积极因素。文物店的招牌毕竟还有一定的号召力，国营商店的旗帜也有一定的信誉保证，对于刚刚入门的收藏者来说，尤其具有吸引力。正因为如此，他和云泽收藏界的新生代始终保持着场面上的礼尚往来。虽说高经理是市级部门的科级干部，和武区长没有隶属关系，但武区长毕竟是市府所在地的父母官，在武区长面前，他也只有顺从的份。

武区长提议大家喝了口酒，然后继续说："前段时间，听说收藏界发生了几件不好的事，有的断了胳膊，有的丢了性命。究竟咋回事儿，我也不是很清楚。这都是藏着掖着、捂着盖着造成的恶果。如果交易在一定范围内公开透明的进行,对东西的综合评价就不会出现很大的偏差,也就不会留下这样那样的后遗症。

"我有个建议,你们应当考虑成立个群众性组织,让收藏活动变得名正言顺、堂堂正正,这叫旗帜引领。把那些遵纪守法,鉴赏能力高、人品好的同志都吸收到这个组织里来,开展一些有意义的鉴赏交流活动,从而带动大家向健康、有序、诚信的方向发展,达到教化、纯洁收藏队伍的目的。用不了几年,坑蒙拐骗的空间就会变得很小,云泽的收藏环境就会得到净化。那样,云泽市的每个收藏爱好者,都会从中受益。希望大家,考虑考虑。"

武区长话音刚落,槐局长带头鼓掌,并提议为武区长的精彩致辞干杯。武区长说自己已经敬了三次酒,想和朋友们说的话都说了,接下来就由槐局长敬酒。

槐局长端了酒杯,微笑着平视了一圈,说:"我也是收藏爱好者,但刚刚起步,没有大家那么专业。过去在乡镇上工作,没有机会结识大家,错过了学习的机会。今天有幸参加了武区长组织的这个活动,认识了大家,很高兴。

"我们都是区长的兵,对于区长的意思,我们要好好领会,好好贯彻。要让双龙的收藏活动,健康地发展,为丰富我区的文化活动做出贡献。双龙是云泽的首都,为双龙贡献,就是为全市贡献,意义重大。

"刚才区长提议了,我们就要开始考虑成立收藏家协会的事。我搞组织人事工作,主张凡事从组织领导入手。这收藏家协会的会长人选最为重要。会长不一定鉴定水平最高,但一定要是内行。光内行不行,还要有一定的组织协调能力,否则这个组织无法立足社会,无法为会员服务,也就没有凝聚力和号召力。会长还要有一定的经费筹措能力,能背靠个企业最好。协会无论组织什么活动,没有钱寸步难行,这一点尤为重要。"

说到这里,槐局长看了看纪远方,大家的目光也不约而同地向纪远方投去。

槐局长接着说:"我就简单说这么几句。来,敬大家一杯酒!"

槐局长敬完了酒,大家就展开喝了。因为有区长坐镇,大家不敢很放开,场面非常低调而有节制,饭局很快就到了尾声。

郑贵农看看机会转瞬即逝,连忙端了酒杯来到武区长座位旁说:"武区长我敬你一杯。我不仅爱好古玩,还对易经感兴趣,也多少有些心得,你啥时候需要我去给你解解闷,我是随叫随到。"

话刚说完,郑贵农一仰脖子,把满满一杯酒都干了。武区长嘴里"哦哦"了两声,把杯子凑到嘴边沾了沾,算是接受敬意了。

要分手了,孟祥宾对武区长说:"武区长,能否给我们张名片,我们一旦有了为你服务的机会,也好给你打电话。"

武区长听了,开心地笑笑,示意司机小田给每人一张名片。名片没有发给纪远方、槐局长和夏月川,其余的人双手接了名片,先恭恭敬敬地端详了一会,然后恭恭敬敬地放进兜里。

夏月川和大家一道,目送武区长、槐局长的轿车先后离去。他正准备跟随纪远方一道去小旦家看东西,腰间的传呼机响了。传呼是武区长的司机发来的,汉字显示:"东门外路东边等你,武区长找你有事。"

夏月川辞了大家,急忙赶到东门外,往北走了几十米,武区长的车在那里停着等他。他上了武区长的汽车,区长说请他回家喝茶,不知方便不方便。未等夏月川说话,汽车早已起步,这时"方便"俩字才从他嘴里发出来。夏月川暗自笑笑,有些无奈。

刚才在车上,武区长就给妻子明楚打了电话,说有客人去,让她先烧水泡茶。领导与家人,不管在家里外头都有默契。说泡茶那是托词,那边自然知道把家里收拾整齐,换上得体的衣服。主雅客来勤,这是一种家庭文化,也是对客人的尊重。

汽车来到武区长银行这边的楼下停住，武区长对司机小田说："你也上去，等会送夏主任回去。"

夏月川连忙说："我的家离这里不过几百米，等会下步走就回去了，用不着车送！"

看小田开车走了，两人才转身上楼。

不知是有意还是无意，明楚今晚穿的衣服和昨天晚上穿的衣服一样。夏月川一进门的时候，也被明楚的身材惊得打了一个寒颤，但他不是纪远方。他的吃惊是在心底，也仅仅是难以被人觉察的一瞬。

一年前，夏月川来过武区长家一次，但那次见面对于他和明楚来说，似乎都未曾留下什么印象。明楚虽然是一个很有修养的女性，但作为官夫人或者说官太太，说不受社会庸俗文化的半点侵染，那实在也勉为其难。如今，一个人只要手中掌握着一定权力，无论官阶高低，他的子女或妻子，往往认为朋友都是冲着权力而来，没有例外。在自觉与不自觉之间，就会流露出些许高高在上的态度。在他们眼里，官员的朋友似乎都是些趋炎附势的哈巴狗。既然是哈巴狗，何须尊重？可是，官员的妻子及子女，在见到更为显赫的官员时，又是另一种认识标准。正因为如此，明楚上次对于从乡镇卫生院来的夏月川，表现得就不够热情。夏月川看在眼里，对她也就表现得不咸不淡。女人敏感，明楚更是敏感。绝大多数的来人，不管她是什么态度，都会对她报之以热情和殷勤，都会源源不断地把恭维的话送给过来，哄她高兴。尽管她知道那是虚情假意，但又觉得正常。夏月川这样，反而让她有些意外。一年来，武耀文没有提起过这个人，这个人也没有登过自己的家门，更没有死皮赖脸结交的意思。估计本来都忘记了对方，今天忽然又见面了。如今见了，明楚反而为自己当初的态度有些自责。为了弥补自己上次的过错，她用眼神，对夏月川表现出了特有的热情和关切。夏月川感受到了，但依然泰然若素，换了别人，可能会有些受宠若惊。

武区长问了问夏月川的工作情况,两人谈了一会靳先生,就把话题转到了古玩上来。

武区长忽然像想起了什么,起身去了卧室。回来时,拿了一块玉牌,说让夏月川评判评判。夏月川一看这块熟悉的玉牌,就明白了怎么回事,但不能说破。待夏月川把玉牌的雕刻年代、文化内涵、稀有程度点评完了,武区长才开口问:"这是纪远方给我的礼物,估估价,我好心中有数,以后设法还人家这份人情。"

每逢遇到这种情况,夏月川有两种态度。如果东西是真东西好东西,他一般会把东西往高处说,以此让拥有者顺心舒心。"君子成人之美",送礼者求人办事不容易,只有把东西说得好一些,说得价值高一些,收礼的人才会高兴,给对方办事时才会加心用意。如果东西是假东西低档东西,他会实话实说。他认为,给人送礼尚且以次充好、以假充真,日常生活中定是投机取巧的奸佞小人。即便不是求人办事,作为赠与,也是拿着假货来欺骗别人的感情,同样可恶。

夏月川一听武区长让他估价,心里就有些不舒服:纪远方送的东西,知道它的品质等级就可以了,还要知道它的价值,说白了,就是要弄明白纪远方到底花了多少钱,以此检验纪远方对自己的态度。但转念一想:凭着武区长这么大的领导,能把话说到这份上,也确实没把自己当外人看。想到这里,他心中的不快便一扫而过。他说:"这个等级的玉牌,我也是第一次见到。他的实际价值很难判断,因为没有相同的东西作为参考,这也正是古玩价值难以判断的原因。这东西若放在国营文物店里,标个十万八万都不离谱,而且很容易卖掉。但民间私下交流,就很难判断了,但三五万应当不成问题。"

武区长继续和他探讨:"拍卖会的价格透明,为啥买卖双方不到拍卖会上去交易呢?"

夏月川想了想说:"武区长,假如你要买件一两万的古玩,以你的身份,你会到北京去参加拍卖会？恐怕不能。假如我有个四五千的瓶子要卖掉，我能送到北京去拍卖？既不够档次，也不值得兴师动众去拍卖。国有企业的领导再有钱，也不会到拍卖会上亮相。在我国现阶段，能到拍卖会上去买东西的人，还都是些私营大企业家。送拍文物的一方，大多还是公办的文物交易机构。也有私人的拍品，但还不是很多。

"古玩买卖的乐趣，就在于它的模糊性。一件文物，你花了三千元，结果大家品鉴它值三万，你会开心；也可能你花了三千，到头来三百都不值，你会伤心。开心、伤心，都是一种刺激。还有，同样一件东西，与一个人的文化情趣对了路，可能值一万元，他花一万买下来，他高兴。在另一个与它不对眼的人看来，一千都不值，他卖了一千，同样高兴。说同一件东西，买卖双方都高兴，这多有意思。拍卖会上买东西，拼的是钱财，一目了然，没有神秘感。所以民间私下交流，很难被拍卖会代替。"

武区长听了夏月川的一番宏论，略带夸张地说："真是听君一席话，胜读十年书。谢谢夏主任，咱不讨论这个了。我想问你，是想在机关上发展，还是在业务上发展？"

夏月川低头思索了一会儿，终于明白了这话的意思：在机关发展，就是在机关里熬着当干部。在业务上发展，就要是回到医院去当干部，因为搞的是业务，叫业务管理干部。

他回答说："在机关上熬个副科级正科级，会耗费掉大半辈子，我不想那样，我可能更适合在业务上发展。不过没什么要求，现在就很好，随遇而安吧。"

武区长听了夏月川的话，微微皱了下眉头，随后朝天笑了一会说："说得好！现在都想在机关上当干部，你却想着业务，难能可贵。"

夏月川看看时间已晚，起身告辞。明楚早已准备好了两瓶好酒和一盒茶叶，让夏月川提着。夏月川也不推辞，只是冲明楚感激地点点头："谢谢了，明馆长！"。

目送夏月川下了楼，明楚回到屋里说："这夏月川说话的时候，总是看着你的眼睛，从不乱瞥，看上去很单纯。"

武区长点点头说："靳先生一再嘱咐，让我关照他，就是看他忠厚，看他是个人才。"

"你准备咋帮他？让他到医院里担任个领导？"

"先让他在机关积累积累人气吧。现在下去当正职领导，恐怕也压不住场。"

送走了武区长，纪远方一行就去了小旦的家。

从云泽饭店出来，沿文化路西行过两个路口，左转进一条小巷，小旦的家就在巷子南头。纪远方开汽车过来，几分钟就到了。骑自行车来的是孟祥宾、卓文鸣、大旦还有小旦，高经理和郑贵农说家中有事，各自走了。

小旦家住一楼，总共两室一厅。房子原始，厅是被房间、厨房、厕所围着的那种，除了作为通道，安张小餐桌已十分拥挤。因为不靠窗户，很是黑暗。所以，客厅还是设在一个朝阳的房间里。

客人先后到齐了，小旦就开始陪着客人喝茶吸烟聊天。十几分钟过去了，小旦始终不提今天进的东西。

纪远方等不及了，有些不耐烦地说："小旦，天也不早了，大家来不是为了聊天，快拿出东西来瞧瞧，该成交的成交。"

小旦这才起身去了小院的储藏室。等小旦把东西拿来，往茶几上轻轻一放，大家看了，谁也不说话，空气如同凝固了一般。过了一会儿，大家才长长地呼出一口气来。

青玉牌子倒是无所谓，因为它确实是一件普通的东西。但那青花瓷笔筒，在座的人不用说见过，就是听也没听说过。

大家看了，不论眼力高低，一概没有争议，都说是明代崇祯的东西。按古玩界的断代习惯，说得保守一点，就定位清朝康熙的东西。此时是崇祯还是康熙已不再重要，到了这水平，只要开门老，就是宝贝级的瓷器。

　　此件笔筒，有四大特点：一是个头硕大。它的直径有二十四五厘米，高也差不多是这个尺寸。形体如此硕大的笔筒，不用说实物，就是资料上也很少提到。二是制作工艺精湛。它釉面洁白，青花颜料发色纯正青翠，糯米胎，玉璧底，处处到位。三是画面内容故事性强。图案绘的是赵匡胤陈桥兵变、黄袍加身的故事，反映了北宋代周这一重大的历史事件，具有极高的文化内涵。四是品相完好。整个器表，无划痕，无斑点，保存状况十分完好，用行内的话说，这叫十品相的东西。

　　清朝早期及以前的青花笔筒本来就不多见，偶尔见到也多半残缺不堪，且直径大都在二十厘米左右。这件东西，无论从器型、品相、画面等几个方面评价，都堪称完美。

　　孟祥宾沉不住气了，故意用低沉地声音问："打算卖多少钱？"

　　到底值多少钱，小旦心里也没底，看大家的眼神和表情，他判断这东西应该身价不凡，他有些不情愿地说："刚弄来，还没玩够。先不卖，卖时再报价。"

　　大旦开导他说："现在缺的不是东西，缺的是钱。有了钱，只要你下力跑，东西还会有。还是抓住机遇，把钱挣到手，这才是正道。报个价，倒出桶来，好继续打水！让死物变活钱，才能生出更多的钱。"

　　小旦听了有些激动，也有些乱了思绪：想想也是，这笔筒才花了几百块钱，若能卖上两万块钱，就能再买几十个笔筒。每个卖一万，就是几十万。他狠狠心跺跺脚说："要卖我就卖两万，少一分也不卖。"

　　大家都把目光投向了纪远方，等着他表态。这里边就只有纪远方和孟祥宾能买得起。按说里边工资最高的是卓文鸣和大旦，但卓文鸣可首先排除在外，他绝不会一次性的花大钱买上一件东西。两万元则是大旦四年的基本工资，这个价格他无法承受。

纪远方、孟祥宾虽说工资也没大旦高，可他们有些其他收入，这就不能用工资类比了。整个双龙收藏界，能买得起这笔筒的人，除了他俩，目前还没诞生出第三个。但孟祥宾还是用眼神示意纪远方，让他还价表态。因为今晚是纪远方请的客，得让着他，这既是规矩，也是礼仪。再说，通过今晚这顿饭，事实上已经确立了纪远方在收藏界的领袖地位，除此之外，谁还有武区长这样的靠山？谁有纪远方这样的经济实力？

纪远方当仁不让地开了腔："小旦，你也真敢要。东西不错，我相中了，给你一万八，多一分我也不加了。"

纪远方还价一万八，不是他在乎那两千块钱，这是策略，也是行规。如果不还价，主家会以为要少了，心里会很不平衡。买家若是生人，卖家可能随便找个理由不卖了。小旦心动了，但还要装着犹豫。小旦十一二岁的儿子，正好到这屋里来，听见了他们的对话，急忙对着那边喊："妈，俺爸爸要一万八把那笔筒卖了！"

小旦的妻子，人虽单薄得看似就要被风刮去，但声音却足够大，"说好了不卖要留给儿子，你怎么又要卖了？你个贱骨头，不长出息的东西！"

人随着声音飘进来，一把抄了笔筒，回到卧室，"砰"的一声，把门关了。

大家过去也先后来过几次，小旦的妻子总是不大露面，一般就是点点头，很少说话。如今终于听到了，竟是如此刺耳，大家相互交换着眼色，不再说什么。小旦看看气氛尴尬，连忙打圆场说："她想把笔筒给儿子留着。等我做做工作，她同意了，再说吧！"

再待下去已不好说话，大家告辞。出了门，纪远方开上汽车走了。其他三人骑车走了几十米，孟祥宾提议，停下来抽支烟再走。刚要点烟，孟祥宾忍不住，"扑哧"一下，笑得弯下了腰。其他两人，也都笑了起来。三人笑够了，又聊了几句，这才各自回家。

第二天一早，纪远方赶回了邑城。他回到家里，一五一十地向父亲汇报了武区长的谈话内容。他让父亲帮着拿主意，下一步的路该如何走。纪院长听了儿子的话，立刻陷入了深思。纪远方也不说话，就在一边喝茶等着。

纪院长吸完了一支烟，才慢条斯理地说："武区长这个人，真是个清官。咱没在人家身上花什么大钱，可人家一直在帮你的忙。关键时候，人家就给你出主意，这可是大事！双龙国道南边，要开辟为建材交易区，这估计是他的主意，肯定还没有统一思想，就悄悄告诉了你，就是要你先下手。等到城市规划大白于天下了，你就抢不上了。官比你大、实力比你大的人，多得数不过来，地的价格也会涨得吓人，你们公司也就买不起了。"

虽然纪院长有意克制着自己，看得出他还是有几分激动。纪远方知道父亲还没把话说完，前边这些话只是对形势的分析，重要的结论还在后边。纪院长喝了两盏茶水，又点上一支烟，才接着说道："最近几天，我找找分管工业的谭书记和黑区长，先和他们吹吹风。你再抽机会向他们详细汇报你的打算，包括买多少亩地，需要多少资金，资金如何筹措，将来如何管理，预计每年能上交多少利润等等，你都要准备好。让他们先向区委区政府汇报，哪里需要做工作我再出面不迟。不过，我已退居二线，没有权利去和人家交换了，我只能起个穿针引线的作用。最终还要靠你去打理，至于如何打理，你看着办吧。好在你单位日子富裕，处理起来也比较容易。"

腊月二十九早晨一大早，纪院长就分别给谭书记和黑区长打电话，说晚上要请他们一块坐坐，虽然那边一口一个纪主任叫着，但口气已明显不如以往热情，接下来就有被婉言推辞的可能。纪主任只好实话实说，说远方有工作上的事需要汇报，他不敢出面请两位领导，自己只好出面了。那边才又换上了曾经有过的热情，表示推掉别的场合，先接受纪主任的安排，老长时间不见，也想见见老院长了。

放了电话，纪院长叹了口气，自言自语地说："这人大的副主任，竟不如在区属企业的儿子脸大,唉——!"

晚上的活动进行得十分顺利,四个人吃饭,纪院长主陪,儿子副主陪,谭副书记坐主客位,黑副区长自然是副客。边吃边汇报,纪远方就把在双龙征地建设钢材公司的打算,做了详细说明。两位领导对纪远方开拓进取的精神给予充分肯定,对在双龙国道边征地的意向表示坚决支持,说春节后分别向书记和区长汇报,力争在春节后的党政联席会议上,把它列为议案。

看看事情进展顺利,纪院长推说有点事情走了。三人又谈了一会儿,黑区长推说有事,也要早走。纪远方送黑区长走出房间,把口袋中早已准备的一个信封拿出来,装到黑区长的夹包里,说是过节了,给孩子准备的压岁钱。黑区长也不推辞,说了几个谢字,自己下楼走了。

纪远方刚刚回到座位上,谭书记把酒瓶拿起来,给纪远方倒了满满一杯,自己也倒了满满一杯,然后端起酒杯,满含深情地说:"老弟,你们搞企业的是实权派,我们这副书记、副区长,不过是些跑腿的衙役,有时能吓唬住人,多数是吓唬不住。有些事情,你哥我还得靠你啊!往后,需要我帮你做啥事,不用麻烦纪主任出面,我们俩直接联系!"

谭书记说完,一仰头,一杯酒一口吞了下去。纪远方激动的泪就要流出来,也一仰头把满杯酒干了。激动地说:"谭书记,从今天晚上开始,我高攀了,你就是我亲哥。有啥事你说出来,我不会有半点含糊。"

俩人把话说透了,谭书记才起身告辞。纪远方赶忙把压岁钱放到谭书记包里。谭书记也够实在:"兄弟,我们既然成了一家人,也就不客气了。我替儿子先谢谢他纪叔叔。"

神
技

十
六

北朝，青瓷宝相花小钵，
高 6 厘米，口径 10 厘米。

凡南北朝时期，有宝相花的瓷器玉器石刻等，
大多与佛教有关。

大年初六，各行各业按惯例开市营业。现在，那些老讲究已经过时。有些店铺，为了招揽生意，除夕至初一早晨，坚持开门。贩卖古玩的人大多没有门面铺子，生意就在家里做，因此，大家还都自觉地遵守着传统习惯，等到初六才出去串门。

　　一大早，小旦去江渚柳絮飞家里去拜年。她的店远在邑城，那得过了元宵节才去开门。小旦进门就喊："柳絮飞，我来给你拜年了！"

　　柳絮飞从窗户里瞅瞅，赶忙热情地跑出去来迎接，用不失庄重的口气说："旦兄弟来访，这可是喜报一元，吉利！来拜我是假，来拜访古玩是真吧？"

　　"你怎么理解都行，反正我是来了。"

　　柳絮飞把小旦迎进屋里，正好有位北京客人也在，介绍他们认识了，三人一起喝茶。寒暄了几句，都是同道，很快成了熟人。客人好奇，问柳絮飞："喜报一元如何解释？"

　　柳絮飞眨眨眼，嘴巴凑到客人的耳朵上说："他姓旦，读音应该是'段'。因为旦蛋谐音，所以都叫他小'蛋'。在中国古代艺术品中，常用一只喜鹊搂着三个蛋作为创作题材。寓意读书人在乡试、京试、殿试时，连中第一，这叫'喜报三元'。"

　　过一会儿，客人反应过来，"扑"的一声，茶水从嘴里喷出来，笑得就要背过气去。小旦刚才看他俩窃窃私语,如今又见客人笑成这样,猜测柳絮飞是说了自己不好的话,心里难免有些生气。

柳絮飞问小旦:"听说你弄了个天下孤品青花笔筒,可真有这事?"

"这还能有假?你以为只有你才能买到好东西?"

小旦以前见了柳絮飞,总是自觉矮了三分,因为柳絮飞能买他的东西。换言之,柳絮飞是他的客户,即是他的财神爷。自从淘到这个青花笔筒后,小旦的腰杆硬了,说话也有了底气。对于柳絮飞持怀疑态度的询问方式,他十分反感,又加上有气,回话的口气就带着一股"呛"劲。

柳絮飞看看小旦那一副自我感觉良好的样子,觉得十分好笑,可如今人家手上有好玩意儿,暂时就得拿着兔子当老虎敬着。于是笑着赔不是说:"我不该这么问。你现在不是从前了,我把这层忘了。说说,既然是天下孤品,它绝在什么地方?"

柳絮飞这一道歉和调侃,倒让小旦有些不好意思,一时间头脑也清醒了许多,从天上又回到了人间。他慢悠悠地回答说:"天下孤品,我可没说过,这是你说的。我认为它有三绝,一是个头特大,二是画面故事情节特殊,三是品相完好。"

北京的客人姓丁,因为他常到云泽这边来淘货,古玩界的人都叫他"丁北京。"听了他们俩的对话,忍不住插嘴说:"现在瓷都市有条街,就叫高仿一条街。前门是店铺,后门是就是烧瓷的炉窑,专门仿制未面世的绝品孤品,打拍卖会鉴定师的眼睛,几乎是一打一个准。高仿街上有位师傅姓仄,南方人说话发音仄贼不分,久而久之,都叫他老'贼'。他仿制的瓷器,全国没有几个人能辨别。有些人得了件精绝的瓷器,捂着秘不示人,悄悄找他仿制一件,然后把仿制的留下,把仿品卖出。所以,越是特殊的东西,越得小心。"

道上有个规矩:张三到李四家里看货谈生意,遇到了李四的客户王五,而张三和王五又不认识,或认识但从未有生意来往,这种情况下,除了礼貌性的寒暄,张三和王五不得过多交谈。张三不能邀请王五到自己家去看货,王五也不能表达去张三家的愿望。若李四主动牵线搭桥,让他们两个建立关系,又另当别论。

小旦知道丁北京是个潜在的客户,和他建立联络的愿望自然十分迫切。若在以往,他无法在此约丁北京上门。如今情况有些特殊,当着丁北京的面,是柳絮飞率先问了笔筒这件事,又是丁北京主动搭的腔,所以他就试探着说:"若是不信,你们可以去看看。"

丁北京要的就是这个效果,他望着柳絮飞说:"要不,我们去看看?"

听说东西这么高档,还听说小旦不轻易示人。柳絮飞一个人就是看了,也不敢断定是真是假,更不能判断它的真实价值,所以才一直没去。今天有丁北京在,又有小旦的主动邀请,她当然乐意去看。

来到小旦家里,小旦对妻子说:"拿出笔筒来让北京的客人看看。"

小旦妻子迟疑了一会儿,把东西搬出来,放到丁北京的面前说:"要不是你从北京来,我不会让你们看。"

丁北京拿起笔筒看了看说:"康熙朝的东西,没问题。想卖多少钱?"

小旦反问他说:"你说它值多少钱?"

"古玩无法定价。在一个工薪阶层收藏者眼里,它可能值五千块钱。在个亿万富翁的眼里,它可能值十万块钱,这取决于收藏者的喜欢程度和购买能力。"

北京人好为人师,让他回答"是什么",他一定会宣讲"为什么"。他讲的这些道理,经营古玩的没人不懂。小旦今天有求于人,无论北京人如何发挥,他都不会介意。

小旦继续问:"拍卖会能不能作为标杆?"

"不能。同样一件东西,上次拍卖会上拍了五十万,这次拍卖会上可能只拍出十万。第三次拍卖会上再出现,可能八万都拍不上。影响拍品成交价的因素太复杂。所以，按拍卖会上出现的最高价格卖东西，可能永远卖不出去"

小旦听了，表情有些失望。丁北京继续训导他说："就说这个笔筒，你花多少钱买的我不知道，但你肯定没花大价钱。如果买主也想按拍卖会的价格卖，你还能买得到？不能买东西老想捡漏，卖东西又老想卖个拍卖价。这笔筒，到底想卖多少钱？"

小旦说："我还没研究透，也没玩儿够，暂时不想卖。卖时一定先卖给你。"

送走了柳絮飞和丁北京，小旦脑子忽然开了窍。

第二天，小旦出去借了个照相机，回来后忙着给笔筒拍照，足足折腾了一个时辰。把胶片送到照相馆洗出照片，看了看相当满意。他仔细地将照片进行了裁减，然后拼成了一张长方形的大照片。整个笔筒上的青花故事画面，就以平面的形式呈现出来。

这里有个正月里不出远门的风俗。小旦只好数着指头一天一天地过，终于熬出了正月。二月二这天，他带上照片，坐火车去了南方的瓷都市。

从云泽到瓷都市，没有直达的火车，得先到徐州，再转车到瓷都。下午一点多上的火车，第二天九点才到达。没费多少周折，就找到了高仿一条街。

高仿街从南到北足有二里路，路两旁全是瓷器店。青花瓷、五彩瓷、粉彩、一道釉，应有尽有，但一看就是新品，与高仿瓷搭不上界。小旦来到一个摊位前，摊主看上去是一个文质彬彬的中年人。他笑着问："朋友，我想找一位姓仄的师傅，听说当地人都叫他老贼，他的店铺叫什么，能告诉我吗？"

中年人看了小旦一会儿，没有任何反应，转身招揽生意去了。小旦刚一转身，中年人没好气地说了几句话。虽然它不是全懂，但意思他还是明白：麻烦别人，连支香烟都舍不得，真是傻鳖。

小旦连忙去杂货店里买了一盒中华烟，自己先点上一支，吸着烟慢慢往北走。又走了几十米，看到一个十七八岁的小伙子，站在门口招揽生意。他连忙抽出一支烟,递给小伙子,掏出火机给对方点上,这才说明了来意。小伙子并不直接回答小旦的问话,而是反问他:"你找老贼要做什么? 是不是要仿制瓷器?"

小旦不敢多说话,点点头算是做了回答。小伙子关了店门,以不容置疑的口气说:"跟我走!"

小伙子在前边走了几步,回头看看小旦,小旦还在迟疑。小伙子招招手说:"快来!"

小旦心里恐慌,人生地不熟,恐怕被人骗了抢了。他本想不跟着走,可腿还是不由自主地抬了起来。往北走了十几米,右转到了一个巷子口。小伙子指指墙上,小旦望去,上写着"高仿各种明清瓷器"八个红漆大字,并画了一个箭头示意往里走。小旦的心这才放了放。又走几十米,左拐进了一个大院子。院子靠南墙有个馒头状的窑炉,顶上正冒着青烟。

小伙子领小旦进了东屋,原来是个作坊,只见一个四十开外的人,正在天球瓶毛坯上作画。小伙子冲着作画的人说:"贾师傅,这位先生要做高仿瓷器。"

贾师傅放下手中的活路,端起杯子喝了几口水,正要说话,小旦连忙递上烟卷并点了火,抢先开口说:"贾师傅,这位兄弟可能误会了。我是要找老贼师傅,不想兄弟把我领到了你面前。可能是我没有说清楚,给你添麻烦了。"

按说这应该是个尴尬的场面,可贾师傅一点都不在意。看着小旦的眼睛,温和地说:"有个文人说过,'你只管吃鸡蛋,不要问是哪只鸡下的。'只要仿得好,管他老贼老偷,你说是不是?。"

小旦看看贾师傅的神态,不像个黑道上的人物,这才放下心来,试探着说:"你说得在理,让我看看你仿制的瓷器再说。"

贾师傅把他领到北屋里,进去一看,原来是一个展厅,看样子也是库房。

贾师傅指着货架上的瓷器说:"看看吧!"

小旦从贾师傅的眼神中看出了几份不自信。他大体瞄了一眼贾师傅的作品,虽说都是老造型,各种彩瓷应有尽有,只可惜都有一种新玩艺儿的味道,没有半点老的气韵。他对贾师傅说:"师傅,我实话实说了。我的眼力在我们那里算是很一般的水平,可我一眼就能看出这都是新货。这说明仿得不过关,不用说是高仿,甚至连中仿也算不上。"

贾师傅稍微愣了一下,微笑着说:"兄弟是个爽快人。我仿的东西只能卖给局外人,行内的蒙不了。实话和你说,一个外地人,这样蒙着头找贼师傅,就是见了他,他也不会承认他是。要见,得由当地的朋友介绍,他才肯接见你。"

"这是为啥?都拒绝了,还如何接活?"小旦有些不解地问。

"瓷都市仿古瓷的行当,就是一个江湖,这里边的恩恩怨怨多了。人怕出名猪怕壮,你一个山东人都知道,可见他的声名有多大。造假酒假烟是造假,尽管仿制的瓷器也是瓷土做成,这玩艺儿也不会药死人,可最终是造假。有关部门不想找你的麻烦则罢,如想,一找一个准。如果他见人就交,逢活就接,麻烦事可能就多了。"

小旦听了,信服地点点头。贾师傅继续说:"巧了,今天算你运气好,遇到我就是遇到了贵人。我也是老贼的徒弟,只是学艺不精,让你见笑了。中午了,你请我们吃顿饭,我领你去见他。"

小旦喜出望外,说了一声好。贾师傅冲西边屋里喊:"照顾着窑炉的活,我们要去找贼师傅。"

里边应了话,是一个女人的声音。他和小伙子领着小旦回到街上,北去几十米处,找了一间餐馆,好吃好喝了一顿。

一顿饭下来,小旦和贾师傅也就成了朋友。贾师傅喝了两瓶啤酒,也多少有了些酒意,他直愣愣地看着小旦,擦了擦嘴说:"兄弟,如果以为我们是为了讹外地人一顿饭吃,那就错了!凡是来找人定做或仿制瓷器的人,都是同道。我们这里有规矩,就是要让客人请我们顿饭,对方肯请,就是朋友,就领他去找要找的人。如果怕上当受骗,或是怕掉上一顿饭钱,对不起,怎么来的还得怎么走,没人接他的活。你是不是预先听说过这个规矩?"

小旦连忙说:"我真不知道有这规矩。只是凭感觉,判定你是个实在人,就想请你吃顿饭,交你这个朋友,以后来瓷都市,好有个照应。"

小伙子还有门面需要照顾,独自走了。贾师傅领着小旦,沿着高仿街继续往北走,看看就要走到头了,左转进了街西的一条小巷。行不多远,进了大门朝北的一个院子。院子里错落有致地放着各式各样的陶瓷花几,花几上是形形色色的紫砂花盆和石刻花盆,花盆里栽的不是树桩就是太湖石。因地处南方,树桩依然是苍翠葱郁,生机盎然。院中空无一人,更显得幽静无比,让人忘了是在喧嚣的闹市。院子南边墙上有个圈门,贾师傅提高了嗓音,冲着里面喊:"仄老师,有客人来拜访了!"

里边有了回声,俩人进了里院。西屋门开了,迎出来一位长者。贾师傅向小旦介绍说:"这就是仄老师。"

仄老师握了小旦的手,面无表情地说:"幸会!"

贾师傅又向仄老师介绍说:"这是山东来的客人,姓旦。"

仄老师握着小旦的手尚未放开,听了介绍,上下使劲摇了两下说:"幸会,屋里坐!"

一挥手,三人进了西屋,这就是仄师傅家的正堂了。正堂里靠墙有几个老掉牙的立柜,紧挨着立柜就是一个大茶台。宾主座了,贾师傅张罗着倒茶,小旦掏出中华烟分别点了。

仄老师看上去七十来岁,矮矮的,胖胖的,说话瓮声瓮气,浑身上下没有半点艺术家气息,全然不是小旦想象中的样子。一路上,小旦就在猜测仄师傅的音容笑貌,脑海中幻化出很多形象,可就是没有这个版本。

仄师傅吸了几口烟,才开口说:"旦同志从山东过来,有啥活要做?"

尽管他的话听起来拗口,但还是能明白意思。小旦把笔筒的照片拿出来,小心翼翼地说:"慕名而来,请师傅比着做一个。"

仄师傅看了全套照片,问了笔筒的高、直径、壁厚等问题,开始和贾师傅用当地方言交流。他们交谈的什么内容,小旦听不懂。过了一会儿,贾师傅对小旦说:"如果要仿得百分之百一样,需要拿实物来。按着照片仿制,只能仿个百分之九十五。"

小旦答话说:"我拿实物来,大概需要等多长时间?"

"最快也要半个月。"

小旦心中合计:如果拿来待个半天、一天还可以考虑。那样可以看着东西不离我的视线。如果待得时间长了,恐怕夜长梦多。再说,自己总不能住上半月旅馆吧?想到这里,他问道:"仿个百分之九十五,是个什么概念?"

仄师傅一字一句地说:"除了我能看出来,对照原物你能看出来。不对比原物,世界上很少有人能看得出来。对照原物仿呢,我把原物和仿造的摆在一起,你也分不出来,那叫百分之百。"

小旦有些狐疑地说:"仄师傅,手底下有没有做好的东西,让我瞧瞧?"

仄师傅开了橱柜上的锁,从中拿出一个康熙鱼藻纹大盘和一个雍正官窑斗彩盘,请小旦上手观看。

小旦翻来覆去看了一遍又一遍,用手掂了又惦。也不知是急的还是累的,他头上渗出了许多汗珠。折腾了半天,也没找出哪里对哪里不对。说实话,小旦在云泽古玩界,连二流选手也算不上,如此顶端的东西,他怎能看出个所以然来?他买的青花笔筒确真无疑,那不是他眼力高,只是瞎猫碰见了死耗子而已,而这种事,一生也遇不到几次。

看小旦一副木瞪瞪茫然的样子,仄师傅从橱柜里将两件仿品的原型拿了出来。两件原型与仿品对照着看,除了光泽更加柔和外,别无二致,甚至连瑕疵的位置与瑕疵的大小,都丝毫不差。小旦方知仄师傅的手段非同寻常,他终于拍板说:"仄师傅就按着照片烧吧,不知需要多少费用?"

仄师傅和贾师傅用方言嘀咕了几句,贾师傅伸出一个指头。小旦问:"一千?"

贾师傅摇摇头,小旦说:"一万?"

贾师傅点点头说:"仄老师看你不是个大款,是个做古玩生意的人,算是同道,否则得要二万。不能讨价还价了,那样会伤了和气。"

小旦在心里算了一下,一万元就是一个工薪阶层五年的工资,到底这个笔筒能值多少钱呢?他问:"仄师傅,对于我来讲,一万元是个很大的数目,我的全部家底也不过这个数。我想知道,仿制的这个笔筒能值多少钱?我得合计合计,仿制这件东西能有多大的利润。"

"按说我只管仿制,不管价格,看你确实也不富有,就实话告诉你。在你们那种小地方,最多卖三万块钱。我仿制的东西,走下边的路子,就没有多大意思了,得走高端路线。给你仿造的这个笔筒,拿到拍卖会上进行拍卖,估价当在八到十万。但谁也不敢保证,就一定能卖上十万。做与不做,你还是谨慎考虑吧。"

小旦把心一横说:"做!不过我手上只带了三千块钱,给你留下两千作订金,剩下的一千做我回家的盘缠。半月以后我来取,到时结算清楚。"

仄师傅说:"好!"

半月之后,小旦二下瓷都市。东西早已摆在仄师傅的茶桌上。小旦拿起照片反复查看,再回想家里的那个,感觉就是一对同卵子双胞胎,长得一模一样。两人办了交割,小旦伸出大拇指称赞说:"仄师傅,真是名不虚传。绝技!"

"我还活着,不叫绝技,应该算神技。"

仄师傅惬意地笑了笑,又以歉疚的口气说:"你拿回去对比,在重量、厚薄和底足的处理方面，肯定能发现有些不同。这没有办法，所有前来仿制的人，可能是怕我把东西调包或损坏，都不愿意把实物放在这里供我慢慢研究，所以只能仿到这样。还好，不和原型比对，不会看出任何破绽。"

面对老贼师傅含蓄的抱怨，小旦不好回话，就无话找话地问："仄老师，你干这一行多少年了？"

仄师傅自豪而庄重地说："小伙子，上回你来我不能多说话，要让我的手艺说话。我今年七十多岁了，十几岁就跟着师傅烧制瓷器。那些师傅，在清朝时期的御窑厂里，给皇帝烧造过瓷器。本以为这身手艺废了，只能带着入土了。没曾想这七八年里，明清瓷器又火了起来。我烧现代瓷器，烧得再好，卖不上大价钱。有人来找我高价仿制明清瓷器，这手艺就有了用武之地。我心里明白，仿制件东西，要一万两万，这并不能反映我手艺的真正价值。有人说这叫造假，我坚决不承认，这叫传承、恢复、挖掘传统艺术。谁投资，我就让谁得到这种艺术，怎么就成了造假？说造假，这是对我的侮辱。"

听了仄师傅这番话，小旦再看看仄师傅，同样一个人，今天看上去，就是一位充满艺术气韵的长者。

小旦有些好奇地问："仄老师，你自己烧制仿古瓷器就是了，何必为别人来样仿制呢，那样你的收入不是更多？"

仄老师思索了一会儿，有些难为情地说："我仿制古瓷，仿制的是艺术，是让古瓷艺术通过这样一种形式流传下去。至于前来仿制的人，拿走后卖与不卖，卖多少钱，都不关我的事。再说，各行人挣各行人的钱。一条线上，各段挣各段的钱，都有定数。人，不能太贪。"

小旦告辞，仄师傅送他来到圈门口，这时一个女子从外边进来，走了个碰面。女子和客人甜甜地打招呼说："要走啊？欢迎常来光顾啊！"

女子玲珑秀丽，一袭南国美女的婉约机灵。看上去也就仄师傅一半的年龄，小旦推测是仄老师的女儿。未等他开口，仄师傅介绍说："这是我的爱人，你上次来,没与你照面。"

　　小旦惊得大气不能喘,随便呵呵了几个字,赶紧出了大门。出得门来,心中憋得那口气才长长地吐出来。心里说:"我娘,看来这仄师傅是有两下子,如若没有,这么年轻的美女,如何就跟了她?"

题 字 十七

现代，于右任书法对联，文"神功开世运，大业建书城"。幅高 160 厘米，宽 66 厘米。

于右任，陕西人，1879 年至 1964 年，我国著名的政治家、书法家，国民政府高级官员，书名高于官声。

二月初六，纪远方的妹妹出嫁了。面对父亲的万贯家产，妹妹其他嫁妆一概不要，只是带走了郑板桥的《秋柿图》。原先妹妹和纪远方讨论过嫁妆问题，她当时就说只要这幅画。父母的东西，纪远方没有资格和权力说不行，当时就打着哈哈慷慨应允了。原以为妹妹是和自己开玩笑，没想她戏假真做，父亲也借坡下了驴。但一幅画和父亲的所有财产比起来，算不了什么，想想也就平和了。

　　忙完了妹妹的婚事，纪远方马不停蹄地开始忙活两件事：一是筹措成立收藏家协会，二是计划、论证征地建设钢材交易市场。这第一件事，进展得十分顺利，虽然组织人员的八字还没有一撇，这收藏家协会的登记注册就已办理完毕，连协会的印章都刻好了，就在纪远方办公室的抽屉里。

　　成立协会需要在民政局那里备案，要备案首先就要有协会章程。纪远方本来对此一窍不通，但活人不会让尿憋死，他让手下人找来云泽市盆景、摄影、书法等协会的章程加以参照，结合收藏活动的特点，很快制定出了《云泽市收藏家协会章程》。批文有了，公章有了，章程有了，就差队伍了。

　　四月的第二个周日，云泽市收藏家协会成立筹备会议，正在纪远方公司的小接待室里进行。参加会议的人员，虽说都是云泽市收藏界的代表人物，但还是以双龙区文博和收藏界的头面人物为主，因为数来数去，有点影响力的人就这些。与会的人员中,除了纪远方、高经理、孟祥宾、夏月川、大旦、小旦、林常法、秦春、柳絮飞、卓文鸣、郑贵农等十几人,还有云泽市文物局局长、云泽市公安局文化科科长、云泽市邮票公司经理等各路要人。有文物局和公安局的领导参加会议,更进一步证明了古玩收藏的合法性。

尽管章程已经在民政局备案,但那不过是个应付公事的东西,还要在它的基础上加以讨论完善,最终才能成为与会员见面的讨论稿。大家没有见过这方面的章程,心中没有参考借鉴的资料,对草稿的内容也提不出什么修改意见,于是顺利通过了。这个程序一结束,文物和公安部门的领导就推说有事告辞了。接下来的议程,是推举协会领导人选。

在春节前的那次聚会上,武区长不知是有意还是无意,对收藏家协会会长的条件,发表了自己的看法。从那以后,纪远方腰杆子不免硬了起来,举手投足之间,就有了些领军人物的做派。

民间团体没有领导在背后支持,就等于没有主心骨,影响力会打折扣。本来,武区长只是双龙区的行政一把手,对市一级民间团体的影响力应该不是很大。但在大家认识的人中,实在没有比区长更大的领导,武区长又是中心城区的区长,因此,这云泽市收藏家协会的太上皇,就只能是武区长。对此,大家都心照不宣,没有异议。

其实,对照武区长勾画的人选条件,纪远方、高经理、林常法无疑都够资格。但林常法不在双龙工作和生活,就这一点,他理论上出任会长的可能性已被排除。纪远方和高经理两人比较,可谓各有千秋。纪远方个人收藏的水平和规模,无疑是首屈一指,又有一定的社会地位和活动能力。纪远方单位实力雄厚,自己又说了算,以他出手阔绰的个性,定能为协会提供足够的活动经费。论鉴定水平,高经理无疑是权威级的人物,文物店经理的招牌也足够硬朗,但他有两大缺陷:其一,文物商店虽然有些家底,却只能算作殷实。又是事业单位,资金支配多有不便,况且他生性吝啬。若担任会长,可能从社会上拉来赞助,但不会很多。其二,七八年前,带领公安人员对收藏爱好者实施抄家训话的情景,依然历历在目。让高经理担任会长,在部分人看来,那无疑是选猫给老鼠当家长。但高经理认识不到自己的短板,认为自己担任会长,统领云泽收藏事业,那是天经地义的事。

以会议召集人和主持人自居的纪远方首先发言:"我来到双龙的时间不是很长,对双龙收藏界的了解有限,认识的收藏家也就在座的几位,与其他区县的朋友交往也很少。高经理是文物方面的专家,对面上的情况也了解得更多,对于我们收藏家协会的组织架构,我们还是先听听高经理的意见吧。"

说完了,纪远方笑着朝高经理努了努嘴。高经理也不推辞,但他并没有按着纪远方希望的意思表达,而是另有见解:"我个人认为,我们收藏家协会,首先是一个学术性民间团体,其次才是一个交流性群众团体。只要道德水平高,专业鉴赏水平高,有一定的社会活动能力和知名度,就可担任会长。能够为协会提供经费的人,可以担任常务副会长。这样既解决了最合适的人选担任会长的问题,也兼顾了协会的运行问题。至于副会长,则要照顾到点上和面上,也要考虑专长特点。

"听说春节过后,夏主任不是副主任了,成了卫生局办公室的正主任,也算是有一定的社会影响力,再说鉴赏水平和学问,也为大家所公认,我看夏主任担任会长就很合适。像我,接触的文物多一点,可能知道的也多一点,但这只是专长,担任个副会长就高抬我了。这是我的一点看法,再听听大家的吧。"

年前吃饭时,武区长表达的意思已是很清楚了,没想到高经理会来这么一手。他这一说,大家都有些懵了。谁都清楚,按纪远方的品行、鉴赏水平及在收藏界的根基,他确实不具备担任会长的资质,但有了协会经费和武区长这两大因素,纪远方反而成了最合适的人选。大家也不是不知道,高经理作为云泽市文物店的经理,其鉴赏水平和社会地位足以服人,但其人品严重影响了他在收藏界的形象,大家不可能接受他担任会长。还有,他是国营文物店的经理,担任这样一个与其经营业务重叠的民间协会会长,也确实值得商榷。所以,大家心中都没有把他列为会长人选。听了他这一番话,其人格不能服众的判断,得到了进一步确认。高经理举荐夏月川是手段,自己想担任会长才是目的。

既然高经理点了名,大家都把目光转向了夏月川。他本想晚一点表达自己的意愿,但现在不得不开口说话。以夏月川的性格,不会把纪远方看作可以称职的人选,但有了武区长这层关系,他的观点则必须向立场让步。夏月川像是对大家,又像是对高经理说:"谈到会长人选,刚才高经理提到了我,若不说话,大家会以为我接受了高经理的提议,以为我也有当会长的想法,那可是天大的误会。"

夏月川说到这里,大家"哄"的一声笑了,会场的气氛缓和下来。看看达到了目的,他接着说:"我来到双龙城里的时间不长,收藏界的朋友我认识的很少,总之是人脉不深,单就这一点,我就不能胜任;我所在的单位,不是企业,本身办公经费都很紧张。我又不是单位的一把手,只是一个跑龙套的角色,无法解决协会的经费问题。从经费处着想,我也不具备担任会长的客观条件;第三,收藏,说到底是个玩儿的行当,我若担任会长,估计我们局里的领导对此会有看法。身为机关人员,搞个敏感的社会兼职,对协会、对自己、对单位,都不是很好。"

这最后一句,明显是在说话给高经理听。说到这里,夏月川看了看大家,感觉自己的发言得到了大家的认可,口气一转说:"纪经理,国营企业的老总,有权支配资金,赞助社会事业,也合情合理。鉴赏水平不算最高,也算比较高。在我们当中,藏品水平算得上最高,规模算得上最大。更重要的是,纪经理在区里市里,都有一定的人脉关系,这能为我们的协会创造一个良好的社会环境。基于以上的种种条件,我提议纪经理担任会长。为保证协会的学术权威性,我赞成高经理担任常务副会长。在我们医疗界,谁都知道,业务副院长才是医院的业务权威。"

夏月川这一番话,不仅说得大家频频点头,也让高经理无话可说。纪远方也从夏月川的话里找到了自己的不足:"夏主任说得对,我到双龙的时间更短,认识的人有限,担任会长也不是很合适。"

但谁都听得出来,纪远方说的不过是客气话。于是纷纷附和夏月川地说法,同意纪远方担任会长。

会长定了下来,副会长理所当然的就得由会长提议了,至少在章程上是这样的程序。

纪远方对此早有预案,他拿出了个副会长和秘书长的讨论名单。其中有高经理、夏月川、孟祥宾、林常法、秦春、柳絮飞,还有邮票公司杨经理。很明确,林常法、秦春、柳絮飞分别是邑城、赐源、江渚三个区的代表。

还有聘请的顾问若干。有市里的副书记、副市长,有文物局局长、公安局文化科长、美协主席等等。纪远方解释说,领导们可以不接受聘请,但名单一定要列上。列上不接受,没事;领导想担任顾问,没有列上,事就大了。

本来,大家以为副会长的人选讨论会风平浪静,按惯例这不过是走走过场而已。可事情偏偏不这么简单。

纪远方刚刚读完名单,林常法就站起来开了腔,看得出,他有些激动:"我们成立的是收藏家协会,不是古玩交易协会。有些人,只是买卖古玩,一件也不收藏,怎么算收藏家?"

不待林常法继续说下去,孟祥宾插话说:"现在搞收藏的人,或多或少都有些交易。一件东西自己玩够了,研究透了,转卖给别人,这也是收藏的必经之路。否则,一般工薪阶层搞收藏就会走向绝境。我们收藏家协会,不能单单局限于收藏,买卖藏品、研究藏品、指导他人热爱收藏等等,也是收藏活动的一部分。如果只限于收藏者,对买卖者一概排斥,我们的协会就没有几个人了。"

孟祥宾说得符合目前的实际,大家都附和他的意见。孟祥宾的一番话,并没有斩住林常法,他抢话说:"好,我就不在收藏家的资格上钻牛角尖了。但确立副会长,这不是闹着玩儿的事,必须慎之又慎,否则让收藏界笑话。我,连个半瓶子醋都算不上,所以我不够副会长的资格。我买了赐源秦先生两件瓷器,找人看看,价值一千的花了五千,花了一万五的那件,纯粹就是赝品。大家若不信,我拉来给大家看看。所以,我觉得我的眼力不行,这同时说明,秦先生的眼力也不行! 我们这种眼力,没有资格当副会长。所以,我是坚决反对我和老秦当副会长的提议,请大家严肃考虑。"

　　林常法说完了,冷冷地看了高经理一眼,那意思是说,我还没说是你和秦春一块骗我呢,你也要小心!

　　林常法一番话,说得秦春和高经理脸上是红一阵白一阵。大家都明白发生了什么事,会场陷入尴尬。好在大家不知道这事与高经理有多大牵扯,但大家都知道,高经理和秦春是表兄表弟。纪远方提议秦春任副会长,闹不好就是高经理极力推荐的结果。大家都在想,抛开林常法说的事不谈,秦春无论从眼力和做人上,任副会长确实都远远不够资格。但谁都不能开口,得等着高经理说话。可高经理闭着嘴,硬是不肯表态。也是,高经理没干上会长就已经委屈了,怎肯在表弟这事上低头? 表弟当不当副会长,不过是芝麻大的事,可这是个面子和地位问题。

　　这时,人微言轻的郑贵农站起来发话了。尽管他坑蒙过林常法,如今他俩没有来往。但都来自邑城,关键时候,他要声援林常法,向他示好。更重要的是,他要替纪远方解套。他说:"我也认为,秦春不够当副会长的资格。至于原因,他在现场,我不便直说。"

　　大家都盯着秦春和郑贵农看。顿了一会儿,秦春站起来说:"家里还有点急事,我先走了,副会长的事,就别考虑我了。"

　　不待纪远方说话,秦春夹起皮包,气冲冲、羞答答地下楼走了。高经理随后也说出去一会儿，随后回来。

郑贵农这才坐下，继续说自己的理由："不错，秦春的收藏规模，在赐源算是第一，但他的眼力，得排最后一名，约等于没有。若是认为谁收藏的东西多、东西好，就说谁的眼力好，对此我不认可。根据掌握的情况，秦春的人品，用土匪强盗来形容也不为过。我们收藏家协会，是正儿八经的民间团体，不能成为三教九流聚会的场所吧？赐源和双龙，别看只相隔几十里路，但这边的人对他很不了解，还以为他是个人物呢。其实，在赐源古玩界，他什么也不是。如果愿意听他的故事，我就给大家讲讲。"

平时，大家都不太把郑贵农放在眼里，但他的这番话，还是让大家点头称是。

孟祥宾是个喜欢看热闹、听故事的人，他对着纪远方说："纪经理，我看让老郑说说也无妨，便于大家了解面上的情况。没有今天的会议，有很多情况我们都不知道，如果都不说，等协会领导一经公布，非闹出笑话不可。"

纪远方本是个社会人物，自然对逸闻趣事充满兴趣，不过他现在正向文明的方向修炼和发展，才多少有了些正人君子气象。但骨子里边的东西，短期内不会得到改变。他故作矜持地说："那老郑就简单讲讲吧，也好让大家心里有数，然后再定夺秦春任不任副会长的事。只是大家不要外传，免得影响收藏队伍的形象。"

秦姓，是赐源的第一大姓。说它大，不是说姓秦的人口数量第一，而是说它的名望和影响。赐源区秦家村的秦氏家族，自明代中叶至清代后期，一直是科举世家，绵延四百余年，长盛不衰。不用说在赐源，就是在整个云泽市，论辉煌的历史长度，秦家也是无可争议的第一。

但赐源的秦姓有两支，这一般不为外地人所知。除了秦家村这支，还有秦春这一支。查他们的族谱，就不难发现，秦春这支，是明代初年从江苏昆山县迁徙而来。秦家村的这支秦姓，虽然也是明代初年迁入，但原籍却是河北省枣强县。一支来自南，一支来自北，相差一百八十度，相距近一千公里。这两支秦姓，一个祖宗的可能性几乎为零。几百年来，这两支秦姓人家也没什么交集。到了近代，赐源逐渐发展为工业商埠城市，两支秦姓后裔，陆陆续续地进入赐源生活，从事工商事业。究竟谁属哪支，外人搞不清楚，但在他们内部，却是清清楚楚，绝不含糊。

秦春这支，从前没有人把秦家村秦家认作自己的祖宗。乱认祖宗，那还了得?但到了秦春这里，情况变了，他一口咬定，他的祖上就是秦家村这一支。至于认谁为祖宗，这不犯法，也没有人与之计较。未曾想，秦春却越走越远了。

这几年的秦春，可不是那几年的秦春了。

自从秦春与表哥联手做了林常法之后，他脑子忽然开了窍，专门做起了企业家的生意。企业家的钱来得总是容易，又有表哥高经理从中引见调度，这五六年是发了大财。发财之后，开始投资兴办起企业。在赐源，他已是工商界的名人，也兼作古玩生意，但已不再是那个夹包的古玩商贩。

从南到北，从古至今，这发了财的人，无不以光宗耀祖为己任。如果祖上原本就荣光无限，后人们就可以效仿刘备，自比中山靖王之后。即使不被人高看，也至少说明，今天的发达绝非偶然，我身上流淌着高贵的血。

在赐源城里靠河街上，有个叫进士府的四合院，是民国初年秦家村秦氏后人在此经商时置办的一座豪宅。这个大院之所以叫进士府，最初只是因为这里边住着进士的后人，与进士没有半毛钱的关系。随着岁月的流逝而不断演化，在当地百姓眼中，这里就真成了进士府第。

一九四九年后，进士府归了公。五年前，为了发展旅游事业，进士府卖给了秦春。

秦春拿到进士府后，便无中生有，大兴土木，对四合大院进行改造，将其改造成了一组三进三出的府衙式建筑。前边是厅，中间是堂，后边是生活区。再买进些古家具、古石槽、古石几等加以点缀，又去北京找了个大书法家，花大钱请了"进士府"三个字,制成金色牌匾悬挂在大门楼上沿,俨然有了几分进士府第气象。

很快这里就成了赐源的旅游景点,外地的游人到赐源古街游玩,必定买票进去看看,没有人怀疑过它的真伪。

有人知道这里边的底细,就故意问秦春:"传说秦家最后一位进士去世几十年后,才有了这座宅子,到底是不是?"

每当这时,秦春总是冷冷地看对方一眼,丢出"就你聪明"四字,多了不说。

无论秦春如何有钱,但其文化素养却始终提不起来。到进士府里看看,陈设虽老,但总觉得别扭。不管是清朝、明朝、元朝、宋朝,也不管苏派、徽派、晋派、鲁派,总之是风格迥异、朝代不一的东西杂合在了一起,越品越让人觉得不伦不类。陈设点缀如此,建筑风格同样如此。北屋是清代风格,南屋可能变成了元代风格。同济大学有位古建筑专家,应云泽市建设部门的邀请,来云泽讲学考察。他顺便考察了进士府,秦春苦苦请求专家题字。专家受邀不过,题了"古今一体,融合四方"八个字。反正仁者见仁,怎么解释都行。

在修缮、改造进士府的过程中,秦春对古物有了新的认识,也真有了些感情,古玩生意也上了几个台阶。有好事者就领他去了省城的国营泉城文物店考察,一来二去,他就成了店里的常客。

济南,作为几百年的府衙和省会城市,文化遗存自然是俯地皆是。泉城文物店里的古玩珍品到底有多少,恐怕连店里的经理也未必说得清楚。东西虽多,但姓古的经理是个极负责任的人,控制着不卖,要卖就卖个天价。因为他姓古,又从事古玩生意,行里行外的人都说他真是入对了行,于是就用"老古玩"来称呼他。"老古玩"本来是说他固执而迂腐,但他也乐于接受。一般人想和他套近乎还很难套上,但头脑灵活的秦春却很合古经理的口味。

秦春和古经理熟悉之后,就果断地把领路人凉到了一边,自己单独和古经理打起了交道。第一次,他用塑料袋装上几十万元,去了泉城文物店。点了几样东西,古经理以为秦春没有多大购买能力,报价也就不算太离谱。秦春也不怎么砍价,就把这几样东西全部买了,总共花了十五万元。像秦春这种大手笔的客户,总是稀少,古经理对秦春不禁刮目相看,从此成了朋友。

北京的各家文物拍卖行刚刚起步,拿出家藏古玩参与拍卖的人并不多见,况且一般人家也没啥东西参与拍卖。秦春带上东西去了北京,拍卖行的人感觉东西来路很正,也对他客客气气。秦春顺水推舟,吹嘘自己是云泽秦氏之后,家藏皆为祖传。一场拍卖会下来,他的东西顺利拍出,他和拍卖行取得了双赢的结果。拍卖会的人还真就被秦春唬住了,都把他奉为财神爷。

秦春发了财,就拿出点儿来孝敬古经理,古经理就更加信任和喜欢他,他们的关系,则一步步升华成了良性互动的合作关系。

再到后来,秦春竟能够从泉城文物店借出些东西,拿到北京的拍卖会上拍卖。卖了,把钱挣到手,卖不了,再给古经理送回去。

秦春如此操作,整整持续了两年。

后来,文物店放下架子,主动走出去和拍卖会联系。拍卖会也积累了经验,知道各大文物店才是征货的主要渠道。两家终于走到了一起。拍卖行的人这才如梦初醒,原来名门后裔秦春的文物皆出自于泉城文物商店。古经理对秦春倒是没有什么成见,还赞叹这小子是块经商的料,自己怎么想不到这条路子,只是从此不再余货给他。经过这几年的折腾,秦春在收藏界的地位迅速蹿升,他成了赐源第一收藏家。其实他手中东西虽多,但没有几件高品位的东西,好东西都换了钱。因为从文物店里倒空买空,没有真假问题,眼力也一直没大长进。

近年,与文物店的生意断了,进士府改造的花销又大,免不了手头紧张。虽说进士府卖门票天天进钱,但那是个长线收入,远水解不了近渴。无钱万事难,古玩购买力也直线下降。但秦春还想维护自己在收藏界的地位,拖账赖账就不可避免地发生。这还不算，还有比这更恶劣的事情。

从赐源到双龙区大桥村，有八十里路。若是乘公共汽车，这路程够远，但对于有轿车的秦春来说，这点路算不了啥。在郑贵农的引领下，秦春多年前就认识了费本中。因为拥有现代化的交通工具，他比双龙本地人来的次数还要多。又加上秦春出手相对大方一些，费本中就逐渐疏远了郑贵农，把他列为第一客户。前几年，费本中收到的好东西，十之八九都卖给了他。近年来，古玩越收越少，收货困难，费本中的卖价理所当然要大幅度提高。秦春从这里淘不到便宜，心里就有些怨恨。

去年冬，费本中淘到了块白玉牌子，正面雕的是一头牛正在犁地，无论是扶犁的把式还是低头拉犁的牛，都雕刻得十分传神。转年就是牛年，遇到这块玉牌，无疑是一个吉祥的征兆；买到它，就预示新的一年有个极好的收成。

费本中报价一万，按说不贵，但秦春在这里拣便宜惯了，花大钱他舍不得。看看费本中不给自己面子，秦春就和他忆苦思甜，说当年看费本中如何困难，自己如何慷慨地在这里买东西花钱，以变相接济费本中云云。费本中听了，只是点头表示感谢，但价格咬住了，就是不松口。逼急了，费本中竟脱口而出："朋友有啥用，能到商店里换东西？我就是认钱不认人。"

两下里陷入了僵局，秦春悻悻地走了。

晚上八点多钟，费本中正坐在马扎上泡脚，两个人推门闯了进来。来人穿着公安制服，说费本中非法倒卖文物，奉命前来搜查。一个警察把他摁在马扎上动弹不得，另一个翻箱倒柜地搜查。费本中自幼自卑胆小，又知道自己所从事的买卖不受法律保护，就没有反抗。搜查完了，来人掏出盖有云泽市公安局印章的清单，让费本中在上边签了字。一式两份，给费本中留了一份，程序十分合规。

从公安人员进来，直到离去的这段时间中，费本中的大脑几乎一片空白，他实际上已被吓傻了。公安人员走了很长一段时间，费本中才慢慢回过神来。

216

他拿起清单仔细瞧了瞧，共查抄走铜香炉一个、大观通宝一枚、芥子园画谱一册、耕牛玉牌一块。费本中琢磨，白天才让秦春看了玉牌，晚上就有人来搜查，这里边定有关联。他怀疑，是不是有人冒充警察前来抢劫？

第二天，费本中找上村里分管治安的领导，一块去了大桥派出所。派出所的同志瞅瞅公章说："不用对比我就知道，上边盖的是假公章。花几百块钱，就能找人刻一个。你立案吗？"

费本中心里骂一句："日他娘！公安局的公章都让人假冒了，立不立案，这还用问。"

看看派出所这个态度，费本中知道立上案也白立，就故作轻松地说："也不是值钱的东西，就算吃一堑，长一智吧，不麻烦政府了。"

回到家中，费本中判断此事是秦春派人干的无疑。但他不能明说，只是把这件事情的前前后后，如实向郑贵农及其他人陈述了一遍。会说的不如会听的，很显然，这事不是秦春使得手段，还能是谁？

情况就这么个情况。郑贵农把故事讲完了，说大家看着定夺吧。啥也不用说，秦春不仅当不上副会长，恐怕连个理事也没人提了。

夏月川有些不解地问："如果说秦春在没有发达的时候，在完成原始积累以前，做些令人不齿的事，可以理解。如今成了名人，成了小企业家，怎么还干这掉价的事？不可思议。"

林常法郑重其事地回答夏月川提出的问题："我在商场上，见得这类人多了。坑蒙拐骗抢偷，与是否有钱无关。有些人，成了千万富翁，依然热衷于这一套。这种人，把这当作一种智慧，当作一种乐趣。"

孟祥宾补充说："在企业界，这种人确实不少。他们以此为乐，可能心理有点问题吧。"

高经理这时恰好回来，孟祥宾打圆场说："既然如此，这一届老林和老秦就暂且不安排副会长了，赐源邑城两个区没有副会长，江渚的柳絮飞，副会长也暂且放放,都当个理事吧。"

大家赞成孟祥宾的意见。谁都明白,闹到这样,也只有如此了。

这样,纪远方提议的副会长,除了林常法、秦春和柳絮飞,其余全部通过。

纪远方最后宣布说:"云泽市收藏家协会筹备会议,圆满完成了各项预定议程,会议到此结束。"

大家刚要鼓掌,一直没有说话的卓文鸣站起来说:"慢!我有话说。"

大家不禁齐刷刷一下把目光集中在他身上。只见卓文鸣满脸通红,情绪似乎有些失控。他忿忿地说:"我们成立的是收藏家协会。收藏家的标准是什么?应该看收藏历史和收藏规模。我和父亲两代人搞收藏,在座的各位,谁家的收藏历史比我家长?请报上来。谁的收藏规模比我大?请报上来。我看没有吧?我原以为纪经理在确定副会长人选的时候,会首先考虑我。没考虑我,可能是为了平衡各区的人选,这我能理解。现在,林常法、秦春和柳絮飞当副会长没有通过,我递补上总该可以了吧?"

卓文鸣这招来得太突然,弄得大家一时不知说什么好。纪远方有些火了,他没好气地说:"你自己提议不管用,得听听大家的意见!"

高经理心里窝火,自然不会出来解套,孟祥宾只好出来说话了。他说:"会议决定的事情,怎可轻易改动?如果每个人都提议自己担任会长或副会长就得通过,那不乱了套。我是不同意卓文鸣担任副会长,如多数人同意,我服从。"

夏月川紧接着说:"谁能担任协会的领导,不取决于收藏历史和收藏规模,主要看鉴赏能力和组织协调能力。老卓家曾经收藏过一些好东西,可近几年都换成了普品。规模增大,质量下降,这能说鉴赏水平高?能对收藏爱好者起引领指导作用?答案是否定的。我不同意卓文鸣的意见。"

大家见孟祥宾和夏月川态度鲜明,说话掷地有声,于是纷纷表态,否了卓文鸣的意见。

卓文鸣夹起包,恼羞成怒地说:"你们这是嫉妒我的收藏成就!从此,我告别古玩界,不再和你们来往!"

说完,头也不回地走了。

协会筹备会议的当晚,纪远方给武区长打了电话,通报协会的进展情况。末了,武区长那边说:"市里索书记听说你们要成立协会,热情地给你们写了个牌匾,你抽个时间取来,力争在正式成立的时候,悬挂出来。"

电话里说的索书记,是云泽市委的一位副书记,喜欢舞文弄墨。现在大小官员,人们在称呼时,一概把副字省略,索副书记就成了索书记。

纪远方赶忙问:"还要不要给索书记报酬?"

那边说:"索书记书写牌匾是公益事业,给他钱可能不要。你就另求他一幅字,给他润笔,里边的意思就全了。"

"给他多少?"

"这个无定数,三千两千都行。你看着办吧。"

放了电话,纪远方心里说:"这和劫道有他妈啥两样?"

过了两天,纪远方用武区长提供的电话号码,和索书记取得了联系,按索书记安排的时间,到他的办公室来取题字。另外又求了一张四尺整张的书法,写的是苏东坡的《赤壁怀古》。

临走,纪远方说:"索书记,我们能否请你出任我们协会的顾问?"

索书记拿出长者的口气说:"小纪啊,我也想担任你们的顾问,可是有规定,不允许我们这级的干部给民办社团当顾问,所以我才给你们写了个牌匾。我写的牌匾一挂,就是我人在那里了。这,就是我对你们协会的态度。"

纪远方听了,赶紧装出一副激动万分的样子,弯着腰说:"谢书记!谢谢书记!"

登场

十八

远古时期，骨雕贝币，长 2 厘米。

自然的贝壳，是远古的货币之一，后来逐渐发展到骨雕、
石雕、铜铸、玉雕等。随着材质的不断优化，它们的币
值也随之大幅度提高。

从前年秋天开始，邮票突然火爆起来，并很快诞生出一个炒卖邮票的行当。

长期以来，集邮是一项高雅而神秘的文化活动。在大多数人的认知中，根本就没有集邮的概念，也很少听周围哪个人说自己是集邮爱好者。只是在新邮票发行首日的早晨，看到集邮者在邮局门前排起的长队，脑海中才会泛出集邮的概念。

最初的集邮爱好者，并不购买新发行的邮票，更没有纪念邮票、特种邮票、小版张、小型张、小本票的概念。他们只是从自己或别人收到的信封上，把自己喜欢的邮票取下，然后集藏起来。不太讲究的人，就把它们随便夹在本子中；遇到讲究的人，则把它们装在集邮册中。闲暇的时候，拿出来欣赏。

不知从何年何月开始，集邮者已经不再以信封上用过的邮票为收集对象，而是到邮局成版、成本、成盒的购买新邮票。过几年之后，其中的一些品种升了值，卖了赚块差价。从事这个行当的人早就有，但不多。

进入去年冬天，邮票似乎成了全社会的热门话题。买卖邮票的越来越多，渐次成了一个产业。前年发行的小型张"无齿宝鼎，"五元钱的面值，已到了三百元一张。一九八〇的猴票，一九八一年的鸡票，面值八分，每版都过了一万。香港回归这个题材，都被各级邮政部门最大化地加以开发利用。邮政局门前自发形成的邮票市场上,更是人头攒动,一派热火朝天的景象。早先,邮票与瓷器、字画、古钱一起,并称为四大收藏门类。如今,凡是与收藏活动沾边的人,不管原来收藏什么门类,似乎都受了感染,也纷纷加入收藏邮票的行列。邮票市场的火爆,极大地推动了整个社会的收藏热潮。

五月一日上午,云泽市收藏家协会成立大会,在双龙宾馆会议厅隆重举行。纪远方代表筹备组作协会筹备报告,会议由高经理主持并宣读协会章程,由孟祥宾宣读第一批会员名单,共计二百余人。大会简朴、隆重、热烈、顺利!会后,与会的所有会员到宴会大厅就餐。

大厅里同时开了二十席,以双龙区的收藏爱好者为主。邑城的来了两桌,赐源的来了一桌,江渚的来了一桌,剩余区县来的人合起来占了一桌。酒过三巡,菜过五味,纪远方带领所有副会长、秘书长到每个餐桌前敬酒。

先敬邑城来的客人。在部分人看来,这一是因为邑城是纪远方的发迹之地。二是因为邑城今天来捧场的人最多,他们大多是坐公共汽车赶来,这很令人感动。其实内里的原因副会长们都知道,林常法为本次大会成立赞助了一万元,先到林常法所在的桌上敬酒,是副会长们的意思,目的是让林常法感受到大家对他的敬意。集体敬完了,需要表达心意的则可以借机单独表示。林常法端了酒杯,走到高经理面前说:"高经理,我单独敬你一杯。如今你当了第一副会长,兄弟我没给你搅局,你心里可能也有数。以后,要带着我们走正道,别带着我们走邪路。"

林常法说完了,一口干了杯中的酒,回到了座位上,看也没看高经理一眼。林常法说的话,大家听得都很清楚,虽不明白里边暗含的深意,但知道里边一定有毛窍,而这毛窍也一定与古玩买卖有牵连。

高经理受了林常法的奚落,不好发作,装作没事的样子,紧走几步赶上了纪远方他们。

会长们又来到江渚区会员集中的那桌,纪远方代表大家寒暄了几句,大家正要碰杯时，却突然发生了意外。一个年轻的小伙子，气冲冲对着高经理说："高会长，我是吕培良的儿子，我爹今天身体不舒服，无法亲自来，嘱咐我一定别忘了单独敬你一杯酒。"

话音刚落，高经理尚未反应过来，小伙子将一满杯烈酒，一下泼在高经理脸上。孟祥宾、柳絮飞都知道其中的缘由，一面呵斥小伙子喝醉了，一面连拉带拽地把他弄出了大厅。

出了大厅门，孟祥宾故意唬下脸来说："吕华，快滚！你今天太不像话了。"

江渚的吕培良也是第一代古玩经营者，当年手里有点东西，被高经理带人抄了家。虽然过去了很多年，那肚子气没有出来。孟祥宾与吕培良常来常往，自然与他的儿子吕华熟悉。出了这种事，孟祥宾知道人家心里有气，今天就是故意来找茬。所以赶出来不疼不痒地呵斥几句，也让吕华借个台阶离开。

吕华笑着说："孟叔，我没醉！今天我终于为我父亲出了被人抄家的那口恶气！"

说完，骑上摩托，一阵风驰电掣，不见了踪影。

高经理今天受了这两次窝囊，感觉就像吃了苍蝇，特别这后一件事，好比被人抽了一顿耳光，脸上火辣辣的。他没再回到敬酒的队伍中，默默地出来，走了。没有人挽留，没有好言相劝。如此情景下，大家也不知说什么才好。

宴会直到两点才结束。会员们散了，副会长、秘书长们随纪远方从双龙宾馆回到邑城钢材公司喝茶，等着武区长来进行下一个活动。

下午五点，武区长和槐局长忙完了各自的工作，就赶往了邑城钢材公司。

这边早在大门口准备好了。武区长一下汽车，云泽市收藏家协会挂牌仪式马上开始。仪式进行最后一项，武区长亲自揭去了蒙在"云泽市收藏家协会"牌匾上的红绸子。招牌一亮相，大家都齐声叫好。

大家叫好，不为别的，就为牌匾上"索芸生"那仨字落款。武区长也许是被气氛感染了，笑着对大家说："从此以后，凡出入邑城钢材公司的人，一看到这个牌匾,就会看到索书记在这里站着。"

武区长施恩,晚上留下和大家一块吃饭。武区长说,中午和槐局长因为招待市人事局的领导,喝了点酒,晚上就不想喝了,大家可以随便。纪远方他们中午喝了些酒,也不想再喝,武区长这么一说,正合大家的心意。服务员给武区长杯子里倒上了白开水,接着给槐局长往杯里倒。看上去还有几份残酒的槐局长,却用手一捂杯子说:"武区长可以不喝酒,我当下属的不能和区长攀比,那样就成了我不懂礼貌。今天收藏家协会成立,这是件大喜事,我心里高兴,要祝贺,要痛快地喝上一杯。去,打开白酒,倒上。别人爱喝不喝,我喝!"

槐局长这番话说得入情入理,也极具渲染效果,纪远方他们不能缩头,也都把杯子倒满了,陪着槐局长喝白酒。

既然有人喝酒,吃饭的程序就要按喝酒的程序办,这是云泽市酒场上的规矩。这规矩自发形成,公事私事都一样,共同维护,雷打不动。

主陪带了副陪带,待到相互敬酒时,除了武区长,大家都有了几分醉意。孟祥宾过来给武区长敬酒,武区长礼貌地站起来。酒壮人胆,孟祥宾终于把自己长久想说而没敢说的话说了:"武区长,我一直想去府上拜访,但又不敢高攀,待你方便的时候,你接见接见我,我还有事求你。"

武区长不加思索地说:"孟处长,你这话就见外了。收藏界的朋友,无论从事哪个职业,都是弟兄。你是收藏界的权威人物,见了你我得恭恭敬敬,虚心学习请教。况且你是省属企业的处长,在双龙,谁敢不尊重你?"

武区长的话,也不完全是客套,孟祥宾作为振华药业的供销处副处长,在双龙也的确是个人物,只是因为他年轻,尚未积累起丰厚的人脉,但那是迟早的事。

孟祥宾听了武区长的话,心里踏实了许多,一仰头,自己干了一个满杯,以示对武区长的尊重。然后说:"这几天,你啥时方便,我去找你。"

"好!"

武区长主动和孟祥宾握了一下手,看着孟祥宾回到自己的座位上,自己才坐下。

　　纪远方端起酒杯,看看武区长,那意思是要过来敬酒。武区长也端起酒杯,离开座位,两人来到了一边。武区长低声对纪远方说:"这收藏家协会的事告一段落,那边公司征地的事,不知咋样了?都说文化搭台,经济唱戏。这文化的台子有了,该忙活忙活戏了。"

　　纪远方连忙说:"我与分管工业的谭书记、黑区长,都进行了沟通,报告已经送上去了,估计几天内就有结果。只是这资金筹措等事项,由我们自己解决,他俩说这是企业行为,政府不好再过多介入。"

　　武区长沉思了一会说:"抓紧办,贷款的时候,我可以给你协调几个银行。另外,要多和市里索书记联系,通过他再认识一部分关键部门的领导,路就越来越宽了。要充分利用协会这个平台。"

　　待到夏月川来给武区长敬酒,两人只是象征性地喝了点水。然后约定,周六去济南看望靳先生。

　　夏月川和武区长三言五语谈完了,尚未回到座位上,槐局长端着酒杯过来了,喷着酒气说:"夏主任,你是武区长的贵宾,我敬你一杯!"

　　夏月川连忙说:"槐局长,你这是要折煞我。论公你是局长,论私你是大哥,我得敬你,你回到座位上,我过去。"

　　两人执拗了一会儿,槐局长半推半就地回到座位上,一口喝了大半杯白酒,夏月川也要把半杯酒干了,槐局长知道他酒量小,夺着不允,以示对夏月川的尊敬和爱护。

　　酒席散了,夏月川和邮票公司杨经理住在一个方向,就顺便搭了他的汽车回家。杨经理感叹说:"我们邮电局受省局垂直领导,俨然就是一个小社会,和地方上接触的相对少些。我们局里的各科室相互请客,轮流坐庄,那酒场就是人际关系交易的场所,没想到社会上也是这样。"

夏月川说:"我进城不过一年多的时间,在农村工作的时候,不懂这些事。如今还不能融入城里,看来还得慢慢适应。"

三天以后,武区长让司机主动和孟祥宾联系,说晚上武区长和几个朋友聚会,请他参加,结束后再回家交谈。下午一下班,孟祥宾就夹着包去了约定的酒店。因为还要带孟祥宾回家,武区长不在酒席上多耽误时间,不到八点,宴会就在武区长的催促下结束。

进了家门,武区长向明楚做了介绍。尚未坐下,孟祥宾就从包里拿出一个红色的木盒,打开盒子,里边是一块猪肝色的砚台。孟祥宾拿了砚台说:"初次登门,不成敬意。这块砚台,在我手里已有三五年,也不知好孬。听说武区长专攻书法,就把它拿了来。请武区长试试,好用就用,不好用就扔了。"

武区长先拿起盒子看了看,只见盒面闪着绸缎一样的光芒,就问是啥木头。孟祥宾说可能是黄花梨,自己也吃不准,只是听别人那么说。

明楚从武区长手里把砚台拿过来,仔细看了一会儿,开始读砚台边棱上阴刻的文字:"穷地上水墨,尽天下文章。"

然后她看着孟祥宾说:"落款是'式芬'两个字,后边是一个篆字,不认得了。这是个啥字?"

孟祥宾说:"好像是个'吴'字,请武区长定夺吧。"

武区长接过去,看了看说:"是个吴字,就说这砚台吴式芬用过。不知吴式芬是个啥人物?"

孟祥宾摇摇头说:"据说是个进士。其他的没再研究。"

说完了砚台,这才扯到正题上:"孟处长,那天你说有事要找我,啥事?你说吧。"

孟祥宾说:"我们处的正处长,年底就要退休,他这个岗位肯定有很多人瞅着。我已经干了五年多的副处长,供销这块业务也算精通。想请你帮帮忙,和厂长说句话,把我作为处长人选。我也不是非干不行,但万事总要努力。"

武区长听了，琢磨了一会儿，问："还有没有副处长排在你的前面？"

"有一个，但明年就到退休时间。我们处的副职不可怕，只怕从别的处室调一个来。"

武区长认真地说："你们单位是省属企业，不用说区里，就是市里的意见有时也不一定管用。但总会有机会，得等。只要有了机会，我一定把意思和你们厂长说清楚。好在你们厂坐落在双龙，区里的意见也许能参考参考。"

话说到这里，孟祥宾的目的已经达到。

送走了孟祥宾，明楚说："这孟处长人长得有些臃肿，可精气神十足，看得出是个机灵人物。"

武区长回答说："凡是古玩界的这些头面人物，哪个不是猴精猴精？"

"夏月川也算古玩界的高手，看上去怎么不那么机灵？"

"他们和夏月川的修养不可同日而语。夏月川已经超越机灵，走向了深沉。"

"噢——，是这样。"

武区长拿起砚台，又摩挲了一会儿对明楚说："明天你上班后，到馆里查查吴式芬的来龙去脉，人家送给咱东西，咱心里总要有个数。另外，我和夏月川周六要到济南去看靳先生，你去不去？"

明楚说："我想去济南查查心脏。虽说一直很好，没啥感觉，可我总放心不下。一级有一级的水平，去省立医院看看，就彻底放心了。"

"好。我找个人联系联系，有个熟人领着，免得麻烦，大夫也会用心。"

按说，区县卫生局的对口业务部门是市卫生局，和省卫生厅打交道是市局的事，可那是老皇历了。这几年，区县卫生局，都和省厅拉上了关系。不仅是卫生局，所有区县级的局，都和业务对口的省厅拉上了关系。有的区县局，甚至和对口的国家部委都拉上了关系。区里的局，要找市局办一件事，可能很难，如果有省厅的人帮着说句话，就会变得很容易。省厅的人下来，到市里检查工作,吃饭时随便说一句,很长时间不见某区局的某局长了,看他是否有空来一块吃饭。市里的同志不敢怠慢,就得立马把区局的局长喊来。结果发现,省厅的同志和区局局长的关系,比和市局局长的关系还要密切。自此,市局对这个区局的工作,就要多行方便。

武区长是从双龙财政局出来的人,清楚里边的这些沟沟道道。他给区卫生局潘局长打电话,让他托个人,说周五明楚要去省立医院查查心脏。

周六要去看望靳先生,这事早已订好,不便更改,安排到周五,就在济南住一宿,周六再去。这样,明楚查体也会有足够的时间。

不到半个小时,潘局长的电话就打了过来,说都已安排妥当,周五派个面包车,自己带上夏月川,和明楚一块去济南,省卫生厅的一位处长亲自领着,去省立医院检查。武区长说,自己若没有特殊情况,也一块去。

周四晚上,武区长对明楚说:"情况有变,全国卫生城市复查小组明天要赶到双龙,这是大事。我和潘局长都要留在双龙,由夏月川和你一块去,他和省厅的人也很熟悉。下午你们就在济南逛逛,晚上住在济南,送走了检查组我去找你们,周六我们一块去看望靳先生。"

周五上午九点,明楚、夏月川还有卫生局的司机三人,就赶到了省立医院。一切顺利,不到十点半,检查结果出来了。心血管专家告诉明楚,她过去的心跳加速,并非由疾病所致,而是由劳累、感冒等因素引起,是一过性症状。这种现象,属个体体质的保护性反应,它只会让身体不舒服,没有任何生命隐患。注意不要劳累,不要激动,患了感冒要及时治疗。

虽然离中午吃饭还有段时间,但明楚他们不能对省厅的同志说分手再见。麻烦了人家,中午要请客答谢才是。省厅的同志也是这么想的:中午务必要招待基层来的朋友,好人要做到底。最终,还是由省厅的同志做东请客。

午饭开始得早,又不喝酒,结束时才十二点多。送走了省卫生厅的同志,他们在大明湖附近找了家旅馆,开了两个房间,夏月川和司机住一个,明楚住在他们的隔壁。

　　司机开车自然是累，身子一沾床，就打起了酣睡。夏月川泡上杯茶，趁热慢慢品，这是他的习惯。中午他不睡午觉，就是这么喝着热茶度过，不问好孬，是茶就行。春夏秋冬，无不如此。刚喝了一泡，传呼响了，是明楚发来的："夏主任，睡了吗？如果没睡，我们出去逛逛吧？"

　　夏月川端着茶杯，到隔壁和明楚商议，问她是想逛商店，还是想去看景点。明楚说："在济南上了两年学，也把济南的景点看了个遍，可那是二十年前的事了。那时每个景点都破烂不堪，一派年久失修的样子，听说现在都已重新整修。济南来的次数不少，可再没去过景点。我们去趵突泉和大明湖看看吧？"

　　看得出，自从检查结果出来后，明楚像换了个人，脸上洋溢出快乐的光彩。没等夏月川说话，她又笑着说："对了，还没征求你的意见呢，你若需要午休，我就自己出去。"

　　夏月川赶忙说："不需要休息，我放下茶杯马上就走。"

　　回到自己的房间，夏月川把司机唤醒，说一块出去逛逛景点。司机说他陪着领导们来过无数次了，如果不需要开车，自己想在宾馆休息。夏月川也不勉强，因为要去的景点就在附近。

印
月

清代，五彩人物花觚，高 58 厘米。

花觚，造型来源于商周青铜酒器觚。明清时期，瓷器大
量仿青铜器造型，为陈设瓷器，至康熙达到顶峰，后逐
渐减少，艺术水平也大为降低。

夏月川和明楚从宾馆步行来到大明湖南门。尚未进去,明楚就被这景色吸引住了:牌坊式三柱四间门楼,朱红色的门柱,横梁上绘有蓝白绿三色的祥瑞图案,古色古香,气韵宏大。栅栏里边,湖岸垂柳依依,湖水波光潋滟。荷叶初展,平铺在水面上,犹如一个个玉盘;碧玉盘中,承托着露珠,微风吹来,盘动珠滚,焕放出银色的光辉。远处湖面之上,楼台亭榭之间,舟楫往来,水雾绰绰,确有烟波浩渺之气象。

　　明楚自言自语地说:"二十年前的大明湖,可不像今天这样有诗情画意。"

　　明楚正在感慨,照相摊点的人纷纷围拢过来,劝她照个相留作纪念。一到景点,就要照相,这是女人的天性。明楚虽不是俗女,但终究克制不了照相的欲望。她虽讨厌这些人的压迫式推销,对他们不理不睬,但仍将视线停在照相的宣传牌上,久久不肯移开。夏月川看在眼里,知道她的心思,但装作没有看见,径直去窗口买票。他在远处拿着票,冲着明楚招招手,意思是我们进去吧?

　　明楚这才过来,以商量的口气对他说:"夏主任,我建议你在门口照个相,留作纪念。你看好不好?"

　　夏月川赶忙跑到一个出租照相机的摊位上,租了一个相机,买了一个胶卷。明楚明白了他的意思,故作吃惊地说:"在门口照一张,有那个意思就行了,用不了一个胶卷。"

夏月川笑一笑,说:"大明湖就好多景点,待会儿再去附近的五龙潭和趵突泉,还怕不够呢。我喜欢照相,你若不喜欢多照,剩下的全归我。"

说完,夏月川拿着相机选景,示意明楚找好位置,摆好姿势。快要按快门了,他突然停下来,走到明楚面前说:"明馆长,我给你提个建议,能否把风衣脱下来?你看周围的人都穿着裙子或短袖衣服,你穿得这么多,和周围的人很不协调。"

济南也是中国的"火炉"城市之一,虽说刚刚立夏,这里俨然已是夏天的温度了。云泽市全年的平均气温比济南低两度,但感觉上的差距还要更大。今天他们是出门在外,怕天气变冷,都在外边加了一件衣服。

明楚也感到身上汗津津的,早就想把风衣脱了,但她里边只穿了一件白色紧身半袖针织上衣。因为天热,和蓝色裤子配套的正装上衣放在宾馆了,没想到衣服还是多了。明楚和夏月川虽然见过两面,但算不上很熟,在这位小她几岁的男子面前,她还有点放不开,脱还是不脱,正在犹豫。既然夏月川提议,也就无须继续矜持。她毫不犹豫地把风衣脱下,挎在左胳膊上,右手自然下垂,摆好了姿势,只等夏月川说那一个"好"字。本来说个好字,按下快门是再简单不过的事,但夏月川的双手此刻却有些颤抖。没想到明楚的身段如此优美,比上次晚上见时更添了几分绰约,他有些心跳加速。夏月川连续说了三遍"预——备——"后,才说出了那个"好"字。好在夏月川的紧张在按下快门的那一瞬就过去了。他暗自庆幸,没有让明楚觉察到自己的心理变化。

夏月川收了相机镜头,从口袋里摸出门票,准备进门。明楚走过来说:"来,我给你拍一张。"

他刚要推辞,说自己不喜欢照相,明楚已把相机拿了过去,开始寻找角度。他走到刚才明楚站立的位置,调好了姿势与表情,点头示意明楚:可以了!可明楚的手也和刚才夏月川的一样,有些不听使唤。

夏月川本来穿的是一身深蓝色的西服,但里边穿的不是衬衣,而是一件白色短袖 T 恤衫,为的就是一旦天热,可以随时脱掉上身的西服。今天一上车,他就把西服脱了。这样,夏月川的装束和明楚就成了一个风格:黑色的皮鞋,深蓝色的裤子,白色的短袖上衣。看上去有几份职业,更多的是清新沉静。

刚才,夏月川转身往前的一瞬间,明楚的脑海中犹如闪电一般,映现出梦中的情景:她在向天坑深处缓缓坠落,一个人把他抱住飞回岸上。这个人头也不回地走了,她看不见他的面孔,但记住了他的背影。此刻,夏月川的背影,与自己梦中男子的背影重合在了一起。

为了稳定自己的情绪,明楚走到夏月川面前,伸手给他整理了一下衣领说:"领子折了个角,不能留下遗憾。"

明楚待自己情绪稳定了,这才端起相机,透过取景框观察夏月川,然后调整自己的方向和角度。取景框中的夏月川,同样让她心颤:挺拔而明快,既有成熟的儒雅,又带着几分单纯和青涩。她心里说:这大概就叫玉树临风吧!

临进门了,夏月川问她:"你喜欢喝什么汽水?我买两瓶带着。"

她摇摇头:"我不喝凉的东西,喝了胃里不舒服。"

他们进门左转,从左往右,沿着湖岸漫步。明楚虽然在济南生活过两年,大明湖也来过几次,但都是走马观花、浮光掠影,与景点相关的人与事几乎一无所知。当然这怪不得她,女性对所到景点的理解大多限于到过和留影。夏月川游大明湖不过三两次,但对这里的每一个景点却都能如数家珍,自然就成了明楚的向导。

在铁公祠正门上,镶嵌着一副对联。上联是"湖尚称明问燕子龙孙不堪回首",下联是"公真是铁惟景忠方烈差许同心"。

明楚看了,就让夏月川解释对联的意思。夏月川就把铁铉的故事讲了一遍,最后他有些不好意思地说:"这副对联,不同的人有不同的解释,至今都没有达成比较一致的结论,我更是一知半解。按我的理解,上联是批评建文帝和朱棣,对比湖水之明,说他们应当为自己的糊涂污浊而惭愧;下联就是指责燕王和建文帝手下那些大臣，说他们都不能像铁铉那样忠于朝廷，宁死不屈。"

明楚有意无意地问："你说，这个铁铉当年是不是有些不识时务？"

夏月川沉思了一会儿说："中国的文化传统里面，有一些自相矛盾的东西。一会儿说'良臣择木而栖'，鼓励'弃暗投明'；一会儿又说'忠臣不事二主'，要'忠烈千古'。洪承畴，在清廷看来是识时务者，是俊杰。史可法，在清廷看来，是不识时务者，可也是俊杰。如果铁铉识时务，这里就不会有这座铁公祠了。"

明楚看看夏月川说这番话时，那一般正经的样子，忍不住笑了。

出了铁公祠再往东，就是登船游览的码头。他们乘船去历下亭所在的湖心岛看了看，坐下一趟船去了东北边的"雨荷厅"。这里有茶社，明楚提议喝杯热茶。他们选一张靠湖边的茶桌面对面坐了，品着茶，也品着湖光山色。

明楚望一眼湖心岛说："看看岛上的文字说明，说乾隆皇帝三游大明湖，写了好几首赞美济南和大明湖的诗。说这雨荷厅，是乾隆皇帝与夏雨荷相遇地方。不知有无这回事？"

"乾隆皇帝每到一处，喜欢题诗留字。不是他才华有多高，而是喜欢卖弄，说白了终是肤浅。真正有水平的君主，所到之处，手下再三请求，也不会轻易题字留诗。至于乾隆遇到夏月荷，这断无可能。皇帝所到之处，几天之前、一里路之内恐怕就被清了场，怎么会有女子让他邂逅？看看现在领导考察某个地方的情景吧，这还是在人人平等的现代社会。在等级森严的封建社会，皇帝出巡，现代人就更无法想象了。乾隆在此遇到夏雨荷，就只能是个故事。天下的景点，都要靠传说点缀，否则就只有骨头没有肉了。"

"你的理论总是很新颖，与众不同。"

"我是个口快心直的人，也就不会掩饰我的想法和看法。"

夏月川和明楚说话的时候，眼睛总是看着她的眼睛，无论明楚如何躲闪，他的目光都会去追着她的目光。明楚一脸真诚地望着夏月川说："夏主任，在当今社会,已很难看到你这么真诚、单纯的眼睛。你今年多大了?"

"我是一九六〇年出生的,属鼠的。"

"哦,你比纪远方大三岁。"

话刚一出口,明楚就觉得自己的话不着边际,干吗拿着纪远方和夏月川比年龄?她一阵心慌,脸也一阵发热。好在夏月川既没在意这句话,也没在意她表情的变化。

她最清楚自己内心深处的逻辑推理:纪远方比夏月川小三岁,比自己小七岁,他都能欣赏自己。自己仅仅比夏月川大四岁,他也有可能欣赏喜欢上自己。只是这种念头一闪,她就在内心狠狠地责骂自己,极力压抑这种想法。

自从认定夏月川就是梦中的救命恩人之后,她觉得自己对夏月川立刻产生了一种特殊的情感。她恍然觉得,自从与夏月川认识开始,他就在自己心中占有了一个位置,只是今天终于浮现出来并得到了确认。她开始有意地欣赏他,从长相到气质,从思想到谈吐,从为人到处事。总之,她欣赏他的一切。她怕他觉察出来,所以总是暗暗观察他的一举一动,她想把自己的这一渴念深深地摁在心底,但越要摁住,就越是反弹。

一壶茶喝过了三遍,夏月川提议说:"明馆长,我们去五龙潭和趵突泉吧?我们在这里玩得太仔细了,已经待了两个小时。"

明楚看看表,多少有些调皮地说:"在这里待着喝茶,暖风习习,这种感觉真好!不去别的地方了,可以吗?"

夏月川拿出大哥的口吻说:"好,就依你,我也喜欢这种感觉。"

俩人似乎都意识到刚才对话时的角色换位,忽然有些不好意思起来,都扭头望着远处。过了好大一会儿,才缓过神来。夏月川拿起相机,一边给她拍照,嘴里一边说:"如不抓紧拍,这胶卷就白白废了。"

明楚就坐在原地方,只是不断变换着姿势,很享受地任由夏月川拍照。

四点多了,夏月川的传呼机响了,看看是武区长发来的短信,就到处观察,看附近有无公共电话。明楚看了,从手提包里拿出手机,把电话打过去。武区长说他和司机已进了济南,问他们住的宾馆在哪里。夏月川两人这才恋恋不舍地走出雨荷厅,继续从东北往东南游玩,把剩下的景点草草看了一遍。

武区长和明楚他们在宾馆汇合后,他对夏月川说:"我们三个用一个车就行了,你让司机开着面包车回云泽吧,你们局里事多,用着也方便。"

夏月川想想也是,明天还要去拜访靳先生,车多了,排场也大,总是不便,于是打发司机先行返回双龙。随后,他给局长发了个传呼,告诉他面包车回去了,可以安排使用。

虽然一查出结果,明楚就打电话把结果告诉了丈夫,如今见了面,她还是把检查的过程对他说了一遍。她最后说:"老武,这前前后后,夏主任可是受了辛苦,今晚你可得好好慰劳慰劳夏主任。"

武区长面露难色地说:"本来我也想今晚一起好好吃顿饭,一是庆贺你心脏没啥毛病,彻底地放了心;二是感谢夏主任。可出了点差错。我来之前,向财政厅的一位同学询问专项资金政策方面的事,顺便说今晚要到济南来。没想他招呼了济南的七八位同学,今晚一起聚会,他们已经安排好了地方。没有办法,你们也一块去。"

明楚皱了皱眉头,看得出有几分不高兴,但旋即又恢复了平静。她半是玩笑半是认真地说:"老武,你也用不着不好意思,既然是你同学一大帮聚会,好多年不见了,相互有许多话要说、要交流,我们再跟着,就会影响气氛。你就自己去吧,我请请夏主任就是了。"

此刻武区长的内心有些矛盾。同学聚会,里边还有几位女同学。这几年,同学聚会总被人调侃,说男同学如兄弟,女同学如姐妹,男女同学如夫妻。明楚虽然是一个学校的校友,但毕竟不是同级的同学。再说又是自己的妻子,她跟着,肯定会影响情绪。把妻子交给夏月川照顾,自己也觉得有些不好意思,可也没有更好的办法。

武区长借台阶下坡说:"也好。他们都在省里的关键部门工作,我还想争取他们对我们区提供些帮助。"

夏月川尴尬地笑笑,他既不能表示不愿意,也不能表示太愿意。明楚虽说年龄大了一点,但终究是美女。此时,自己怎能表现出高兴?尴尬是最恰当的态度。

春夏之交,正是迷人的季节,泉城的夜晚尤其如此。他们选了五龙潭岸边上的一家小酒店。店面不大,非常洁净。房间临水的那面敞开,坐在里边用餐,外边的景色一览无余。五龙潭的泉水从脚下潺潺流过,若明若暗的灯光洒在潭水上。一轮明月,印在水中,天上人间,清风徐徐。

他们点了四个时令小菜,以茶代酒。白天虽然很热,晚上的风还是有些凉,夏月川穿了西服,明楚也穿上了风衣,看上去都有了几份严肃。他们就这么面对面坐着,明楚不主动问话,夏月川也不好无话找话。对方是区长夫人,他不能显得太殷勤。

临来时,局长嘱咐夏月川,这次出去,和明楚在一起,要做到三个到位,即认识到位、话语到位、服务到位。夏月川的认识肯定到位,他要对局长和整个卫生局负责。让明楚满意,就是让区长满意。服务到位没有问题,这是他的任务和使命。但话语到位,他就不太认可了。他坚持认为,过于殷勤和嘴甜会令有修养的女性讨厌。

尽管过去有过接触,尽管明楚知道夏月川和武区长、靳先生三人的关系,尽管意识到了明楚对自己的欣赏和亲切,但他始终提醒自己,不要迷失了自我。这美女和夫人的情绪与好恶,往往变幻无常。所以,要谨慎持重。

他们沉默了大约半个小时。这半个小时的沉默,与其说是尴尬,倒不如说是享受,似乎双方都不愿意打破这无言的宁静。

还是明楚先说话了:"夏主任,方便说说你的成长经历吗?我想听听。"

夏月川有些感动,轻轻地说道:"好。我出生在农村,成长在农村,自幼生活的条件不是很好，也受过很多累。后来考学出来参加了工作，后来的经历你就该清楚了。"

明楚对他的了解显然不想仅限于此："说得太简略了，是不是怕我知道你的身世？说得详细一点吧。"

"明馆长，我看还是你问，我答吧。"

"在你的成长经历中，你最难忘的生活印象是什么？"

夏月川想了想说："最难忘的是夏日的夜晚，我到树林中找蝉虫的情景。当然还有很多很多，比如夏天的夜晚，听大人讲故事的情景。"

"你母亲是个怎样的人？你给我描述一下吧。"

"母亲是一个勤劳的人，更是一个严厉的人。我们兄妹做错了事，她就打我们，有时下手很重。"

"你恨她么？"

"不恨！她的严厉，已经让我们受益，还会让我们受益终生。"夏月川脸上挂着幸福的笑容，充满深情地说。

"你不会认为我是在探究你个人的隐私吧？"

"每个人都有自己的成长经历，这不叫隐私。即便是隐私，我也不介意向你透露。"

明楚听了，再看看夏月川那双深邃而真诚的眼睛，她感觉自己像是醉了。

就这样，他们在相互地问答中，各自把自己的前世今生介绍给了对方。时间不觉到了九点半，明楚突然不再说话。夏月川问她怎么了，她不回答，双手捂着眼睛。再过一会儿，她抽泣起来。夏月川手足无措，想安慰她，又不知从哪里说起。过了十来分钟，她擦干泪，苦笑一下说："对不起。别笑话我，我也不知道为什么，就想哭一会儿。好了。"

直到店员提醒要关门了，他们才离开。

回到宾馆不多时，武区长和司机也回来了。武区长酒喝多了，只能强打起精神,无话找话地问夏月川,明天去看望靳先生,联系了没有。然后不再说话,也没洗漱,上了床立刻酣睡过去。

明楚洗漱完了,躺在床上却不能入睡。夏月川对自己的亲切和友好,显然不能只用为了完成任务来解释。她努力地想弄明白,夏月川的表现,是来自对领导夫人的尊重,是来自小弟对大姐的依恋和关心,还是来自于对自己的欣赏或者是喜欢?明楚当然希望是最后一种情感,但又不能确定,怕自己是在自作多情。过一会儿,她又开始责备自己,不该出现这些念头,自己从来没有从内心深处欣赏过哪个男人,甚至也包括武耀文。可尽管如此,自己从未产生过背叛武耀文的念头,直到今天——明楚觉得很紧张,但又很激动。

伯乐

二十

西汉，十二字文字砖，高 30 厘米，宽 26 厘米。
砖文："海内皆臣，岁登成熟，道无饥人。"

在西汉文字砖中，在十二字的后面加上"践此万岁"四字的为十六字砖。十二字文字砖及十六字砖，在晚清民国问世时，引起极大的轰动，被考古界、金石文字界视为"国之重器"。后来问世的逐渐增多，但完整的依然稀缺珍贵。

武区长他们住的宾馆,离靳先生的家不远,九点多一点,他们一行四人就到了。宋女士说:"你们要来,靳先生激动,晚上十一点才睡,四点多就起床了。"

明楚连忙说:"都怪我们来得少,多来几趟,先生就不会这么激动了。"

寒暄了几句,靳先生对武区长说:"刚才,魏大增打电话来,说等会儿要来看我。自从我来到济南,他常来,与我讨论书艺。听说你们要来,他很高兴,中午由他安排请客,大家在一起聊聊,也好。"

武耀文说:"好。他在云泽时,虽然不熟,但也认识,到市里开会时,见过几面。能在一起叙叙,求之不得。"

靳先生对着明楚、夏月川问:"你们认识魏大增吗?"

他们都摇摇头,表示不认识。

八十年代初,建国前参加革命的那一代人,陆续到了退休的年龄。自上而下,领导干部要实现新老交替。选拔大批的年轻干部充实到各级干部队伍之中,成为当时组织工作的重中之重。选拔的干部,须同时具备三个条件,即革命化、年轻化、知识化。这革命化好办,年轻化也好办,唯独这知识化难办。知识不知识如何衡量?最具有说服力的就是学历。于是,组织部门打上"灯笼,"深入到基层机关、企事业单位去,寻找有大专及以上学历的年轻干部。大学毕业的魏大增还不到四十岁，那时已是国营重型机器厂的总工程师，属于正科级干部。这种既年轻又有学历，同时又有一定级别的干部，自然属于稀缺人才。于是被选拔上来，破格平升三级，担任了云泽市分管财贸工作的副市长，成为云泽市最年轻的副厅级干部。人们瞻望魏大增的未来，认为其前程似锦。

谁知，看上去前途无量的魏大增，在副市长任上一待就是十年。排名虽然一直往前挪，但只是从第七排到了第三，其分量并无实质性改变。和他一道担任副市长的同志，除了年龄接近退休的老同志，都得到了提拔或重用。他也有情绪，私下里常向朋友流露自己的苦恼。朋友们都很会说话："你既年轻又有学历，还有足够的时间和机会。组织上要优先提拔和重用那些年龄大的同志，他们等不得，也拖不得。"

这当干部是门大学问。别看魏大增在同僚中学历最高，可当官所需要的"专业"学问，还是肤浅了些。

魏大增副市长做得不错，口碑也很好，但始终遇不到伯乐。他心存侥幸，以为会像八十年代初那样，伯乐打着手电筒找上门来，提拔重用自己这匹千里马。

他没搞明白，现在是九十年代了，选拔干部的方式方法标准等，早就变了。一言以蔽之，魏大增还没弄通伯乐与千里马的关系。

两届干完，按规定不能继续担任同一个职务。魏大增还不到五十岁，现在就去人大或政协任职显然太年轻。那样使用干部，对人才和党的事业而言，都是不负责任的表现。上级组织部门找他谈话，提出两个去向让他考虑。一是去外地市担任副书记、常务副市长，这算是重用；二是去省属舜耕建设集团总公司担任董事长，也叫总裁。级别升为正厅，又成了第一把手，自然是提拔加重用。魏大增想都没想，当场表态，选择后一个岗位。

外人判断，魏大增选择企业脱离政界，看似不合常理，实则是明智的选择。在政界十年，正值年轻力壮之时都没得到重用，这说明他不适合从政。

国营企业领导和政府官员之间可以互相转换,身份没有变化,但在企业里的收入,政界却无法比拟。有钱可以支配,无须依靠官员那柄伞盖罩着,尊严自然也就有了。这年头,没有钱,级别再高,没用。这回,魏大增是想明白了。

这大企业自有其运转规律,董事长只管在人事及大的投资决策上拍板,具体的琐碎事情很少。魏大增来到济南,闲暇的时间多了,就开始专注书法。他自幼热爱书法,且几十年如一日。魏大增在云泽时分管财贸,与银行行长们熟悉,曾找到云泽支行的行长,让他带着前去拜访过靳先生。靳先生当时对他书法的评价是:"才气逼人,但心气不定。到了知天命之年还无大的长进,今生恐怕就这个高度了。"

靳先生这话私下里对行长说过,谁知行长喝多了酒,私下里又把这话学给魏市长听了。魏大增听了哈哈大笑,说靳先生说得到位。他脸上表现得不在乎,可心里把这话记牢了。来到济南后,魏大增加大了研习书法的力度,几乎是每天清晨练字不辍。他的书法造诣,得到了济南书界的认可,被推举为山东省书法家协会名誉主席。被称作是政界、工商界、书界三界通吃的人物。

靳老来到济南后,魏大增隔三岔五就来拜访一次。靳老攻的是米书,后来又糅合了秦汉简牍的一些元素。魏大增走的是欧阳询那一路,来到济南后又攻张伯英。虽然书体各异,但书道精神总是相通。靳老看了,也竖起大拇指,称可畏可畏。惺惺相惜,他和靳老成了书友加朋友。

十点多一点,魏大增到了。他一进门,武区长就跑上去,双手把他的右手握住了。武区长刚要张口,被魏大增制止:"你先别自我介绍,让我想想。——噢,你是双龙区财政局的小武。当年在一次会议上,代表双龙区介绍过会计事务所的工作管理经验,印象很深。听靳老说,当了区长,恭喜恭喜!年轻人前途不可限量啊!"

魏大增这番话,虽然官味十足,但十分亲切得体,一下拉近了彼此的距离。

当介绍到明楚时，魏大增的眼神禁不住停顿了一下，然后略带夸张地说："都说一个成功的男人背后，必定有个优秀的女人，看来这话不假，弟妹不仅优秀，而且完美。"

说完了，他自己先爽朗地笑了。

接着，靳老向魏大增介绍夏月川："曾经向你提起过，我在赐水河畔居住时，结识了个朋友叫夏月川，就是他。他不仅是我收藏方面的同道，也是我的老师，很多收藏方面的知识，我都要向他请教。"

夏月川与魏大增握了手，连忙说："靳老过奖了！我的收藏知识不过是皮毛。在我面前，靳老就是高山仰止的人物。"

魏大增友好地说："我叫你小夏了。咱俩都是靳老的学生和弟子，我们就是师兄弟了。"

夏月川推辞说："二十多岁看电视，就知道你是市长。若说同学，不敢高攀。"

靳老在一边帮腔说："如果你们俩都承认是我的弟子，那不论年龄悬殊多少，官阶悬殊多大，就是同学。"

武区长赶忙说："还有我呢，我们三个都是同学。"

然后他朝魏大增拱拱手："魏市长，今天高攀了！"

靳老摆摆手说："同学的事，就这么定了。咱再聊聊收藏吧？"

说到收藏，魏大增可不是门外汉。凡是从事艺术创作的人，从书画到雕刻，从制瓷到紫砂，只要和艺术结了缘，无不对古代艺术抱有浓厚的兴趣，也了解一些近现代艺术家的艺术情趣。或多或少，他们手中都有一定数量的藏品。

在云泽时，魏大增就开始收集古齐国的文化遗存，如刀币、圜钱、钱范、陶片、瓦当等。凡是有文字和图案的东西，他都特别喜欢。那时，人们只是认识到了这些东西的历史和文化价值，但尚未认识到这些东西的经济价值。在云泽市桑陌区，这些古代艺术遗存，说唾手可得并不夸张。知道魏市长有这个爱好，大家都悄悄淘来送给他。也有古玩贩子，主动找上门来，卖给魏市长。对于古玩经营，国家还没有放开，对于这事，魏市长不愿意公开，但在整个云泽，已是公开的秘密。等到北京杨家庄古玩市场隆重开业，各地的古玩拍卖会、古玩展销会一个接着一个，收藏就成了魏市长的一大雅好。

随着地位、收入及生活环境的变化，魏市长现在的藏品质量和规模，比在云泽市高了不止一个档次。但济南终究不是故乡，又在重要的岗位上，能找个人一道痛快地交流收藏心得，并不容易。他经常来拜访靳老，一是学习书法，第二就是研究古物。

武区长虽然对古玩也算内行，但与他们三个相比，只能算是业余。讨论主要是在靳老、夏月川和魏大增之间进行，他很少插话。

不觉已是中午，宋女士问午饭如何安排。不待靳老发话，魏大增抢了话说："靳老，今天早晨说客人来了我请客，你没明确答应。既然我和武区长、小夏认了同学，得答应我请顿饭，庆贺庆贺。"

平时魏大增总想请靳老出去吃顿饭，靳老不去，说出去吃饭失去人身自由。今天情况特殊，靳老就爽快地答应了。魏大增说："还是老家来的人面子大，不服不行。"

午饭安排在著名的珍珠泉大酒店。靳老他们来到时，早已有人门口等候，魏大增向大家介绍说："这是省财政厅文教事业处郭处长，是靳老书法的崇拜者，请他来认识认识靳老和各位。"

魏大增坐了主陪的位子，郭处长当了副陪。靳老当主宾，武区长为副主宾。明楚和夏月川一边一个随便坐了。司机们另有安排，不在这张桌上。

大家只是象征性地喝酒，主要是谈论书法和收藏。夏月川自知人微言轻，开始时不太怎么说话，但随着话题的深入，他和靳老对话就成了主题。郭处长已是五十多岁的人，今天除了拜靳先生学习书法外，坚持要拜夏月川为收藏的老师,夏月川不肯。为了融洽气氛,武区长劝他接受,夏月川也就打着哈哈认可了,他想反正是闹着玩儿的事。

武区长今天热情而谦恭,主动给魏大增、郭处长端杯敬酒,场面十分融洽。看得出,大家彼此的看法很好。作为一区之长,武耀文明白,双龙区需要他们帮忙的地方还很多,要用心去结交。郭处长明确表示,将来如有用得着的地方,赴汤蹈火,在所不辞。

吃完饭往外走,明楚和夏月川走在后边。夏月川问:"刚才吃的干鲍鱼,口感很美。我没吃过,不知得多少钱一个?"

明楚说:"大概得五六百块吧。"

夏月川暗自吃了一惊,这顿饭光鲍鱼就是三四千块,看来真是一级有一级的吃法。从济南往回走,三个人都闭着眼休息。武区长酒喝得稍微多了点,是真睡着了。明楚自己没有睡,她也希望夏月川没有真睡。

武区长从济南回来的第二天,就把纪远方约到办公室,问他征地建设钢材交易市场的进展情况。纪远方自信满满地说:"邑城区委区政府批准了我的计划。最好在近期和村里的领导见见面,把土地价格和规模谈妥,再找土地部门办理手续。关键时刻,还得你出面。你不出面,村长这一关,恐怕都要费很大的周折。土地征不下来,一切等于零。"

武区长说:"先不用着急。我今天叫你来,有件事要与你合计合计。舜耕建设集团的老总魏大增,过两天要来,到时我们在一块吃顿饭,听听他的高见。舜耕集团是集建筑、安装、建材经营于一体的上市公司,如果能靠上他们,让他们给予指点或帮助,你的路会更加宽畅。魏大增也是古玩方面的高手,你琢磨着给他准备点东西,到时作为纪念品送上。要大大方方,设法一下让他记住你,接下来的事情才会好办。"

几天后,魏大增到云泽来参加一个省里组织的现场会,顺便来拜访武耀文。

这次在济南靳老那里相见，魏大增算是破格礼遇了武耀文。论社会地位，魏大增是正厅级干部。论经济实力，魏大增可以支配的资金可能是武区长的几十几百倍，显然，那是大象和蚂蚁的区别。虽说这些钱属于国家、部门、企业，但魏大增个人几乎可以任意消费。以此可以推论说，这些钱归根结底是属于某些人或某个集体。武耀文则不然，不用说政府无处不缺钱，就是钱再多，区长也不能任意消费。这就是企业和政府的区别，后者还有些程序和规章制约。

魏大增之所以对武区长热情，有三方面的原因。第一，武耀文年轻，政治上进步空间还很大。如果现在不对他热情并成为朋友，等他发迹了，再去结交，那就成了马后磕头。第二，他们都敬重靳老，爱好书法，对彼此的人品，无须再去考察和检验，可以放心地交往。第三，魏大增虽在济南，但他整个魏氏家族都在云泽。家里有啥事需要协调帮助，自己能量再大，远水也解不了近渴。和武耀文成了朋友，自己在老家就多了一条路。这次他们在济南确立了朋友关系，魏大增迅速来拜访武区长，就是因为有件事需要解决。

魏大增有个外甥闺女，在赐源区政府工作，早已成家，小孩也有三四岁了。最近忽然感觉，生活在赐源这种偏僻的山城，无论环境还是空间，都十分受限，尤其不利于下一代的成长，于是决定到双龙去工作和生活。这要分两步走。女的首先调动过来，把家安在双龙。男方在银行系统，随后再以两地分居为由，申请调到双龙去工作。这年头各级财政独立，机关或事业单位调进一个人，财政就多一份负担，所以对外边进人卡得很严。任何部门进个人，都必须由区长签字才行。这事说大就大，说小也小。魏大增找市里某个领导出面，打个电话，事情也就办了。这不，还未想好找谁，就遇到了武区长。那就找他吧，不用拐弯，直接就找到了区里负责签字的人。

武区长这边呢，知道魏大增必定神通广大，自己正苦于在省里没有搭腰的朋友，现在遇到了，也迫切希望与他建立永久的关系。成为朋友的强烈愿望及共同爱好，终于让彼此走到了一起，可谓相见恨晚。认识不到几天，只吃过一次饭，免去了试探和磨合，魏大增就来拜访了。

魏大增下午开完会，武区长直接把他接到了纪远方的公司。寒暄过后，武区长就开门见山地说："魏市长，纪远方的父亲和我交情深厚，他对我就像亲叔叔一样。他的公司就这么点地方，能有多大出息？想在这里征几十亩地，建个钢材交易市场。区里已经批准了他们的发展规划，但心里没有底，正准备出去考察学习。也许是机缘巧合，就让我及时地遇到了你。你是行家，帮他参考参考，出出主意。"

这事来得多少有些突兀，魏大增没有心理准备。原以为武区长领他到这里来，是怕别人知道后都来打扰，毕竟在这里当过十年的副市长，老朋故交很多。魏大增略做思考后，开始与纪远方交流："你看得很准，各种专业交易市场还刚刚起步。很快，国家就会进入大发展的时代。大发展，必定有大建设，就需要各种建材。目前这种点对点的交易方式，不可能与大建设的时代相适应。云泽地区，确实需要建个大型的钢材交易市场，以满足大规模建设的钢材需求。对了，你打算建设多大的交易市场？"

本来，纪远方计划的是五十亩地，听了魏大增的说话口气，怕他小看了自己，就咬咬牙说："我们的规划是一百亩。是不是有点大了？"

魏大增摇了摇头说："一百亩地，建不了几间商铺。几辆汽车就摆满了，掉个头都困难。建一百亩的市场和建三百亩的市场相比，跑的手续一样，操的心一样，但最后的收益却大不一样。前边的收益假如是一，后边的收益绝不会是三，可能是五，也可能是六，还可能更多。因你跑手续、打通关节的成本几乎一样，但产出却大不一样了。没有规模，也容易被更大规模的市场淘汰，要有长远战略眼光才行。"

"区市两级的规划、土地等部门，能同意吗？"纪远方望着武区长，信心不再充盈。

武区长坚定地表态说："能。只要你有雄心做，我就支持你。"

纪远方又向魏大增请教说："建起来，估计几年能收回成本？"

"如果是出租，用不了五年就能收回。以后的租金和管理费，就是利润。如果是卖，一卖出去就能获得巨大的利润。以后单是管理费收入，也十分可观。当然，这一切都是建立在运作良好的前提下。运作不好，就不好说了。但地在，房子在，总不会赔本。"

尽管武区长和纪远方都不露声色，但俩人都暗暗吃惊。本来他们说征地建设，扩大规模，是指邑城钢材公司的规模扩张。而魏大增是说建一个钢材交易市场，把房子卖给或租赁给经营钢材的人，从中赚取利润及获得管理收益；他们想的是自己做钢材生意挣钱，人家说的是从钢材生意人那里挣钱。这是两个不同的经营方式和挣钱之道，武区长一时还消化不了，就说："远方，我们就先问这一些吧。魏市长开一天会很累，咱换个话题，说说收藏。"

纪远方赶忙从书橱里拿出两个卷轴来说："魏市长是大书法家。我前几年收了一副对联，是赵执信的真迹，我又不懂书法，就送给魏市长吧，权当是做侄子的一点见面礼。"

魏大增说："太珍贵了，不能夺人所爱。"

一边说，一边仔细地展开。看了一会儿说："再悬起来看看。"

悬起来，就是挂到墙上。看字画，只有挂起来，才能看出其真实的面貌。纪远方连忙站到椅子上，把原来挂的一副普通对联摘了，把赵执信的这副换上。

一到墙上，这副对联的神采顿时焕发出来。高近六尺，宽尺半有余，玩字画的一看就知道这是一副六尺大联。不仅尺幅够大，而且老装老裱，保存完好。二百多年前的东西，依然神采飞扬、呼之欲出。书体是行楷，略有官阁味，但依然透着一种挺拔潇洒的韵味。每个字足有四寸大小，然大而不散，无论是字的间架结构，还是整个书法布局，都达到了疏可跑马、密不透风的境界。魏大增看了一会儿，禁不住高声朗诵起来："一室之内有真气节，六经以外无大文章。康熙二十年青州赵执信。"

魏大增连续朗诵了两遍。朗诵完了，又击节称妙。赵执信是历史文化名人，在座的三位，都略知一二，往深处去，则说不上来。魏大增懂书法，知道这是真东西好东西。他很想了解一下赵执信的生平故事，就问纪远方和武区长："能仔细说说赵执信吗？"

纪远方盯着武区长看，武区长诚恳地摇了摇头。纪远方说："我就更不用说了。"

魏大增突然用恍然大悟的口气说："对呀，叫我老师来说说，估计他能知道。"

武区长一愣，立即反应过来，知道他说的是夏月川。因为前几天在靳先生家，他说拜夏月川为老师。虽说是笑话，这时就要当真。武区长让纪远方给夏月川发传呼："我和武区长在一起，让我给你发传呼。"

不一会儿，夏月川回过电话来问有啥吩咐，纪远方让他赶到收藏家协会来。那边说今晚要和局长一起接待市里的领导，问问武区长怎么办。武区长十分理解，说工作重要。让夏月川吃完饭后赶到云泽宾馆，今晚魏市长住在那里，大家在宾馆等他。

去饭店的路上，明楚给武区长打来电话，问他一件小事。魏大增听了，在一旁开起了玩笑，态度热情而诚恳。说没有外人，把明楚叫来一块吃饭。说前几天见了一面，感觉弟妹气度优雅，还想再见见。武区长说不能扫了魏市长的兴，让司机去把明楚接来。

司机们在大厅吃，房间里就他们四个人。因为有事商量，酒随便喝，但都喝得很痛快。四两酒下肚，魏大增主动把话题扯到了钢材交易市场上来："纪经理，建个钢材交易市场，需要操很大的心，受很多的累，但回报也巨大。既然如此，何不自己搞？你给公家干，干不好，不用撵你，你就辞职了；干红火了，谁都盯着，是不是你干，就由不得你了。当然，我只是把我的担心说一说。"

武区长听了,如梦方醒,觉得魏大增说得有理,只是这气魄太大了点。他抬眼望着纪远方,看他是啥意思。纪远方有些懵了,想了想,才嗫嗫地说:"好主意。主意是好,只是没了区里这个靠山,个人从银行贷不来这么多款,资金难以解决。"

魏大增说:"只要你有这个气魄,敢干,资金不是问题,我们公司可以拆借给你几百万,剩下的由武区长帮助你借借。等你挣了钱,再还我们就是。如果你愿意,你可以叫舜耕集团云泽分公司。"

武区长和纪远方听了,就有些云里雾里,他们对于这种大手笔和大思路一时还理解不了。武区长说:"魏市长,我代纪远方他父亲和纪远方先谢谢你。你这么信任他,看得起他,太感谢了。现在让他表态,他也没这个准备。让我们消化消化,合计合计,再进一步和你商量,请你帮忙。"

武区长说完了,一仰头喝了个满杯,纪远方也跟着喝了个满杯,以示感激。魏大增也喝了个满杯,亲切地说:"不要急着拍板。这可不是个小事,想好了,告诉我,再进一步探讨。觉得没底,算我没说。让我帮啥忙,都会竭尽全力!"

刚刚回到房间,夏月川来了。他们把对联展开,请夏月川看。夏月川说自己不懂字画,只是感觉这对联非同凡响。武区长说:"请你来不是看字画的真假,是想让你说说赵执信这个人,还有他的故事。"

夏月川说曾看过一些介绍赵执信的文章,就把知道的说一说,说错了,魏市长不要笑话。

赵执信生于崇祯元年,是现在的淄博市博山区人。那时博山叫颜神镇,隶属于青州府益都县。博山置县,是雍正年间的事了,所以赵执信对联的落款是青州赵执信。在他九岁时,曾当着吏部尚书孙廷铨的面现场写诗,孙廷铨看了,称其为神童。他十四岁中秀才,十七岁中举人,十八岁中进士。而那时的学子考中进士,多在三十到四十之间。

赵执信和王渔洋是亲戚关系。赵执信的夫人,是王渔洋从妹的外甥闺女。按辈分,赵执信就是王渔洋的外甥闺女女婿。赵执信考中进士在京城做官,但只是小官吏。此时王渔洋已是如日中天,且是诗坛盟主。这盟主不是自封的,是康熙皇帝封的。王渔洋有心提携赵执信,可赵执信不买账,认为人不能依附于权势。而且对王渔洋的"神韵说"诗论提出挑战。认为神韵说的诗风不正,脱离现实,无病呻吟。

　　洪升写了个剧本叫《长生殿》,在北京一个小范围的场合演出,赵执信参加了这次文化聚会,被一个叫黄六鸿的人举报了。因为还在孝庄皇后的国丧期间,全国都不能进行娱乐活动。以明珠为首的满族官员认为,剧本有讽刺本朝的意思。还是多亏康熙皇帝宽怀,以大不敬的罪名,割了赵执信的功名,永不起用,这年他二十八岁。黄六鸿为何告他?因为赵执信曾讥讽他是"土物"。

　　当时京城流传着三首诗,其中一首是惋惜赵执信的:

　　　秋谷才华迥绝俦,

　　　少年科第尽风流。

　　　可怜一曲长生殿,

　　　断送功名到白头。

　　这副对联,写于康熙二十年,那时赵执信刚中进士两年。显然是踌躇满志,大有睥睨天下、壮志凌云的气势。看看对联的书法和内容,都有这种情绪的自然流露。他被革去功名后,就回到博山老家,徜徉于山林之间,著述写诗写字。离京后,他的书法作品不少,但大多消极恬淡,已没了这种奋发向上的气势。

　　最后,夏月川说:"我不知道我说得是否准确,但我知道的就是这些。"

　　魏大增鼓掌称妙,他说:"今天我鼓了两次掌,称了两次妙。一次为赵执信的对联,一次为夏老师的讲说。被靳先生称为老师,果然名副其实!"

看看天色不早,武区长问:"魏市长你这次回来,准备待几天?"

魏大增笑了笑说:"我还没告诉你。我人虽在济南,但心一直在云泽。我的老家、老人、老朋友都在这里,我是三日两头回来。只要公司没有大事,我是想待多长时间就待多长时间。待够了,再回去。这次还没待够,过两天再说。"

武区长看了纪远方一眼说:"今天就到这里吧。魏市长你就早点休息,明天我们再联系。"

魏市长爽朗地说:"好!"

借船

唐—宋，越窑青瓷飞鸟灯盏，
口径9厘米，高4厘米。

古代南方青瓷灯盏，里边多有小动物瓷塑，一般为冥
器。飞鸟灯盏有单鸟和双鸟两种，无论单双，都灵动欲飞，
生动活泼，具有极高的艺术价值。

早晨一上班,夏月川刚刚拖完地抹完桌子,明楚那边发来了传呼,夏月川以为区长又有啥吩咐,慌忙回了电话:"你好啊,明馆长,有急事?"

　　"没有事。我就想和你通会儿话。"

　　夏月川听那边的声音有气无力,感觉她好像病恹恹的,就关切地问:"明馆长,你是不是病了?"

　　"我一夜没睡着。"

　　"哦?什么原因?"

　　"我也不知道。我们在大明湖相处的情境你是不是全忘记了?可我就是忘不下。"

　　夏月川这边一时不知说啥好了。停顿了一会儿,他轻轻地问她:"你想让我怎么做?我听你的。"

　　那边传来的声音有些颤抖:"我们单独吃顿饭吧?就像在济南那样。"

　　"好!今晚?"

　　"今晚。"

　　"下午下班后,你在图书馆的门口往右一点,到时我打的去接你。如局长有吩咐,我再及时告诉你,好吗?"

　　"好!我不愿意你局长有吩咐。"

"知道。如有,我会尽力推脱。"

"好!晚上见!"

江渚城离双龙城十六七公里,打的最多二十分钟就到了。城里有一条南北走向的河,把城区分成了东西两半。河底勉强地残流着一米多宽的水,但不是源头来的泉水,而是些工业废水。但在缺水的北方,这也勉强算河,比没有河流穿过的城市,还是多了几分韵味。河的西岸是马路,东岸一字儿排开,全是住户,门前是一条石板铺就的小路。每家每户在门前摆几张小矮桌,开起了露天餐馆。初夏的夜晚,空气凉爽,餐馆生意不错。夏月川和明楚选了张树下的桌子,这里的灯光被树叶一遮,感觉更加清静一些。孤男寡女出来,还是不被熟人看见为好。

夏月川平时不喜欢喝酒,可能是受了夜色的感染,今晚很想喝点啤酒。他问明楚:"我们是不是喝瓶啤酒?"

明楚毫不迟疑地说:"喝。每人三瓶。"

夏月川有些疑惑。因为过去一块吃饭时,没见她喝酒,而且连象征性的端杯也不端。这次既然说要喝,就给她倒了一满杯啤酒。第一个菜上来了,夏月川端了酒杯说:"明馆长,我们又在一起吃饭了,很高兴……"

没等夏月川把话说完,明楚端了酒杯,像渴了喝水一样,几口就把杯中的啤酒干了。夏月川有些吃惊,但不表现出来,也把酒干了。夏月川夹了菜吃,明楚不动筷子。夏月川关切地问:"你怎么不吃菜?"

明楚面无表情地说:"我现在还不饿,等会儿吃。"

夏月川先给她把酒倒上,然后往自己杯子里倒,还没倒满,她也不等,端了自己的杯子又一气喝了。如此这般,明楚连喝了三杯。

夏月川不再倒酒,盯着明楚看了一会儿,然后一字一句地说:"可能我做得不好,但去济南我们两个人在一起的情境,我怎么能忘了呢?回来后我一直在回味咀嚼。"

"你在咀嚼回味,怎么不设法让我知道?"

夏月川知道明楚不讨厌自己或喜欢自己,但没想到她如此看重自己,更没想到她是个如此直率和单纯的人。通过明楚今天的情绪来看,她显然是强烈地爱上了自己,甚至有些乱了方寸。夏月川想了想,略显低沉地说:"明馆长,你想过没有,你是市图书馆的副馆长,我虽说是办公室主任,可在区县局这一级,办公室主任就是一个办事员。你是区长夫人,这年头,哪个领导的夫人,不都是一副矜持高贵的样子?我怎能登蹬着鼻子上脸,不知天高地厚地去主动表达友好?"

明楚也望着他一板一眼地说:"没想到。俗气!世故!那天在济南,不是已经向我表达了友好?而且表达得很到位、很强烈,那时怎么没想到我们之间的差别。把人打动了,然后再装作若无其事的样子。难道书生味十足的人,都是内藏奸诈?"

夏月川前额渗出汗来,没想到看上去一向柔美的明楚,竟有一把刀子般的嘴,句句充满锋利,刺得人无处躲藏。

夏月川倒上啤酒,举起杯示意明楚两个人一块喝。两人同时干了,夏月川拿块餐巾纸递给她,然后满含深情地说:"明馆长,若说去济南我向你表达了什么,这可冤枉我了。为区长夫人服务,是局长给我的任务,跑前跑后,极尽热情,那是我的本分。不用说你这么漂亮优雅,就是长得土俗不堪,我也得这么个服务态度。"

明楚看他耍滑,"噗哧"笑了,然后故作严肃地说:"如此说来,我是自作多情了。闹了半天,你对世上的女性都是这么个服务法?都那么心事重重、意味悠长的样子?"

既然自己被人家说穿了,夏月川也就不再演戏了。他说:"明馆长,既然你这样看重我。我就明确地对你说了,我很欣赏你,很喜欢你。"

"我们两个在一起的时候,不要叫我明馆长。"

"叫你明姐？"

"不！就叫我明楚。"

夏月川看了看她说："明楚，夜色下的你，真美！在济南我就想这么对你说，可那时我不敢。"

明楚的眼里滚出两行泪，夏月川连忙拿了餐巾纸给她擦拭。明楚捉了夏月川的右手，两手合扣了，胳膊肘支在桌面上，用力摇动着。夏月川也把左手合过来，四支手互相扣紧了。彼此默默注视着，谁也不再说话。过了好大一会儿，夏月川轻轻把手拿开了，往杯子里倒啤酒。

六个瓶子空了，夏月川问明楚还添不添啤酒，明楚说："要是你早直说喜欢我，我一滴酒也不喝，也不让你多喝。这已经醉了。"

两人手牵手往东走，什么也不说，只是紧紧地攥着对方，好像怕对方跑了似的。走到城东边，几乎就要出城了，才叫了辆出租车，返回双龙。

明楚回到家，时间还不到九点半。待她洗漱完毕了，武区长才回来。看得出，他今晚喝了不少酒，处于似醉非醉的状态。进门还没坐稳，就高兴得喊："今晚，我、纪远方、魏大增又在一起吃饭了。开发钢材交易市场的事，我们敲定了。我，为双龙引进了一个好项目，也为纪远方个人，办了一件天大的好事。"

明楚的心都在夏月川那里了，但她不能让武耀文感觉自己心不在焉，于是装作很感兴趣的样子说："那天在一起，你们说的啥，我一句也没仔细听。说说是怎么一回事儿，看把你高兴的。"

"舜耕集团决定与纪远方合作，在南郊建筑材料城东边，就是现在邑城钢材公司的地方，建一处三百亩地的钢材交易市场。名字暂定'舜耕钢材交易市场，'它将隶属于同时成立的'舜耕集团云泽分公司。'舜耕这块牌子可是巨大的无形资产。有了它，就不愁铺位销售不出去，就不愁租不出高价，一切都会变得格外顺利；有了它，就不愁贷不到款，开发的先期资金就解决了。它落户双龙,还能大幅度带动和提升双龙建材市场的品质。

"钢材市场建成后,能直接提供上千个就业机会,能拉动一系列相关产业,如物业、运输、餐饮、旅馆等等,也会带来巨大的税收和相关收费。

"纪远方要从邑城钢厂辞职下海经商,成为这个公司的老总。他一可以卖一部分商铺,二可以留一部分商铺出租。卖商铺挣个几千万没问题,将来每年的管理费挣个几百万没问题,他将因此而进入千万富翁之列。总之,这是一个对社会、对个人都有益的好项目。"

丈夫一番热情洋溢的介绍,也让明楚产生了兴趣。事业,毕竟是丈夫的江山,每个妻子,都希望丈夫的江山更加宽广富饶。她问:"魏大增这样做,对舜耕集团有什么回报?"

"舜耕集团占百分之十的股份,当然这点钱对他们来说算不了什么。人家魏大增一是要回馈云泽,这是场面上的话。二是支持双龙区的经济和社会事业,这既有漂亮的说辞,也有实实在在的内容。三是支持纪远方,当然他可能认为我和纪远方有些经济瓜葛,支持纪远方就是支持我。尽管我和纪远方没有利益关系,但只要能为区里办成这件事,让他那样认为也无不可。"

"昨天吃饭时还没谈,他又没回济南开会商议,怎么一天的时间就出了这么大的规划,他一个人就能拍板?"

"这种事,说大就大,说小就小。企业和党政机关不一样,是真正的一把手负责制。还有,舜耕集团出的是无形资产,无形资产这东西,用就是资产,不用啥也不是。往实在处说,舜耕集团又不是个人企业,过不了几年,现任的领导成员这个调走了,那个不干了,谁还管得那么长远?魏大增顶多在他的班子会上提提这事,不会有人反对。会议记录上一列,就算是决定。过两年大家也许就忘了。"

"怪不得人家外国人说我们虚伪,企业名为全民所有,实际上是部门、单位所有,最终是小集体所有。看看还真是那么回事儿。"

"哎！饭要一口一口地吃。中央不是在慢慢想办法解决这些事吗？"

"又打官腔！纪远方哪来的这么多钱？买地就得几百万吧？"

"钱很容易解决。三百亩地，如今工商用地是七八万一亩，总共二百多万。建设六七万平米，从魏大增那里拆借二百万，剩下的给村里打个借条。办了土地手续后，再用土地作抵押，贷上千儿八百万。建到一半时，就把市场分割预售出去。卖的钱还上所有贷款，至少还会剩下几千万。你说是不是很简单？"

"如果只卖出去一部分，卖的钱还不上贷款怎么办？"

"就设法继续贷款，出租了房子收了管理费，再慢慢还贷款。"

"听你这么说说，挣钱就这么简单？那不谁也能成富翁？"

"这个需要心计，需要气魄，需要人脉，需要机遇。要花费大心血，要吃大苦，受大累。一般人连想也不敢想。现阶段，有几个人能弄明白其中的奥妙？"

"那倒也是。"

武耀文到卫生间洗澡去了，明楚就一个人坐在厅里看电视。她的心思又回到夏月川身上，听着卫生间的水声，突然开始想象夏月川洗澡时的样子。想着想着，明楚的脸开始发烫。她心里骂自己，更骂纪远方，是他让自己多年来平静的心灵湖面，掀起了波澜。自己又恰逢其时地遇到了夏月川。唉，这也许是宿命吧。

躺下熄了灯，武耀文就要和明楚温存。她自从济南回来，就对此失去了兴趣，但又怕他受到伤害，只好违心地迎合着。武耀文深爱着自己，他是无辜的，她不断地这样提醒自己。她想到了夏月川。想着想着，突然心里一酸，两行热泪从外眼角涌出。她侧过身去，感觉到枕上一片冰凉。

清晨一大早，纪远方就赶回了邑城。在路边小店匆匆吃了几口饭，就去找父亲。纪院长出去晨练刚刚回来，见儿子这么早过来，以为出了什么事。他神情有些慌张地问："远方，出了什么事？"

纪远方故意卖关子说："出事了，出了大事！"

纪院长和老伴一下惊得屏住了气，等待下文。顿了一会儿，母亲等不及了："快说，啥事啊？"

纪远方这才笑呵呵地说："是大事，但不是坏事，是天大的好事！"

母亲长长地吁出一口气说"哎呦我娘！可吓死我了，以为出了啥不好的事呢。"

纪远方把自己要辞职下海，与舜耕集团合作的计划，一五一十地向父母做了说明。纪远方刚刚说完，母亲就把头摇得像货郎鼓一样，一口气说了三个"不中"。说饭碗还是铁的好，自己干，或者是给私人干，都是吃了今天没有明天。

纪院长看看老伴叨叨起来没个完，就打断她的话说："啥铁饭碗不铁饭碗的？看看邑城汽车制造厂，关门三四年了，院子里的草都长疯了。职工放假，分文不发，说是下岗，其实就是彻底失去工作回家了。他们生产的汽车和中外合资车一比，就是些拖拉机；和原装进口的汽车一比，就是些地排车。它能重新生产？不可能。国家这样的厂子多了，能有钱救活它们？不可能。多少钱搭进去也救不活，活过今天也活不过明天。我看自己干是正道。如果对了路子，干得顺了，干一年，能顶一个企业工人上八辈子的班。你的打算，我坚决支持，抓紧办理辞职。公司的事，一定和政府那边交接清楚，要明明白白离开。"

老伴听了纪院长的话，嘴里依然在叨叨，但只看见嘴动，却不发出任何声音。纪院长看了，觉得有些滑稽，忍不住笑了。他对着老伴说："现在除了当公务员和在事业单位工作，没有什么铁饭碗。铁饭碗是不容易打碎，可太小了。给你个直径一寸的铁饭碗，不是照样挨饿？当初让远方当厂长，就是为了多挣点钱，然后再当政府官员。现在我没了权力，这条路不好走了。干脆出来，给自己干，我是一万个支持。"

因为纪远方是区委任命的邑城钢厂董事长，他去找区委书记辞职并上交了辞职报告。书记好像怕纪远方反悔似的，连句挽留的话都没有，只说两天后给予答复。

望着纪远方的背影，书记开心地笑着自言自语："中国是一个人口大国，更是一个干部人才大国。啥资源都紧缺，唯独不缺能当干部的人。邑城钢厂是块肥肉，想去当董事长的人，能拉一客车。既然你自己不想继续为邑城的经济建设服务，我们也就不挽留你这个人才了。"

在区委区政府联席会议上，区委书记发言说："年初，纪远方打来报告，说要在双龙征地建设钢材交易市场，我们批准了他的报告。据我推测，在运作建设钢材市场的过程中，纪远方发现自己也可以搞，于是要辞职自己干。邑城钢厂在双龙建设钢材市场的事，也就不了了之了。不了了之就不了了之吧，那是一步险棋。在那里建钢材市场，本来就是纪远方要给自己建个自留地，当时鉴于纪远方的热情和他多年来做出的贡献，我们同意了。现在，我们干脆把邑城钢厂在双龙的公司关门，我们不能再为他培育市场了。"

作为分管工业的领导，谭副书记和黑副区长当初曾极力支持建设双龙钢材市场，如今竟出了这么档子事，虽然没有被批评，还是显得很尴尬。随后做出的正式决定自然反映出邑城区委和政府的态度：

1、同意纪远方辞去邑城钢材总公司的所有职务，月底前办完离职手续。

2、即日起，坐落于双龙的邑城钢材贸易公司停止开展新的业务。由区经委牵头，抽调钢厂及审计局人员，组成清理接收小组，进住邑城钢材贸易公司，全权处理善后事宜。

3、邑城钢材总公司与双龙南郊村的土地租赁关系到年底终止。

4、公司所有人员，在公司资产和业务清理完毕后，凡聘任人员一概解聘，凡钢厂固定职工回钢厂上班。

过了三天，邑城清理接收小组的同志，进驻了邑城钢材贸易公司。不到一个月，所有事宜处理完毕。纪远方早和城南村沟通好了，城南村主动提出，他们与邑城钢材总公司的土地租赁关系，不用到年底，现在就解除，余下的租金全部退回,邑城那边自是求之不得。

邑城钢材贸易公司自开办以来,区里就争议不断。虽说它隶属于邑城钢材总公司,但纪远方是总公司的董事长。本来是董事长带领董事会领导和监督子公司,如今纪远方既是领导者、监督者,又亲自参与经营管理,自己监督自己,那就成了独立王国。虽然名义上说双龙的贸易公司是国有资产,但说白了是纪远方个人的"自留地,"挣多挣少,收入支出,上交总公司多少利润,全由他一人说了算。盈利还好,如果亏损了,自然是由总公司兜着,终究还是区里的损失。区里也不是不想过问,无奈公司坐落于双龙,鞭长莫及,问了上次就没了下次。还有,总公司的经理是纪远方的本家弟兄,整个邑城钢材总公司就成了纪远方一家的企业。前边,区里对纪远方言听计从、包容有加,一半是因为纪院长的面子,一半是因为纪远方对区里的贡献。当然,这都是明面上的理由。纪远方多年来的上下打点,让领导们不好意思把对他的不满表现出来,这才是关键所在。如今纪远方辞职,区委区政府索性连这个公司也关闭撤销,省得再操这份心。

总公司跟来的员工,有三个人决定辞职,跟随纪远方创业。他们分别是原公司的会计邱腾、保管王飞和开车的司机刘跃。纪远方预料多数人会辞职跟着自己干,谁知竟如此寥落。他有些伤心,但也可以理解。大家的家人都不在双龙,邑城的家需要照顾,自己的公司八字还没一撇,前途又无法预料,选择回去,自在情理之中。纪远方暗下决心,一定要把自己的事业干好,干出个样来,不能辜负这三个弟兄。未来,要让他们发财,要让他们庆幸自己今天的选择。

邑城钢材公司关闭的第二天,纪远方把郑贵农喊来,悄悄地对他说,今天算是我个人事业的起点,我个人的公司要远航,要腾飞,今晚我要请三个手下喝酒,就算是我们的壮行酒。你也参加,你要给他们鼓劲,让大家看到光明的未来。

晚上,酒至半酣,郑贵农开始为大家展望前程。他高深莫测又慷慨激昂地说:"今天就是你们公司起航的日子。今天是啥日子?是阴历六月初六,绝对是好日子,俗语说,六六大顺! 这不是纪经理刻意选的日子,是自然巧合,是天意。现在好多公司开业,喜欢选八,差矣。八是能发,这不假。可发了不一定顺,而顺了,却一定会发,想不发都不可能。这是一。还有二。看看你们四个的名字,一个远方,一个腾,一个飞,一个跃,看似偶然巧合,其实是天意。还有三。通过大家刚才拉家常说到兄弟姊妹的事,我注意到,邱腾在家排行老二,王飞是三,刘跃是四,纪经理在家是独生子,自然是老大。这里边啥说道? 排起来看,就明白了。一二三四,正着读,是数字,越来越大;倒着念,四三二一,按级别,还是越来越大。这是偶然吗? 不,这也是天意。就凭这三点天意,你们这公司,前程远大,不可估量! "

　　四人听完了,都觉得身上要喷火,又觉得眼里要流泪。不用提议,一起端了满杯酒,"咔嚓"碰在一起,一仰脖子,一杯白酒干了个底朝天。

闪光

汉代，青玉蝉，长6厘米，宽3厘米。

汉代人认为玉能防腐，故王侯贵族死后七窍用玉。蝉高洁、声响亮悦耳，口中放蝉，现代人称之为口含玉蝉或汉蝉，与明清蝉形玉饰，不是一个概念。市上所见，多为赝品做旧。

柳絮飞在邑城城里开了古玩店,初始做得可谓顺风顺水。郑贵农隔三岔五地来待上半天或一天,有时下雨了还会住上一宿。未来究竟如何发展,两个人都不去多想。他们除了生意上合作依靠,似乎也真的有了爱情。过了不到一年,郑贵农的妻子听说了这边的故事,就开始对着郑贵农叫骂:"柳絮飞那个狐狸精,被我骂得不敢上门,以为你们从那断了来往。闹了半天,是你们在城里安了窝,明铺暗盖了。你说说,到底想干啥,给句痛快话!"

郑贵农壮了壮胆说:"这话可是你说的? 我要和你离婚!"

他妻子听了,二话不说,撒腿就往外跑。妻子在前边跑,郑贵农在后边追。有几个乡亲,也跟着追了出来。妻子跑到村边一口大号机井边,爬上井圈,一头扎了下去。郑贵农边跑边脱衣服,也毫不犹豫地跳到井里。好在这井直径有三四米,人在下边能伸开腿脚凫水。郑贵农自幼在赐水边长大,水性尚可。他托了妻子,两人浮在井边等待救援。乡亲们拿来绳子,很快把两人救了上来。

晚上在外打工的儿子和女儿回来,不待郑贵农解释完毕,兄妹两个就将他摁在了地上。多亏邻居在场,才免去一顿殴打。当着乡亲的面,郑贵农对天发了毒誓,保证与柳絮飞一刀两断,这才算是有了个囫囵结局。

此后,每隔几天,儿子就用摩托车带了妹妹,到柳絮飞的店里去查看一趟。他们来一次,就对柳絮飞痛骂一次。

好在郑贵农的算卦技艺而今已臻成熟,柳絮飞就把店门锁了,跟着郑贵农出来闯荡,给大款和官员算命看风水。这年头有钱有势的人迷信这个,所以郑贵农也混得不算很差,甚至比单纯跑古玩的收入还高。郑贵农挣了钱,也不亏待柳絮飞,基本是五五分成。时间一久,古玩生意就渐渐地荒废了。

算卦,对于郑贵农来说,是一个职业,可对于柳絮飞来说,这不是一条正道。她自己从未想过要学习这门技艺,而单靠郑贵农挣钱养活,这无疑是赖衣求食的人生方式,不是长久之计。可问题在于,古玩资源已近枯竭,买卖是越来越难做。柳絮飞也想转行,另找份主业,利用业余时间,再做点古玩买卖,只是苦于找不到门路。

恰在此时,三鑫房地产公司请郑贵农去看风水,柳絮飞和公司的王老总一叙,不仅都是江渚人,而且还是亲戚:柳絮飞的老爷爷与王老总的老奶奶是一个爷爷,算起来他们不过是第六代上的表哥表妹。过了几天,柳絮飞来向王总表达愿望,说自己想到三鑫来发展。

按世俗的眼光来看,柳絮飞算得上是沦落江湖的人。可若不知她的底细,怎么看,也看不出她是江湖中的风尘女子。这几年,历经生意场上的风风雨雨,练就了她喜怒不形于色的处事风格。她说话不紧不慢,吐字清晰,声音圆润婉转,举手投足之间,颇有几份大家气象。王老总这里正好缺少干练的推销人员,也觉得柳絮飞是个推销人才,就愉快地答应了。不管怎么说,是亲三分近,王总还给了她一个销售部副经理的职衔。职衔是虚的,无非就是个房屋推销员。在王总看来,柳絮飞就是业务能力再差,自己偌大个公司,效益又好,白养着这么个亲戚也无所谓。

几个月过去,柳絮飞给了王总一个惊喜,也让公司上下吃了一惊。她推销出去的房子,超过了全公司其他推销人员的总和。在其他工作中,也显示出了非凡的管理、公关及联络能力。王总曾询问过几个购房业户,让他们谈谈对柳絮飞的印象,都说她身上有一种让人信任的气质,客户不自觉地就被她感染了，从而对她深信不疑。

三鑫终归是王总个人的公司，干部又不需要组织部门任命，王总破例提拔她担任了分管销售和公关的副总经理。公司上上下下也没有人不服气，她的能力与气质，公司目前尚无人能与之匹敌。

郑贵农对于柳絮飞的离去，说不出是一种什么感觉，少了一份责任，又多了一份失落，更有被人离弃的愤怒，但他又不能说什么。自己没有能力给予其数额可观的经济报酬，对于女人最看重的婚姻，自己更是没有胆量和能力给她。

柳絮飞当初投入郑贵农怀抱的时候，郑贵农激动过，曾产生过与妻子离婚、与她相守到老的念头。不可否认，在短时间内，郑贵农的那份感情是真挚的，想法也是真实的。但当激情慢慢消退，恢复平静之后，郑贵农又没了主意。他想过一种苟且偷欢的生活，而且是过一天算一天，走到哪里算哪里。这种自甘堕落的人生，对于郑贵农来说，并没有太大的损失，而且享受了一份额外的感情，而对于柳絮飞来说，却要把整个人生都搭进去。柳絮飞意识到和郑贵农结婚过日子的愿望已成泡影，也意识到这种生活最后的结局是什么，只是她醒悟过来的时间比郑贵农晚了一些。

柳絮飞是美好的，郑贵农也是让女人无法轻易放下的那种男人。刚到三鑫公司来工作的时候，他们还若即若离地保持着接触。过一段时间，郑贵农就来看看她，她也没有与他断绝的决心。虽然柳絮飞知道自己有了身份，再如此下去，会影响自己和公司的形象，于公于私这都是不负责任的态度。可她总是在没见到他时，暗下决心离开他，可一到见了面，就没了主意。就在她自责、矛盾、留恋、徘徊的时候，郑贵农闹出了一件事，让柳絮飞彻底放弃了他。

一天，一帮小古玩贩子聚会。郑贵农是他们的大哥。大哥就要有大哥的派头，他特意把聚会的地方选在了比较高档的一个酒店，而不是像别的小贩做东那样，选个小店凑合了事。

他们几个边吃边吹，主角当然是郑贵农。如今他不吹古玩生意的事了，而改为吹嘘自己算卦、相面、看手相和看风水的水平。大家吃着他的酒菜，自然也添油加醋地附和着吹捧他。没曾想包桌服务的小妹被他迷糊住了，竟信以为真。当大家吃饱喝足要走的时候，服务员偷偷把郑贵农留下，让他给自己看看手相算算卦。

原来这服务小妹最近和恋人闹了别扭，总感觉两个人八字不合，如今遇见了算命的大师，就想算算看看，帮自己拿个主意。自从来到这个房间，郑贵农看着小妹长得有模有样，就故意搭讪，没想还真对上茬了。

本来这女孩也想找个姐妹陪着，但想想这涉及自己的人生密码，还是不让别人知道为好。又一想，就在这酒店的大房间里，过来过去都是酒店的工作人员，还会出啥意外？所以，房间里就只有他们两人。

无心人总是防不住有心人。郑贵农先给姑娘拆了八字，又看了手相和面相。经不住他云里来雾里去地忽悠，姑娘很快被他绕进去了。姑娘感觉郑贵农对自己过去命运的描述，绝大多数都符合自己的经历，也就更加深信不疑。看看火候差不多了，郑贵农淡淡地说："你若不介的话，就把上衣脱了，你的命运富贵几何，都在背上写着，可以给你看看。"

好在是夏天，姑娘的上身也只有一件白色的半透明短袖衣服，里边套着文胸，脱了上衣也不是大不了的事。她稍做犹豫，还是脱了。

事也凑巧。姑娘的男朋友和如花似玉的未婚妻闹了几天别扭，开始时还充硬汉，拒不来找姑娘赔个不是。看看事情真要黄，就先沉不住气了。想到今天恰是阴历七月初七，是牛郎织女相会的日子，总算有了理由。算着姑娘该休息了，就骑了摩托前来找她。小伙子来过多次，知道姑娘分管的房间，就径直来了。推门一看，郑贵农正站在姑娘背后，边给她讲说命运，边在她身上摩挲。小伙子一看就懵了，啥也不说，一拳就打了过来，郑贵农瞬时感觉自己的鼻子没了。待明白过来，他立马抄把椅子抡起来，两人打作一团。很快，两人的头上都挂满了血。派出所离酒店很近，警察很快就赶到了现场。小伙子头上缝了四五针，郑贵农断了鼻梁骨。郑贵农伤重，但以算卦为名、猥亵妇女是不可否认的事实，他是肇事者。小伙子是看到有人调戏自己的未婚妻而怒发冲冠，很容易让人理解和同情。结果，郑贵农治好伤后被拘留了五天，小伙子被拘留了十天。看似双方都得到了处罚，但性质不同。

郑贵农出了这事，就不到双龙来转悠了，柳絮飞自然也心如死灰。此后，云泽古玩界的这片江湖上，就没了郑贵农的影子。他回家找个企业干了门卫，业余时间捎带着给人算卦。

郑贵农，这位曾经的古玩拓荒者，竟落得如此境地。人们感慨地说："都说贩卖古玩能发大财，郑贵农搞了十几年古玩，依然得回来给人看家护院。就是在外边卖冰糕、烤地瓜，也不至于如此潦倒吧？由此可见，贩卖古玩发财，是一个美丽的谎言。坑人！"

一晃到了一九九九年的中秋节，纪远方终于可以松口气了。

在过去一年多的时间里，他忙成了两件事，舜耕集团云泽分公司和舜耕集团云泽钢材交易市场正式注册。公司买下了城南村国道南边三百亩土地，所有手续办理完毕。两个注册单位，实际是一个单位，一套人马，但手续上必须这么走。对外简称"舜耕钢材交易市场。"

虽说这公司名义上隶属舜耕集团，但那边只是给了一个批文，舜耕集团不可能派人前来办理手续。云泽工商局的同志说，总公司在济南，需要在济南注册；济南那边说，公司经营地点在云泽，当然在云泽注册。来来回回，耗费了很多时间。

注册还算不上麻烦，最麻烦的是征地。本来，凭着老关系，与城南村的党支部和村委会谈得都差不多了，可就在办手续之前又出了支岔。年初换届，原任书记和村委主任双双落选。按惯例，前任村领导与外边谈妥的项目，十有八九得告吹作废。好在有区长关照，而且这早已列入双龙区重点开发建设项目，才算没有夭折。但诸如土地价格、地上附着物赔偿、村民就业等问题，都要在维护村民利益的旗帜下重新谈判。这一谈就是半年，等到村民把秋季作物收了，这才谈妥办完所有手续。办完了手续，村民才不会在原地上耕种小麦，一旦种上，开工的日期就要拖到下年割了麦子再说。

征下土地不几天，舜耕集团云泽钢材交易市场建设指挥部正式挂牌。

纪远方办完这一切，决定休息几天，好好享受中秋和国庆这两个节日。

阴历八月十三早晨，纪远方来看望父母。他已有一个多月没来父母这边，自己的小家也是隔三差五地才回去看看。父母及妻子都知道他在忙大事，也没有任何怨言。

三言五语，他就把交易市场的进展情况向父母汇报完了。纪院长关切地问："贷了多少款？"

"不多，贷了一百万。我自己筹集了一百万，城南村答应余下的资金可以拖到明年。"

纪院长深情地望着儿子。他既心疼儿子受累，又为儿子感到自豪，还为儿子捏着把汗。过了一会儿，纪院长说："我和你妈，这么多年来省吃俭用，积攒了五十万块钱，转天我把存折找齐了，拿去转到你的账上，算是我对你的支持。"

纪远方连忙摆摆手说："你们积攒这些钱不容易，就先放在这里，不到山穷水尽，我不会用这些钱。不过，也到不了那一步。"

"好！一旦急需了，你就来拿。最近，去济南魏市长那里汇报工作没有？"

"还没有呢，我们几天就通次电话，他啥都清楚。他反复说，不想过多地介入这事，让我看着办就行。"

"我是说走访看望了没有。中国人把中秋节看得很重，现在时兴中秋节走访。"

纪远方略加思索后说："我和舜耕集团算是合作关系，他们还有百分之十的股份。合作关系是互惠互利的共同体，就不用再走访了吧？"

纪院长摇摇头，有几分严肃地说："远方，我看你是一时聪明一时糊涂。你想过没有，想着攀上魏大增与舜耕集团合作的人多了。你一没技术，二没资金，人家凭什么单单与你合作？你这个项目就是赚上五千万，百分之十不过就是五百万，这对于舜耕集团来说，不过是瓜果桃李的事，有也可，无也可。那不过是魏大增为了帮你而找的个理由。"

远方的母亲听老伴说得过于直白，怕儿子的脸上挂不住，就一边给他使眼神，一边打圆场说："远方啥都明白，还用你说。"

纪院长装作没看见，也没听见。他继续说："人家为什么偏偏看中了你？人家是要结交武区长，是要在老家交下几个人，将来有个依靠。他为啥要结交武区长？他感觉武区长年轻，仕途上还有发展的空间。人家这叫'十年育树，百年育人'。魏大增当年做副市长，官场的事那时他还不明白，所以官当得不顺，现在他明白着呢。他想卖武区长个人情，才与你合作。魏大增推测，项目成功了，武区长也该有百分之十的股份。武区长要不要，那是另一回事。当然，他看你有一定的基础，懂一点经营，懂一点管理，这也是一个重要因素。所以万事都有因缘，不要以为是自己遇到了机遇，又把握住了机遇。"

纪远方听了，半晌才回过神来。他潜意识里明白这些，但感情上不愿意承认。他更愿意认为是自己的能力引起了魏大增的关注，从而主动来寻求合作，没想到父亲看得如此明白清楚。纪远方由衷地感慨说："姜还老的辣！爸爸，我服了。"

纪院长从橱子里找出于右任的瓦砚，又拿出一张启功的书法，对儿子说："砚台给魏市长，他练书法，最需要有块名砚为他的书法增辉。历来当官的都爱虚荣，人家说他的能力不高，可以容忍，若说他才气不高，比杀他还痛苦。魏大增把自己的书法看得比命还重，给他块砚台，就是最好的尊重。至于武区长,给他幅四尺三开的字,就是意思意思了,来日方长。"

纪远方明白,父亲为了自己的事业,这次是拼上了血本。他觉得眼睛里有些湿润,默默拿了东西,去了济南。

魏大增自从接了砚台,就一直在搓摩把玩,沉醉于其中。纪远方刚汇报了三分钟的工作进展情况,魏大增打了个暂停的手势说:"远方,啥也别说了,你干得很好。一切由你全权定夺,遇到大事,哪里走不动了,再来找我,我去帮你处理就是。抓紧回去忙规划设计,半年后能够开工,就算你本事大。至于钱,不需要发愁,转天就给你拨上一千万启动资金。我不留你吃饭,你回去吧。这几天,我要专心欣赏研究砚台。"

从济南回来,纪远方没有去建设指挥部,也没有回家,而是顺路直接去了武区长的办公室。因为武区长要及时了解交易市场建设的进展情况,这也是他工作范围内的事。只有掌握了情况,才好及时跟进,同步为纪远方协调有关方面的关系。武区长听完纪远方的汇报,沉思了一会儿,这才问他:"你们现在几个人在忙?"

"总共我们四个人,一个会计,一个出纳,再就是我和司机。"

纪远方回答完了,脸上露出几分得意的表情。那意思是说,咋样,我们只有四个人,效率够高的吧?

他没有等来武叔叔的赞扬,倒是等来了含蓄地批评和建议:"远方,要干大事,就要有大气魄、大思路。你的交易市场一旦运行起来,只有三五个人,人手会远远不够。从现在开始,就要建立和培养自己的管理团队。不要等到临近完工了,再去找门面销售人员,等到临近开业了,再去找市场管理人员。若是那样,一切都晚了。

"要派人出去考察,派人出去进修,引进有经验的管理人才,还要找一些水电维修等方面的技术工人。养兵千日,才能用兵一时。不要怕发几个工资,这是前期投资,必不可少。让团队干,你就可以腾出些精力,出去走走、看看、问问,为未来的管理做一些知识储备。按说你管理过中型企业,也干得很好,应该懂得这些道理。可能那是国营企业,接过来时,成熟的团队就早已存在了。而现在是你自己的企业,就保守了,封闭了。三百亩地的市场,不是一个手工作坊,是个现代化的企业。小打小闹的经营意识需要更新,它已经不再适合大企业的管理。这是我个人的建议,供你参考。"

纪远方听完了,额头上渗出了一层汗珠。他听着武区长的训示,得意的神情一点点地消失了。待武区长说完,他擦了擦汗,才战战兢兢地说:"武叔,您说的我都记住了,回去马上按您的指示办理,把团队建设起来。在一年后开业时,达到成型成熟。"

出了武区长办公室,纪远方擦一把额头上的汗,自言自语地说:"厉害啊,不愧是区长。怪不得咱当不了大领导,就是水平不够。"

从武区长那里回来,纪远方决定不再休息,一个人在办公室里制定团队建设计划。

节后一上班,纪远方宣布,从现在起,大家开始向公司推荐方方面面的人才,并把自己的团队建设计划,原原本本地向大家作了宣讲。听了计划,大家都群情振奋、斗志昂扬。等到团队大了,人员多了,他们就是元老,是"开国"的元勋,是公司的副总或中层干部。过去的憧憬和希望,现在就要变为现实。邱腾怀着激动的心情发言说:"我们要建设团队,这叫未雨绸缪。俗话说,兵马未动,粮草先行。节前,我们租赁房子的房东说,儿子要提前结婚,要用房子。虽然合同是用到年底,可人家情况特殊,我们也不好说什么。我建议,一劳永逸地解决这个问题。将来人员多了,大家来自四面八方,需要很多房子。总是这么东一户西一户的租赁,不是长久的办法。听说三鑫房地产公司,最近正卖成品现房,地段很好,我们买上几套,作为大家的集体宿舍。等到大家挣了钱,各人都买了住房,公司再把现在买的房子卖掉,估计到时还能挣钱。这样既解决了宿舍问题,又不会赔本。大公司就要有大公司的派头,这样才能吸引并留住人才。"

听邱腾说得在理，纪远方立刻拍板定了。会后派司机刘跃和邱腾前去办理。

司机刘跃一回来，就跑到纪远方办公室，一惊一乍地说："真是活见鬼了！今天去三鑫公司售楼部看样板房，分管售楼工作的副总经理你道是谁？竟然是柳絮飞！一两年不见，她怎么就成了房地产公司的副总？而且权力很大。"

纪远方听了，一头雾水的样子，摆摆手说："别急！慢慢说，是咋着一回事儿？"

"因为我们要一次性购买几套房子，算是大客户，优惠当然要大一点。售楼部经理说，他只有每平米优惠五十元的权力，再大了就要找分管的副总。去找他们的副总，结果就找到了柳絮飞。"

"嗟——"

纪远方愣怔了好大一会儿，才对刘跃说："给她打个电话，说晚上我要请她吃饭，向她请教请教，如何推销房子。看看能不能给我这个面子。"

"对你还敢拿架子？她对咱这边的事，很了解。她说自己只有羡慕和感叹的份。"

收藏家协会自成立至今，已两年又五个月。除了当年年底举办过一次民间收藏展览外，再没搞过像样的协会活动。对于纪远方来讲，公司门上有块协会牌子，名片上有个民间组织职衔，目的就达到了。至于协会活动，因为有大事要忙，暂且无法顾及。当然，住在双龙的这些副会长及理事们，他也没有忘下，隔段时间，就请大家聚聚，权当是一种消遣。与柳絮飞、林常法他们，则几乎失去了联系。

虽说柳絮飞过去见了纪远方，如同民女见了皇上一般，可如今是三鑫公司的副总经理，情况就大不一样了。为了体现对柳絮飞的重视和尊重，纪远方特意在新世纪大酒店请她。在云泽，这已是最高的招待规格。

因为只有柳絮飞、纪远方、刘跃三个人，于是就点了一个封闭的包厢。吃了不长时间，刘跃就识趣地到大堂吸烟去了。包厢里只剩了他们两人，柳絮飞这才把自己这两年多的人生变迁，从头至尾地说了一遍。有些内容，尽管她说得很含蓄，纪远方还是能把故事听明白。接下来，纪远方向她咨询房地产开发的专业问题，她都毫无保留地做了回答和解释。

纪远方和柳絮飞会面后，找人从几个方面打探了一下，柳絮飞在三鑫公司果真是公认的人才。过了几天，纪远方再次邀请柳絮飞交谈，向她谈了自己公司的进展情况，也向她谈了自己的发展背景和发展愿景，并表达了希望她加盟的愿望。柳絮飞说这不是个小事，请给她一周的考虑时间。

她一直关注着纪远方的事业，虽然不是完全清楚，但知道纪远方要干大事，而且这规划也相当靠谱。

如今，柳絮飞和纪远方的身份都发生了变化。纪远方不再是国有企业的老总，柳絮飞也不再是小古玩商人。社会进入"英雄不问出处"的时代，纪远方这次召唤自己，是看中了自己的能力，是要走到一起干大事。如果同心协力，把事业做好，自己的人生就有可能发生质的飞跃。

三鑫公司王总，对柳絮飞有知遇之恩，她不能说走就走，况且她心里也不是完全有底。第三天，她坦率地说明了事情的前前后后，请王总帮助参谋参谋，同时表示，一切服从王总的意愿。

王总是个明白人，作为房产公司的老总，对建材经营行业的发展状况也十分熟悉。他了解纪远方公司的背景，也十分看好它的前景。尽管舍不得失去柳絮飞这个人才，但他清楚地知道，这事对于她的人生来说，意义重大。

他诚恳地说："絮飞，如果纪远方让你去打工，与在这里一样，你就不要去了。如果让你去和他合作创业，给你股份，你就去。和他谈条件，你若满意，我支持。"

王总之所以不阻拦柳絮飞，还有一个重要的原因，但他不能说。两人是远方表亲,柳絮飞在这里,或多或少,都会给公司涂上家族企业的色彩,在别的副总心中,这总是个阴影。短时间内无所谓,从长远看,柳絮飞走了也好。

周末,柳絮飞与纪远方见了面,她单刀直入地问:"我现在干得顺风顺水,是三鑫给了我展现能力的舞台。要我到这边来,你开出的条件是啥?"

"我给你那边同样的薪水;给你不低于百分之五的公司股份,视情况还会提高;三是送你到北京的大学里边进修半年企业管理,让你有一个脱胎换骨的提高。"

"我已经结婚,正准备要孩子,等我生完孩子再说可以吗?"

"等你生完孩子,一切都晚了。可以在怀孕期间去北京学习,生完孩子,我们公司的建设也就差不多了。"

"好!我答应。我高中毕业,没考上大学,是我一生的遗憾。能让我到大学里去进修,或多或少能弥补这个缺憾。就冲这一点,我看到了你的诚意和干好事业的决心。但我们需签个合同,这叫先小人后君子,省得以后打嘴仗。我们走到一起,是来干事业的,不是来讨价还价的,希望你谅解。"

纪远方说:"好!明天就给你合同。"

结网

隋—唐，青瓷八系罐，高 21 厘米，腹径 18 厘米。

隋唐青瓷双系、四系罐常见，如一仰一覆双碗扣在一起而有
八系的瓷罐，尚未见诸于资料。综合分析，此罐当为佛教用具。

再过几天,高经理就要离开云泽,去济南报到了。

　　前年收藏家协会成立,高经理虽然担任了常务副会长,但却成了他人生的滑铁卢。这个副会长不过是个社会虚职,而林常法和吕华对他的羞辱,却是实打实的。当时云泽文化局、文物局的头面人物和相关人员大多在场,这让一向以文化名人自诩的高经理情何以堪?这事给他造成的心理创伤还没来得及愈合,对他更大的打击又如期而至。

　　去年五月,在分管副市长的授意下,市文化局做出决定,撤销市文物店,人员和文物全部并入市博物馆。市里的文件强调,自从有了文物局,云泽文物店的政府职能已不存在,已经完成了它曾经担负的历史使命。不管市里如何考虑,也不管理由如何正当,在高经理看来,这都是领导对自己的不满与抛弃。好在他早着几天,就从内部得到了消息,迅速操作,把三件镇店的宝物,卖给了国营京华文物商店,这让他稍稍得了些安慰。京华文物商店,对云泽的这三件宝物觊觎已久,但高经理总不松口。他常常自豪地对人讲:"外人尊重我,不是尊重我这个人,是尊重店里的文物。云泽文物店不是靠我姓高的镇着,是靠这三件宝物镇着。"

　　文物店对文物店,是国营文博部门对文博部门,符合国家政策,从桌面上谁也提不出异议。可私下里谁都明白,这是一桩令人充满想象和猜测的光明交易。员工们气愤地说:"姓高的,是云泽永远的罪人!"

高经理突击卖掉三件珍贵文物的事,很快被文化局掌握。文化局虽对此十分不满,可那是高经理职责范围内的事,既不违纪,也不违法。高经理和文化局玩了把戏,文化局也和他玩起了把戏,让他去云泽博物馆担任馆长助理,等于是把他挂起来了。一年多了,就这么一直挂着。

半月前,国营泉城文物店决定成立个二级商店,高经理的业务水平在省内也属翘楚,他们正需要这样的业内资深人才。那边的古经理得知高经理的处境,便诚邀他到济南来工作。高经理愉快地答应到泉城文物店工作,云泽文化局这边也愉快地放人。

听说高经理要走,他表弟秦春首先慌了。他找上门来说:"你答应过我,要把你弟妹调到双龙来工作,努力了几年,也没办成。如今,你说走就走,我这几年的心血岂不是白费了?你走之前,得帮我想想办法。"

秦春他爱人在赐源区医院当护士,把她调到双龙城去,是全家多年来梦寐以求的愿望。像赐源、邑城、江渚这些地方,虽说是云泽的一个区,其实他们的城区只是双龙的一个卫星小城,其城市综合水平与双龙相比,至少差了两个档次。从卫星城区调入中心城区来工作,是多数人的心愿,甚至是全家几年中压倒一切的任务。

计划经济时期,调入双龙难,难在卫星城区那边不放人。职工是国家工作人员身份,单位根本无法自行解决,都调走了,单位如何运行?市场经济时期,普通工人流动容易了,但机关事业单位人员调入双龙更难了,难在没有接受单位。每调入一个人员,政府财政就要支出一份工资,必须要严格控制。当然,对于有关系的来说,那就不成问题了,看看这几年的机关事业单位,虽已人满为患,而依然如滚雪球般地膨胀和臃肿着。

如今,秦春属于私有企业主,把妻子调到双龙来工作,就可以在龙双安个家,儿子就可以享受双龙的优质教育资源。总之,从此以后,全家将不再憋屈于偏僻的山城,也不再是囿于一隅的陋巷小民了。

秦春对着表哥发泄不满,有十足的底气。他们两人曾经一道做法,卖过些似是而非的东西,收益有时是五五分成,有时还是表哥得了大头。再者,为了给妻子办调动,他已先后给了表哥几万块钱的活动经费。一文钱掉到地上,还要听个响声,如今事情没办,表哥就要拍拍屁股走人,秦春自然情绪很大。

高经理想想也是,自己就这么走了,确实有些没法交代。他只好硬着头皮去求纪远方。高经理在这里把话说得大了一点,说自己到泉城文物店,是去就任副总经理。

高经理去的地方是省城,小城市的人对大城市的人又有一种天然的仰慕。高经理即将是泉城文物店的副总经理,将来纪远方挣了大钱,还要把收藏事业做大,定然会有求于他。这次请设计院设计钢材交易市场时,就特意在里边设计了个展览厅。他的理想是建个小型博物馆,以便于收藏家协会开展文物活动,并展出自己的藏品,让钢材交易市场充满文化的魅力。泉城文物店,有着丰富的文物货源,自己在省城里有这么个朋友,会让自己的人脉资源更加宽厚。

想到这些,纪远方就硬着头皮答应下来,领着高经理去请求武区长帮助。从宏观上说,每个区县都要严格把关,控制财政供养人的增加,但具体到实践中,就发生了变化。一个区县大着呢,还在乎增加这一个人?区财政属于区里,不属于区长,不属于书记,也不属于人事局局长,说到底,它不属于任何个人。铁打的衙门,流水的兵,不定哪一天,领导就到别处任职了。人员增加也罢,超编也罢,都不关自己的事,只要亲戚朋友的问题解决了,就是一好百好。机关事业单位人员之所以无限度膨胀,这是症结所在。

也许是武区长的想法和纪远方不谋而合,也许是武区长要成全纪远方,就把这事交代给了卫生局局长。卫生局局长二话没说,就把这事交给了夏月川,由他具体办理。

夏月川有了局长的授权，再说他和人事局槐局长早就熟悉，不出半月，秦春的妻子就到双龙区人民医院上了班。

这边给妻子办调动，那边秦春早已买好了房子，孩子上学的事也同时操办着。秦春对夏月川说："夏主任，妻子的事，让你费心了，那你就好人做到底吧，儿子上学的事就不再求别人了。新家最近的小学是市府街小学，你设法给联系一下，让我孩子转进去，事后定当重谢。"

夏月川真诚地说："给你妻子忙活调动，那是局长交办的事，是我分内的工作。你妻子成了我们卫生系统的职工，解决你儿子的上学问题，也是我的工作。不用谢我，该去感谢谁去感谢谁，与我无关。"

秦春听后，眼圈红了。他有些哽咽地说："夏哥，你是我一生一世的朋友！"

如何感谢夏月川？秦春让孟祥宾给夏月川捎话说："我手里有个金代的红绿彩盘子，上边画一个女子坐在窗内向远方眺望，边上写着一行字，是'悔教夫婿觅封侯'。这种充满古代文化气息的东西，夏主任一定喜欢，过后送给他。"

等到事情全部办利索了，孟祥宾问秦春："老秦，你不是给夏主任准备了个盘子吗，我们找个机会给他吧，也让他请我们喝场酒。"

秦春有些为难地说："那盘子有人出到了一千块钱，我还没卖。送给夏月川是不是有些过于贵重？他给咱出的劲是不小，但我觉得值不上那个盘子。"

孟祥宾故意不动声色地问："那你说如何感谢人家？话可是你让我带过去了。早知这样不如不说，这不成了合伙涮人吗？"

秦春眨巴眨巴眼睛，想了一会儿说："要不这样吧，前几天我买了一只隋唐青釉四系罐，很美。可都说是河北人新仿造的赝品，咱按原价卖给他，不挣钱了，就算还了他这个人情。"

孟祥宾听了，气得脸由红变了紫，过了半晌，他才骂秦春说："怪不得人们都叫你勤吹，我看还得叫你勤骗。你答谢朋友，就拿假东西卖给人家？你娘怎么生了你这么个玩意儿？垃圾！"

孟祥宾把事情的来龙去脉对双龙收藏界的朋友讲了，大家都感到吃惊。有人说："人无耻到如此，也是一种境界。"

秦春的事办完了，高经理也要走了。作为云泽文物收藏界的领袖人物之一，要离开云泽，这不是件小事。无论考虑过去还是谋划未来，云泽收藏界都要给高经理这位副会长搞个隆重的送行仪式。纪远方现在是收藏界的会长，而且正在向大企业家迈进，他自然要把事情办得体面一点。让高经理有尊严的离开云泽，其实这是面子的事。借高经理这事，进一步确立自己的地位，这才是里子的事。他深知，人脉与威信，需要一点一点地积累。

纪远方和林常法，那是兄弟关系，至少表面上看是这样。秦春和高经理表兄弟两个联手伤害过林常法，其前后经过，纪远方也很清楚。但此时的纪远方，已经不能再纠缠于儿女情长，他有更大的人生目标。在协会成立时，林常法对高经理进行了羞辱，所留下的遗憾纪远方想借此机会弥补，至少在表面上实现收藏界的团结。而且他也真心实意地认为，人与人之间的矛盾总可以化解。

给高经理送行的宴会安排在了城南大酒店，与纪远方的市场建设指挥部南北隔了一条国道。安排在这里，更能凸现收藏家协会的存在。凡是收藏界稍有点脸面的人物都来了，找了个小宴会厅，总共开了四桌。

晚上六点钟，宴会正式开始。高经理作了简单的告别答谢讲话，纪远方作了送行祝词，一切都在其乐融融的氛围中如期进行。谁知，宴会接近尾声的时候，林常法还是跳出来了。他站到椅子上，喊了一句，全场安静下来，目光都集中到了他这里。纪远方情知不好，但已经晚了。林常法举了酒杯，说："明天，高经理就要到济南上任了。从此，云泽少了一个'好人。'下面，我给大家朗诵一首诗，以表达我的恋恋不舍之情。"

林常法朗诵的是哪一首诗呢？是毛主席的七律《送瘟神》。当朗诵到下阕倒数两行的时候,他竟然扯开嗓子唱开了:"借问瘟君欲何往？纸船明烛照天烧——！"

他把"烧"字故意唱得又高又长。歌唱完了,他的右手还停留在半空迟迟不放下来。大家都明白他是啥意思,但都只能装作不懂。有人故意高声问夏月川:"夏主任,林经理表达的啥意思？"

夏月川赶忙打圆场说:"林常法是个文盲。他以为这是一首给人送行的好诗,祝人家走的光明顺利,其实他是弄反了。情有可原！"

纪远方心里虽然生气,也没有办法,只能怪自己,不该把姓林的叫来掺和。

本来纪远方还在电话里嘱咐林常法,高经理要走了,冤家宜解不宜结,事情就算结束了。谁知他嘴上答应得很好,却突然来了这么一手。好在高经理领受到了收藏界朋友对自己的深情厚谊,这就够了。一切的一切,似乎就这么过去了。

表哥所受的侮辱,很快被远在赐源的秦春知晓。他咬着牙对高经理说:"旧仇未报,又添新恨。自己的表哥一次次受到别人的侮辱而无动于衷,那还是人吗？出不了这口气,我姓秦的就算白活了！"

高经理听了,苦笑一下,没有说话。

过了几个月,在林常法所住的邑城政府宿舍大院门口,新开了一家古玩店,名字叫"圣水古玩店。"招牌做得富丽堂皇,很是醒目。

邑城政府宿舍大院,坐落于邑城城东,北靠小鲁山,右傍圣水河。本来这大院就叫政府宿舍大院,不知哪个好事的给它起名叫圣水山庄,很快就叫响了。

邑城东边是环城东路,路的东边就是与它平行的圣水河。河上有一座唯一的桥,过了桥往东走,不到一百米就是圣水山庄。山庄大门朝南,圣水古玩店坐南朝北,与圣水山庄隔路斜对着。从山庄出来,一抬头必然能看见这个古玩店,想不看它都难。林常法收藏古玩,开业当天就前来光顾了。

店主人姓庄,名字叫友才,自称济南历东人,看上去有三十七八岁。店面也就十个平方,货物不多,但瓷器、玉器、扇面、砚台、陶器等各有三两件。东西虽少,档次也不是很高,但样样是真货且完好无损。问问价格,虽然感觉偏贵,但东西对得起他的报价。

林常法感觉有些奇怪,就问店主:"这里又不是古玩店铺集中的地方,你怎么相中了在这里开店?能行吗?"

店主想了想说:"要说古玩店集中的地方,除了北京的杨家庄、琉璃厂,还有天津的沈阳道和济南的英雄山,别的地方还没听说过。在这种区县一级的小城里,有三两家也就不错了。再说,无论哪个行当,要形成市场,总会有第一家。至于买卖怎样,不好推断。古玩要面向领导阶层和商人,这是发展方向。北京、济南的朋友都这么说,所以我就选中了这里。"

"你说得有些道理。可干部、商人做事都十分谨慎,他们怎会无所顾忌地从这里买古玩?那影响多不好,你想过没有?"

庄友才十分在行地说:"领导呀,你这就只知其一不知其二了,这店不过是个幌子。这政策谁也说不准,国家对于古玩店如今没有个明确的说法,采取的是既不反对也不承认的态度,说不定哪天一变脸,我就成了违法经营,东西被抄没。好东西我不会放在这里。哪个领导有意向,领他到我家里看,相中了在家里成交,外人谁也不知。过后,我就不再认识他了,这是规矩。"

林常法点点头,示意他继续说。

庄友才受到鼓励,用更加神秘的口气说:"过去这十几年里,玩古董的人,都是些工薪阶层,是些纯粹的爱好者。他们是打了个时间差,占了先机,手里才或多或少有几件东西。直到工商阶层和达官贵人介入收藏,古玩才算走上了正道。自古以来,古玩是有权有钱人的事。工薪阶层只能小打小闹,玩件小碟小碗小玉件什么的,大东西、贵重东西还得指望富人玩。富人收藏古玩,收藏的不是文化,收藏的是财富。叫古玩也罢,叫文物也罢,都是财富的另一种表现形式,这是趋势。若不信,再过两年看看! 这个小区的人,非富即贵,古玩商人要面向他们才有出路,所以我选择了这里。等到大家都和我熟了,我就撤。直说吧,我来,就是为了招揽顾客。"

听了庄友才的一番话,林常法犹如醍醐灌顶,让他对收藏有了全新的认识,对这个店主,也有了全新的认识。

"听了你的一番话,感觉你不是一般的古玩商贩,手里是不是有些高档次的东西?"

"我手里东西不多,像样的就只有三两件。"

"都是什么东西? 能说说吗?"

"以后熟了再说。"

无论林常法再如何缠磨,店主人只管笑,更不答话。他想想也是,自己和人家不熟,如何会把家底告诉你?

收藏古玩的人,仿佛都被迷了心窍,只要人家有几样东西,就再也不会忘下。不用请,他会鬼使神差地去。

第二天下午,看看单位没多少大事,林常法又来庄友才这里看东西聊天。庄友才的橱柜里多了一个咸丰大钱。这钱个大厚重,包浆油光瓦亮,甚是吸人眼球。林常法虽然没接触过制钱,但常在古玩圈子里浸泡,知道铜钱也是收藏界的一个主要门类。他托到手里掂量着看,越看越觉得它气韵悠长,令人爱不释手。庄友才在一边解释,说这是一枚宝泉局铸造的当千咸丰元宝,直径六十毫米,厚六毫米,保存十分完好,虽算不上稀有品种,但在民间想找到这样的大钱也十分困难。这种东西,拿在手里,放在家里,既能欣赏文字,又有一种实在、安稳的感觉。林常法问问价格,对方要了两千。他打电话问咨询古玩界的朋友,都说不贵,值这些钱。他突然有了想要的欲望,最后以一千八百元成交。

此后，他两个就成了熟人。只要不出门，不开会，林常法每天都会抽时间来庄友才的店里坐坐。

大约过了一个月，林常法觉得两个人的关系到火候了，就问他："你不是说手里还有三两件好东西吗，明天是周六，我去看看，不知合不合适？"

庄友才沉思了一会儿说："其实也没有什么好东西，就是一件直径四十五厘米的光绪官窑青花龙纹大盘，有一个明代朱子明的竹雕笔筒，还有个黄花梨的小条案，可能是明代的东西。可以去看看，但我不想卖，要价很贵，你可要有思想准备，别到时说我不够朋友。"

从邑城到历东，路还是很顺，第二天九点，林常法和庄友才在历东市政府门前见了面。

庄友才上了林常法开着的汽车，左拐右拐转悠了半天，在一片居民楼区下了车。居民区的楼房破烂不堪，楼间距很小，就把车停在了巷子口。又步行了一段时间，才到了庄友才的楼下。

庄友才的家看上去很简陋，与他店里的古玩水平不太相符。林常法有些不解地问："老庄，古玩事业做得这么大，家里怎么这么艰苦朴素？"

庄友才稍露尴尬地说："人怕露富。尽管能到我家的人都有身份，但总不能知根知底。行里人都知道，干古玩的有多少钱也都压在货上，不会把钱花在陈设家具上。咱有多少钱，银行里放不下？何必富给外人看？"

林常法听了，倒觉得自己有些俗了。

喝了几口茶，庄友才把林常法领到卧室里，床头上放着一张条案，一尺宽，五尺来长，看上去干净利落。不用说，这就是黄花梨条案了。林常法对黄花梨没有研究，但关于黄花梨的故事听得不少。林常法知道黄花梨家具值钱，是稀罕物，但看不了真假。但他不能表示不感兴趣，那等于说自己不懂古典家具，收藏路子很窄。还会让人察觉你来是冲着某件东西，那样目的性太强，不便于讨价还价。林常法装模作样地看了一会儿，问问价格。庄友才说三十万，一分不能少。拍卖会出了一张,还赶不上这件,买了四十五万,这不过是拍卖价的三分之二。

林常法没有还价,两人又回到了客厅。喝了一会儿茶,林常法沉不住气了,让他继续拿东西看。庄友才这才去了另一房间,把竹雕笔筒拿了出来。

笔筒高约有十几厘米,直径八九厘米,呈鹅黄色,包浆自然,油润光亮。筒身转圈浅浮雕房舍、篱笆、柳树和诗文,文气静雅;柳树已落叶,只有柳条在风中摇曳,篱笆下有几棵半开的菊花;天空中有缭绕的云气,又像黄昏的炊烟。画面衔接处,用行书阴刻两句诗:

菊花含蕾秋欲暮,
柳条萦别叶将摧。

落款只有"小松"两个字。

林常法对竹雕没有研究,但也看出是件好东西。他问:"小松是什么人?"

"明代中晚期人,姓朱名缨,字清父,号小松。他的父亲叫朱鹤,号松邻;他的儿子叫朱稚征,号三松。他们祖父子三代人,都是当时著名的竹刻艺术家,是竹雕开宗立派的人物。写竹刻史,就从他爷仨写起。他们爷仨中,又以朱小松最为著名。他的地位,就相当于紫砂界的龚春,书法界的王羲之。你说这档次高不高?"

林常法有些疑惑地说:"你说的这些我都信。但如何证明这就是朱小松的作品?说不定有李小松、王小松刻制,也落款小松。"

"如果是王小松、李小松的东西,能达到朱小松的水平,也具有同样的价值。不过,落款小松,世人都知道是朱小松。王小松、李小松若有这么高的手艺,就不用冒充朱小松了。我理解你的疑虑,这么说你就明白了:齐白石的画,有好多落款都是白石老人,但从未有人怀疑是王白石、李白石的作品。道理一样,风格和水平才是关键。"

林常法点点头,似有所悟。庄友才怕他还不明白,又追加一句:"有人若能仿到这种水平,除非他是神!"

"你想卖多少钱?"

庄友才看上去有些为难,笑着说:"我实在不想卖。若卖,就卖八万。"

林常法瞪大了眼说:"给人买套住房的钱,只能给笔买个窝。太吓人了。"

两人又扯了一会儿,庄友才这才把青花大盘搬出来。一见大盘,林常法的眼睛豁然明亮起来,他今天的兴趣点就在这里。

收藏古玩的人,都有个门类偏好。热爱字画的人,把主要精力放在字画上;喜欢瓷器的人,专注瓷器。各有专项,别的古玩种类也会涉猎,但往往不精,也不会痴迷。当他专注于一种或几种门类时,幸运地遇见了特殊的东西,哪怕性价比极高,就因为不是自己的专项,往往会错过,这件笔筒就是例子。单讲古玩市场行情,黄花梨条案无疑要比竹雕笔筒高得多,也是市场的宠儿和抢手货。但贵不代表稀奇,只要有钱,同类型的黄花梨条案总能买到。笔筒可不是这样,就是有钱,也不一定能买到朱小松的笔筒。就存世量而言,朱小松的笔筒与黄花梨家具相比,那前者要说极其罕见,后者只能说是少见。林常法还没达到这种认识高度,庄友才对此却认识得很到位,这是件文化含量足金足两的东西。

搞古玩经营的人,则不能只盯着一个门类,必须是多面手,具备全方位的感知和判断能力。买卖行里有句话,叫作"货不全,不挣钱"。事实上,就是纯粹贩卖古玩的人,他内心也有偏好,他的眼力,也往往在一种或几种古玩上显得更加擅长。但当遇到自己不擅长、不专业的东西时,他们可以不喜欢,但绝不会错过,更不会放弃。

这大盘直径四十五厘米,盘里盘外绘的都是海水龙纹。绘画用的是线描手法,干净利落。盘内有六条龙,盘外有三条龙。海水波涛汹涌,龙在海水中翻腾飞舞,整个画面,既灵动活泼,又充满力量。青花料用的是上等珠明料,色调清新明亮。这盘最大的闪光点还在于保存完好如初,令人叹为观止。

如此尺寸,如此完好的大件,不仅林常法没见过,一百个玩儿古玩的人,恐怕有九十九个没见过。林常法看了,故意不动声色,说还可以,就是年份不早。庄友才心里更明白,无论林常法说啥,自己就一副不褒不贬的态度,爱要不要。林常法问问价格,报价六万。

林常法觉得要价不高,估计四万五六最多五万就能成交。这么贵的东西,一般人买不起,晾晾庄友才再说,等他心气下去了,再还价不迟。如果急匆匆还价,价格肯定咬得很死,砸不下来。林常法心里合计好了,然后拿出一副不置可否的样子。

临走,林常法说自己回家考虑考虑,这三样东西都是好东西,都有意向。

林常法回来,悄悄咨询了几个同道的朋友,大家都说,那大盘是好东西,性价比最高,赶紧下手。

林常法故意磨蹭了几天,才到店里去见庄友才。他和林常法喝茶聊天,只字不提那三件东西。还是林常法先沉不住气,拿出粮油公司经理的派头说:"老庄,你那三件东西都是好东西,可我经济实力有限,就先买那大盘吧?你报价六万,我给你四万八,就这样吧!别啰嗦了。"

庄友才两手一摊,苦笑着说:"你又没说要,昨天卖了,才卖了四万五。唉——唉——"

林常法有些气恼:"我不是说考虑考虑?你怎么卖了?"

庄友才略带歉疚地说:"你说考虑考虑,没说要买啊!再说,我欠亲戚钱,人家要的不是'考虑考虑',是要现钱。"

林常法理屈,不好再说什么。庄友才脸上换上笑容说:"林经理,你别生气了。你不是喜欢瓷器?我一个裁缝朋友那里,有三对好瓷器,是前几年从建筑工地挖出来的东西。那时当地人谁都买不起,就被南方裁缝买下了。现在裁缝接了一个大单,给一个企业做二千多套西装,他能从中赚个几十万。他自己没这生产能力,要分解到很多加工点去。订衣服的单位不预先付款,要等到西服发下去,职工都满意了,才能结算。前期投入裁缝必须先垫上,单布料一项,就得几十万,还得给人家加工点一半的加工费,这支出总共就得百十万。他没有这么多现款,挣的钱都在布匹和配料上压着呢。裁缝悄悄来找我,想急着卖了用钱,我哪有这个实力?和收藏家不一样,我们做的是买卖,需要买个便宜。他的货不便宜,是收藏级的价格,只是比拍卖会低一些罢了。若有意思,我可以领你去看看。"

一说这个,林常法来了精神,连忙问:"啥东西?"

庄友才说:"是六件古人窖藏的瓷器。一对康熙官窑青花花觚,一对康熙青花五彩将军罐,一对康熙青花盖罐。完好无损,颜色青翠,人见人爱。"

"要价多少?"

"要价一百八十万,估计还有还价的空间。"

"好!明天我再联系你。"

林常法说完,若无其事地走了。

落魄

清代，宝福局咸丰钱一组。咸丰当百大钱，
直径 7 厘米。

咸丰宝福局所铸当百大钱，因直径大、厚重、钱文美、
铜质精而深受收藏者的喜爱。一枚钱币，集丰、福、宝、
百于一体，经得起把玩品味。

从庄友才那里得了讯息,林常法看似心平气静,而内心早已是澎湃不止。他立刻向熟悉的古玩贩子打听,问谁和历东市的古玩界有联系,并让他们发布消息,凡有联系的今晚前来集合,一起喝酒。走了纪远方,林常法就是邑城收藏界的领袖,也是大家共同的客户,自然是一呼百应。这不,一下就来了七八位。

　　林常法虽搞收藏,但不是古玩商贩,和区域外的古董界几乎没有联系。而小商贩们则不然,他们吃的就是这碗饭,东西南北到处跑,不仅认识的人多,接触的社会面也更广;三教九流,五花八门,无所不有。邑城与历东搭界,他们在历东那边,或多或少,都有几个同道朋友。吃了喝了,林常法让大家回去与那边的朋友联系,核实一下,历东前几年是不是从建筑工地出土了一批瓷器。如果有,它们落到了谁的手里。

　　没等到天明,信息就源源不断地反馈回来:前几年,确实有个建筑工地挖出了一些瓷器,很快被文物部门获悉,挑选完整的精品带走,剩下些残破的留给了历东县文管所。传说建筑工地的老板在文物部门得到消息以前,藏起来一些。搞建筑的不是本地人,后来老板到外地去了,这批瓷器便不知所踪。有人说,建筑老板离开历东前,把自己留的那些瓷器悄悄卖了。因为古玩在出土地才有身份,离开了出土地就会贬值,甚至失去其应有的"血统,"只有在本地卖才能卖上大价。也有的人说没卖，一直就在老板手里。

林常法对得到的各种信息进行了综合分析，然后得出结论：庄友才的消息，准确可靠！

第二天，林常法又到店里找庄友才，不在。打传呼联系上，林常法说要去看看那批瓷器，庄友才说今天去了济南，晚上回来和他联系。晚上，庄友才和林常法通话，说已和裁缝联系过，明天上午见面。

林常法激动得一夜都没睡好，闭上眼睛，脑海里就满是青花瓷器。好不容易熬到天明，不到七点，自己便开车上路了。在历东约定的地点，接上庄友才，再赶到裁缝的居住地，天还不到九点半。

神神秘秘地看了瓷器，真是太好了。这么好的东西，林常法根本断不了真假。他问能不能请个朋友来替自己掌掌眼，只要朋友说没问题，自己就买，那时再讨论价格。裁缝略一沉吟说："你可以请高人来帮你把关，但你只能带一个人来，而且只能看一次。"

回来后，林常法动用省粮油总公司的关系，从齐鲁文物公司找了个资深明清瓷器专家，前来帮助自己看货。这专家，不是只有书本知识的那种，也不是只有文凭的那种，更不是只有职称的那种。人家年轻时就干典当行，成立文物公司时，是从博物馆抽调过来的把关专家，在瓷器堆里滚爬摸打，少说也有几十年了。

专家就是专家，做事十分专业。在裁缝家里，他只说东西不错，是康熙的东西。出了门，在回济南的路上，专家才一五一十地给林常法介绍东西的特点。

两件花觚高五十八厘米，绘的故事是"宋公明三打祝家庄"，底上有青花双圈，圈内书"大清康熙年制"六字青花楷书款，是康熙官窑瓷器。两件将军罐高四十五厘米，绘的是"吕布辕门射戟"。两个盖罐高三十二厘米，绘的是鹌鹑和菊花，寓意安居。

瓷器上绘《水浒》《三国》《西厢记》和《牡丹亭》等小说戏曲故事,是明末清初青花瓷器的一大特点,也是瓷器绘画最有成就的时期。以后的历朝历代也有沿袭,但画面大都呆板凝滞、软弱无力,与这一时期的水准相去甚远。总结这一时期的青花瓷器绘画特点,可用十二个字来概括:层次分明,题材宏大,生动传神。

一次性看到成双成对的六件康熙瓷器,并且有一对官窑,这极为罕见。从造型、画工、胎釉等几个方面分析判断,它们绝真无疑。虽然出土的痕迹十分明显,但完好如新,殊为难得。

他要一百八十万,在民间无疑是贵了些,可放到国家文物店里,三百六十万也是要低了。

专家最后说:"我主张你要。我们算是朋友了,不做抄后路的事。你若嫌贵不要,我们可以接手。假如我们出面买,价格可能被抬得更高。你若出面帮我们买下来,到我们公司,店里的东西任你挑选,我们可以在价格上破例给你优惠和照顾。"

听了专家的话,林常法坚定了信心。他制订出一个看似绝妙的方案:先借钱买下来,一样留下一件,把另三件卖给齐鲁文物公司,估计卖个一百二十万不成问题。这样就等于花六十万买了一百二十万的东西。何况自己还能往下砍价。

送下专家,林常法又直接去了裁缝那里。事情谈得很顺利,裁缝答应一百四十万成交。裁缝有个请求,要双方绝对保密。若走漏了风声,自己的瓷器一定会让公安部门没收。这是出土的东西,理论上属国家所有。林常法一口承诺下来。他也不想让任何人知道,也怕这天赐的宝物,落入他人之手。

用了两天的时间,林常法组织到了足够的现金。第三天下午,在庄友才的陪同下,林常法和裁缝直接把钱存到了银行。

三人回到裁缝家里,裁缝从里边反锁了大门,又把屋门掩了。林常法验了货，裁缝让他和庄友才坐在一边吸烟喝茶聊天，由他自己来包装。裁缝用泡沫塑料纸把每件瓷器包了个里三层外三层。给人送服装用的纸箱，这时派上了用场。他给每件瓷器配上个大小合适的箱子，装进之后，又在瓷器周围塞了碎布条，以将其固定。最后，又用胶带纸给纸箱封了口。

忙活完了，刚要歇息喘口气，大门外突然响起一阵急促的砸门声。三个人紧张起来，不约而同地出了屋门看个究竟。外边人欢马炸，好像有一群人在叫喊。是福不是祸，是祸躲不过，裁缝咬了咬牙，打开了大门。门外来了五个人，有的拿着棍棒，有的拿着链子锁，有的拿着半头砖，显然是来打架。见了裁缝，领头的一愣，问另一个人："你看是他么？"

另一人看样子是领头大哥的弟弟，看了看裁缝说："不是，那个人五大三粗，不像他这么单细。"

领头大哥问裁缝："这是你的家？"

裁缝用半生不熟的北方话说："这还有错？"

"这院子里，还有没有住着其他人家？"

"没有。绝对没有！"

领头大哥换了笑脸说："对不起了！昨天晚上，我弟弟在酒馆吃饭，有人欺负了他，看见那人进了这个大门。可能喝了酒，没记准，记错了。请你原谅！"

说完，大哥一行五人撤了。林常法感觉这里不能久留，连忙把东西装进了后备厢，开车往回赶。

裁缝租赁的农家院子，坐落在城南的城乡接合部，往南不远，就是国道。他正要左转上国道，不想后边来了辆直行轿车，径直撞在了林常法的左车头上。林常法的车受损比对方重，他怕节外生枝，就拿出五百元来让对方自己去修车，一切两便。按说修车二百元也就足够，可对方说不行，自己是新车，需到汽修厂修理，确认修好为止，花多少是多少。车上还有贵重瓷器，一旦惊动了公安部门，麻烦就大了，只好和对方去了汽修厂。自己的车能开，回到邑城再说。待与厂方谈妥了维修费用，一切处理完毕，已是晚上七点，回到家已是九点多。下午答应了朋友吃饭，中间打电话说自己遇到了麻烦，朋友们说早晚等着给他接风压惊。喝完酒回到家，已近十一点，他停了车，小心翼翼地把纸箱一个个搬进家里。

他本想拆封欣赏一下瓷器，看够了再睡觉，可媳妇不让。她小声抱怨说："这么晚了，吵醒了孩子，明天怎么上学？"

林常法想想也是，就蹑手蹑脚洗洗睡了。

清晨，孩子刚一睡醒，林常法就一骨碌爬起来去拆封。拆开第一个箱子后，他伸手一摸就觉得有些不对，待把包装泡沫纸打开，他傻了眼：哪里还有瓷器？里边包的就是一截碗口粗的木头。再慌忙打开一个，还是木头。六个全开完了，全是木头。他一屁股蹲在沙发上，紧张得喘不过气来。他颤抖着手，点上一支烟，深深地吸了几口，这才稍微平静了一些。

林常法仔细回忆整个过程，想找出东西被调包的线索。视线离开过纸箱的情况，共发生过三次。一次是昨天晚上，车停在饭店门口，自己在里边吃饭。一次是在汽修厂，自己上了次厕所。可汽车后备箱的钥匙都在自己手里，别人短时间之内无法打开。还有一次就是在裁缝家里，外边来人寻衅的那会儿，可时间短暂，前后不过十分钟。他们三人出去后，屋里再无别人，而且包装原封未动，没啥异样。他反复考虑，再去找裁缝必定没有什么结果。人家若是骗你，早有预案，怎会承认？别无出路，只有报案。报案不能去历东，虽是邻县，但跨一个地市，人生地不熟，当地人总是偏向当地人。在邑城，是自己的一亩三分地，公安部门的领导，很多都是弟兄。

邑城公安局接了报案，感觉事情重大。不仅案子涉及钱财巨大，而当事人是区里的粮油公司经理，粮油公司是个敏感部门，一个经理哪来的巨额资金？公安局不敢隐瞒，如实向分管的区委副书记做了汇报。副书记感觉事情巨大，就如实报告了区委区政府。财经检查部门立即跟进，以例行检查的名义，去检查账目。不等查，会计和出纳主动汇报了："林经理从公司借了一百二十万元，说是业务上急用。具体用在哪一笔业务上，没作交代。原以为过不了几天就会做账处理，不会出什么事。过去这种事常有，只是这次数字太大。既然上头来查，我们就如实汇报，也算是汇报在前，免得查出来说我们违反财经制度，跟着承担责任。"

区里派人和林常法谈话，他也承认违反了财经制度，但现在自己也无力偿还。需要宽限自己几天，筹措资金，尽快还上。

出了这么大的事，捂是捂不住了，区委做出决定，林常法暂且停止经理工作，经理职务由他人代理。限一周之内还上借款，否则由检察院处理。到了那一步，就是犯罪了。

与此同时，财务大检办也查出了林常法挥霍公款、财务管理不善、违规违纪的许多问题。区里不想把事情闹得更加复杂，那样将有碍外界及上级对本区的评价，只按违纪处理。

林常法求了亲戚告朋友，终于在一周之内将挪用的公款还清。

还了公款，区里的处理决定就下来了，撤销职务，开除公职。林常法几天之内，从赫赫有名的邑城区粮油公司经理，一下变成了平头百姓。

那边的事忙完了，公安局这才开始办案。公安局推断：在瓷器包装完毕、一伙人找上门来打闹的那段时间，调包发生的可能性最大。时间虽然短暂，如经预谋演练，已经足够。后来发生的磕碰事故，也是预谋，以延迟林常法发现的时间并让事情更加扑朔迷离。在汽修厂也不是没有作案的可能，尽管汽车钥匙在林常法手中，但对于汽修厂的人员来说，打开后备车厢并非难事。只是在此作案，涉及的人会较多，保密更难，风险加大，故可能性较小，但也不能绝对排除。汽车回到邑城后，虽然在饭店门口停了近两个小时，但要在这里作案，需要参与的人太多，其风险更大，故基本可以排除。

在历东公安局的协助下，邑城公安局首先传讯了裁缝和庄友才。面对询问,两人说得都滴水不漏,找不出任何破绽。公安局把裁缝和庄友才的家翻了个底朝天,连块康熙青花瓷片也没见到。说到找上门来打闹的那群人,两人都咬定从未见过。

公安部门又去济南,找到了齐鲁文物公司的瓷器专家,了解情况。瓷器专家说了,六件都是康熙青花珍品无疑。这就说明裁缝手里确实有六件康熙瓷器,这便排除了用假冒瓷器骗人做套的可能,其做套骗人的故意大大降低。

公安局同时对汽修厂相关人员展开调查,汽修厂人员更是一问三不知,说前来修车的多了,只有一点点印象,至于车号牌照,一概不知,他们也不可能记得。

打上门来的查不出来,撞林常法汽车的人查不出来,这线索就断了。公安局想先把裁缝卖瓷器的资金冻结,可裁缝早都把钱买成了布匹和服装配料。邑城公安局想把裁缝的厂子暂且封了,历东那边说缺乏依据。折腾了两个月,这案子渐渐没了动静。

初始的一段日子,林常法隔三岔五地来缠磨庄友才。庄友才说:"林经理,你遭受了这么大的损失,我心里也不好受。你按规矩答谢我的三万块钱我不要了,还给你!今后,若再给朋友牵线搭桥,我就不是人了,用四根腿爬着走。"

庄友才经不住林常法的折腾,过了一个月,关门走了。

林常法对公安局的人说:"思前思后,从庄友才来开店,到最后撞车,这里头的每一步,都是裁缝和庄友才精心做的套。拿他两个人拷问,必定能招。"

公安局的同志说:"也不敢百分之百肯定。比如,有人打上门来,可能就是凑巧;再比如,撞车也可能真是凑巧。退一万步说,就是我们心里清楚是裁缝干的事,没有证据,没有口供,如何破案?这案子估计是案中案,得等出现新的线索。你还是从长计议,该干啥干啥,别耽误了过日子,这才是实事求是的人生态度。"

林常法想想也是,案子破不了,自己的人生还得继续。大买卖是无法做了，开个古玩小店，把家里的存货卖卖，先对付过眼前去再从长计议。主意有了，他就到古玩街上查看房子。

柳絮飞关了店门，跟着郑贵农闯荡江湖，一晃已是两年。

店里已没有多少能变现的东西。原来不愿意彻底关门，那是她给自己留的后路，万一在外边混不下去了，可再回来开店。虽然发不了大财，谋生还是绰绰有余。

如今，柳絮飞已今非昔比。

和纪远方达成协议几天后，她回邑城，在店门上贴出告示，要整体低价处理店里的所有家什和古玩，并和房东结算清了房租，约定了倒出房子的日期。

柳絮飞要彻底离开邑城的消息，迅速传遍了邑城古玩界。虽然它开门的日子少，关门的日子多，但它是邑城第一家正式开门营业的古玩店铺，发挥过示范和引领作用，影响很大。有人说，柳絮飞对于邑城古玩经营业的形成和发展，做出了奠基性的贡献，这话一点也不夸张。在她的店铺两旁，先后有十几家古玩店开业，自发形成了一条古玩商铺街。这条路上的铺面，不仅利用率大为提高，房租也得到了巨大提升。

柳絮飞贴出告示的当晚，林常法给她打来电话，说要接手，价格好商量，但货款需要分期偿还。柳絮飞没说行，也没说不行，说考虑考虑。第二天，柳絮飞就告诉了纪远方，问林常法说的话是否可信，顺便让他给拿拿主意。

纪远方听了，半晌没说出话来，愣怔了好大一会儿，才一脸茫然地说："这半年多，我光忙公司的事了，没顾上和他联系，他也没主动联系我。只是听说粮油买卖难做，公司经营状况不好。还听人说，他出了点事，没了公职。但好歹也曾是国有公司经理，'瘦死的骆驼比马大'，怎么要开个古玩小店呢？这就怪了。"

随后打电话和林常法联系，说晚上回邑城，两人见见面。纪远方现在正需要人才,不管这几年经营情况怎样,林常法是见过世面的人,如公司真的不行了,看他能否来这里一块打拼。

见了纪远方,没说上几句话,林常法就抽泣着哭了起来,哭得像个孩子似的。哭够了,才把自己近来的遭遇,从头至尾讲了一遍。

林常法如今已是败时的凤凰,连土鸡也不如了,早就想来投奔纪远方,跟着混碗饭吃。可他比纪远方年龄大,混成这样,实在难以见人。既然纪远方愿意收留,他表示愿意做纪远方的跟班,并且是死心塌地地跟,决不含糊。

林常法心里明白:按年龄自己该是大哥,纪远方是小弟。可这年头谁是大哥,已不再按年龄来决定。

人世间,谁吃谁那一套仿佛命中早已注定。有的人,他总是受某个人的算计,受某个人的伤害。尽管每一次遭受伤害后,他都会发誓,从此和那个人一刀两断。可转来转去,过一段时间,他又会鬼使神差地去找伤害过自己的那个人,然后再被伤害。他就像一棵蔓生植物一样,必须攀附着一根杆子才能生长,尽管这根杆子上布满针刺,会让其遍体鳞伤。如此循环往复,总也逃脱不出来,这就是他生命中所谓的苦主。对于这个屡屡被伤害的人,局外人"哀其不幸,怒其不争,"最后看看无望,就总结了一句话,叫作"可怜之人,必有可恨之处!"

纪远方之于林常法,就是那根杆子,那个苦主。当年纪远方和郑贵农也曾经合伙卖给他假货,在其他事情上,也没少把他当冤大头耍弄,可关键时候,他还得跟纪远方走。

纪远方听完林常法如泣如诉的叙说,一种大哥的豪情也油然而生,尽管他的年龄比林常法还小好几岁,可在角色定位上,他两个一向都主动颠倒。他拍着胸脯说:"老林,尽管我的公司正在建设中,到处都需要钱,但未来我们不缺钱,这就让我们有底气贷款借款。啥时候,要账的来了,实在推不出去,我给你还就是。将来,公司就是我们共同的事业,只要有我花的钱,就有你花的钱。

现在工地马上就要开工，需要一部分保卫人员，你就给我管起这块来。等到公司正式营业，一切走向正规了，我们再理顺关系，该给你啥职位，给你啥职位。将来，有你的一块股份，会让你一生都有个依靠。"

林常法眼里噙着泪，哽咽着说："你是把我当作自己人，才让我把保卫工作管起来，我啥也明白。我一定会给你看好家，护好院，啥也不用说，你放心就是。"

亮相

清代康熙"百寿图"青花笔筒，
高 20 厘米，径 21 厘米。

笔筒，三国时期已有文字记述，但起源于何时无考。最
初以竹木材质为主，至宋代陶瓷笔筒大量出现，并逐级
强化其观赏属性。至康熙，青花笔筒达到了陶瓷笔筒艺
术的最高水平。这一时期的笔筒，以体积硕大、画面丰富、
制作精良而深受文人墨客的青睐。

十月十日,魏大增率集团的总经理、集团的人事部部长等一行十几人,来到双龙,在云泽市相关领导暨双龙区主要领导的见证下,宣读了舜耕集团的任命文件:

经公司党委研究,兹任命:

纪远方同志为舜耕集团云泽钢材交易市场开发公司常务副董事长;

柳絮飞同志为公司总经理、董事;

邱腾任财务部经理、董事;

王飞任工程部经理、董事;

刘跃任办公室主任、董事;

林常法为后勤保障部经理、董事。

第二天,纪远方向全体工作人员做了传达,以使每个员工确信,自已是舜耕集团的一员。文件白纸黑字,公司上下,人人脸上都洋溢出自豪的神采。

一九九九年十月十九日,舜耕集团云泽钢材交易市场举行开工典礼。

钢架的临时主席台上,铺着鲜红的地毯。舜耕集团的董事长魏大增,舜耕集团的总经理,云泽市市长,分管财经工作的副市长,双龙区委书记,双龙区区长,都前来站台剪裁。那阵势,在云泽这种小地方,一年也难得见上一次。

关于典礼的宣传广告,早已在云泽日报、晚报用大红套版连续刊登了一周。云泽的电视上,也时常出现纪远方向全市人民问好的画面。

许多经营建材的个体老板,都闻讯前来看个究竟,依此推测这个项目的前景并收集更多的信息,作为自己投资与否的依据。因此,前来看热闹的人特别多,多得超乎想象。看了这场面的人,无不啧啧称奇,说省属企业就是省属企业,办事大气磅礴。

按照惯例,这样的活动市长不会亲自参加,分管的副市长前来规格也就够了。可舜耕集团是省属企业,魏大增又曾经是云泽的副市长,有了这两层关系,市长才破例前来参加。既然市长来了,一般不出面的区委书记也就必须出面。也许是因为这些高层领导的到来,纪远方的身价似乎也陡然涨了起来。他见了市区许多职能部门的领导,也只是矜持地点点头,算是打了招呼。但知道里边更多底细的人却对他不屑一顾,他们调侃说:"纪远方的架子只能撑乎半天,过来,还得点头哈腰。"

古玩界的朋友,只要不是有特殊情况,也都来给纪远方捧场。捧场不仅是一种礼貌,更是一种人情和面子。何况纪远方反复宣传,凡古玩界的人及其亲朋好友,如果前来购买租赁商铺,一律优先和超幅度优惠。

今天,最让古玩界朋友感到震撼的,是柳絮飞。

正在大学企业管理高级研修班学习的柳絮飞,特意赶回来,主持今天的开工剪彩仪式。作为公司的总经理,正式登台亮相。

稍加留意,就能看得出来,柳絮飞的腹部已微微隆起,推测已怀揣六甲。可能为了不至于太过明显,需要掩饰一下,她今天穿了件旗袍。为了与礼仪小姐的红色旗袍有所区别,她的旗袍呈淡黄色,自然格外耀眼夺目。

柳絮飞本来要身高有身高,要脸庞有脸庞,缺的只是气质,而恰恰这又最难改变。如今去北京待了一段时间,已修炼出了几分知识女性的风韵,只是经不住仔细解读,但与纪远方搭档,也足够了。

今天她往高高的主席台上一站,确实显露出了几分高贵和典雅。只是大家不愿意接受这种现实,不无嫉妒地相互交换看法说:"土鸡与凤凰,原来就是隔了一层纸,只是得遇到给你戳破的那个人!"

典礼活动结束后,大多数来宾都走了,武区长特意留下,参加中午的宴会,很显然,他要给纪远方捧场打气。武区长见到了夏月川,悄悄问他:"夏主任,近来也没见上你,是不是很忙?"

夏月川脸上闪过一丝红晕,有些不自然地说:"干办公室,没有不忙的时候。我也想主动联系你,又怕你没时间。"

他想说,你又没要求见我,我们如何见面?但他不敢和领导开这种玩笑。虽同是靳老那里的座上宾,但他总是十分注意把握自己的身份。

现在夏月川见了武区长,自己就有几分内疚。虽说自己和明楚现在并没有走得太远,但两人之间那种爱慕与挂念,无疑是一种爱人、情人、知己、知音交织在一起的复杂情感。这种情感比单纯的情人关系更加可怕。夏月川隐隐约约觉得有些对不起武区长。他最初发现明楚喜欢上自己的时候,也反复考虑过,也抗拒过。但又觉得,明楚是自己潜意识中一直在寻找的那个女人,冥冥之中,与她相遇的机会,一生也就只有这一次,一旦错过,将再无机缘。更能打动夏月川的东西,是明楚的眼泪。夏月川只要一看到她的泪水,就仿佛看见明楚的心在颤抖流血,这令他忘记一切,抛弃一切。

夏月川能感觉到自己表现得不太自然,可武区长并不在意。他只是觉得夏月川单纯,见了自己这样的官员,总有些不知所措。在夏月川这里,也确实掺杂这种成分。

武区长说:"你也不能总干办公室。办公室是个锻炼人的地方,但不是个久留的地方。"

夏月川不能多说,只好随和着说:"挺好。我觉得还是很顺心,顺心就好。"

这时,有位看上去级别很高的人物过来,说找区长有事,夏月川识趣地告辞走开。

大约过了十来天，局长把夏月川叫到自己的办公室里，直来直往地问他："月川，我想了解一下你的想法。你的发展有两条路子：一是在机关这样慢慢地耗着，当了副局长，再当正局长，然后依次是副区长、副书记，一路走下去。或者是当了副局长，再跳出去发展，然后是副区长副书记，一路走下去。"

说到这里，局长先忍不住笑了。副区长这个位子，对绝大多数局长来说，虽然只差半步，但依然像天边的彩虹一样，只能看见，不能走近。现在夏月川连副局长都没当上，和人家谈未来当副区长副书记的事，有些不着边际。

笑够了，局长又恢复了认真："这第二条路呢，就是你去医院里当个院长，院长干好了，再当局长，再一路发展下去。当然两条路都不好走，也可能一生都停在副局长或院长任上，那都是后话。现在就只能说现在，你也别有所保留，我想听听你的看法和态度。"

夏月川知道，在这种事上，领导不会说着玩儿，自己的表态必须认真严肃。好在他想得不多，竟脱口而出："局长，我听你的，你看我适合干啥我就干啥，我真的没考虑过。"

"那我就直说了吧，你若选择下去当个院长，现在就有机会。区人民医院的院长要到北京去发展，你若愿去接他的工作，可把你列为候选人，提请局党委研究。你不要急于表态，回去考虑一晚上，明天早晨告诉我。"

夏月川本来要说局长怎么安排怎么办，可话还没出口，局长就摆手制止了。

夏月川回到自己的办公室，给明楚打了电话，约好下班后，两人在市图书馆见面。

两人见面的时候已经是晚上五点半了，武区长没有给明楚打电话，那意思就是今晚不回家吃饭了，外边有宴会需要参加。

自武耀文在财政局担任副股级的副科长开始，晚上在外边应酬的次数就逐渐多了起来。开始的时候，每当晚上不回家吃饭，就先给明楚打个电话，以免做多了饭造成浪费。到后来一周回家吃不了一次饭，再打电话，既浪费时间也浪费话费，就约定回家吃饭的时候，再打电话，而这样的电话，半月也难有一个。

武耀文自从回到双龙区任区长，晚上就没回家吃过一次饭，但多了一个项目，就是每周都要带明楚参加一次晚饭活动，节假日的午饭也时常带她去。明楚不是个喜欢热闹的人，若不是为了武耀文的面子，一次也不想去。要知道，当别人都带着夫人参加宴会的时候，他若没有带，会有碍观瞻。久了，人家会猜测，夫妻感情上是不是出了什么问题。所以她一般也不拒绝丈夫的要求，还会装作很愉快的样子。次数多了，就开始厌恶这种活动了，用她的话说，这纯粹是一种浪费感情、浪费时间、失去自由的、无聊的社交活动。她问丈夫，难道在办公室就不能把工作全部谈完，非要将它扩展到饭桌上？武耀文苦笑着说："中国的政治自民国以来，都是这样。在办公桌和会议桌上，只能解决面子上的事，里子的事，要放在饭桌上解决，这几年，是越来越厉害了。你若拒绝参加这种活动，那就等于你拒绝了社会，你就会把自己孤立起来，至于事业和进步，那就什么也别谈了。大家还会指责你是'三十亩地一头牛，老婆孩子热炕头,'你仿佛成了异类。"

明楚今晚与夏月川约好后，就盼着接不到丈夫的电话，当然也准备好了理由，就是接到带自己参加饭局的电话，也一定会推开。

市图书馆只有一座三层小楼，领导的办公室在二楼，一楼职能科室，三楼是图书室。现在都下班了，值班的就只有一楼东头楼道口的传达人员，整个楼内静悄悄的。夏月川来过几次，但不是很多。明楚盼望他多来看望自己，但他却很少来，他不是在意男女授受不亲那一套，而是怕人家说夏月川来走动区长夫人，以获得工作上的关照。对此，他们心有灵犀。明楚也尊重夏月川的想法和做法。

夏月川在进入明楚办公室的同时，就反手把门锁了。他刚坐到沙发上，明楚就坐到了他身边,两人相互拉了手,静静地对望着。明楚的眼中的泪,仿佛早就准备好了,一闭眼就流了下来。夏月川用手去给她擦拭,她却把他的手拿开,把脸贴在他的胸膛上,蹭了几下,把泪水擦到他的衬衣上。夏月川不再犹豫,猛地把她抱紧了。明楚抬起头来,渴望地看着他。他迅速将嘴唇贴到她的唇上,两人吻在了一起。这还是他们的第一次拥抱接吻,明楚的泪水,此刻要用涌泉来形容了。

过了很长一会儿,两人才平静下来。明楚娇嗔地问:"为何等到现在才吻我?"

夏月川说:"以前见了就紧紧地拉手,你也没示意我可以吻你呀?所以我不能,也不敢!"

"那,这次你怎么就敢了?"

明楚在他的脊背上狠狠地掐了一把说:"我感觉你就是不喜欢我,就是只想把我当作你敬重的大姐,仅此而已。哼!"

话虽然这么说,但明楚心里明白,夏月川绝不是那种为了讨好区长夫人而委屈自己的人。他在自己面前的一举一动,无不透着男人的呵护与爱意,只是不想让自己觉得他肤浅和轻浮,从而影响了两人持久的情谊。她也是这样,她爱他,甚至到了死去活来的地步,但她不愿意给他留下一个随便的印象,哪怕是这样的一个闪念,她也不能接受。虽然他们是婚外情,但绝不能因为是婚外情就可以轻浮放肆,就不把它看作是严肃的事情。明楚知道,是他们两个人都这样想,才把别人几天就能走完的路,走了两年半。

想到这些,明楚觉得一波幸福的暖流波涛般向自己涌来,随即把自己淹没。她有些颤抖地挖苦他说:"没想到你这般虚伪,这般正经。"

夏月川听了,什么也不说,只是轻轻地把她从沙发上拉起来拥入怀中。左手搂了她的腰,右手轻轻地给她理着头发。她的眼泪再一次从眼眶中涌出来,洒在他的胸前。过了一会儿,才破涕为笑。

两人并排坐下来,相互把手叠在一起,开始说话。过去每当两人单独在一起,总是这样,这已成了两人说话的习惯方式。

夏月川开玩笑说:"我看了一篇散文,描写相爱的人别后重逢,是'执手相看泪眼,默默无语,唯有泪千行',我们这不就是?"

"我是泪千行,可你不是。哎,你来找我,是不是还有事要告诉我?"

恢复了平静的明楚,又表现出了知识女性的缜密。

"局长今天找我,让我考虑,如果我愿意,可以提议让我去担任区医院的院长,我想先和你商量一下,征求一下你的意见。"

明楚听了,没表现出吃惊的样子。她若有所思地说:"这事你得回家征求征求你妻子的意见,看看她是啥意思。我不吃醋。"

夏月川皱了皱眉头说:"不用征求意见。她就是盼着我有了权,能够有人请客,有人送礼,那是她向往的生活。她现在天天抱怨,日子过得清苦。唉——"

看得出,这是夏月川实际感受,并非为了讨好明楚而故意这么说。

听夏月川说出这番话,明楚的脸上挂满了吃惊。他与夏月川深入地交往也两年多了,很少听到他提起妻子,这也体现了夏月川的修养。有些人在情人的面前,会故意把自己的配偶说得一无是处。表面上看,似在讨好情人,实际上对情人也是一种不尊重。这就好像是在说:爱上你,是因为我的配偶太不堪,到你这里来寻求爱意,以弥补我生活的不足。还有些人,当着情人的面,把自己配偶的优点常常挂在嘴上,这也是对情人的不尊重:既然你的配偶如此优秀,还出来寻找另一份感情,我这不成了你的一种零食?

明楚一下明白了,夏月川的妻子,是总爱拿丈夫和别人丈夫比较的那种女人,当然是和那些混得好的人比。对于夏月川来讲,这种痛苦又不能说出来,这是一种更大的痛苦。

明楚赶紧把话题岔开,说:"要不这样,把你的真实想法说出来,我再发表看法。"

"我真的不想在局机关干下去了,想到医院去。是去当院长,还是借此机会去做一名普通医生,这心里犹豫不定。当不当领导,对于我来说,好像不那么重要。看看有些领导,真是耻于和他们为伍。"

明楚说:"亲爱的,你想过没有?领导队伍中有许多不适宜做领导的人,不管是欠缺能力或欠缺道德,我们就称他们是不称职的人吧。如果有能力的正人君子不屑于去争取,里边这种不称职的人只会越来越多,对社会的损害会更大。所以,有水平的人要去努力,要去争取,要争得一个为社会服务的机会,这样,社会才能逐步地得到完善。如果大家都这么想,这股力量不就大了?"

夏月川听了,脸上露出几分吃惊的神色。他说:"厉害!过去我总对那些努力想当领导的人有成见,以为他们投机钻营,以为他们是官迷。现在看起来,那种想法不对,至少是太片面。"

"人总不能干一辈子办公室主任。你有组织能力,有才华,别浪费了它们。我支持你去做院长。"

"那我就告诉局长,说我愿意作为院长人选。"

明楚冲他赞许地点点头说:"男子汉,大丈夫,就要敢于直面挑战。"

夏月川若有所思地说:"我估计是武区长对局长提了要求或暗示他重用我,不然局长不会对我这么尊重,还预先征求我的意见。"

"这也有可能。不过你局长知道武耀文很欣赏你,你的水平也摆在那里,局长不用你这样的人用谁?用你,那也说明他局长有水平。"

"从心里说,我不愿意借助武区长的帮助。"

"觉得偷偷和人家的媳妇相爱着,再接受人家的帮助,感觉自己不道德?"

夏月川冲他苦笑一下,算是默认了。

明楚说:"你呀,还是不承认缘分。命中注定有的东西,不管你是不是主动去找,它都会如约而至。我就是承认世界上有缘分存在。我从第二次见到你,就有种异样的感觉,就会心跳不止。那时我已明白,我无法抗拒。"

"是我和他先成了朋友,我才被邀请去了你家。这才让我们有了相互爱上对方的机会。"

"先和他成了朋友,然后再和我认识的男人多了,我怎么没爱上别人?我和你就是缘分!"

夏月川说:"我当然坚定地相信缘分。可他要不是领导,就无法给我提供帮助,也就不会感到愧疚。"

"他不帮助你,也会帮助别人。每个岗位上总要有人,你若无德无能他会帮助你?这主要因为你是个人才,他才和你交往,才去帮助你。古人说求人不如求己,就是这个道理。好了,咱不谈这个了,一码归一码。我什么也不考虑,就让你一心一意爱我。反正除了你,我是谁也不爱了,包括他。就只有你!"

"我也是!"

他们说完了正事,又开始缠磨,不觉已是晚上八点。他们选择了正对着图书馆楼门的一家小餐馆吃饭,那意思就是让看门的人看看,我们的关系光明正大,不怕阳光。

重用

二十六

清代，和田白玉墨床，
长6厘米，宽2厘米，高2厘米。

墨床，类似一小床几，长几寸，宽、高皆不盈寸，摆于
案头，用于放置墨块。木质的多见，玉质的少见。古之
达官贵人及文人墨客，喜爱文房玉器。因文房不似挂件，
无绳无系，不易保存，故不易寻得。

夏月川与明楚见面十几天后,他离开卫生局,到双龙区人民医院担任院长。按工作履历,夏月川升任院长没什么意外,可若按年龄,他就显得嫩了点。古玩行里的人知道内情,都说武区长提拔人才,知人善任,善莫大焉。

年底,省委组织部一纸调令下来,武耀文离开云泽,交流到属于济南管辖的历东市担任书记一年。虽说还是正县级干部,可这历东市是县级市,对于武耀文来说,其人生意义自然就大了。

从区县长转任平级的书记,从组织部门那里说,这叫重用,不叫提拔。但官场的人谁都知道,这看似平调,其实比副县级提为正县级更加艰难。

作为地市间的交流干部,交流期满,提拔一级使用是惯例,若没被提拔,那只能是说出了意外,或者是本人在交流期间暴露出了不足。武耀文本是区长,转任平级的书记,而且是县级市的书记,那本身就是重用了再重用。

区、县和县级市,三者看似一个级别,实则大不相同。县级市的权限比县大,比区就大得多了。而且从隶属关系上说,地市管辖县级市,那叫代管,也就是代省里管理。里子可能都一样,可面子不一样。

而在交流一年后,又必定被提拔,所以说,武耀文这次既是重用也是提拔。这种情况,在官场上叫作"既娶媳妇又过年",属于双重喜庆。

调令下来的第二天,武耀文到省里参加集体谈话,第四天与双龙区的代理区长交接完工作,第五天到济南市委报到,并于报到的当天,到历东走马上任了。

武区长高就了,夏月川这才顿悟过来,自己的工作之所以出现变动,那是武区长得到了他即将离开双龙的信息,催促卫生局局长,把自己的事落到了实处。想到这里,夏月川心里又涌起一阵惭愧和内疚,但明楚那挂满泪水的脸,也随即浮现在眼前。他无奈地摇摇头,苦笑着自言自语说:"武区长,实在对不起了。谁让你娶了明楚这样一位秀外慧中,而又充满向往的女人呢?"

因为是交流一年,一年后到哪里一切都是未知,组织上明确指示,无须办理家属的工作调动。这样,武书记和明楚就只能暂且两地分居。从历东到云泽,只有七八十里路远,沿着舜耕钢材交易市场门前的国道往正西,出云泽地界不远就是历东。除了周末可以回来,就是平时来回赶班也未尝不可。但武书记不能来回赶班,现在组织上正在考察他,断不能给人留下不安心工作的印象。所以,不仅周一至周五住在历东,就是周六周日,只要稍有工作牵扯,他都会住下,和同志们一道加班加点。

因为走得匆忙,方方面面的朋友都没来得及和武耀文吃顿送行饭。从周三开始,云泽这边约他周末吃饭的电话总会有五六七八个。只要周末回到云泽,这两天中午晚上的四顿饭,总要在外边吃。

都说"人一走,茶就凉,"可在武耀文这里,这种状况却没有发生。这有两方面的原因。一是武耀文正走在为官提拔的快车道上,前途无量。二是武耀文不是远走高飞,而是交流一年,将来转回云泽任职的可能性也不是没有。俗话说"宁在马前作揖,不在马后磕头",因此,武耀文人虽走了,"茶"不仅没凉,而且更热了。

自从到历东后,武耀文每当回双龙被人宴请,他总要带着明楚。这样的场合多了,明楚就开始厌烦。不同的朋友,说着同样的话,当然是恭维与祝福的话。谈话的内容都惊人的一致,好像是广播电视里准备好的台词,让人分不清这里边哪是真情,哪是假意。她实在觉得无聊,以后就以心慌为借口,很少再出席这类宴会。武耀文知道她身体不好,也予以谅解。

在外边被人奉承多了,武耀文也慢慢矜持起来。在外边矜持还不算,在妻子面前也矜持了许多。

一周不在一起,在外边被人奉承了一周的武耀文,也想回来被明楚好好伺候一番。他盼着明楚露出渴望的眼神,小鸟依人地唤起他的欲望,然后两人进入如胶似漆的境界,可总是等不来。其实,夫妻这么多年来,明楚就没这样过。他本来知道,可现在觉得明楚应该这样。她没有这样,这让他十分失望。

对于夫妻生活,明楚总显得被动和保守,但现在,武耀文不再满足这一成不变的模式和程序,他要求有所突破,这突破就是明楚要开放和主动。明楚非但不能进步,而且有退步的趋势。她总说心脏不好,不能太劳累和激动,显然是在暗示夫妻生活要有所保留和克制。

总之,两个人都对对方不满意了。明楚清楚地知道,自己在对待夫妻生活上的变化,这一方面来自武耀文的变化,另一方面则是夏月川的出现。

夏月川和明楚现在并没有走向床笫之欢,这多半是因为他有意识的躲着,不让这件事发生。明楚知道,若是换了别的男人,恐怕在济南的时候,就迫不及待地把自己当作猎物撕碎吃了。她曾经怀疑,因为年龄的悬殊,夏月川并不真正喜欢自己,只是虚与委蛇,与自己保持一种介于朋友与情人之间的关系,也就是第三种状态的那种男女关系。

自从夏月川吻了明楚,作为过来人,她终于确信,他一直真诚而强烈地爱着自己。她含蓄地问夏月川,为何对自己的身体没有那种强烈的需求愿望?他说:"我们深深地吻了对方,就已经把身体给了对方。相互爱慕的双方,保留对彼此身体的神秘和渴求,是爱的动力和源泉。当泉水储存到足够多的时候,我们再去探求泉水下的神秘,这不是更好吗?"

一番话,又把明楚感动哭了。

春节马上到了。武书记忽然想起，得去靳老那里报个到。虽说从历东到云泽的距离比到济南城还近，但从行政区域上说，他是来到了济南这一亩三分地上，用调皮一点的话说，靳老就成了东道主。

武耀文和魏大增约好，周六一起去看望靳老。靳老早就从魏大增那里得了消息，知道武耀文到历东高就了，还知道他的前程将繁花似锦。

约了客人，靳老的女儿在门上贴了个临时告示：

前来求字的朋友们：

今日家中有客，不能给大家写字了，望见谅。

靳云舒即日

武耀文见了靳老，少不了一阵寒暄。他说："靳老，从门上的告示推测，前来求字的人一定是应接不暇。我若有您那么个书名，还当什么干部？就卖字吃茶！"

靳老一脸严肃地说："你这话说得不实在。古人说，'当官一日，强过为民三载'。你当了书记，成了一市的最高领导，就相当于过去的县太爷。只有县官往上才叫官，以下的都不算。你的官路才刚刚开始，为官的路还长着呢，怎么会羡慕我一个写字的匠人？"

玩笑开过了，武耀文才把这前前后后的事情，对着靳老捋了一遍。他把靳老当作亲人和值得信赖的人，其中的曲曲折折也毫不隐瞒。最后他说："在官场上，你的能力再强，总有人比你强；你的贡献再大，总有人比你大。因为这些指标，都无法确切地衡量。你努力上几年，比不上某个领导的一句评语、一个推荐的电话。这次，我能进入交流干部之列，不是因为我的工作水平有多高，是魏大增的斡旋调度起了作用。要说感谢，靳老，首先感谢您。是您，让我和魏大增认识并走到了一起。他主动出面帮我，全是看您的面子。"

靳老听了,半信半疑地说:"他的本事有那么大?即便有点用,也只是提醒上级注意你,最终还是取决于你的政绩和品行吧?"

"现在伯乐满眼里都是千里马,如何让他把目光聚焦在你身上?这才是最关键的一环!"

靳老不解地问:"魏大增既然如此明了这些事,他当官不是也不顺畅?自己的事办不好,别人的事还能帮上忙?"

"靳老,您现在不了解外面的世界。此一时,彼一时。那时的官场风气和现在不一样,那时他的认识水平和现在也不一样,那时他手里能动用的资源和现在更不一样。上小学的时候,觉得有些算术题很难,等你上了初中高中,觉得那些题目口算就能算出来。官场上的事,也是这个道理。"

"噢——,你错不了是当领导的料,比喻很生动,道理讲得很透彻。"

靳老的话刚落下,就听魏大增吵吵着进了门。风风火火、激情澎湃,是他鲜明的个性特征。

略做寒暄,魏大增说:"靳老,您的两个徒弟都到了,我们每人写几个字,你指导指导?"

靳老拿出长者的口气嗔骂他说:"你个活宝,说指导指导是假,引诱我写字是真。我写了,你好拿走,是不是?"

三人大笑,其乐融融。

来到书案前,靳老说:"大增先写,耀文后写。你们写完了,我再写。"

魏大增略作思索,写了一段话:

圣人有言,君子三戒:少戒色,壮戒斗,老戒得。

靳老看了,眉宇间充满赞许。

武耀文提了笔,顿了顿神,看得出,他有些怯场。他手腕有些僵硬地写了

322

一句话：

　　　金戈铁马，气吞万里如虎。

　　写完了，武耀文自己感觉有些不满意，觉得内容也不满意，字也有些生硬。

　　靳老分别点评说："大增的字，感觉圆润之气多了些，要意识到这一点，以免走向柔俗。耀文的字，感觉个人的东西多了些，要收着，不要在字上随意流露自己的心性，不过也难。古人说，字如其人，虽然偏颇，但还是有一定道理。"

　　老师就是老师，点评指点的话不能太多，多了学生听不进去。寥寥几句，两个学生听得很是明白，不仅说了字，也说了做人。

　　靳老说："给你们每人写幅字，就算是过年的礼物吧！"

　　　色者，乐欲也。斗者，气欲也。得者，名欲也。
　　　凡此三戒，戒一者，即为君子。戒三者，即为圣人。

　　魏大增看了，知道这是写给自己的，忍不住赞叹说："妙哇！老师就是老师。我只能写圣人的话，老师能将圣人的话为我所用，而且用得恰到好处。"

　　靳老给武耀文写的是：

　　　做官如同踏冰过水，又如登梯攀高。
　　　越到深处冰越薄，越近顶端梯越颤。

　　两人互相望看了一眼，那意思就是服气。

　　内容都写完了，再返回来落款：

庚辰第一天，靳云舒试墨为魏大增先生祝贺新春。

第二幅落款与第一幅的内容都一样，只是魏大增换成了武耀文。

看了落款，两人才知道，今天是干支纪年庚辰年立春。中国干支纪年一年的开始，不是农历大年初一这天，那是农历一元的开始，现在叫春节，古人叫元旦。干支纪年的第一天，是从立春这天开始。这种落款方式，两人也是第一次见，都暗暗赞叹先生的意趣和功底。

在附近饭馆吃了午饭，魏大增和武耀文没再回靳老的家，直接告辞了。回到家来，女儿看着爸爸不是很开心，就问他说："爸爸，咋的了？您的两个徒弟，如此尊重你，怎么还不开心呢？"

"哎——"

靳先生叹口气，这才开口说："这两个人，光说我今天的条幅词句好，有学问，有味道。可就是不说这是我对他们的提醒和劝告。我看这两个人，官场上的坏毛病，也开始有了。"

女儿打圆场说："他们那么聪明，能不知道您的用意？但他们都不戳破这层窗户纸，那是他们虚荣心在作怪。谁还没点虚荣心呢，他们回家后会仔细琢磨的。"

靳老嘴里咕哝了两声，勉强接受了女儿的解释。

第二天上午，夏月川来看望靳先生，说自己来济南办点事，顺便来看看。因为是周日，来找靳先生写字的人不少。除了斋号和牌匾必须现写外，靳先生就把自己平时的作品拿出来，供求字的朋友们挑选。

把求字的朋友打发走了，他们师徒俩才坐下来说话。夏月川把自己的工作变动情况，一五一十地向恩师做了汇报，也把自己的一些想法和靳老谈了。

夏月川最后说："武区长临走，催着局长给我做了安排，这也是您老的心事,武区长也是仁至义尽了。我心里都清楚,见了他,您把我的感激带给他。"

靳老问:"你当面向他表示了吗?那样,岂不是更好?"

"俗语说,大恩不言谢。这么大的恩德,当面说就显得薄了。"

靳老很满意,不住地点头称许。

夏月川临走,靳老给夏月川写了八个大字:

　　不为良相,便为良医。

残
夜

二
十
七

清初，青花筒瓶，高 22 厘米。

筒瓶，是明末清初大量出现的青花瓷器造型，属高档陈
设瓷器。多绘山水、花鸟、人物故事，画面清雅古秀，
意味悠长深远。

尚未开工,舜耕钢材交易市场的招商宣传工作就已全面铺开,其力度在云泽前所未有。开工不久,在市场北部紧靠国道的地方,两层楼的销售招商中心迅速建成并投入使用,在此办理商铺销售和租赁业务。

他们推出的发展战略是:立足云泽,辐射鲁中。在云泽日报、晚报、电视、广播中,几乎每天都能看到宣传它的图文,几乎每时每刻都能听到介绍它的声音。云泽周围的地市,其宣传广告也是铺天盖地,让人耳熟能详。

要致富,舜耕市场买旺铺。

要发财,舜耕市场做钢材。

去舜耕,人人都能变富翁。

做钢材,舜耕市场等你来。

说千言,道万语,发财才是硬道理。

来自五湖四海,聚到一起发财。

……

这年头,广告用语的开放程度每天都在刷新,但如此直白的广告用语,还是令云泽人耳目一新、眼界大开。建筑面积总共七万多平方米,除了公司自己留用的部分,可用于出售的共计六万平米。在云泽,沿街旺铺一般销售价格是三千元一平方米。为突出舜耕品牌和专业市场的优势地位,强调舜耕市场的巨大商业潜力,魏大增建议定价在每平方米四千。纪远方的团队听了,都觉得太高,超出云泽人的心理承受能力。魏大增反复向他们说明,这个市场,面向的不是手里有个几万几十万的商贩,应面向怀有投资愿望的百万千万富翁。他们买商铺,不一定要来经营钢材,而是要经营商铺。这些理论,纪远方他们能听得懂,但心里总是不太踏实,于是搞了个折中,每平方米三千六。魏大增摇摇头,说他们太保守,将来一定后悔。

自元旦那天开盘销售,每天前来咨询、看盘、购买的客户络绎不绝。销售中心门前,天天车水马龙。

资金像江水似的滚滚而来,涌进了纪远方公司的账户。临近春节,已卖出一半,销售收入接近一亿。公司果断停售,一是要待价而沽,二是要留一部分,作为公司的不动产,将来用于出租。纪远方虽然当过多年的厂长,但账上总是没钱。一厂人吃喝拉撒,挣的钱再多,也总有窟窿在等着。

现在这些钱,名义上说是公司所有,说到底是纪远方个人所有,因为它具有支配这些钱的权力。有时连他自己都不敢相信,巨额资产来得竟是这般容易。一个人,一条路,竟能把一个人从地下擎到天上。都说人的生死就在一瞬间,看来这富贵贫穷也不过是一瞬间的事。

纪远方赶到济南,把销售及工程进展情况,向魏大增做了汇报。他提议把舜耕集团的一千万还回来,同时讨论讨论分成事宜,免得让集团的其他人有看法。

魏大增一路既往的大大咧咧,他摆摆手说:"远方,你也不用细算了。一千万借款,你若不用了就还回来,这是明账,处理了利索。现在房子卖了一个亿,预计连地加建设得用三千二百万,加上其他费用,总共得三千五百万,剩下六千五百万。还有一半的房子,不要都留着,那样不符合运营规律。过了年,你再卖掉其中的二分之一,剩下的另一半留着出租,租金作为未来市场管理的运转基金。至于收入分配,等卖完了再说。到时提个百分之十,就算完了,舜耕集团不缺你那几个钱。将来在经营中挣了钱，再讨论不迟。钱是你的，如何分配我不多说。不过，武区长那里，按说得给他一成，但他一定不会要，百分之二他也许可以接受。如何处理，你看着办吧。"

三言两语，魏大增就把事情点拨清楚了。纪远方豁然开朗：无论什么事情，人家都明白着呢！再卖掉总商铺的四分之一，按现在的价格，就是五千万，那可是净收入了。前后收入加起来，纯利就是一个多亿，得给集团一千多万的利润分成，至于要多要少，都是魏大增一句话的事儿。

说是给武耀文百分之二，那可是二百多万，给他一百万恐怕他也不敢要。只是魏大增这里，按他为武区长定的标准，也该是二百多万。

纪远方从济南回来后，给魏大增打电话，让给个账号，先往里打进二百万去，说这是股份所得，以后挣了钱再说以后的。魏大增在电话里说这是开玩笑，他魏大增从不要别人的钱。说开春后，领着纪远方去趟北京，给自己买幅中意的字画就得了，纪远方欠自己的这个人情，也算彻底还了。还说别的不谈，将来自己有了困难，再找纪远方借钱不迟。放下电话，纪远方情不自禁地喊一声"痛快！"

本来，纪远方年前该到武耀文书记家里走访，所谓走访，无非是送礼和拜年。可如今再那样办，就有些不合适了。

武耀文成了县级市的书记，而且走向更高的岗位指日可待，再去直白地送礼就显得有些不尊重对方。如今他纪远方也不再是一个区属企业的老板。区属企业的老板，在大领导眼中，与个小作坊业主没多大区别。尽管很多知道内幕的人，现在依然把纪远方看作一个暴富小业主，可他从骨子里已经认定：自己就是舜耕集团的干部，因为文件可以作证；自己就是省属特大型企业一个分公司的老板，这个毋庸质疑；至于有人不把我当作省属企业的领导看待，那是嫉妒我取得的成就。

成了大老板，就要有大老板的做派，不能再在黑灯瞎火的晚上，去给领导拜年和送礼，纪远方要体面地和武书记交往。

武耀文按惯例要回聊城明楚的老家过春节，一般大年初一晚上返回双龙。现在他打算初一上午就回历东市委坐镇，那样心里才会踏实。处在人生的关键点上，全市的各项工作，都不能出一点的纰漏。稍有不慎，或将前功尽弃。武书记不把纪远方当外人，在电话里把自己的想法和打算都稍微流露了一些。

摸准了武书记的行踪，纪远方自己开车，除夕凌晨上路，初一早晨就赶到了明楚的老家，来给书记的岳父母拜年。大年初一、几百里路、给老人拜年，这三个内容连接起来，这是多深的情谊？

武书记没再调用自己的专车，而是坐纪远方的汽车，顺路回到了历东。明楚和儿子留在了老家，陪伴父母。

在武书记的办公室，纪远方把公司的建设和营业房的销售情况一一做了说明。临走，纪远方小声说："魏大增董事长对我讲，公司里该有你百分之十的股份，但这无法明着处理，你我心里有数就是了。你现在需要打点方方面面的关系，在这里就待一年，人生面不熟，有些事情不好处理。需要时，可随时通知我。先办了个银行卡，里边存了几个钱，你随用随取吧。"

说完了，纪远方掏出一张银行卡，放在了武书记的抽屉里。武书记思索了一会儿说："关于股份的事，我们就不要提了，那是规定所不允许的。你挣了钱，我用时去借就是。我们爷俩，其实也无所谓你的我的。这卡上的钱，就算借了，将来有了，再如数还你。"

大年初五下午，武书记派车把明楚和儿子接来，一块回到云泽。待儿子到自己卧室睡了，夫妻两个躺到床上，武书记才把纪远方给钱的事详细说了一遍。已去银行查了，那卡里有三十万块钱。

因为熄了灯，看不见明楚的面部表情，但他能感觉到明楚的身子在震颤。明楚开了灯，坐起来，披了上衣，小声但严肃地说："老武，我跟了你，只想平平淡淡过日子,从未想要过荣华富贵的生活。大年初一,纪远方给老人两千块钱,说让老人买点东西吃;给儿子两千块钱,说是压岁钱。这都在礼尚往来的范围内。可一次给三十万块钱,你收了,这就成了受贿。问题很严重,这个你该懂!"

对此,武耀文好像早已准备好应对的说辞。他平静地说:"如果我牺牲了国家或他人的利益,为纪远方谋取了私利,给我送钱,那是行贿受贿。如今是做侄子的发了财,怕他叔叔需要钱的时候摸不过来,所以才给他叔叔送了些钱来,让他叔叔花着方便,这不过是叔叔借侄子的钱,这咋成了受贿?"

武耀文在话语中,特别强调,他和纪远方是叔叔和侄子的关系。

"如没有你给他穿针引线认识魏大增,或者引见了,这个项目他在别的区县搞,你这样说,似乎还讲得过去。可双龙区上上下下,都知道从他租地办钢材公司开始,一直是你在帮他,这就有了权钱交换的成分。"

"引进项目,发展当地经济,是区长的责任。无论亲疏,都要一视同仁。不能说我们过去认识某个企业家,就故意不去帮助,那也不是正确的态度吧?"

明楚一脸无奈地说:"我们换一个话题。你要这些钱有啥用呢?"

武耀文也坐起来,穿了上衣。他冷笑一声说:"钱的用处大了!儿子今年暑假后就是大三了,若是出国留学,现在就要做准备。很多官员的孩子都留学欧美,咱的孩子就不能出国留学?你考虑过吗?我为啥被省里选中,成为交流提拔的对象?是魏大增帮我做了工作。当年,谁都知道魏大增该提拔重用,为啥提不起来?是因为没有人给他在上边活动。现在魏大增上边的路子很活,为啥?他手里有资源,有钱。不能总指望别人给咱活动?以后得自己活动。我说的这些事,都需要钱。"

"没有那经济实力,就不要想着孩子出国的事,凡事不能勉强。至于当官,多大才是大?任其自然就不行吗?"

武耀文突然变得严肃起来,以不容置疑的口气说:"在官言官,由不得自己使性子。官小，可以不努力，努力也白搭；官大，就不用努力了。如今我是不上不下，也只有豁出去拼了。"

明楚有些吃惊地说："老武，你变了，变得让我有些看不懂了。"

她本来要说"变得我有些不认识你了，"感觉那样太重，才改了说法。

她继续说："我们最初走到一起的时候，你就是个普通的银行职员，能走到今天这一步，我从未奢望过。有钱有势，不是每个人的追求。"

武耀文听她话里有话，意思就是官和钱都无所谓，这很让他反感。在他的认知中，无视他的职位，就是无视他本人的价值。丈夫在事业上取得了巨大成就，身为妻子，应当为之自豪和骄傲才对。换了别的女人，一定会对自己顶礼膜拜，可明楚没有，这让他极不舒服。他在外边，已经听惯了吹捧和奉承，即使来自妻子的善意提醒，他也不能承受。

他有些古怪地说："你在图书馆，是不是看书看多了？当初你跟了我，是单单相中了我这个人？恐怕也不全是吧？还不是我的家庭因素在里边起了一定的作用？"

明楚没想到他能说出这种话来，她努力控制着情绪，冷冷地说："不否认你的家庭背景在里边起了一定的作用，而最重要的，是我觉得你这个人老实可靠。还有，那时我小……"

"那时我小"四个字，深深刺痛了武耀文："这么说来，是我年龄大，用人生的经验骗了你？"

明楚不再说话，躺下后转身朝了床外。

两人好多天不在一起了，武耀文本来想给她一次爱抚，以尽丈夫的职责。看到她这种态度，他长时间疏于对她施爱的内疚瞬时没了，反而感到一种莫名的解脱。

这一夜，明楚几乎没睡，武耀文也是。他虽然对着妻子说得理直气壮、有理有据，但他清楚地知道，自己是在强词夺理。过去他给人办了事，对方会以种种借口，强行塞给他三五千块钱，他也半推半就地收了，好在数额不大，过后也就心安了。这次纪远方一次给他这么多，他也有些害怕。可这对于纪远方现在的收益来说，连牛身上拔根毛也不算。自己在官场上，需要过一种体面的生活，如果没有钱，一切都是空谈。自己确实需要钱，唉，就收下吧！他的内心就这么一直在肯定与否定中挣扎。

武书记吃了早饭就赶往历东去了，走时说晚上不回来了。看得出，昨晚的不快还没有消除。

儿子也要出去找高中时的同学玩儿，明楚让儿子等会儿再走，说要和儿子讨论个事儿。

儿子略带警觉地问："妈，讨论啥事？"

她问："你大学毕业后，有没有出国留学的打算？"

儿子想也没有想，痛快地回答说："有，当然有！目标是美、英、法、德，别的国家不去！"

"那是需要一大笔钱的，咱家没有怎么办？"

儿子停顿了一会儿，一脸调皮地说："妈，别开玩笑。我爸再差也是个县委书记吧？很多人的爸爸还不如我爸爸官大，人家都出国了，人家都能有钱，咱们怎会没有？到时我爸还能没有办法？"

"啥办法？根据我和你爸爸的工资，到时有多少钱就能算出来，差远了。"

"真啰嗦！我爸爸有哪么多企业界朋友，赞助一点不就是了。"

"朋友的钱怎么能随便花，那是要犯错误的！"

儿子有些急了，他以开导的口吻说："朋友用来做什么？关键时候要用来帮忙！否则要朋友还有啥用？不是常说嘛，一方有难，八方支援，有人的出人，有钱的出钱。有了困难，朋友赞助，这不很正常吗？"

"可那些有钱的朋友，全需要你爸爸在关键时候出来，为他们提供政策帮助或者协调关系。用了人家的钱，那就成了权钱交易。"

"我爸爸如果不能给人家帮助，人家交我爸爸做朋友干啥？人家岂不是有病？这就对了。朋友就是要互相帮助，否则那不叫朋友，那叫熟人。借朋友的钱暂时用一用，既不是偷，也不是抢，犯不了错误。"

明楚还想说什么，儿子多少有点着急了："好了，好了！你好好琢磨琢磨，就会明白这个道理。我去找同学了。中午我和同学在外边一块吃饭，就不回来了。"

儿子说完，头也不回地走了。她呆呆地站在客厅中，过了好大一会儿，才缓过神来，给夏月川发了个传呼拜年。其实拜年的传呼和电话在聊城时就发了打了，现在呼他，就是为了约他。

儿子武黎明在东方政法大学读书，自腊月二十放假回来，明楚这当妈的，就恨不得不再上班，整天和儿子在一起。一天三顿，都给儿子做饭，几乎谢绝了所有的社会活动。临近过年，又回了趟老家。前段时间，夏月川也忙得不可开交。年前单位要忙着走访，一个小小的基层医院，上边的婆婆多了，哪个婆婆，他都得去拜一拜。所以，他们已很长时间没见面了。

她盼着见夏月川，又害怕见到他。每当他们见一次面，她几天都不能从那种情境中走出来，感觉自己随时都能崩溃。因此，即便有空，也克制着自己，尽量不去联系他。今天恰好有空，她已无法控制自己的情感。她困惑，她孤独，要从夏月川那里寻找答案和安慰。

过节期间，医院不能歇业，一切照常运行。只是院里的领导干部和大夫一样，可以轮着休息。虽然值班表上夏月川与其他副职一样，都是一天。可他是第一把手，每天都必须来院里呆一会儿。这不是他敬业，换了谁当院长，也得这样。

收到明楚的传呼时，夏月川正在办公室。他回传呼问："可以通话吗？"

几秒钟后，明楚的电话打了过来。夏月川试探着问："一个人在家？"

电话那端传来抽泣的声音。夏月川赶忙问："发生了什么事？"

"没有。"

"我过去看你？"

"到银行那边吧。"

武耀文到外地任职了，今年春节他们没到银行那边的家去躲避，但她过段时间就来打扫整理一番，使之依然保持一种生活的状态。

大约过了十五分钟，他们就各自打的赶到了一起。

他们坐到三人沙发上，一边断断续续地吻着，一边说话。

明楚在心里犹豫了半天，还是把自己与丈夫及儿子的对话内容，对夏月川详细地说了一遍。末了，她问："我总觉得他们的话很错误，很危险，但又不知如何反驳。想听听你的看法。"

夏月川想了想，轻描淡写地说"你们说的都对，只是各人参照的标准体系不一样。你的标准，是传统的、法理的。他们的标准是经济的、人情的、现实的。当大家或很多人都在这样做的时候，就变成了合理的、天经地义的社会行为。你儿子理解的可能就是单纯的朋友帮助，不知道社会的无情和冷漠。他现在可能还不知道，单单朋友关系，别人不可能把钱财无偿送给你。像恩格斯那样，挣了钱来供给马克思著书立说，那是个例，全世界仅此一例。但武书记就不一样了，他明白，这就是权钱交易。但他强词夺理，为自己的行为寻找理论根据，以寻求自我安慰。当然，只要不是走得太远，你也别太在意。根据我对他的了解，他做事还是很有分寸。"

明楚摇摇头说："人都在变，他开始信奉金钱万能，这最令人可怕。"

夏月川转了话题说："你能告诉我这些，我很感动。放心，到了我这里，就像进了保险柜。"

明楚叹口气说："但愿我儿子，仅仅是因为不明白其中的道理吧！"

夏月川心想：一个学法律的大学生，咋能不懂？除非故意。但他只能心里想，不能说出口。

沉默了一会儿,明楚楼了他的脖子,嘴巴紧贴着他的耳朵,闭上眼睛问他:"亲爱的,和我在一起好不好?"

　　"好啊!你是让人难以忘怀的女人。"

　　"既然如此,为何不把你整个人给了我?"

　　"会的。我想,再等段时间。"

　　"既然相爱,为啥要等呢?男女双方,如果没有肉体的强烈需求,那就不是真正的爱。几十年前,张爱玲就这么说过。"

　　夏月川听了明楚的话,没有丝毫的吃惊和激动,而是充满深情地说:"我一定会把我给你,但要等到一个人生的节点。"

　　明楚对夏月川的话似懂非懂,但知道那是一句有分量的话。她又开始流泪。

　　夏月川更深地吻她,明楚也不再追问。在内心深处,她已把他视为自己最亲爱的人。

相离

清末，端砚，长 10 厘米，宽 6 厘米。
背铭："来云阁主金和"。

金和，1818 年至 1885 年，晚清诗人。字弓叔，南京人。
梁启超将其与黄遵宪、康有为并称为晚清三大诗人。

纪院长得了重病，在省立医院住了四十天。自知时日无多，坚决要求回家。不到十天，便已作古。

生老病死，既非天灾，亦非人祸，痛苦一段时间就过去了。这对纪远方来说，算不上什么挫折。可家里发生的另一件事，对他的打击却实在有些大。

纪远方做梦也没想到，妻子提出要和她离婚，而且十分决绝，没有任何调和的余地。

当年纪远方的妻子嫁给了他，女同事们无不羡慕。对女性来讲，纪远方的主客观条件，都具有足够的说服力。那时他在厂里已是中层科室领导，看上去风头正劲。父亲是中级人民法院的中层领导，也是蒸蒸日上的年龄。纪远方也绝非是个吃父母饭的绣花枕头，除了长得一表人才之外，其社交和管理能力也有不俗的表现。虽说妻子是医专毕业，但除此之外，她的各项指标与纪远方比起来，似乎都处于下风。

介绍人把女方介绍给纪家的时候，纪远方觉得尚可，母亲却不十分痛快。她嘟囔说："长相一般，又出身于农村，将来经济负担重不说，光家教就是个大问题。能不能融入我们这个家庭，怕是还两说着。"

纪远方的妹妹当时还只有十几岁，也在一边帮腔，说农村出来的人，生活习惯还不知道咋样呢。

纪院长与他们的态度相反,对这门亲事十分满意。他责备妻子说:"别觉得我们这个家庭有多么了不起。若不是当年我具备了带家属的条件,把全家带出来,而是早早转了业,你们不也就是一窝农民? 别扔了棍棒就打要饭的。农村出来的咋啦? 你我都是生在农村,长在农村,比谁的修养差了? 人家姑娘能看上远方就不错了。人家是大专毕业生,是知识分子,学识和智力水平在那里摆着,将来对后代会有大益处! "

纪院长对事物的认识自然是高屋建瓴,在家又是一言九鼎,这事就这么决定了。

婚后,小夫妻俩日子过得不温不火,但婆媳关系和姑嫂关系却总是一般。若不是儿媳敬重公公,也许早与婆婆小姑子撕了面皮挣个谁是谁非了。

纪远方这几年对妻子的热情可谓一年不如一年。或者是忙于事业,或者还有其他原因,妻子也懒得与之计较。妻子觉得两个人并不处在一个层次上,为了孩子,凑合着过就是了。她现在是邑城医院的权威大夫,与双龙这边医疗卫生界的人都有联系。关于纪远方的种种传言也听到了一些,以她作为妻子的直觉,也毫不怀疑传言的真实性。纪远方现在已是富翁,她们就更不是一路人了。作为知识女性,妻子不想把自己的人生继续系挂在一个没有爱情的婚姻上。她早就想离婚,只是有碍于公公的尊严和对公公的尊重,才一直踟蹰不前。如今,公公去世了,已没啥顾及了,就毅然提出了离婚。

纪远方作为丈夫,知道自己对妻子的感情如何。纪远方希望妻子带着孩子,自己把挣来的钱财大部交给妻子,只是自己在外边无论做什么事,最好也不要过问和干涉。纪远方深知,这对妻子来说并不公平,在她那里也未必行得通。最终,纪远方所担心的事情还是发生了。

他们两个都是很理智的人,知道捆绑成不了夫妻。婆婆和小姑子好像企盼着这一天似的,当然不会劝阻。女儿正在读初中,因为纪远方这几年也没怎么顾上她,她对爸爸也没有太多的依赖。纪远方和妻子都表示尊重孩子的选择,孩子选择了和母亲生活在一起。对于女方来说,离婚是一种解脱,对于纪远方来说是该来的来了。最终,彼此都心平气和地接受了。所以,家里家外波澜不惊,一切复归于平静。

家里的事处理完了,外边的工程正在顺利进展,账上的钱也在不断增加,纪远方现在是要风有风,要雨得雨。他忽然想到,得利用这段时间,收购些像样的文物,将来在文化艺术厅展出,以提升企业的文化品位,同时也收藏一笔财富。

四月初,他跟魏大增去北京参加了一场大型拍卖会,花了四十五万元,给魏大增买了一幅张大千的仕女图。画不大,一尺宽,二尺长。小小一张幅画,动辄就是几十万元,这不禁让纪远方感慨万千。

在魏大增的引领下,纪远方认识了来自四面八方的文物经营人士,当然,大家都高举着收藏的旗帜。他仿佛被洗了脑,似乎对收藏有了崭新的认识。

纪远方有些激动,要将近来的一些心得,传达给云泽收藏界的一干人物,以开阔他们的视野,并再次感受一下被人仰慕和簇拥的滋味。

明天就是"五一"节了,连上调休的周六周末就是七天小长假,人们的心情格外放松。纪远方提前一天就下了通知,今晚他在城南大酒店宴请古玩界的朋友们,孟祥宾、夏月川、小旦,都应约前来,纪远方的手下,除柳絮飞外全部出席作陪。与过去相比,唯独缺了大旦。

春节期间,大旦因为参与集体嫖娼被公安局抓了现行,影响很坏。大旦虽未明确宣布退出江湖,但从此不再露面,可谓知耻。纪远方郑重宣布,与大旦断绝一切关系。

槐局长也前来赏光。他已转任区委组织部常务副部长,级别虽然还是正科级,但绝对是重用。官场上谁都明白,只要担任了这个职务,成为副县级的领导,那只是早晚的事。

领导干部因提拔或重用离开原单位时,按规则要征求一下他的意见,是否还有未了的事情需要解决。武区长未来的前途一片光明，大有一飞冲天之势，他的话自然灵光。武区长很有分寸，只是说槐局长水平很高，为区里的人事改革做出了贡献，也得罪了一些人，希望组织在调整干部的时候，别让这样的人受到冷落。这番话，听来全是从关心和爱护一个同志的目的出发，可谓入情入理。过了不长时间，槐局长的工作就得到了落实。槐局长本来就兼任着组织部副部长，现在只是在副字面前多了个常务，在局外人看来，也是顺理成章的事。

高经理的父母兄弟都在云泽，他赶回来过节，也应邀前来。

林常法与高经理有过节，纪远方这次给他制定了临时约法：第一，见了高经理要诚恳道歉，说自己过去多有冒犯，望其原谅；第二，要对高经理恭恭敬敬，当好东道主。林常法应承——照办。

过去纪远方召集聚会，林常法可以借酒洒泼，如今不行了。那时彼此都是邑城区里的干部，手上都有一块可以自由支配的权力。说到底，他们只是朋友、兄弟。林常法给纪远方当跟班，那是因为纪远方有纪院长那柄大伞罩着，身上多了一层唬人的光环。林常法可以接受纪远方的约束，但关键时候也可以不接受。

现在，林常法已是虎落平川，不复当年之勇。说是理事、部门经理，其实就是纪远方手下的一个打工先生，与纪远方的关系，就是主仆关系。纪远方的话，林常法安敢不听？

这次请客，纪远方的感受和以往大不相同了。自己初到双龙时请朋友吃饭，里边有讨好大家的成分。那就如同打把式卖药的初到一个地方，需要先打场子。里边有展示武艺、震慑不服的成分，但请大家关照的成分还是居多。后来请大家吃饭，让武区长来捧场，说白了那是扯上武区长那张"虎皮"，来充作自己的"大旗"。再后来如愿成了收藏家协会会长，那是为了找个落脚的平台。

无论怎样风光，前边这些，都属于软件。当今社会，地位和财力才是硬件。

如今,纪远方是舜耕集团云泽分公司的常务副董事长,不管是真是假,那文件上的公章可是真的。账面上那上亿的资金,也是真金白银,可不像许多公司那样,仅仅是些固定资产和倒来倒去的数字。可以毫不含糊地说,现在纪远方无论是软件还是硬件,都成色十足。

纪远方今非昔比,在座的各位大多也提了身价。

高经理最初是泉城文物店所属二级店的经理,现在成了泉城文物店的副总经理;槐局长成了组织部常务副部长;孟祥宾早在武区长的关照下由副处长变成了处长;夏月川成了院长。就连腾辉、王飞、刘跃三个跟班,也随着纪远方水涨船高了。这里边就只有林常法,从独有一块地盘的经理,变成了跟班的喽啰,而且列跟班的最后一名。

有了上述原因,这次宴会的级别和气氛,较以往都大不相同。纪远方不再收敛和恭敬,更多的是自信潇洒,收放自如。大家的举止行为,已不再是兄弟聚会那样的肆无忌惮和无尊无卑。整个晚上,大家都是听纪远方说,间或插话的是高经理和槐部长,别人都表现出一副洗耳恭听的样子。

纪远方今晚谈话的主题很明确,就是参加拍卖会的所见所闻和他的体会与感受。尽管他的话时断时续,逻辑性也不是很强,但大家在脑海中还是进行了抽象归纳,大致总结为四点。1、我们过去的收藏,只注重了古玩的历史、文化、艺术价值,没有把经济价值放在首位。2、大家只注重了一件古玩对于收藏者个体的内心感受和体验,没有关注市场对它的认可程度。久而久之,都在自娱自乐,没有放眼于市场,也就不可能发财。3、我们这里的收藏者,只是些工薪阶层,不具有强大的购买能力,只能买些小物件,收藏的前景十分暗淡。只有像他那样的大款,才能代表收藏的发展方向。4、他要投大资,进行大手笔的收藏,而且要逐步成为拍卖会上的买家和卖家,从中获取巨大的经济回报,并力争跻身于国际知名收藏家之列。

纪远方每表明一个观点,大家都纷纷附和,频频点头,唯独夏月川不做任何表示。宴会临近结束了，纪远方问他说："夏院长，你对我汇报的心得体会，有什么不同的看法？"

纪远方之所以要阐述他的心得或说是理论，并非即兴而来，而是有意为之。就是要告诉大家，如今的他，在见识、眼力、眼界等各个方面，已远远高于在座的各位。如果说当初他担任会长，在专业理论这块，还有些不能服众的话，这一问题现已不复存在。他已具备了丰富的知识和理论，该是万邦臣服了吧？

夏月川一向为纪远方所忌惮。纪远方心里明白，自己的观点若得不到夏月川的认同，其影响力就会大大减弱，甚至受到质疑。他问有什么不同的看法，意思就是"你不会有不同看法吧？"这是用疑问的口气来进一步表达肯定。

夏月川为了照顾纪远方的面子，故意用商讨的口气说："我的理解和纪经理的不太一样。我认为，收藏古玩的真谛，在于满足收藏人心灵的感受。把握一件古玩，研究它的前世今生，探寻它承载的文化和历史信息，然后穿越时空，与古人对话，从历史文化中汲取精神营养，从而达到陶冶情操、修身养性的目的，这是收藏的出发点和归宿。当然，如果一件古玩我们研究透了，把玩过了，又追寻到了更好的东西，把它卖掉，挣些钱来，再推动自己的收藏向更高的水平迈进，那是最成功的良性收藏。

"一件古玩，无论档次高低，只要同时具备了历史、艺术、文化价值，那它也一定具有经济价值。民间虽然很难出现大价位的东西，但寻找的过程，也是一种快乐的体验，从拍卖会上买东西，则无法感受这种快乐。

"至于说到拍卖会上去投资购买高品位的东西，那不是工薪阶层所能考虑的事。不同的阶层，走不同的路子，各有各的收藏方式，不能互相排斥。如果这次从拍卖会上买件东西，将来升值了再拍卖出去，这就把古玩当作了股票和期货，古玩在此就只剩了个空壳。那是商业行为，与收藏搭不上边界。就是对古玩一窍不通的人，也可以这么进行操作，那已不属收藏家研究的领域。"

夏月川说完了，场面就有些尴尬，高经理打圆场说："钱少的朋友，继续在民间淘宝，钱多了去拍卖会上闯荡。相辅相成，并不矛盾。"

槐部长随后说："都有道理，都有道理。"

然后大家哈哈一笑，宴会结束。

过了两个月，纪远方再次召集收藏界的朋友们聚会吃饭。

一见面，孟祥宾就用夸张地口气问："哎呀！纪经理，好长时间见不上你，大家都想你了。手下人只说你出发了，去了哪里，用了这么长时间？"

纪远方淡淡地说："去了趟美国，考察商务管理，顺便带回来三件瓷器，请大家来评判评判。"

最近几年，许多欧美国家的小型拍卖行，都把目光投向了发达起来的中国人。他们纷纷举办中国艺术品专场拍卖会，以满足中国客人的需求。国人以为老外不懂行情，趋之若鹜，希冀从老外手里捡到大漏。

在部分人心中，欧美的中国古玩，应该是俯首可拾。明清时期，外销到欧美一部分；八国联军、英法联军入侵时抢去了一部分；早年华侨旅居海外，带去了一部分；建国后，国家出口创汇卖了一部分。这几部分汇总起来，必将是一个天文数字。如今，喜欢中国艺术品的老一代外国人即将谢世或已经谢世，子孙后代不再喜欢这些东西，必将把它们低价处理。纪远方大概也持这种逻辑。

大家酒足饭饱之后，纪远方才让手下把瓷器搬出来。一件顺治时期的青花麒麟芭蕉纹大盘，一件雍正年间的青花线描人物罐，一件乾隆年间的青花缠枝纹抱月瓶。尤其是后两件，都是清朝瓷器的大名誉品。

大家看了一会儿，都竖起大拇指说好。纪远方说三件东西总共花了五十万，大家都说便宜。

众人散去之后，纪远方越想越觉得不对。大家都说好，没有实际意义，只有说好在那里，那才是真好。对于古玩，"不怕不说好，就怕不说老"，这是常识。他转念又想，这些东西应当没问题，从美国买回来的，哪能有假？大家都不说话，是夏月川不表态，误导了大家，他那是在故意要我难看，显示自己的高明。

第二天，纪远方打电话问孟祥宾："孟处长，对这三件瓷器到底啥看法？觉得昨晚大家都没说实话，你就实话实说。"

孟祥宾沉吟了一会儿说："要说不对吧，从美国带回来的。要说对吧，看着都差口气。再问问他们，还得继续探讨。"

纪远方又给高经理打电话，问问他的看法。高经理说："昨晚我喝得有点多，看啥都模糊，不好表态。"

下午，孟祥宾去找夏月川讨论。夏月川知道，他明知东西不对，偏要让自己把话说出来。于是转着弯说："中国人太聪明。早出国的人，骗晚出国的人；晚出国的人，骗国内的人。大家只看到东西在国外，却没看到是啥时候运到的国外。国外的中国艺术品有三种类型，早年流落国外的是真品，上世纪五六十年代出口的是工艺品，前几天带出去的是赝品。只要不是花个人的钱，真假无所谓。有些人上当是真上当，有些人上当是愿打愿挨。"

孟祥宾听罢，一时陷入了迷茫和困惑。

几天之后，云泽收藏界传出一则消息，说纪远方告诉大家，他与夏月川分道扬镳了。大家问夏月川，是否有这回事，他不屑地笑笑说："原来观点没有多大分歧。他发达了，思维就跟着钱走了。友情依然在，只是收藏理念没了交集。本来骨子里就不是一路人，不存在分道扬镳的问题。"

鬼术

二十九

金代，黑釉剔花罐，高 23 厘米，腹径 27 厘米。

剔花工艺，在宋金磁州窑系及西夏的瓷器上被大量应用，
使瓷器釉面呈现出立体、多面、生动的艺术效果。

不觉已是秋去冬临,钢材交易市场的工程到了收尾阶段。与外边逐渐下降的气温相反,纪远方购买古玩的热情是一天高过一天。柳絮飞在北京那边的学业早已结束,孩子也三个月了。她没有歇够五个月的假期,便克服困难,提前上了班。有柳絮飞在公司盯着,纪远方就更加放心地在外边跑。这段时间,他跑了北京跑上海,出入于大大小小的拍卖会。

　　纪远方打算,在钢材交易市场开业的时候,艺术展示中心同时开展,展示云泽收藏界的成果,以此作为配套的庆典项目。而这个展出的重点内容,应当是舜耕公司云泽分公司的藏品。不出几个月的时间,就购进了一批重量级藏品。有近现代几位顶尖书画家的书画作品,有几件清代官窑瓷器,还从外地文物商人手中,购买了几件大个头的青铜器。

　　柳絮飞了解云泽收藏界的家底,谁手里有什么稀有的古玩,她都清楚。她向纪远方提起和推荐过几样东西,他都不置可否。次数多了,柳絮飞就有些奇怪,她问纪远方:"根据我的判断,咱本地古玩贩子手里的东西,就算他狮子大开口,也一定比拍卖会上便宜得多,也一定比外地人手里的东西便宜。这都是些知根知底、没有争议的东西,你咋就不感兴趣呢? 买谁的东西不是买? 买了本地人的东西,让他挣点钱,他不仅会感激你,还交下个朋友,再有好的东西,还会给你留着,何乐而不为呢?"

纪远方拍着她的肩膀说："都说头发长见识短,这话看来不假。我们认识这么多年了,看来你对我还是不了解。我这人做事,是'不鸣则已,一鸣惊人。'还有一句话,叫作'外来的和尚会念经。'古玩也是这样,同样一件东西,本地出来的,大家都知道,就不新奇了。只有从外边买来的东西,大家没见过,乍一亮相,才会引起震撼。这是其一。"

说到这里,纪远方故意停下来喝水。柳絮飞上前拧着他的耳朵说："我让你再和我卖关子。既然其一了,还有其二。"

纪远方赶紧装作求饶。两人打闹够了,他才继续说："其二,本地的东西,你花了多少钱,大家都清楚,将来有领导或朋友相中了,你如何能喊个高价?其三,咱有些东西,少不了要送给帮过我们忙的人。同样一件东西,从本地买,花了三万,就只能答复三万的人情。从外地买,我说花了十万,它就是十万的人情。懂吗?"

柳絮飞抛个媚眼,骂他说："你,就是个贼骨头!"

柳絮飞接着问他:"本地难道就没有一件让你动心的东西?不管其一其二其三,不买下来,就寝食难安。"

"有,就是小旦手里那件康熙笔筒,虽说不是值大钱的东西,可那画面是赵匡胤黄袍加身。除此之外,这个画面的瓷器,全国露面的据说只有一件,那还是个尊,和笔筒不是一个品位的东西。这个笔筒,一定要买下来,在开业时展出,必定引起轰动。"

"那就赶紧办!开业的日子马上就到,别再拖拉了。"

"不是拖拉。开始小旦死活不卖,后来松口说卖了,但要的价太离谱。八万的东西,若要十万,给他也就是了,可要了二十万,而且咬得很死,没法还价。若给他十七八万,肯定卖。我倒不在乎那十万八万的钱,但怕让行里人笑话,说我傻。"

柳絮飞想了想说:"这事交给我去办,对付这样的人我有办法。东西你可看好了？”

“已经得到公认，是开门老的好东西，没有争议。”

三天以后，有两位北京的客人来找小旦。他们先是给小旦打了传呼，小旦回话，双方取得了联系，约定了见面的地点，小旦把他们领到家中。

客套之后，北京的客人说明了来意：“这次到云泽来看货，听朋友们说，先生手里有件笔筒，我们就冒昧地前来打扰，想看一看，开开眼界。如果愿意出手，也可以谈谈。”

小旦略带几份狐疑地问：“你们自己联系我，这多麻烦，怎么不和本地的朋友一起来？”

“按规矩是该这样！可我们不想让更多的朋友知道这事，那样会多出很多麻烦。一回生两回熟，下次来我们不就成了老朋友？如果自己能联系上，尽量不要麻烦外人，那会多一层费用。”

小旦一听就明白了他们的意思，连忙说：“那倒也是。”

古玩行里有两个规矩。一是没有熟悉的朋友领着，一般不让陌生人进门，这是出于安全的考虑。二是朋友领着人上门买东西，一旦成交，买卖双方各拿出成交价的百分之十来酬谢带路人，这叫介绍费。当然，成交额大了，介绍费的比例可以适当降低，但总量还是很大。近几年，随着古玩行业道德的整体堕落，很多人不再遵守这个规矩。买卖双方在朋友的介绍下见了面，看了货，彼此也有成交的意向，但故意谈崩或装作不为所动的样子。改天双方绕开中间人，悄悄成交。这样一来，双方把酬谢费都省了。在行里，这叫作“抄后路”，被视作不守职业道德的行为而受到鄙视。

小旦之所以领两个人进门，是因为两人操着北京口音，再看看两人的穿戴及精神气质，也不像道上的混混。尽管如此，小旦还是让妻子出去，站到了楼洞门口。两位客人来时，他已向客人做了介绍。那意思是说，我的家人在外边站着呢，里边一有风吹草动，外边就可以喊人或者是报案，谁也跑不了。

客套完了，小旦把笔筒搬出来，俩客人分别拿起来看了看，显出一副无所谓的样子。小旦心里想，少来这一套，这套把戏我见得多了。

两位客人交换了一下眼色，其中的高个子客人说："首先说东西不错，开门的老玩意儿，保存得也很好。如果想卖，可以开个价。如果不想卖，就算没说。"

小旦迟疑了一会儿，装作不太情愿的样子说："本来不想卖，可妻子单位要集资建房，需要钱。如果能出个好价钱，我就卖！我开价二十万，没有多大水分了。"

矮个子客人说："旦先生，这种东西在你们下边，可能是宝中之宝，在大的古玩商人手里或拍卖会上，就不是宝物了，它只是上等的民窑瓷器而已。我们最多出十万。这已超出了我们的心理价位，但初次打交道，也想交个朋友。"

小旦听了，面带不悦地说："好。这样吧，你们若有，十一万一个，我收，有多少要多少。我还有事要外出，二位先到别处转转吧，改天再聊。"

主人下了逐客令，客人只好告辞。临走，客人留下一张名片，依然笑容可掬地说："旦先生，可能我们的眼界有限，没有认识到它的真正价值，出得低了。这样吧，过一段时间，如果你认为我们出的价还算可以，就打个电话，咱们再商量。"

小旦冷冷地说："好！你们回去等着吧。"

又过了半个月，又来了两位天津的客人，一如前边的北京客人，慕名前来观看小旦的笔筒。两位客人报价是八万。小旦心气受挫，问对方还能不能加一万，对方摇摇头说，这已是顶格的报价了。

送走了客人，小旦就有些心慌，莫非这东西实际就值八九万块钱？

再过半月，来了一位南方客人，还是找小旦看笔筒。那人的报价更加可怜，只有区区七万，自然不能成交。

这三拨客人的依次来访，把小旦的心气彻底地打没了，也让他明白了这件青花笔筒的实际价格。他给北京的客人打电话，说自己确实等着用钱，感觉还是他们更实在，十万就十万吧，有兴趣的话，就来拿去。谁知，北京的朋友说他们最近买了一个，纹饰与这个相同，个头还更大一点，品相也完好如新，才花了八万。这一个，暂时就无钱买了。等有了钱，想买的时候，再到云泽去拜访。很清楚，那边不要了。天津和南方的朋友，因为谈得很不友好，联系电话也没留下。就是有他们的电话，也不能再联系了。生意场里有句话，叫作"一赶三不买，一赶三不卖"，小旦现在终于从北京人那里，彻底理解了它的含义。

其实，这三拨客人都是柳絮飞派来的帮手，为的就是把小旦的心气砸下去。在生意场上，这种手法自古有之，叫做"趟露水"，或着叫"破坷垃"，顾名思义，前边发生的一切，都是为后续行动做的铺垫。

柳絮飞在古玩行里打拼多年，也接触了一些来自天南海北的古玩贩子，其中有些关系还算不错。北京、天津来的那两拨客人，就是真正道上的人。他们每年都要来云泽几趟，到文物贩子们那里找货。这次柳絮飞把他们请来，派上公司的小车陪同他们，所有费用全包。对他们只有一个要求，去把小旦的心气彻底打掉。

南方来的客人，其实是在江渚城里开发廊的宁波人，柳絮飞在江渚做头时与其相识，如今仍有联系。本来就是生意场上的精灵人物，柳絮飞对他稍做专业指点，就很出色地完成了任务。

小旦郁闷了半月，纪远方终于出场了。北京、天津的朋友都说笔筒到明末，而且是不可多得的东西，既然已经在小旦身上做足了"功课"，就该迅速拿下，免得夜长梦多。

纪远方如今已是大老板了，来到小旦家中，说话不再客气："小旦，你那件笔筒卖了没有？前段时间风传，说你想出手了。早想来看看，一直忙公司的事，抽不出时间。今天好歹有了点时间，前来拜访，顺便看看有没有对路的东西。"

不知怎的，小旦如今见了纪远方，自然就矮了三分，说话全然没了原来的底气："哎呀纪总，那笔筒没经过你的允许，我怎么会卖？要卖，得先等你买，你说不要了，我才敢卖。没见上你的话，哪敢？"

"好！搬出来再看看。"

小旦把笔筒搬出来，恭恭敬敬地放到纪远方面前。纪远方搬起来，看看没有磕碰，就放心了。他问："不卖也就算了，君子不夺人所爱。若卖的话，想卖多少银子？"

小旦慌忙回话说："本来舍不得卖，现在急需要钱，也玩儿够了，你若喜欢，就把它搬去吧。"

"多少钱？"

"十万，你看可以吗？"

"不可以。我出九万。"

"还能再添添吗？"

"再添两千！"

纪远方说完这话，站了起来，一副随时要走的样子。

小旦一拍桌子说："好！成交。给你也不是给外人，少卖点就少卖点吧，以后你多照顾照顾，啥也有了。"

纪远方冲司机刘跃努努嘴，刘跃随即出去。不一会，提了一袋钱回来，对着小旦说："九万二，点点吧。"

纪远方和刘跃搬着笔筒出了门，小旦的妻子从里屋出来说："我这心里怦怦直跳，不会出什么事吧？"

"大拍卖会上都卖的东西，能出啥事，你就放心吧。走，咱一块去把钱存到银行里。"

纪远方回到公司，把笔筒锁到柜子里，不再示人。柳絮飞觉得奇怪，就问他："以往买件东西，就招呼人来欣赏，给人家讲说，这次怎么低调了？"

纪远方神秘地笑笑说："开业庆典时让它亮相，给收藏界一个惊喜！"

第二天恰是周六，纪远方回到邑城，找妹妹商量，说暂借《秋柿图》用一用，开业庆典展览结束后马上送还。原以为很简单的事情，没想到变得复杂起来。妹妹对他说："哥哥，你先去咱妈那边看看，等会儿他爸回来，和他说一声，你再来拿，或者给你送去。咱要尊重人家，这样才好。"

　　妹妹说的他爸，就是说她儿子的爸爸，这是邑城地区对丈夫的一种称呼。

　　纪远方说："那当然！我不急着拿，你们两口子商量好了再说，中午我在咱妈那边吃午饭，到时你们也过去，咱也好长时间不在一起吃顿饭了。"

　　妹妹听了，眼圈一红，泪水开始在眼眶里打转。她有几分抱怨地说："这几年你忙着干大事，没空回来。我们见不见面倒无所谓，只是咱妈那里，你得常回来看看。咱爸走了之后，她很孤单，需要我们做儿女的去送些温暖。"

　　纪远方说："一旦公司开业，走上正轨，我时间就多了，肯定经常回来，或把咱妈接去双龙，便于我好好照顾她。"

　　中午，纪远方和妹夫妹妹见了面。妹妹说："《秋柿图》作为嫁妆给了我，很感谢父亲母亲，也感谢哥哥。作为出阁的闺女，本应当好好保存。可我们对这没有研究，也怕保存不好，愧对了你们的一片真情。既然你这么喜欢这幅画，公司也要用，你们就把它买去吧。说白了，公司还不是你个人的产业，那画子你啥时想叫它回家它不就回家？最终还是你个人的东西。我要买房子，也需要钱。这就等于父母把嫁妆由字画改成了房子，画子呢，还是属于纪家的东西，这样就两全其美了。"

　　对于妹妹的说法，母亲也没异议，看来妹妹已和母亲通过气。纪远方听了，心中一阵狂喜，父亲收藏的东西，就剩这幅画最珍贵了，其他的几件珍贵东西，都拿出来为自己的事业铺了路。妹妹她夫妻俩既然想卖回娘家，这真是喜从天降。这不是钱的问题，这里边有种情结。纪远方自记事起，家里就有这幅字画，每当过年过节的时候，爸爸才在卧室里挂出来欣赏几天，绝不让外人看到。在所有藏品中，这才是镇家之宝。当年妹妹选她做嫁妆，父母又特别宠爱妹妹,自己不能阻拦,索性痛快地做了个顺水人情。在父母那里,东西在谁手里,都一样,都是在儿女手里。可在纪远方看来,那东西给了妹妹,它就不姓纪了,而是跟着妹夫姓了。如今妹妹他们主动提出来,要物归原主,这就没有夺人所爱的嫌疑了。

纪远方故作不快,用责备的口气说:"你买房子用钱,说一声就是了,我帮你解决。再说咱妈手里还有几个钱,你尽管拿去用。把画子卖给我,这不是乘人之危?传出去不好听。"

他妈说话了:"远方,你妹妹两口子又不搞收藏,单独一件东西在手里也怕保存不好。妹妹知道你心里喜欢这幅画,要给你送回来,赏她一些钱不就是了?咱家的事,外人怎会知道?"

纪远方哑巴哑巴嘴说:"既然咱妈也这么看,那我只好接了。也不用说虚的,我从心里喜欢这幅画。你们说,想卖多少钱?"

妹妹说:"哥,也不瞒你说,我拿着它,去好多大文物店咨询过,他们开出的收购价都是三十万左右。当然,给再多的钱我也不能卖给外人,那不成了败家的玩意儿?我不过是出去晃晃价,心里可多少有个底。你看着给就是了。"

"人家给三十万,就说明这东西值六十万。但它的价格,以现在行情,该在六十到八十万之间。但我要给你太多了,就体现不出一家人的情意了。给你七十万,将来给外甥买房子的钱,也都有了。"

自始至终一言不发的妹夫说:"就按哥哥说的办吧?只是给得太多了!但肉烂在锅里,都在咱们家。"

这时母亲开口说:"这不能叫买卖。就是当妹妹的把字画送给了当哥哥的,哥哥有钱,要支援妹妹七十万块钱,帮妹妹买套好的房子。"

纪远方说:"就这么定了。不过咱还是先小人后君子。写份协议,我们都签上字,免得孩子们长大之后再节外生枝,这也是对未来负责。"

大家都同意这么办。拿来纸,纪远方立马起草好了字据,一式三份。纪远方、妹妹、妹夫、母亲分别在上边签了字。妹妹、纪远方、母亲每人一份。

　　纪远方怕夜长梦多，第二天给了妹妹一个七十万元的活期存折，用的是她的名字。钱货两清，《秋柿图》自此就真正归了纪远方。

缘
尽

清晚期，浅绛彩绘颜料盒，
直径18厘米，高7厘米。

浅绛彩瓷器，为晚清创新瓷器品种。当时的瓷绘画家将
传统的山水、人物、花鸟技艺移植到瓷器画面上，集诗
书画印于一体，展现出异彩纷呈、别具一格的效果，取
得了卓越的艺术成就。

武耀文到历东市工作,一晃已是八九个月。归纳上上下下对他的评价,没有贬,也没有大褒,总之是中规中矩,平平淡淡。作为交流一年的干部,要求他甩开膀子大干一场,这也极不现实。对此,大家也都理解。接下来,他为历东办了一件大事,一下征服了历东的所有官员乃至全城百姓。

　　历东市实验中学建设工程,早在上年初就已动工。政府在人代会上做出承诺,今年九月新学期开学,一定投入使用。原计划投入的资金,本来就没筹措起来,而现在还需要追加两千万元。因为无钱,工程进展缓慢,该想的办法都想到了,还是无法解决。正在大家一筹莫展之际,武耀文想到了省财政厅文教处的郭处长。

　　郭处长让历东市打出报告,说明情况。没过半月,省财政厅拨来专项资金三千万元。本来,工程缺口二千五百万,历东故意申请了三千万。因为按惯例,申请的数目一定会被打折。这回郭处长来了个好人做到底,要多少,就给了多少。

　　武耀文待满一年,省组织部前来考察,听到的全是赞誉。而这种赞誉,不是出自官场的习惯,而是发自肺腑。考察后不到一个月,武耀文高就运河市委副书记和政府常务副市长,这又是一次标准的提拔加重用。

　　到运河上任,转眼就是三个月。运河市离云泽三百多公里,再把家留在云泽已不现实。那样不仅生活极不方便,也会影响运河市官场对他的评价。连家都不能安下,随时都准备走人的样子,如何伏下身子,一心一意地工作?

武耀文和明楚商量,讨论给她调动工作和搬家的事,可明楚对此十分冷淡。说在那里人生地不熟,孩子假期回来没个同学,自己也没个朋友,会很孤独郁闷;再说了,运河也不一定是最后安家的地方,原因有三个。首先得要看看孩子大学毕业后到哪里工作,那时再作决定不迟。如果儿子毕业回到云泽工作,这家无论如何也不能搬。年轻带着孩子走,年老跟着孩子走,这是规律。其次,武耀文还年轻,将来到云泽附近地市任职也不是没有可能,如果那样,也许就不用搬了。还有,等武耀文年龄大了,工作到了最后一站,再考虑在哪里安个家也为时不晚。

明楚说的这些都是实情,具有很强的说服力。但在相互依靠、相互厮守的两个人看来,这都不能算作理由。武耀文明白,现在的明楚是有他也可,没有他也可。可反过来,自己又何尝不是这样?

既然如此,武耀文不再考虑明楚调动和在运城安家这两档子事。

尽管不是非生活在一起不可,但明楚流露出的这种态度,还是让武耀文很失望,甚至算得上绝望。此刻他意识到,两人的心,已经渐行渐远,且没有逆转的可能了。

在明楚的内心,已将武耀文视为陌路,这不能不说与夏月川的出现有很大关系,但这不是最主要的原因。当明楚苦苦地恋着夏月川的时候,她觉得对不起武耀文,她的内心也一直在反复地挣扎。当她和夏月川相拥在一起的时候,依然觉得对不起武耀文,甚至有一种负罪感。在明楚的内心深处,也从未产生过离开武耀文的念头。直到春节前夕,明楚都认为,自己的婚姻与爱情可以分离且能够并存。明楚也痛苦,她甚至为此找到了安慰自己的理由,即当年涉世未深的自己,被大龄的武耀文哄到了手,那是没有爱的婚姻。但从武耀文接受了纪远方那笔巨额馈赠开始,明楚对他的爱便清空了。尤其是武耀文说明楚当年跟他，也有看重他家庭的意思之后，她的心也死了。明楚觉得不是武耀文变了，他原本就是这样的人，自己只是重新认识了他。

武耀文原来给自己定了条规矩，决不轻易让朋友到家里来。明楚发现，他已渐渐地把规矩废弃。每逢周末，有越来越多的朋友前来拜访，朋友临走时都以种种理由放下些有价证券或现金。而且随着武耀文政治行情的看涨，朋友的出手也越来越大方。武耀文好像已经习惯了这些。明楚不断地申明，自己不会用、也不会打理这些钱财，并不断提醒他送还回去。但都被他收起来了，到底是存起来了还是送回去了，她也不去过问。感觉他是没送回去，否则，早就干脆拒绝了，免得过后麻烦。

这几年，武耀文对夫妻间的恩爱似乎也失去了兴趣。早先，无论两个人如何闹摩擦，他都要缠着亲热。如今，他晚上回到家里，不是说酒喝多了，就是说累得浑身乏力，总之是先为自己的表现做好了铺垫。明楚对此是心知肚明，她当然也乐得这样，就顺水推舟，装作不懂。两人像是达成了默契一般，睡在同一张床上，做着各自的梦。

尽管明楚已不再爱武耀文，但终归是夫妻，终归是孩子的爸爸，她担心他在官场上发生什么不测。明楚劝不了武耀文，以他的职位，一般人也劝不了他，她想到了靳先生。

明楚给靳先生打了个电话，让他在方便的时候提醒武耀文，不要乱交朋友，要严格要求自己，做个廉洁奉公的领导。靳先生一口应承下来。

放了电话，靳先生对宋女士说："明楚依然是那个明楚。可惜，武耀文官做大了，就不是原来那个人了！"

宋女士明知故问地说："你如何知道他变了个人？"

靳先生叹了口气，说道："这还用问？明楚若能劝得了他，还要我提醒？一般人都不能免俗，看来武耀文也是个俗人。你这就联系他。"

宋女士随即给武耀文打了传呼。到了第二天早晨，武耀文才回过话来。

宋女士和武耀文寒暄了几句，靳先生接过话筒来说："耀文，最近我买了套大房子，已搬进来住了。回双龙路过济南的时候，绕点路，来我这里一趟。老长时间不见了，想见见你。顺便来看看我这新居，认认家门。"

武耀文说："靳叔，请您原谅和担待。自由不当差，当差不自由！天天都有一大摊子事等着，没来得及去看望您和宋姨。让您挂念，过两天我就去。"

靳先生年事已高，宋女士年龄也大了。家里来来往往的客人多，就是伺候茶水，宋女士也越来越力不从心。靳老的儿子不再开车，女儿干脆辞了职，都到济南来照顾老人。老人从润格收入中拿出一部分，帮他们买了房子，并提供他们的生活所需。孩子们来照顾自己，家里的人自然多了，况且还有求字、学字的客人，来了一批又一批。为此，靳先生在趵突泉附近的黄金地段上，买了套四室两厅的大房子。一间作卧室，一间作书房，剩下的两间，儿子和女儿，一家一室，用来临时休息。

靳老搬家后，夏月川来过了，武书记一直没来。

到了周五，武耀文让原来的司机小田联系夏月川，说周六上午，自己从运河市回来，要顺便去看看靳先生，大概九点半左右就能到济南，问问他能不能去。由夏月川领着，可免去他寻找靳先生住址的麻烦。夏月川在电话里说不用考虑，自己九点准时赶到。

自从武耀文到历东担任书记，一别已是一年大多，夏月川就没见上他。一是武耀文未曾召见，即便夏月川想去拜见也没机会。二是夏月川与明楚有了份独特的情谊，总觉得很难面对武耀文。每当武耀文回来，夏月川都会从明楚那里事先得到消息。夏月川也通过电话多次表达要去看望武耀文的意思，都被推辞，他也就借坡下驴，不再坚持。夏月川觉得武耀文有恩于自己，需要当面表达感谢，这几乎成了一桩心事。

周六早晨，夏月川特意带上了一张一尺见方的小画，是大画家王雪涛的花鸟，五年前买时花了七八千块钱。尽管他十分喜欢这张小画，但还是忍痛割爱，把它送与武耀文，以表心意。

夏月川到达靳先生楼下的时候，才九点十分。他用移动电话和武书记通话，那边说十分钟就到。夏月川与他约了汇合的地方等着。

两人上楼的时候，碰见了正在下楼的靳先生。见了他们，老人开玩笑说："正要下去接你们，没想到来得这么快。没下去等着，失礼了！"

三人没在客厅逗留，直接进了书房。书案周围有几个红木杌子，他们随便坐下，书案就当了茶桌。

喝了几口茶，武耀文给靳老赔不是说："靳叔，这一年多来，我的担子是越来越重了，休息的日子很少。好歹有个休息日，还有些社会活动需要应付。没来得及看望您，想想真是惭愧，希望您做长辈的谅解。"

靳老爽朗地笑笑，然后说："耀文你这么说，那就见外了。作为长辈，谁不希望晚辈进步？只要你们能为国家和老百姓多做些事，来不来看我都是小事。我一叫，你这不就来了？若是请都请不动你，我那才会生气。"

说到这里，靳老赶忙转了话题，把明楚的工作和儿子在大学的情况，一一问了个遍。三个人东拉西扯地谈了大约半个小时，宋女士来问，午饭是在外边还是在家里吃，好让女儿安排。没等靳老开口，武耀文摆摆手说："靳叔，宋姨，这次我就不在这边吃饭了。云泽那边还有几个朋友，约我很多次了，说是在一块坐坐吃顿饭，已经答应了他们，这也是没约魏大增一块来这儿的原因。下次再来，一定补上。"

靳先生听了，点点头，表示理解。看得出，老人有几分失落。他忽然像想起了什么，问武耀文说："官做大了，也更忙了，那字还练不练？"

武耀文略做迟疑，随即说："练。只是没有原来那么勤了。心里装的事太多，总也静不下心来。您原来常说，练字需要静下心来，这一点不假，我现在是深有体会。"

靳老听了，心里嘀咕：我是说练字能让人心静下来，怎么掉了个，成了静下心来才能练字？

看看场面有些不顺畅，一直没有说话的夏月川连忙说："靳老，武书记现在到了一个新地方工作，您送他幅墨宝，鼓励鼓励他吧。"

武耀文本来想开口，但不好意思。既然夏月川说了，他就高兴地附和说："我正想是不是开口，靳叔，就麻烦您用字犒劳犒劳我吧。"

一说写字，武老似乎又恢复了神气。他边铺纸边说："月川，你现在当了院长，虽然是个业务干部，也深谙官场规矩了，见了耀文这样的大官，也不轻易开口插话，倒是知道替领导表达意思了。"

靳老提起笔，略加思索，一笔一顿，扎扎实实，写了一幅长条：

清心为治本，直道是身谋。秀干终成栋，精钢不作钩。靳云舒取包拯诗句为武耀文先生补壁。

武耀文和夏月川看了，感觉字字厚重、沉稳老辣。能体会得到，老人是用心在写，他们禁不住拍手叫好。但仅仅是一瞬间，两人又恢复了平静。

武耀文心里很清楚，靳老写包拯的诗句，不是赞扬自己有包拯那样的情操，是勉力自己要像包拯那样，做个清官。如果是自勉，自己没那勇气和意志；别人希望自己这样，却是不能承受之重。武耀文从未想过要做包拯那样的官员，如果说把这字挂在办公室里，他还没那等气魄。

夏月川心里说：靳老，尽管武耀文称您为叔，但终归不是您的亲侄子。就是亲儿，官做大了，也容不得父亲说教自己。您写这字给他，是难为他，弄不好，就是讽刺他了。

靳老也似乎觉察到两人的情绪变化，故意缓和气氛说："月川，说个词，我给你写一幅。"

夏月川指着窗台上的一卷纸说："靳老，这次不用给我写了。窗台上那幅字,如果你舍得,就送给我吧。"

靳老说:"那是我随意诌的一段话,你如喜欢,拿去就是了,省得再破费力气。"

刚才靳老与武耀文交谈,夏月川看到窗台上有幅字,就拿起来瞅了瞅,心里就有了底。

武耀文好奇,示意夏月川展开铺在书案上。是一张四尺对开的小字行书,写得洒脱流畅:

> 幼时,冬季严寒,屋内亦寒冷。睡至半夜,被尿憋醒。怕冷又懒惰,闭眼躺在被窝中犹豫。终于找到了撒尿的地方,于是痛快淋漓。晨醒,母亲责备我懒惰,我辩解道:是梦骗我,明明尿在地上,怎就湿了被褥?真是岂有此理!现许多成人做事出错,态度亦如此矣。幼儿可笑,成人可谓之何耶?

武耀文看了,心里不置可否,但嘴上也附和着说好。夏月川说:"大俗大雅,亦庄亦谐。有人间烟火,又古风古味。实在是好。"

这时,宋女士过来说:"月川,你过来看看,我胳膊上生了些疹子,看看抹点什么药?"

夏月川起身随宋女士来到另一室。宋女士的手腕上果真有一片皮疹,夏月川说潮湿所致,买点炎得平软膏,抹三两天,准好。

这边只剩了靳老和武耀文两个人。靳老说:"耀文,你进步了叔叔高兴,可有一样,你一定要注意。现在是市场经济。过去咱批判资本主义社会是金融寡头统治一切,这有些片面。可现在人与人之间、单位与单位之间的交往,掺杂了太多的利益交换,这终究是事实。你脑子中,这根弦可要绷紧呀?"

武耀文点点头,说:"叔,您放心好了。我心里有数。"

武耀文和夏月川要走了，靳老执意送到楼下，一直目送他们的汽车走远。回到屋里，老人看上去心情很沉重。宋女士问他："是不是看他们走了，有些伤感？"

靳老说："这次一别，我和武耀文这叔侄关系，恐怕要走到头了。"

宋女士听了，有些吃惊地问："怎么会这样，何以见得？"

"官做大了，字也不练了。听惯了阿谀奉承，一听提醒或告诫的话就不舒服。我又喜欢提醒别人，你说他还会再来？"

靳先生说完了，轻轻摇了摇头。

宋女士笑一笑，说："人与人之间的关系，不可强求。不过，你也得改一改这好为人师的毛病。"

"三字经上说，'子不教，父之过。教不严，师之惰。'提醒和暗示他，这是我的本分，他不接受，那是他的事。"

汽车就要进入双龙城了，武耀文的车在前面停下，他从车里出来。夏月川的车赶上，也停了。

很明白，武耀文不打算带夏月川参加今天中午的活动，否则就不会停车，而直接用移动电话告诉他，去哪个酒店一块吃饭。

夏月川赶忙下车走到武耀文面前。本来要把那幅画直接给武耀文，但当着两个司机的面又觉得不太合适。他想和武耀文约好登门拜访的时间，到时带着不迟。

没等夏月川开口，武耀文先说话了："夏院长，今天中午的活动，都是些你不熟悉的人，就不请你参加了。去了，你会感到别扭。"

"我想去找你，不知啥时方便？"

"晚上有时间么？若方便，去找我吧。"

夏月川点点头说："好！晚上见。"

武耀文赶到饭店的时候，已近下午一点了。魏大增和纪远方从十一点，就一直在恭候着。魏大增见了武耀文,赶紧跑上去迎接握手,武耀文倒是流露出了几分矜持。纪远方看了,心里就有些不平。武耀文这种态度,近来纪远方已见过两三次,他觉得武耀文近来变化很大,身上添了些政治暴发户的俗气。但这种看法和情绪,只能藏在心里,不能流露出来。双方都是自己的恩人,谁大谁小,那是他们两个人之间的事。这官场的事情,复杂着呢。

本来,武耀文的进步成长,全是魏大增从中运作的结果,可运作成功了,作为提携帮助他的魏大增,倒真对武耀文平添了几分恭敬。这种恭敬不是出自官场礼仪,而是发自于内心。这种提携者与被提携对象的关系,倒与中国的父子关系有几分相像:父亲把儿子供养成了人才,千方百计为儿子的成长进步搭桥铺路。可一旦儿子有了地位,父亲反倒对儿子恭敬起来。而儿子,也心安理得地承受父亲对自己的恭敬。之所以出现这种扭曲的现象,盖因整个社会,弥漫着强烈的官本位文化。在这一氛围中,被提携者会认为,自己本来具有进步的资质和潜力,提携自己,不过是顺水推舟、锦上添花而已。提携者随着被提携者的步步高升,往往会把对这个人的赏识,转化为对其地位和权力的赏识。直到被提携者超过了自己,更是如此。

单就级别而言,武耀文是副地市级,魏大增是正地市级。本来,国家的企业干部和党政干部可以通用互换,但在社会的评判中,企业干部与党政机关的干部相比,其含金量就差多了,而前途,则又要具体情况具体分析。

在党政机关提拔,需要一套繁琐的程序,这期间容易横生枝节。但提拔干部去企业,则可避开这些程序,由组织部门直接任命就可以。许多有根基的人,就在党政机关与企业之间如游龙般穿梭:提拔时去企业,然后平调至党政机关;再提拔时,再去企业。如此循环往复,就会实现跨越式进步。

但对于没有根基和年事已高的人来说,到了企业,仕途就算离开了干道,上了支线。级别也有了,收入多了,但仕途就算结束了。

还有一种情况例外,有人被提拔起来去了企业,本来可以重新回到党政机关,但在企业的收入是机关的几倍或十几倍,就悄然打消了回去的念头。虽说在党政机关会有些隐性收入,但那是拿龙捉虎的营生,危险啊!但这种立足实际的人,所占比率很低。

魏大增就属于年事已高的那一类,没了再发展的空间。而武耀文虽说比他低半级,但那是真金白银的党政领导干部,而且年轻,还有空间。还有一两年,魏大增就退休了,而武耀文的政治生命还很长。如此对比,魏大增的劣势就明显了。事实上,魏大增为武耀文所做的一切,就只有一个目的:现在帮助武耀文,自己老了,好有个依靠。如此,就不难理解,心气颇高的魏大增,为何对低半级的武耀文表现出这般的尊重。

今天是他们小范围聚会,一起讨论舜耕集团钢材交易市场开业典礼事宜。本来这是魏大增和纪远方的事,事实上两人也已拟订好了方案。但吃水不忘打井人。武耀文是这个项目的引进者,是魏大增和纪远方走到一起的牵线人。没有武耀文这位当事区长,就没有这个项目。所以要向武耀文汇报,听听他的建议,以示对他的尊重。

武耀文是个明白人,听了他们的方案和说明,只是说好。最后,武耀文才开口说话:"我已经远离云泽,再出头露面不合适,也就帮不上什么忙了。归纳起来,就是两件事。一是开业剪彩,这事的关键就是头面人物是否到场。只要魏市长打个电话,市里的重要领导就一定会来。市里的领导来了,区里的领导就抢着来。这是给双龙区办的实事,也是脸上擦粉的事,远方向分管的区长汇报一下,剩下的事,就由他去操作了。剪彩的过程好办,人家咋办咱咋办,不要创新,创新容易出毛病。二是配套的艺术展厅举行云泽收藏家协会会员藏品展览,这是新鲜事。现在企业家们都往文化上靠,这不能简单地说是附庸风雅,这是增加企业厚度的举措。既然搞,就要搞出些影响来。魏市长可动用自己在济南文化界的影响,把文化文物界的人请来,让他们看看展览。展览好了,他们就传播,自然而然,钢材交易市场的名字就宣传出去了。这就发挥了文化的功能，达到了宣传企业的目的。到时可以从公交公司租几辆大客车，把济南的客人拉来。看完了展览，再到云泽的名胜古迹转转。找个宾馆，住一宿，第二天再送他们回去。花不了几个钱，又交了新朋友。我的建议不一定非要采纳，你们可以考虑考虑。"

武耀文这番话，说得两人频频点头。魏大增赞誉说："一切按武书记的指示办，这就圆满了。不过，到时舜耕集团把你当作特邀嘉宾，不会不合适吧？"

武耀文稍做思考，然后敷衍说："作为省属企业的嘉宾，这个倒可以考虑。再说吧。"

吃完了饭，他们三人又去茶楼喝茶。武耀文出去接了个电话，回来对纪远方说："林常法在历东那件事，就算是结了。"

纪远方赶紧问："案子破了？"

"不是案子破了。刚才历东公安局局长给我打来电话，说姓庄的和浙江的裁缝，还有赐源一个姓秦的人，前两天一块开车去浙江天目山旅游，车子跌到了山沟里。姓秦的和姓庄的当场死亡，裁缝还处于重度昏迷中，就是保住性命，恐怕也成了废人。这案子还用破吗？林常法无非是破财，他们却破了命。"

魏大增问是咋回事，纪远方就把林常法到历东购买康熙瓷器被人调包的事，从头至尾说了一遍。

当初，案子虽说由邑城区公安局主办，但作为配合工作的历东市公安局也有案底，并且十分清楚。去年，武耀文到历东担任市委书记，纪远方就求他为林常法过问过问，催促历东公安局那边用心办理。一年多来，没有任何进展。现在终于有了消息，却是这个结局。

魏大增说："噢！原来是他们三人做的局，这也算报应。"

纪远方随即打通林常法在公司的值班电话，把勤吹三人外出旅游及死亡的事，详细说了一遍。他最后说："当事人都这样了，案子也就无法破了。公安部门怀疑是他们三个人做局把瓷器掉了包，现在看来还真就是。就是破了，人都死了,跟谁要钱去?所以,这案子就算人死案结了。原来还有一线希望,如今这财就破定了。可要想开呀?"

那边沉默了一会儿,然后泣不成声地说:"苍天还是有眼。我林常法花一百四十万,买了他们的命,值了!他们死了,比把钱要回来,我还高兴一千倍,一万倍。呜呜——"

纪远方三人上午已喝过酒,晚上都不想再喝,只随便吃了点东西,各自走了。

武耀文在回家的路上,给夏月川打了电话,说自己马上到家,若方便,现在可以过去。武耀文到家不一会儿,夏月川到了。他把带的那张小画卷着,放在茶几上。明楚给他们泡了茶水,到厨房打扫卫生去了。

武耀文和夏月川谈了一会儿各自的工作,就把话题转到了纪远方身上。武耀文带着赞誉的口气说:"纪远方有气魄,有能力。抓住了稍纵即逝的机遇,抓住了魏大增,各项工作进行得十分顺利。就这个市场摊位卖出去,挣一个多亿不成问题。待开业运转后,只管理费这一项,每年也挣个几百万,何况还有其他收入项目。纪院长当年就是个人物,儿子依然这么了不起。老子英雄儿好汉,将门出虎子,不服不行啊!"

武耀文说这番话,不知是有意还是无意,在夏月川听来,就觉得是说给自己听的。

夏月川心里想:什么抓住了机遇?那机遇是主动来的,不用抓;什么能力,那是你区长的位子发挥了效力;运行顺利,效益好,那是舜耕的品牌和影响力发挥了作用;不是纪远方有发展眼光,是魏大增有眼光,给纪远方指了条路。没有舜耕这棵大树作为依靠,纪远方想都想不出来。大家彼此心里明白,成功了就是纪远方发财,不成功,就是舜耕托盘。什么老子英雄儿好汉?就好像这些人的成功是天经地义的、与生俱来的一样,别人不能对此有任何的质疑。

夏月川啥都明白,但他嘴上还是顺着武耀文的话说:"是,就是有了机遇,有了各个方面的有利条件,自己没那个能力也不行。"

武耀文有些漫不经心地问:"夏院长,感觉现在你和纪远方的关系不是很融洽了,到底为什么? 这是我的直觉,不是听纪远方说了什么。"

夏月川苦笑一下,平静地说:"我和纪远方通过收藏古玩认识,这么多年没有多深的交往。纪远方要担任古玩界的领军人物,他有那个愿望,有那个热情,也有经济基础,还有各方面的支持。纪远方需要古玩界的认可,很尊重我,所以我们走到了一起。如今纪远方事业做大了,成了大企业家,大老板,就开始自我感觉良好,想在古玩界找到众星捧月的感觉,可惜,我做不了星星。不仅是我,其他有个性的资深收藏者也不会做。在古玩界,道德水准和鉴定水平,是评判人物的两条标准,而不是其他。官场、商场的评判标准,在古玩界未必适用。我不参与追捧,纪远方便不满意。"

武耀文听了,装作若有所悟的样子:"哦! 是这样。不过,纪远方取得了成功,自然要寻求更大的尊重,你们对此也要理解。他可能也不是故意要这样。"

夏月川说:"当一个人渴望权力和财富的时候,才会对权力和财富顶礼膜拜。可惜,世界上并不是所有的人,都看重这两样东西。在收藏说收藏,我就只认可鉴赏水平。社会的法则,不能成为这个领域的法则。"

明楚听他们两个说得有些意思,就过来静静地坐到一边听着。

武耀文有些无可奈何地说"好! 我很认可你的观点。对于你的观点,大家可能都说很对,但真这样做的人,可能会很少。"

夏月川意识到自己刚才的话有些重了,赶忙接着说:"武书记,我说得可能有些过了。其实真的没有什么,我只是看不惯纪远方处处以大企业家自居的那种神态和语气。按佛家理论,世间万事,皆有因缘。无论何时,人对自己都要有正确的定位。"

武耀文不想谈这个话题了:"一个人一个活法,一个人一套哲学。和平相处吧。"

今晚的话谈都感觉有些别扭，夏月川感觉该离开了。他从茶几上拿起带来的那张小画，慢慢展开。诚恳地说："武书记，你一路高就，很为你高兴；你对我的帮助，我不能说什么感谢了。我收藏了张小画子，是王雪涛的花卉草虫。尺幅很小，还算是精到，送给你，算是给你祝贺！"

　　武耀文换了一副高兴的神情说："夏院长，你太客气了。那就放在这里，有时间我欣赏欣赏！"

　　夏月川起身告辞。武耀文像是嘱咐，又像是提醒他说："我有个建议，供你参考。你是一院之长，社会上有些关系需要财物去协调，靠你个人的经济实力根本无法承受。该从院里支出，就从院里支出，这不是什么犯错误的事。我们不是活在真空中，就这么个风气，谁也无法脱俗。"

　　夏月川听了，点头答应。武区长说的也是实话，从这一点上说明，在夏月川面前，他没端着架子装腔作势。

　　第二天一上班，夏月川就给明楚打电话。他忐忑不安地问："我昨天说的话，是不是让武书记有些不高兴？我去看望感谢人家，别惹人家生气呀！"

　　明楚说："看来你也没有百分之百的脱俗。自己说了，又担心惹着别人。既然说了，就不要再去考虑效果好坏。"

　　"我怕对他没表现出足够的尊重，让你不高兴。"

　　"你真讨厌！只怕你受了委屈，他什么感受，现在我还在意吗？"

　　"这我知道！我故意那么说的。只要你对我没看法，我就放心了。"

　　明楚说："你们两个从来就不是一路人。你回忆一下，你们什么时候推心置腹的谈过话？只是他对你看法很好，你对他看法也很好而已。彼此看法很好，并不一定是知己。你可能也觉察到了，从内心深处来说，他在你面前，总有居高临下的心理优势。尽管他刻意掩饰，那不过是尊重你，也为了表明他是有水平的人。总之你们不是朋友，对人生的看法不会一致。"

　　夏月川接着问："我还没大搞清楚，临走时他说的那番话，还有没有其他的含义？”

明楚在那边叹了口气说："你总是太单纯。我推测得不一定准确,那意思就是你送的礼物太轻了,因为那是你自己花钱买的。如果你设法动用公家的钱财,出手就不会那么寒酸了。"

夏月川听了,茅塞顿开。"交官必穷"的说法他早就听人说过,直到这时,才体会出了这句话的深刻含义：平民与官员交往的过程,少不了相互的招待和馈赠,平民已经竭尽全力,而官员还不屑一顾。到头来,平民会因与官员的交往而贫穷。

想到这些,夏月川有几分悲凉地说："噢!原来如此。我有一种预感,我和武书记的关系到此就基本结束了。他已没有与我交往的愿望,我也不想再面对他了。"

明楚说："我观察也是这样。那也好,从此以后,你就不要有心理包袱了。"

三十一

日
满

清代，青玉双龙宝珠手镯，直径 7 厘米。

龙为瑞兽，珠为宝珠。双龙戏珠题材，在古代艺术作品
中常用，寓意祥瑞珍贵。做成女性手镯，似有更加丰富
的内涵。

二〇〇一年三月十日上午十点十一分,舜耕集团云泽分公司钢材交易市场开业典礼,正式开始。

　　今天,最夺人眼球的明星,不是主席台上的各路头面人物,也不是分别致辞和讲话的纪远方、魏大增及云泽市副市长,仍然是主持典礼的总经理柳絮飞。她穿一件紫红色的旗袍,脖子上绕一条洁白的真丝围巾,在春风吹拂下,显得富贵优雅。纪远方对她的表现十分满意,眼神中不时泛出欣赏和赞誉的光芒。

　　进了市场朝北的大门,左边是座三层办公小楼,小楼前边是个小型的广场。广场中央是假山喷泉,南边是两层的艺术中心。办公楼大门朝南,艺术中心大门朝北,与假山同处一条中轴线上。今天,艺术中心门楣上挂的横幅是:"云泽市收藏家协会会员暨舜耕集团云泽分公司收藏展览。"

　　前来参加开业典礼的宾客,除了官员,绝大多数是古玩界的人物。本地的自不必说,该来的不该来的都来了,单济南文化文物界的客人,就来了两大客车。

　　典礼结束,分管工业、商业、建设等部门的领导们,在魏大增、纪远方等人的陪同下,前往钢材交易区视察,纯粹古玩界的人则直接进了艺术中心参观展览。

展厅分上下两层，每层约一千五百平方米。一层展出的是瓷器、玉器、青铜器、钱币及各种文玩古玩；二楼是古代、近现代字画及古籍版本。

在展品的布置上，两层楼都有一个共同的特点，无论单元如何划分，总有一件展品作为这层楼的聚焦点而得到强化和突出。一楼的聚焦点是康熙青花赵匡胤黄袍加身大笔筒。若论经济价值，它与许多青铜重器根本无法相比。但作为出土青铜器的重点地区，在云泽人看来，青铜器仅具有较高的文物和经济值钱，并非稀缺玩意儿。而有此故事画面的青花笔筒，在媒体资料中尚未出现，目前已知的就仅此一件。其寓意喜庆吉祥，与此时此刻的氛围十分契合。

二楼的聚焦点是郑板桥的画作《秋柿图》。整个二楼展览的字画，来自藏友的藏品仅占少数，而且多是小名头的小件东西，尽管文化趣味十足，但分量总是太轻。大名头大尺幅的字画，大多是舜耕集团云泽分公司的藏品。齐白石、张大千、徐悲鸿、黄宾虹等大师的作品应有尽有。其中有些字画的经济价值，单从行情看，早把郑板桥的画作远远抛在了身后。但就观众的感受而言，还是郑板桥的认可度更高，在艺术上也更加耐人寻味。论名头，论尺幅，论完好程度，算得上十分罕见。上边题"删繁就简三秋树，领异标新二月花"两句诗，恰是郑板桥一生绘画思想的总结，这一点，尤为难得。近现代画家的作品，只要有钱，就能买到，像郑板桥这样的作品，有钱也买不到。这就是二者之间的区别。

一年来，纪远方马不停蹄地出入于各大拍卖行，不惜重金，买回了几幅大名头的字画，这让他多了几分自负。他经常踌躇满志地表示，不仅要把这里打造为鲁中钢材交易的中心，同时要打造成鲁中乃至全省全国的艺术收藏中心。

魏大增在云泽最要好的朋友，悄悄地问魏大增："纪远方打造'两个中心'的目标，据说已成为公司的发展战略，你如何评价？"

他先仰起头"哈哈哈"笑了一阵。笑够了，才平静地说："对于前一个目标，有实现的可能,而后一个目标,则近乎痴人说梦。纪远方目前所拥有的这点财富,不要说在全国全省鲁中地区,就是在云泽市甚至双龙城里,也显得微不足道。纪远方之所以如此轻狂,说到底,还是穷人乍富、坐井观天而已。但气可鼓,不可泄,有目标总比没有好。年轻人,需要鼓励。"

作为收藏家协会的副主席,夏月川应该为展览至少提供一件藏品,这是责任。可开会研究谋划这次展览的时候,纪远方表达了一个意思:能在我们的艺术中心展览,这将是一种荣耀!夏月川听了这话,有些不屑地说:"那我就把获得这份荣耀的机会,让给别人吧。"

如今的纪远方朋友遍地,有夏月川这么一个不多,没有他这一个不少。在夏月川看来,自己同样不缺纪远方这么一个朋友。因此,两人的关系也就更加冷淡。整个策划和布展期间,夏月川一次都没来过。

看在魏大增的面上,也为了体现收藏界的团结,典礼当天下午,夏月川还是特意赶来,陪同大家一道参观展览。

来到二楼的中心位置,夏月川突然打了一个寒颤,就像被电流击中了一般,他几乎要喊出声来。他看到了《秋柿图》。他不敢相信这是真的。夏月川感觉心跳在加速,血液在沸腾,脊梁在冒汗。随后,他一动不动地站在那儿,紧紧地盯着《秋柿图》,仿佛变成了一尊雕塑。

靳老离开云泽前往济南的时候,特意嘱托他注意《秋柿图》的踪迹。本以为这好比大海捞针,如今竟然看到了,而且是在这样的公开场合。夏月川一点点回忆靳老描述的细节特征,再仔细在画面上查找对应。一点都没错,就是靳老的那幅。左下角"赐水侯"和"落地举人"两枚印章的印记都清晰在目。夏月川不动声色,让司机去车中把照相机取来,给《秋柿图》拍照,并对其局部拍了特写。刚刚拍完,柳絮飞走了过来。多少年来,柳絮飞对夏月川算得上尊重有加,尽管她已知道夏月川和纪远方不再友善,但还是赶紧过来打招呼,这是礼节。夏月川显出一副和蔼可亲的样子,指着《秋柿图》说:"没想到,云泽人手里还有这等藏品,是你的吧？"

柳絮飞爽朗地笑着说："吆——,你高看我了。在云泽,除了纪总,谁家还能有这种东西？"

柳絮飞言语中的纪总,当然就是纪远方。名誉上虽是常务副董事长,但公司真正的主人是他。董事长是济南总部的人,但那只是个挂名。叫纪董事长毕竟别扭,按工商界的习惯,公司上下都称他为纪总。

第二天下午,在返回济南的客车上,魏大增问高经理他们说："大家看了文物展览,感觉档次咋样？"

车上都是魏大增请的朋友,多数是文化文博部门的人。大家都齐口称赞,说没想到水平这么高,藏品这么丰富。

看看大家夸奖够了,魏大增问："大家都是火眼金睛,说说看,里边的赝品多不多？"

文物界的人有个特点,所到之处,不管主人有没有请求,总是先给人家找赝品,真品倒不一定特别在意。魏大增深知,文化工作者好为人师的特性,走到哪里都丢不了,只是大家碍于面子,才不谈这个问题。也是,人家把你搬来,吃了喝了拿了看了,再给人家挑毛病,总是不太厚道。魏大增想知道大家的真实看法,于是主动发问。

魏大增是云泽人,云泽钢材交易市场又是其下属单位,朋友们不好对此说三道四。大家都不说话,场面顿时有些尴尬。高经理心中思忖,自己作为云泽人,若不说话,别人更不好开口,有些话必须由自己来说。想到这里,他硬着头皮说："昨天晚上,我们在宾馆里议论了一番。小件玩意儿中,有几件赝品,具体是啥记不住了,这不奇怪。大件当中,只有那件康熙青花笔筒,不是那么过关,有些争议。其他的展品,截至目前,还没有疑义。大家都说,看过的民间展览中,这个展览的真品率最高,这很了不起。"

晚上,魏大增与纪远方通话,就把大家对康熙笔筒的看法告诉了他,意思是别拿着赝品当宝贝，免得贻笑大方。纪远方听了，感觉头发直往上竖，灵魂也仿佛飞出了自己的躯体。几万块钱对于现在的他来说，不过是少场酒多场酒的事。他在乎的不是这几个小钱，而是自己的鉴定水平。身为古玩界的领袖，身为大企业家，错把赝品当珍品供奉，这实在是奇耻大辱。纪远方一宿没睡，好歹熬到了明天。

纪远方这时也顾不上架子了。一大早，就和夏月川通了电话，说请他过来一趟，帮助自己鉴定样东西。夏月川最初没有参与小旦笔筒的鉴定，但早就听说过是件真品无疑。既然大家一致认为没有问题，前天他参观时也没拿起来仔细研究。夏月川有个原则，朋友让你去欣赏文物，就不要主动地给人鉴定真伪；只有主人请你去鉴定真伪的时候，才可以发表关于真假的意见。

夏月川很快赶了过来，纪远方把他请进艺术中心一楼的接待室里，将这件笔筒的前前后后详细说了一遍，态度十分诚恳。

夏月川独自来到笔筒展柜前，待周围没了观众，让工作人员把笔筒取出来，装作漫不经心的样子，实则认真地端详了一番。

回到接待室，他对惴惴不安的纪远方说："高经理他们，看瓷器还是很有把握。我觉得这东西确有问题，底足露胎处有明显的破绽。"

纪远方不解地问："最初好多人都看了，包括北京来的客人，都说没有问题。怎么会不对呢？奇怪！"

夏月川劝慰说："我也觉得奇怪，水平再差，只要三五个人会了诊，一般不会出大差错。放心，在云泽，没有人会对它提出质疑。这事暂且不用管它，等展览过后，悄悄请北京的朋友过来，或者带着东西到北京去一趟，让他们看看，到底这是不是原来看过的那一件。若是，啥也别说，就是我们及北京朋友眼力不够，认栽。如不是，再另找原因不迟。"

好歹熬过了一周，展览如期结束。纪远方不想让别人知道这事，单独开车去了北京。对着北京的朋友，他什么也没多说。只说买下来后，有些不放心，再来核实一下。

北京的朋友拿起笔筒来掂了掂，又粗略地看了看，有些严肃地说："我可以负责任地说，这绝对不是我在云泽看过的那一件，这件是瓷都市顶尖高手的仿品。前两年，有人从拍卖会上买了个康熙青花'圣主得贤臣颂'笔筒，然后找高手仿制了三个，前两个都拿到大拍卖会上拍了。到了第三个，内行人突然觉得这里边有蹊跷，同样的东西怎么会连续出现？找了几个高手会诊，才找到了破绽。不长时间，就搞清了仿品的出处。"

纪远方说："帮我分析一下，是哪个环节出了差错？"

朋友说："这可不好说。你看到的那件确真无疑，但拿到手的那个却变成了假。这就有三种情况，一是卖主做的局，掉了包；二是卖主被别人掉了包，他也不知道；三是你买到的是真品，在收藏布展的过程中，被工作人员掉了包。"

纪远方回来后，察看了大厅中的监控录像，确信笔筒从未离开过监控视线。而买回来后，就一直放在自己家里，等到大厅布展基本结束时，才由自己取来放进了展柜。很显然，问题出在小旦那里。但小旦的做事风格纪远方十分清楚，那是个认钱不认人的主，想不掏钱就从他手里把东西拿走，断无可能。就是去看他的东西，他也绝不会让东西脱离自己的视线。纪远方因此断定：除非小旦本人有意识地掉了包，别人想调他的包，这种可能性为零。

当初，庄友才他们给林常法设了个局，骗得他贫困潦倒。在心里边，自己曾无数次地嘲笑林常法头脑简单。如今，自己还设局去套小旦，最终被人家骗了个结结实实。而在自己和众人眼里，小旦的智商、能力、见识与自己相比，无疑是天壤之别。到底谁的智商更低？现在看来，自己也高不到哪里去。虽说在收藏界和公司内部，没人在自己面前提这事，但在背后，说不定早就传遍了，只是碍于情面，大家都装聋作哑罢了。自己与林常法，同是邑城人，先后被人做局骗了，人们会由此追问，难道邑城人既贪且傻？屡屡被骗是否是一种必然？想到这里，纪远方决定不惜一切代价，把事情弄个水落石出。

纪远方悄悄把林常法找来,毫不保留地向他讲了事情的原委。林常法听了,并没流露出任何吃惊的表情,纪远方由此判定,大家对此已有所耳闻。这让他的耻辱感更加强烈了。

纪远方说完了,林常法用坚定的语气问:"纪总,你说吧,需要我做什么?"

他给林常法布置任务说:"你带着这个笔筒,悄悄去趟瓷都市。钱,你随便花。要不惜一切代价,给我打探出此事的底细。不然,我憋屈得难受!"

林常法从事过大生意,曾走遍五湖四海,白道黑道,什么样的人没打过交道?既然小旦能探出的路子,对于他来讲,这不在话下。

连去带来,五天的时间,林常法回来了。他向纪远方汇报说:"瓷都市有条高仿一条街,最出名的师傅姓仄,当地人都称他老'贼。'我和他吃了几次饭,谈得很投机。问有没有山东云泽的人来,找他仿制了个笔筒。老贼说接待过的人太多,已记不清了。拿出笔筒来给老贼看,问是不是他的作品,他说自己仿不到这个水平。可老贼有一个徒弟姓贾,我在他身上花了点钱。姓贾的悄悄告诉我,大概在四年前,出正月不久,有个云泽人,就是通过自己见到的仄大师。他见了我带去的笔筒,说是老仄做的没错,但做的不是全部到位,否则,外人根本不会分辨出来。我心里有了底,再去问老贼,他只是笑,并不承认,但也不否认,就是默认了。老贼的徒弟向我描述了云泽人的大体样子,就是小旦无疑。"

事情已如所料,纪远方倒不再特别激动,但情绪不可能一点没有。他说:"你有没有和他们探讨一下,这样做,对消费者的危害有多大?"

林常法说:"不用问,人家就主动解释了。说他们仿制瓷器,只是出于对古代艺术的推崇,在仿制的过程中,去探索古人的思想和方法,以防止艺术传统的流失,并使之发扬光大。这既像褚遂良、欧阳询等人临摹王羲之的兰亭序,也像文徵明等人临摹张择端的清明上河图,道理完全一样。至于有人拿了仿品当真品买卖,那是买卖双方的事,与艺术家本人无关。"

纪远方嘱咐林常法:"你到瓷都市的事,到这里就算结束了,对谁也不要讲。"

　　过了几天,孟祥宾特意前来拜访纪远方,说私下里听人议论,济南的朋友对笔筒有点怀疑,自己当初参与了鉴定工作,感觉不安,前来问问。

　　纪远方告诉孟祥宾,东西已被北京的客人高价买走了。

　　孟祥宾是个善于讲故事的人。很快,云泽收藏界就多了一个崭新的故事:

　　纪远方不缺钱,他把这笔筒看得很重,多少钱也不卖。可事情偏偏凑巧。柳絮飞认识的一个北京客商,在参观展览的时候,见到了这个笔筒。这位朋友认识北京的某位领导,无意间在领导面前提到了这个笔筒。领导十分喜欢,说是要买来送人。价格吗,想要多少就是多少,只要有价就行。找了纪远方几回,纪远方不答应。这位领导层层找下来,找到了云泽市里的关键领导。无奈,纪远方就忍痛卖了,卖了个天价。

　　笔筒事件,以这个故事为标志,宣告结束。

　　"五一"过后,要账的陆续来找林常法,说他在舜耕分公司的股份就有几百万,该还账了。林常法此时心里也在打鼓。最初,纪远方说公司走向正轨后,就把各自的产权股份明晰一下。自己和邱腾、王飞、刘跃一道,是公司的"开国元勋",说每人有百分之二的股份。留下不卖的营业房不算,光卖出房子回收的净利润就有一个多亿了。按说每人得有二百万的股份吧?自己减持一百万,提出来还账应该可以吧?可现在纪总只字不提这事了。事可以不提,风却放出去了,人家来要账,也是有本有源。

　　林常法被债主逼得没有办法,就来找纪远方诉说。纪远方听了,当时啥也没说,转天给了林常法个银行卡,说里边有二十万块钱,先还一部分账,让债主安稳一段时间。林常法接了卡,眼泪是"哗哗"地流。他在内心发誓:从此以后,自己生是纪远方的人,死是纪远方的鬼。

　　公司百日,纪远方酬谢员工,举行盛大宴会。大家放开喝,纪远方喝醉了。

林常法单独敬酒的时候,纪远方对他说:"常法,林经理,不对,是我哥。公司成功了,可我高兴不起来。被姓旦的蛰了这一下,到现在还疼,我咽不下这口气!将来,我要,我要给他弄断根腿,不然,我活不痛快!"

纪远方说着说着,泪流了下来。林常法赶紧用袖子给他擦了泪,趴在他耳朵上说:"我也咽不下这口气!"

纪远方好像没有听清楚,转身又去和别人碰杯了。

风平浪静,一年即将结束。

为感谢大家一年来对自己的支持和帮助,纪远方要宴请云泽古玩界的朋友。时间定在腊月二十三晚上,地点定在城南大酒店。二十二上午一上班,纪远方就让办公室的人开始联络,提前一天通知,以示对客人的尊重。孟祥宾、夏月川、小旦都来了,包括陆续进入收藏圈子的新朋友,总共开了三大席。本来要派车去接高经理,高经理婉言谢绝,大概与出了秦春那档子事有关。

古玩界都知道夏月川和纪远方不太对路,感觉有些别扭。夏月川是个明白人,宴会开始不长时间,就推说有事告辞了,免得大家从中作难。

大家喝疯了,一直闹到晚上十一点才告结束。小旦被灌得已经站不住了,林常法自告奋勇,打的送他回家。林常法五大三粗,酒量也大,喝了一晚上,感觉和没喝酒一样清醒自如。

到了小旦住的那条小巷北头,林常法扶着小旦下了车。小旦住在巷子南头,还要步行一百五十米左右。小旦摇摇晃晃走了几步,坚决不让林常法送了,执意要自己走。争执了一会儿,林常法不再坚持,转身走了。

巷子里没有路灯,中段更是漆黑一片,小旦走到这里的时候,胃里开始翻江倒海。又走了几步,实在坚持不下去,一弯腰,"哗哗"地吐了。

忽然,一个人影窜出来,对着小旦的屁股,就是重重的一脚,小旦一下趴在了自己吐的那片污物上。那黑影随即左右脚连环往小旦的胸部、面部、肋部猛踢。小旦挣扎着抱了那人的腿,双方扭打在了一起。不过三两下,小人小马的小旦就倒在了地下,再无任何反抗。那人往小旦的头上补了几脚后,迅速消失在小巷边的胡同里。

第二天上午十点不到,公安人员来把林常法请了去。纪远方很快就弄明白了事情的原委:小旦昨晚在回家的小巷中,被人打死了。现场勘探,发现了一个传呼机,一查,主人是林常法。不用说,他有作案的重大嫌疑。

过了几天,事情安静下来。林常法在里边的表现,让纪远方松了口气。林常法说自己把小旦送进巷子后,他执意不让送了,看着小旦走远了,自己就打的回了宿舍。昨晚自己也喝醉了,早晨醒来才发现传呼机丢了。以为是昨晚掉在了出租车上,想想不是值钱的东西,也没当回事。没想到竟惹出这些麻烦,其他的一概不知。还有三五天就过春节了,这案子就这么先放着。

无
言

三
十
二

汉代，圆孔花钱，径 5 厘米。
钱文："金玉满堂"，"长命富贵"。

花钱，又叫吉语钱或压胜钱，自秦汉至今绵延不断。汉
代花钱，因形制多样、钱文丰富清丽而备受推崇。"长
相思""长勿相忘""慎思谨言"等，最令人痴迷。

腊月二十六,明楚的儿子武黎明放假回来。吃了晚饭,明楚和儿子坐在沙发上谈心。谈着谈着,话题就转到了留学上。

　　明楚问儿子:"黎明,还有最后的半年,就大学毕业了。对于未来,你可能也考虑得很成熟了。我听你爸爸说,前段时间他出发去上海的时候,你们爷俩已经达成了一致的意见,决定到美国留学。暑假回来的时候,我们讨论过这个话题,但没有最后结论。这次可是最后的决定?"

　　儿子说:"我们好多同学都要出国,只怕没有机会。学校与美国的学校有合作协议,我们系共有四个交流留学名额,我肯定在四个之内。新学期开学后,就会启动程序。我坚定不移地去美国留学,这么好的机会,绝对不能错过。"

　　明楚叹了口气,试探着说:"黎明,我也觉得机会难得,也支持你出国长些见识,那将是一个更广阔的人生舞台。只是这学习生活的费用,如何解决呢,你想过了吗?"

　　儿子想了想,平静地说:"妈,这事我们好像讨论过一次了,这次再把我的观点说一遍。我就不明白,我高中的前几级同学中,有很多去了欧美。他们的父母,有的不过是科长、处长,如今我爸爸都是副市长了。人家有条件,咱家怎么就没这个经济条件呢?"

"这个,这个,一家有一家的路子,一家也有一家的难处。"

面对儿子的诘问,明楚实在难以回答,她不能、也无法把一些自己知道的东西对儿子讲清楚。

儿子看到妈妈这样吞吞吐吐,忍不住笑了。他劝慰妈妈说:"我爸爸和我说了,钱,不用发愁,有许多朋友可以借给我们,也可以支援我们。这不是问题!"

明楚有几分严肃地说:"黎明,你想过没有,我们用了人家的钱,你爸将来不为人家办事行吗?"

儿子好像明白了妈妈的意思,有些激动地说:"妈,你太保守了,你的思想落伍了。朋友就是要互相帮助,否则交朋友做什么?我们的工资体系有问题,政府机关官员的工资收入,与他们的贡献根本不成正比,这叫价格不能真实地反映价值。他们有一些其它收入,也很正常。不然,他们就无法过上与其职位相匹配的生活。"

明楚已经不是一次听儿子说这种话了。显然,儿子和他父亲持同样的理论,只是儿子说得更直白。她很失望,知道儿子的人生观已经形成并难以改变了。

这时门铃响了,儿子把门打开,一看原来是他纪哥。纪家和武耀文一家交往好多年了,纪远方亲眼看着武黎明一天天长大。见了纪远方,武黎明总是纪哥长纪哥短地亲热不够。

招呼纪哥坐了,黎明就去开水倒茶洗水果。

纪远方见了明楚,总是尴尬,为了缓和气氛,他笑哈哈地说:"我给武叔打了电话,问你在这个家还是银行的家,他说不在本地当官了,没多少人来拜访,就不用去银行那边躲避了。还说黎明老弟放假回来了,我就没再打电话,径直来了。"

明楚平和地说:"还是这样好,安静。"

其实，明楚并没有把纪远方的那次失礼放在心上，原谅他是一时冲动，但别扭总会有点。好在儿子和他纪哥一晚上都在说笑打闹，气氛倒也融洽。

一直玩到九点多，纪远方才起身告辞，武黎明还有些不舍。纪远方从兜里掏出一张银行卡，用左手托着，嘻嘻哈哈地说："听说老弟年后要忙着出国留学，给你几个压岁钱，添上当学费。将来需要资助，不用通过别人，直接和你哥打个招呼就是了。"

武黎明也不向妈妈请示，就伸手把卡接了。然后也嘻嘻哈哈地说："多谢纪哥。给弟弟压岁钱，这算不上行贿吧？"

明楚知道，儿子是在说话给自己听。事已如此，明楚也不好再说什么。

把纪远方送出门后，儿子见妈妈的脸色不是很好看，就有些反感。没打招呼，洗澡去了。明楚也没洗漱，来到卧室和衣躺下。她脑子里一片混乱，怎么也不能入睡，直到天明。

武耀文在历东工作的那一年，每周还能回来一次。到运河市以后，回来的次数就更加稀疏了。明楚的心都在夏月川身上，丈夫回不回来都无所谓，潜意识中似乎倒不盼他回来。她同时能意识到，武耀文对于回家，也仅仅是出于丈夫的责任，那不过是在完成一个任务罢了。近来，明楚越来越确信，自己的婚姻在事实上已经死亡，两人已如同生活在截然不同的两个世界中。明楚不恨丈夫在感情上远离了自己，因为在感情上自己也背叛了丈夫。至于丈夫有没有背叛自己，问题已经很清楚。如果仅仅是丈夫和自己不在同一条路上，这个家还能维持。如今，在人生理念上，连儿子也与自己彻底地分道扬镳了，而且没有逆转的可能。这个家对于她来说，已冰冷寒彻。

一直到了腊月二十八下午，武耀文才从运河市回来。今年的腊月是小月，后天就是大年初一了。

自从公公去世后，他们腊月二十七八就回聊城明楚的老家过年，一直待到年后上班。武耀文在担任区县副职的时候，初二他先自己回来，待到初五初六,再派车把明楚和儿子接回。自从武耀文担任了区长,就改在除夕上午和他娘俩一道回去,初一中午他再急匆匆赶回来,下午去看望电力、公安等单位的值班人员。

今天,他回来和明楚商量,说今年就不回聊城去了。作为常务副市长,随时都有工作需要处理,不能离开运河。一家人都去运河,到市里最好的宾馆住下,做饭的厨房用具一应俱全,就在那里吃年夜饭。初一再送明楚和儿子回聊城。

明楚有些为难地说:"老武,你这个决定来得太突然。我当然理解你的难处,可你这是临时决定。他姥姥姥爷盼了一年,咱突然不回去了,他们会不痛快。要不,我们娘俩回去,初一早晨我们就赶往运河。明年春节,我们提前和老人说好,过了年咱们再回去。你看这样行不行?"

武耀文阴沉着脸说:"也行! 明年春节, 我们一家人怕是更难在一起过了。"

说完这话,他自己也觉得有些不太吉利,就补上一句:"我是说明年黎明去了美国,春节肯定不能回来。"

儿子黎明说:"妈,我看这样吧,明天你自己去我姥姥家,我跟我爸爸去运河,他一个人在那里也怪孤单。初一上午,我再赶到姥姥家去。"

明楚心里一震,她感到了一种深深的失落,但没表现出来。儿子说得也是合情合理,她不能反对,于是故作轻松地说:"也好,这样就周全了。"

第二天上午,明楚从自己的单位找了个车,一个人回了聊城。儿子则带了若干吃的用的,跟父亲去了运河。

到了聊城老家,明楚给夏月川发了个传呼,夏月川把电话打回来,她说自己一个人到了聊城老家,没什么事,就是想听听他的声音。说着说着,就在电话那端抽泣起来。夏月川安慰为她说:"记住,无论发生什么事,有我和你在一起!"

听了夏月川的话,那边哭得更痛了。

初一下午,儿子黎明赶到了姥姥家,告诉妈说:"我爸爸说了,你今天就不用去运河了。你仍然待到初五,再派车把你送回云泽。我呢,到初三再去运河,陪陪我爸爸。等你回了云泽,我再回去陪你。"

她想想儿子也不容易,眼圈禁不住红了。她关切地问:"昨晚的年夜饭你爷俩吃得好不好? 早晨的饺子好不好?"

儿子兴高采烈地说:"昨天,纪哥也赶了过去,和我们一块过的除夕夜。年夜饭和饺子根本就不需要我们做,宾馆的叔叔阿姨、哥哥姐姐,一大帮人呢,都给我们准备好了。服务特别热情周到!"

她低沉地说:"唉! 你爸爸和纪远方走得太近了,这样不好!"

儿子有些不满地说:"妈,你怎么又来了? 当官的也是人,也需要朋友。"

转眼到了三月初,武黎明和系里的三个同学一道,核准去美国爱荷华州立大学留学。根据中美两校间的办学协议,大四下学期,就去美国大学就读,以提高英语水平和熟悉文化及生活环境。暑期开学后,正式开始研究生段的学习。

武耀文和自己的司机、秘书及纪远方等人,到上海国际机场为武黎明送行。明楚说自己无法面对那种场面,就没有同去。

过了一个月,明楚收到儿子从美国寄来的一封信。她很奇怪,儿子到美国后,由于时差的关系,通话不是很方便。但每隔几天,儿子会在清晨用公用电话与自己通话,虽然简短,但啥事都已说得很清楚。怎么又给自己写信呢?

妈妈:

　　您好!我在这边,真的一切都好,不用挂念。现在我倒是很挂念您,也挂念爸爸。

　　这次回家,我觉得您和爸爸都很痛苦。其实,这不是一天两天的事了。我目睹了您和爸爸这两年的感情变化，只能用一天不如一天来形容。

人的感情是会发生变化的，这不需要谁出来承担责任，也不是谁对谁错的问题，更无须寻找其形成的原因和动机。

你们最初是一路人，并不意味着一生都是一路人。或许最初你们就不是一路人，由于种种原因，走到了一起。婚姻生活大概都是一种必然中的偶然吧。

有些话，我无法在电话里讲，更无法当面对您讲，只能给您写信了。

我能感受到，您和爸爸的人生观、价值观，或许还有爱情观，现在已经找不出重合的部分，而是背道而驰了。既然如此，不如勇敢地解脱出来，是解脱自己，或许对双方都是一种解脱。

您平时所坚持的那些人生理念，站在您的文化背景和人际氛围中看，是没有错。同样的道理，我爸爸所坚持的也没有错。人们常说，谁对谁错，历史会做出评判。我以为，历史做出的评判，对于个体而言，并无实质的意义。或许，爸爸的理念，更符合现实社会的走向。

我知道，我出国留学，花了很多钱，将来还会花很多钱。这些钱多来自朋友的资助。您对此有些担忧，我觉得您有些多虑了。这就如同朋友掏钱请客，被请的白吃一样，仅以此表达友谊而已，并不承载其他的内容。将来我能挣钱了，他们有困难，我也会义无反顾地去资助他们。

已经死亡的爱情，如果还硬要虚伪地守护着它，那守护它的人也就跟着死了。想想很可怕！

如果您和爸爸，是为了我，怕我受到伤害而守候这份婚姻的话，对于我来讲，那无疑是一种罪责。我承担不起，我不能为了我虚幻的家庭温暖，而牺牲你们的后半生。你们还年轻，有权利去开始新的生活。况且，你们的守候，对我来说，并无实质的意义。我若是将此看得很重，就不会到美国来了。这才是你们真正的儿子。

你们之于我，远隔千山万水。你们继续在一座房子里，是我的爸爸妈妈；不在一座房子里了，依然是我爱着的爸爸和妈妈。你们在不在一起，对于我来说，都只是两个个体的存在。

妈妈，我尊重你们的选择和决定。我将写封同样内容的信，寄给我爸爸。我感觉这是儿子长大以后，为父母做的第一件有意义的事。

不管结果怎样，妈，我都深深地爱着你们！我在遥远的美国，时刻为妈妈祝福！

儿子：黎明

收到儿子书信一月后，明楚和武耀文到历东市婚姻登记处办了协议离婚手续。不在云泽或运河办理，是为了避免不必要的舆论风波；之所以选择历东，是能够得以顺利办理。

明楚离婚一个月后，她约夏月川出来吃饭。吃完饭后，明楚带他去了一个新的住处。夏月川问她为何住在这里，她说有个同事一家人出国探亲，留了把钥匙，让她隔三岔五地过来看看。

其实这是明楚租赁的房子，她从原来的家中搬了出来。婚姻去了，曾经住过的房子，再住会让人触景生情，平添许多颓败悲凉。

一进门，夏月川就急不可待地来抱明楚。明楚轻轻推开他说："我有话说！你先听我把话说完。"

看看明楚不像开玩笑的样子，夏月川安静下来。

明楚说："我已经与武耀文离婚，一个月前办了手续。这也是我搬到这里的原因。我怕失去你，所以没有及时地告诉你。我犹豫了一个月，才下了决心，今天约你出来，就是要直接告诉你。该来的总会来，该去的总会去。今后你有什么打算？怕我对你的婚姻有影响，就离开我，我不会有任何的怨言。我感谢这几年你给我的爱，有了这段感情，我一生也算没有白活。"

夏月川听了,两眼紧盯着明楚,站在那里一动不动。一幅幅画面在他脑海中飞驰闪烁,汹涌的波涛,团花似锦的原野,山涧静静的溪流,铺满秋日落叶的公园小径……

明楚把头扭向一边,目不转睛地望着空空的墙壁。她安静地等待着命运的安排,仿佛时空已经静止。

突然,夏月川一阵颤栗,两行热泪夺眶而出。他上前一步,两手扶在明楚的肩膀上,颤抖着说:"我离婚已经两年了!"

明楚先是一惊,尔后淡淡地问:"为啥一直没对我说?"

"我不想给你造成压力。再说,这与你无关。我离婚不是因为你,但愿你离婚也不是因为我。若是互为因果,那就亵渎了我们的爱。"

"你下一步打算怎么办?"

"我们特意到外地办的离婚手续。孩子明年就要考大学,现在还没有公开离婚这件事,只是在事实上分居了,就是为了不影响孩子。等孩子高考结束,我们就会分开。"

"我离婚,起因是武耀文变了。这两年,他和一些搞企业的人走得太近,这让我生活在一种恐惧之中,也让我生活在一种对他的不屑之中!你为何离婚,方便透露吗?别勉强。"

他明白"走得太近"的真实含义,也就不用再转弯抹角了。他说:"我与你离婚的原因恰好相反。起因是妻子天天抱怨,跟着我不能过上富足的生活,抱怨我当领导当得没有价值。可惜我官小位卑,即便我想有些灰色收入,也没有啊!"

"你说,我们相爱后,对我们的婚姻事实上有没有影响?"

"没有根本的影响。但它让我们少了些迁就和容忍,也加速了离婚的进度吧?怎么?你觉得还对他有些歉疚?"

她点点头说:"多少有点。"

夏月川说:"我实话告诉你吧,在邑城的时候,他的心就不在你身上了。你应该能够感觉出来,只是你不愿意接受这种现实罢了。"

夏月川的话似乎戳到了明楚的疼处,她满脸惊愕地问:"你是如何知道的,为何不早告诉我?"

"我听纪远方言之凿凿地说过,但我不可能告诉你。先离间了人家夫妻关系,再从中获取爱。我觉得那样很不男人。"

明楚恢复了平静:"下一步,离开我吗?你不要为难,两天后电话告诉我。"

"现在我就告诉你。孩子高考结束,无论何种结果,娶你!愿意吗?"

"你可以找个年龄更小的女人!不嫌我老?"

"若嫌你老,就不会爱上你了。既然命运使然,我们就不能错过。相信我,我会用心去陪伴你。"

明楚早已哭成了泪人,夏月川爱怜地把她拥入怀中。晚上他们睡在一起,实现了从精神交融到肉体交融的跨越。

两个人平躺在床上。夏月川认真地说:"我们想想真傻。既然相爱了,何必等到现在呢?"

明楚说:"你总怕做不成君子。"

"我以为,女人总是难以放下荣华富贵。激情过后又患得患失,那会让人尴尬。所以,我要维护你的矜持。我曾说过,要等一个人生的节点,指的就是等你对他彻底地失望。对于能否等到,我最初并没多大信心。"

"我本来过着平民百姓的生活,钟鸣鼎食的那套虚伪和繁琐,我不能适应。我总担心你会介意我的年龄,所以我只能克制,不敢与你谈婚论嫁。"

他们不再说话。夏月川侧过身去,再次把她揽入怀中,明楚又开始哭泣。

暖春

三十三

元代，磁州窑系卷草纹白底黑花玉壶春瓶，
高 26 厘米。

玉壶春瓶的名字及造型起源于宋代，流行至今。最初为
盛酒的器具，后演变为陈设瓷器。

林常法被公安局抓起来已长达一年零四个月,但案子没有任何进展。没有证人证言,也没有足够的证据,林常法坚定地否认此案与自己有关。面对公安部门的屡屡讯问,他的回答也从未有任何改变。单单依林常法打的送小旦回家、现场又有林常法使用过的传呼机,就判定是林常法打死了小旦,也确实有些勉强。在强大的内外压力下,有关部门给他办了个取保候审,把人放了。既没说林常法有罪,也没说无罪,他和死者的家属都不满意。

　　小旦的家属坚持认为,是纪远方断定小旦故意卖了个赝品笔筒给他,从而指使林常法打死了小旦,整个过程,都经过了精心的安排推演。否则,天下不会有这么巧合的事。案子很容易破,就是不破。

　　林常法向有关部门申诉,既然不能证明我有罪,就不该是取保候审,应该宣布无罪释放,并予以国家赔偿。纪远方劝他说:"兄弟,咱自认倒霉吧。只要你能出来,比啥都好。"

　　小旦一案,到此告一段落。

　　明楚和夏月川领了结婚证,他们挑选明楚去济南查体的那个日子举行婚礼,地点则选在靳先生家中。

　　参加婚礼的只有靳先生一家人,先生既是证婚人也是主婚人。午饭后,靳先生在洒金大红宣纸上挥毫为她俩作贺:

玉女金童本是,天赐良缘迟来。

　　远在运河的武耀文听说明楚和夏月川走到了一起,感觉不可思议。不觉又联想起前年夏月川给自己送画时的情景,那是他们最后一次接触。当时,武耀文见画幅很小,有些不太高兴,认为是不尊重自己,就随意放置起来。如今再翻找出来,仔细看了,是王雪涛先生的作品。主画面绘一条低垂的柳枝,柳枝上端有一只蝉,蝉的后面是一只螳螂。画面清新亮丽,柔和典雅。武耀文想起了"螳螂捕蝉,黄雀在后"的成语故事,但他没有生气,倒是禁不住开心地笑了。这人世间有好多事情,是巧合,亦是天意。武耀文内心一直为自己几年来渐渐疏远了妻子而内疚,而今他稍稍得到了安慰,甚至认为,自己和明楚扯平了。武耀文同时也为明楚和夏月川的结合而高兴,若她没有一个好的归宿,儿子也不会安宁。

　　过了不到一个月,宋女士突然给夏月川打来电话,说靳先生忽患急疾,自知时日无多,想见夏月川一面。夏月川第二天赶匆匆赶到济南时,先生已气若游丝。夏月川跪在床前,趴在先生的耳朵上,哭着轻轻地呼唤恩师。过了一会儿,靳先生才睁开眼,伸出右手食指,颤抖着在夏月川面前画了一个圆圈。宋女士问是何意,他又画了一遍。夏月川忽然顿悟,赶紧从包里拿出几张照片,呈在先生的眼前。夏月川用平缓的语气说:"先生,《秋柿图》已经有了下落,你就放心吧!"

　　先生的脸上露出一丝笑容,食指轻轻点了两下,那意思可能是说就是它,也可能是说谢谢你。

　　靳先生平静地走了,享年八十四岁。先生生前反复叮嘱子女和宋女士,自己死后,不想成为孤魂野鬼,务必将自己葬于冉村东南赐水西岸的公共墓地上。

第三天,夏月川和宋女士一家人,带上靳先生的骨灰,坐火车回双龙。靳先生的儿子和夏月川心绪有些不宁,他们到车厢的入口处站着说话。他问夏月川:"早就知道了《秋柿图》的确切信息,为何不早点告诉我父亲?"

夏月川忧心忡忡地说:"我预料这画很难要回来。老人若早知道了它的下落,而一旦要不回来,只会伤了他的身体。"

靳先生的儿子点点,表示理解和感谢。

铁路两边倏疾而退的原野上,是一望无际的麦田,即将成熟的小麦,闪着金黄色的光芒。两人似乎都被这壮丽的景象感染了,他们不再说话,透过玻璃,想着心事。

忽听"咔嚓"一声,车厢厕所的门开了,走出来一位长发老者,看上去有七十来岁。老者瞟了夏月川一眼,转身向车厢里走去,夏月川感觉那人有些面熟。

过了一会儿,老者从车厢里返回来,轻轻地拍了拍夏月川:"夏大夫,当了官,就不认识我了?"

夏月川回头仔细看了,长发老者穿一件蓝色的中式站领对襟褂子,脖子上挂一串琥珀珠子,手腕上戴一副绿松石手串,花白的头发披在肩上,看上去有几分闲云野鹤的样子。脸上的疤痕,依然如故,只是没了过去那种怯生生的表情。夏月川先是惊诧,稍后和气地说:"原来是老费。刚才就看你面熟,可就是想不起来,谁让你换了这副行头?几年不见,倒修炼成了世外高人。听说你不搞古玩了,看样子现在是发了小财。说说,干了那一路?"

费本中镇静而抑扬顿挫地回答说:"发了小财?告诉你,我大发了。我自从摔断了胳膊和腿,就开始寻思,不能再这么小打小闹,不能再和这些低层次的人来往了。我遍寻省内外高人,也结交了些朋友,玩起了名贵瓷器。和我们市的这些人,也就断绝了关系。不在一个层次上,没法一块玩儿了。"

夏月川故作好奇地问:"说说,都是玩儿那些名贵瓷器?"

"唐代的越窑，宋代的五大名窑，磁州窑和耀州窑的精品，元代的青花。别的一概不玩儿。"

夏月川用半信半疑的眼神看着他说："哦！老费，我的老师刚刚过世，现在不是说这些的时候，我把电话号码给你，过几天我们联系，去看看你的东西，开开眼界，咱再交谈。"

费本中掏出手机，存了号码，有些不太高兴地说："好。去不去由你，我不勉强。"

说完，头也不回地进了车厢。

自济南回来，夏月川几乎每天都会接到费本中的电话，催他到大桥村一趟。周末，夏月川带着几分无奈，也带着几分好奇，应约前往。

大桥村这几年通过旧村改造，家家住上了楼房。怕夏月川找不到家门，费本中已早早在村头等候了。

进了费本中家门，夏月川不禁皱起了眉头。费本中厅中的餐桌沙发等家具倒是一应俱全，但全是上世纪八九十年代的老家具，一看便知，是别人搬家扔出来的东西。夏月川调侃他说："成了大收藏家，成了大古玩商人，发了大财，怎么还这么朴素？"

费本中听了，并不窘慌，矜持地捻着手中的串珠，说："发了财，全投到了藏品上。这年头，存钱不如存物，你连这个也不懂？"

夏月川连忙说："是，是。还是赶紧让我开开眼吧。"

费本中轻轻地抬起右手，手腕外翻，拇指朝过道指了指，说："到房间里看！"

两个房间及卧室里，靠墙摆满了农村早已淘汰的旧橱柜，橱柜里摆得密密麻麻，全是名贵瓷器。夏月川看了，忍不住暗吸一口凉气：原以为里边肯定充斥着假货，没想到一屋子全是赝品。

本不想上手，可他要照顾费本中情绪，从中挑了几件，装模作样地掂了掂,看了看。

没待多久,夏月川推说有事,就要告辞。费本中也不挽留,顺手拿起一件元青花瓷器问:"拍卖会上,这个到了一亿,我这个一千万应该好卖吧?"

夏月川拐着弯说:"你花了多少钱?"

"几千块钱吧。"

"如何有这等好事?"

"我搞高档瓷器出了名,很多从地下挖古玩的人都慕名前来送货。别人不要,他只有卖给我。他们也怕被公安局盯上,只好赶紧出手。"费本中气定神闲地说。

"别人为何不要?"

"这才是关键!别人看不懂!都拿着国宝当假货,怎么敢下手?"

费本中说完这话,又开始流露出自豪与不屑。

夏月川诚恳地说:"老费,若换了我,就先卖一件,改善改善生活条件,也验验东西的真实价值。"

费本中也用诚恳的语气说:"小夏,多年不见,没想到你还是没有进步,还是用金钱来衡量文物的价值。我没儿没女,将来把它们献给国家,给我建个专门的博物馆。不求回报,让国家把我养起来,一切就算圆满了。这是收藏的至高境界,也许你不懂这些。"

说完这话,费本中一扬手,算是送客。

夏月川刚出门,门就"嘭"的一声关了,里边传来费本中的声音:"悲哀!"

忙完了靳先生的后事,宋女士及靳先生的儿子和女儿前去云泽市公安局报案,说当年丢失的《秋柿图》就在纪远方手中,纪远方的父亲当年在市公安局工作,显然是他非法窃取了此画。公安局的接待人员说,画子不是在你们家被盗走的,你们不具有报案人资格。一家人去找公安局领导,让公安局报案立案。公安局的有关领导说时过境迁，谁也不能证明这幅《秋柿图》，就是当年找不到的那幅。所以无法报案，更无法立案。再去找文化局，文化局答复说，公安局是负责侦破偷盗案件的机关，他们都不能报案立案，文化局报案也肯定没用。一家人只好到法院提起诉讼。在律师看来，证据可谓翔实有力：有当年的抄家清单，有当年追还时各级领导的批示，还有与画上印鉴相符合的"落地举人"和"赐水侯"两枚印章实物。法院认为，原告所提供的材料，只能证明这幅《秋柿图》与原告丢失的是同一幅画，但不能由此证明被告的父亲是非法窃取了这幅画。从公安局到纪父的手中，这里边经历了多少人？究竟如何变动周转？这些问题，都没搞清楚，也就没法支持原告的主张。假如是原告的父亲从市上买的呢？假如是来自于他人的馈赠呢？所以，要首先证明是被告父亲非法所得，才能支持原告的主张。如此，还得找公安局破案。律师说，画子在公安局丢失，被告的父亲当时就在公安局工作，现在画子又出现在被告手中，证据链十分完整，这足以证明，被告手中的这幅《秋柿图》，当年就是非法所得，理应物归原主。法官对此很不耐烦，说法院判决，只靠证据，不靠推断。如此转来转去，如同当年追还时的状况十分相像，事情总在原地绕圈子。

与此同时，舜耕集团进行企业改制，总公司在云泽分公司的股份全部放弃，从此总公司与之脱钩。舜耕集团知情的职工站出来揭露说："即使不考虑无形资产，就按现有资产计算，百分之十的股份，至少也得几千万元的资产，就这样白白流失了。这里边的猫腻，也太大了！"

此后的两年中，从市到省，再到中央；从信访局到纪委再到检察院。状告检举纪远方、魏大增等人的信件，一直未曾间断。宋女士一家人的上访，也从未间断。

春节过后，峰回路转，看似已走向死胡同的《秋柿图》一案，忽然起死回生。三月底，云泽市公安局的同志打电话通知宋女士，让她前来办理领取《秋柿图》手续。

云泽市公安局的图书管理员洪师傅，已退休多年。去年秋后，得了一种怪病，浑身乏力，日渐消瘦，几乎没什么食欲。济南北京都去了，就是查不出病因。虽说是住院治疗，可医生无法对症下药，就这么一天天拖着。医生已与家人交了底，病人随时都有器官衰竭的可能，要有个思想准备。临近春节，洪师傅说要死就死在家里，不在医院这么干耗了，老伴和家人也只好顺从他的意见。

腊月二十六，云泽市公安局的一位副局长和办公室主任，前来走访慰问老洪。本来，节前走访离退休职工用不着副局级的领导出面，但老洪得了重病，自然提高了规格。

场面上的话该说的都说了，领导握着老洪的手告辞。一直躺在床上的老洪，突然示意老伴把自己扶起来坐着，呆滞的双眼瞬间也放出了光芒。他握着副局长的手，急促地呼吸着，用微弱的声音说："局长，我有件事一直压在心底，现在向组织汇报！"

老洪指一指床边的半高橱柜，老伴明白了他的意思。慌忙从枕头底下拿出一把钥匙，把橱子上的抽屉打开，从中拿出一个笔记本，递到老洪的手里。老洪哆哆嗦嗦，解了本子上缠着的橡皮筋，从里边拿出一张发黄的信纸。

副局长急忙打开，原来是纪院长当初借走《秋柿图》的借条，时间是一九六七年五月，签字手印俱全。

《秋柿图》一案，在云泽公安界、文化界、司法界已是著名案件，看了借条，副局长和办公室主任及老洪的子女，一下就明白了是怎么回事，大家一时都瞠目结舌。

洪大嫂抽泣着说："多少年了，老洪被这事压得喘不过气来……"

副局长沉思片刻，斩钉截铁地对老洪承诺说："老洪，我们回去后，立即向局党委汇报，历史的真相一定会得到还原。你好好养病，我们还需要你的配合。"

大年初七，云泽市公安局党委做出决定，立即派人前往纪远方家，追索《秋柿图》。

说来也奇怪，春节过后，洪师傅的病一天天好转，如今已能下地走动。面对公安局的调查人员，洪师傅说出了事情的真相。

当年，公安局查抄来的书籍字画多得没处存放。书籍上的文字很清楚，皆可定义为封资修的黑货，一把火烧掉了。可字画是艺术品，大家也略知它们的艺术价值。经过简单讨论，凡内容属宣扬帝王将相、才子佳人、封建礼教的书画，一概销毁；内容属赞美山川景物的则予以保存。《秋柿图》因绘的是自然风物，这才得以幸免。

一九六七年春，留下来的字画，转到图书室予以保管。那时的管理十分混乱，被销毁的东西，只是在查抄清单上打了叉。因为是临时存放，更因数量巨大，洪师傅在接收时，并无法对照查抄清单一一核对清点。

纪院长那时还是公安局的科长，他每当忙完了工作，就到图书室来帮着洪师傅归纳整理这些字画，也借此浏览欣赏。

一天，纪院长说想拿《秋柿图》回家仔细研究研究。按理，这些字画不是图书馆的图书，没有登记造册，不能出借。一个图书管理员，能为手握实权的纪科长提供点方便，说明自己还有点用处。想到这里，洪师傅不仅没有拒绝，而且暗自高兴。于是拿出张信纸，让纪院长写了一张借条。一晃十几年过去，这批东西打包转到了文化局，那张借条也不知所踪。

八十年代初期，局里开始追查《秋柿图》的下落，洪师傅悄悄找纪院长协商。纪院长让洪师傅提供借条，洪师傅说借条没了。纪院长说时间久了，自己没记得有这回事，可能是洪师傅记错了，并叮嘱洪师傅说，不要制造新的冤假错案。洪师傅一听傻了，随后一口咬定，自己从未见到过什么《秋柿图》。洪师傅退休时，整理自己保管的东西，无意在一个本子中发现了纪院长的借条，但他不想再旧事重提，不想自己否定自己，就把这事深深地埋在了心底。

近两年，《秋柿图》一案又起，局里又三番五次来了解情况，纪远方也托上熟人来看望自己。洪师傅的内心，就一直在挣扎。

洪师傅也听说了，靳先生咽气前，还在念叨《秋柿图》，这更让他遭受煎熬。如今自己也不久于人世，他痛定思痛，决心将真相公布于世，从而轻轻松松进入另一个世界。

纪远方得了消息，立即打电话向魏大增咨询该怎么办，魏大增说什么也别再讲了，问题已经很清楚；再咨询武耀文，那边说得更干脆："我自始至终不知道这件事，自己的事，自己拿主意。"

纪远方不再争辩，乖乖把《秋柿图》交出，换了父亲当年的借条。

《秋柿图》一事刚刚了结，邱腾、王飞、刘跃三人又与纪远方翻了脸，加入投诉他的行列中。他们检举纪远方与柳絮飞严重违反《公司法》，利用假文物从公司套现洗钱，非法侵吞公司财产。

云泽工业银行的知情者，也检举他们的行长与纪远方相互勾结，利用假文物作抵押，骗取巨额贷款。

更有人提请有关部门采取措施，防止纪远方往境外转移巨额资产，并潜逃国外。

……

春风拂面，万物竞发，又值清明时节。盛开的苦菜花，铺满靳先生长眠的土地，远远望去，金黄一片。宋女士一家人，还有夏月川和明楚，他们沐浴着明媚的春光，前来扫墓并告慰靳先生：《秋柿图》终于物归原主！